DAS GESTERN VON MORGEN
Fight.Fail.Repeat.

Weitere Bücher der Autorin

Wenn du vergisst
Brennt die Schuld
In deinem Herz

Über federstaub@gmail.com
kann die Mystery Romance Trilogie
signiert bestellt werden

Heidrun Wagner

DAS GESTERN VON MORGEN

FIGHT... FAIL... REPEAT...

Deutsche Erstausgabe Juli 2021

Copyright © Heidrun Wagner
Korrektorat: Ingrid Haag
Umschlaggestaltung/Titelei: Alexandra Langenbeck

Herstellung und Verlag: BoD – Books on Demand, Norderstedt

ISBN: 978-3-754-30113-5

Kontakt:
instagram.com/heidrunsfeder; facebook.com/heidrunsfeder;
heidrunsfeder.blogspot.com

Bibliografische Information der Deutschen Nationalbibliothek:
Die Deutsche Nationalbibliothek verzeichnet diese Publikation in der Deutschen Nationalbibliografie;
detaillierte bibliografische Daten sind im Internet über dnb.dnb.de abrufbar.

Für Lula
Manchmal reicht ein Tag nicht aus.

Game over.
Niemals!
Wer aufgibt, verliert.
Einatmen, Mouseover,
Klick und Repeat.

Tomke zog das Handy aus der Tasche. Ihre Finger zitterten, und sie brauchte vier Versuche, den Chatverlauf mit Jannes zu öffnen.

Falls Mama oder Papa heute Abend fragen, wo ich bin, sag ihnen, dass wir Sondertraining haben.

Okay?

Sondertraining? Klar. Wo treibst du dich wirklich rum?

Geheim

🙂

Wer ist die Unglückliche???

Die Nachrichten hatten sie am Morgen ausgetauscht. Seither waren fünfzehn Stunden vergangen. Und jetzt saß sie mit ihren Eltern im Krankenhaus, und sie hatten keine Ahnung, wie es Jannes ging. Was bitte war zwischen dem Morgen und dem Abend schiefgelaufen?

Die Kante des Holzstuhls drückte sich in Tomkes Oberschenkel. Nach weniger als fünf Minuten hatte Tomke das Gefühl, nicht mehr sitzen zu können. Im Wartebereich hing der Geruch von Desinfektionsmittel. Es machte sie beinahe so wahnsinnig wie das leise Schniefen ihrer Mutter, deren Hand auf ihrem Knie lag und ihr durch die Wärme ein Stück Geborgenheit vermittelte. Obwohl Tomke sich mit fünfzehn definitiv zu alt fühlte, um den Halt ihrer Mutter zu brauchen, war sie froh, jetzt nicht allein zu sein.

»Familie Nehls?« Wie aus dem Nichts stand ein Polizist vor ihnen.

Tomke steckte das Handy weg und stockte. Der Mann sah fast wie ein Charakter aus 'Witcher 3' aus. Sie schaute von dem grauen Schnauzbart zu den zerfurchten Wangen, aber das war es nicht. Es war der Gesichtsausdruck. Abgeklärt und distanziert, als hätte der Polizist schon zu oft in die Abgründe der menschlichen Seele geblickt.

Aus dem Augenwinkel sah sie ihren Vater nicken, der links von ihrer Mutter saß. Der Polizist zog sich einen Stuhl heran und setzte sich ihnen gegenüber. Tomkes Blick fiel auf die Plastiktüte in seiner Hand. Oder mehr auf das Handy in der Tüte. Jannes' Handy, ohne jeden Zweifel. Sie erkannte es an dem blaugelben Aufkleberrest im Eck der 'Red Dead Redemption'-Hülle und musste sofort an Lukas denken. Daran, wie er und sie den Unverwundbarkeitsstern auf Jannes' Handy geklebt hatten.

Das war acht Monate her. Zu der Zeit hatte Jannes darüber gelacht und den Stern wie eine Auszeichnung betrachtet. Zwei Monate später hatte er den Aufkleber abgerupft, und nur dieser Fetzen war hängen geblieben. Wie eine letzte Erinnerung an eine Freundschaft, die nach sieben Jahren von einem Tag auf den nächsten zerbrochen war.

Seither ignorierte Lukas auch Tomke. Selbst in den Onlinespielen hatte er sie blockiert. Sie kniff die Augen zusammen. Was bitte hatte sie mit dem bescheuerten Streit zu tun?

»Hat Ihr Sohn eine Neigung zu Gewalt?«, unterbrach der Polizist ihre Gedanken.

Tomke strich sich über den in ihre Haarstoppeln rasierten Blitz hinter dem Ohr und versuchte, nicht an Lukas zu denken. Sonst hätte sie sich eingestehen müssen, wie sehr er ihr fehlte. Gerade jetzt. Sie wollte nicht allein mit ihren Eltern hier sitzen, ohne zu wissen, was mit Jannes war.

»Bitte?« Ihre Mutter wischte sich eine gelockte Haarsträhne aus dem Gesicht und richtete sich auf.

Der Polizist hielt ihr die Tüte vor die Nase. »Scheinbar ist er ein Fan von gewaltverherrlichenden Spielen.«

»Gewaltverherrlichend, klar«, stieß Tomke hervor und ballte die Hände zu Fäusten.

Was bildete dieser Polizist sich ein? Er drehte ihr den Kopf zu, und es schien, als würde er sie erst in diesem Moment bemerken. Sein Blick blieb an dem wie mit Blut geschriebenen weiß-roten Schriftzug auf ihrem Shirt hängen.

Der Polizist zog die buschigen Brauen zusammen und sah ihr sekundenlang in die Augen. Tomke musste sich zwingen, diesem Blick standzuhalten, der sich anfühlte, als könnte er bis zu ihren Gedanken durchdringen. Ihr Vater griff hinter dem Rücken ihrer Mutter nach Tomkes Schulter. Es war eine Warnung, sie wusste das. Sie sollte den Mund halten und nicht alles komplizierter machen, nur weil sie glaubte, ein blödes Spiel verteidigen zu müssen.

»Weißt du, wo dein Bruder heute war?«, fragte der Polizist, ohne sie aus den Augen zu lassen.

Sie schüttelte den Kopf, beobachtete, wie er die Stirn in Falten legte, und presste die Lippen aufeinander. Er glaubte ihr nicht. Der Moment dehnte sich, und mit jedem Atemzug stieg die Anspannung in Tomke. Ein Zittern ging durch ihren Körper, und sie wollte aufspringen, dem Polizisten das Handy aus der Hand schlagen und ihn anschreien, was zum Teufel er schon über Jannes wusste oder über die Spiele, die er spielte. Damit würde sie alles nur schlimmer machen, das war ihr klar, aber sie konnte nicht still sein und so tun, als ob diese Vorverurteilung in Ordnung wäre.

»War Ihr Sohn jemals in eine Schlägerei verwickelt?«, wandte der Polizist sich wieder an ihre Eltern, als hätte er das Interesse an ihr verloren.

Sie schnappte nach Luft. Dieses Verhör wurde von Frage zu Frage abstruser. Selbst ihr Vater erstarrte für einen Moment. Sie fühlte, wie sich seine Hand auf ihrer Schulter versteifte.

Langsam schüttelte er den Kopf, als würde er erst jetzt begreifen, wie der Polizist über Jannes dachte.

»Nein«, flüsterte er und sah auf, dem Polizisten ins Gesicht.

»Nein«, wiederholte er.

Lauter dieses Mal.

»Er hat Kampfsport gemacht«, fügte ihre Mutter hinzu. »Kickboxen. Aber mehr aus einem sportlichen Aspekt heraus.«

Tomke krampfte die Finger um die Sitzfläche des Stuhls. Musste ihre Mutter das erwähnen? Es passte genau in das Bild, das dieser Polizist von Jannes haben wollte. So wie er sich jetzt über den Schnauzbart strich und nickte. Einer, der *gewaltverherrlichende* Spiele spielte, machte in seinen Augen Kampfsport sicher nur, um zu lernen, wie er besser zuschlagen konnte. Bestimmt glaubte er auch die Schlagzeilen der Klatschzeitungen, laut denen jeder Amokläufer irgendeinen Ego-Shooter gespielt hatte.

Tomke biss sich auf die Innenseite ihrer Wange, und hätte ihr Vater nicht in diesem Moment noch einmal ihre Schulter gedrückt, sie hätte den Polizisten gefragt, ob er die Rechnung einmal umgekehrt machen wollte. Was wäre, wenn jeder Ego-Shooter Spieler Amok laufen würde?

»Warum fragen Sie das?«, wollte ihr Vater wissen und nahm endlich die Hand von Tomkes Schulter.

In seinen Augen lag ein herausforderndes Funkeln. Tomke atmete auf.

»Ihr Sohn steht unter Verdacht, jemanden niedergeschlagen und in den Wald verschleppt zu haben.«

»Das ist nicht Ihr Ernst. Jannes ist kein Schwerverbrecher«, stieß ihre Mutter hervor. »Er ist siebzehn, fast noch ein Kind«, fügte sie leise hinzu und zog ihre Hand von Tomkes Knie.

Kind. Tomke unterdrückte ein Schnauben. Zum Glück hatte Jannes das nicht gehört.

»Ein Spaziergänger hat uns alarmiert, weil er beobachtet hat, wie jemand ein Objekt von der Größe eines Menschen in den Wald getragen hat. Im Moment gehen wir von einer versuchten Entführung aus.« Der Blick des Polizisten bohrte sich in Tomkes Mutter. »Ihr Sohn wurde in der Nähe des Opfers gefunden. Alles deutet darauf hin, dass er bei der Flucht vor unserem Suchtrupp eine Felskante übersehen hat und hinuntergestürzt ist.«

Tomke konnte zusehen, wie seine Worte ihre Mutter erreichten und sich deren Gesicht zu einem stummen Schrei verzog. Tomkes Magen krampfte, und sie konzentrierte sich auf die hellgrauen Flecken im Linoleumboden vor ihren Füßen.

»Woher wollen Sie wissen, dass Jannes nicht auch ein Opfer ist?«, warf Tomkes Vater ein. »Vielleicht ist er dem Täter im Wald in die Arme gelaufen? Jannes ist nicht der Typ, der einfach weggehen würde, er hätte ihn konfrontiert ...«

Das Schluchzen ihrer Mutter unterbrach ihn.

Tomke versuchte es auszublenden, sich fortzudenken an einen Ort, an dem ihre Eltern nicht vor ihren Augen auseinanderfielen.

»Es tut mir leid, Herr Nehls, aber im Moment spricht die Sachlage gegen Ihren Sohn«, antwortete der Polizist.

Er sagte es so bestimmt, als gäbe es Beweise. Aber welche außer dem Ort, an dem sie Jannes gefunden hatten? Es musste so gewesen sein, wie ihr Vater sagte. Jannes war auf dem Weg zu seinem Date einem Psychopathen in die Arme gelaufen. Zu einer Entführung war er nicht fähig. Niemals.

»Und wen? Wen soll er angeblich entführt haben?«, fragte Tomke, den Polizisten nicht mehr aus den Augen lassend.

»Das kann ich aus ermittlungstechnischen Gründen im Moment nicht sagen«, antwortete der und schaute wieder zu dem Schriftzug auf ihrem Shirt, bevor er ihr ins Gesicht sah. »Wir gehen davon aus, dass er nicht allein war.«

Verdächtigte der Polizist jetzt auch noch sie? Wegen des 'Noob Slayer'-Schriftzugs auf ihrem Shirt? Das war lächerlich! Sie holte Luft, aber ihre Mutter kam ihr zuvor.

»Tomke war den ganzen Abend zu Hause«, sagte sie mit fester Stimme und drückte wieder Tomkes Knie.

Tomke war kurz davor, das Bein wegzuziehen. Warum verteidigte ihre Mutter sie? Sie biss sich auf die Lippe, konnte den bitteren Geschmack aber nicht abschütteln. Wie hätte das ablaufen sollen? Sie und Jannes schlugen jemanden nieder, verschleppten ihn in den Wald, Jannes stürzte, und sie ließ ihn liegen? Schwer verletzt? Ohne Hilfe zu holen? Wenn sie am Abend bei Oskar und Ole gewesen wäre statt zu Hause, hätte ihre Mutter dann dieses Szenario für möglich gehalten? Der Gedanke war wie ein Stoß über eine Kante und katapultierte Tomke in den freien Fall.

Haltlos.

»Für den Moment wäre das alles. Ich hoffe, es geht Ihrem Sohn bald besser.« Der Polizist stand auf und nickte ihren Eltern zu. »Und es bleibt zu hoffen, dass auch das Opfer bald vernehmungsfähig ist. Dann wird sich die Sache sicher schnell aufklären.«

Sein Blick blieb wieder an Tomke hängen und löste ein Kribbeln in ihrem Bauch aus. Sie zwang sich, dem Polizisten nachzusehen, bis er um die Ecke verschwand, und horchte, wie seine Schritte auf dem Gang verhallten.

Keiner von ihnen sagte ein Wort. Tomke versuchte zu begreifen, was passiert war. Jannes war auf dem Weg zu einem Date gewesen! Sie kramte ihr Handy wieder heraus und starrte zum hundertsten Mal den Chatverlauf an.

Warum hatte sie ihn mit dem Teufelssmiley davonkommen lassen? Sie kniff die Augen zusammen und wünschte sich, sie hätte die Macht, den Tag noch einmal zu starten. Wie ein Savegame in einem Spiel. Aber sie war nicht in einem Spiel, sie war gefangen in der Wirklichkeit.

»Wie kann er davon ausgehen, dass Jannes zu so etwas fähig ist?«, flüsterte ihre Mutter in die Stille hinein.

»Solange er weder Jannes noch den anderen befragen kann, wissen wir nichts. Jannes wäre nicht ...«

Warum führte ihr Vater den Satz nicht zu Ende? Tomke fuhr mit der Fingerspitze den Blitz hinter ihrem Ohr entlang und versuchte, die Frage wegzuschieben, die ihr Vater nicht auszusprechen wagte. Doch sie stand zwischen ihnen und wurde mit jedem Moment größer, in dem sie sich bemühten, sie zu ignorieren.

Wäre Jannes zu so etwas fähig?

Nein, wäre er nicht! Das weißt du, du kennst ihn besser als dieser verdammte Polizist, wollte Tomke ihn anschreien, ihn an den Schultern packen und schütteln. So lange, bis er sich erinnerte. In dem Augenblick, in dem sie sich zu ihm drehte, bemerkte sie die Starre auf seinem Gesicht und brachte kein Wort mehr heraus. Reglos saß er neben ihrer Mutter und ließ die Tür nicht aus den Augen, hinter der Jannes war. Oder vielmehr die Lampe über der Tür, die schon rot geleuchtet hatte, als sie den Wartebereich betreten hatten. Die Hand ihrer Mutter lag wieder auf Tomkes Knie. Tomke streckte die Finger aus, wollte sie berühren, ihre Mutter auf die Starre im Gesicht ihres Vaters aufmerksam machen. Sie stoppte nach wenigen Millimetern und wagte es nicht, ihre Mutter anzufassen.

Die Tür schwang auf, ihre Eltern sprangen hoch. Dort, wo die Hand ihrer Mutter gelegen hatte, strich ein kalter Luftzug über Tomkes Bein. Sie richtete sich auf und zwang sich, zur Tür zu sehen, nicht in der Lage aufzustehen, gelähmt vor Angst. Angst davor, wie Jannes aussehen würde.

Es war nicht Jannes.

Durch die Tür trat ein Mann in einem weißen Kittel. Er sah sich in dem Wartebereich um, in dem niemand außer ihnen war, und ging auf Tomkes Eltern zu. Ihr Blick glitt wieder zu der Lampe über der Tür.

Rot.

Jannes lebt, er lebt!

Der Satz war machtlos gegen die Angst, die ihr das Gegenteil zuraunte.

Der Mann blieb vor ihren Eltern stehen. Als sie den todernsten Ausdruck in seinen Augen sah, zerfielen die Worte in ihrem Kopf und verloren den Sinn. Ihre Mutter hatte sich von ihr weggedreht und klammerte sich an den Arm ihres Vaters. Tomke hatte sich nie so verloren gefühlt wie in diesem Moment.

»Herr und Frau Nehls?«, fragte der Mann.

Aus dem Augenwinkel sah sie, wie ihr Vater nickte und ihre Mutter sich eine Hand gegen den Mund presste.

»Könnte ich einen Moment mit Ihnen sprechen?« Der Blick des Mannes blieb an Tomke hängen. »Ohne Jannes' kleinen Bruder?«

Sie krallte die Finger in den Stoff ihrer Jeans, ihre Unterlippe begann zu zittern, und sie presste den Mund zusammen.

Jannes lebt, er lebt!

Die Worte waren wie eine Zauberformel, an die sie nicht mehr glauben konnte.

Ihre Mutter legte eine Hand auf Tomkes Schulter. Die Wärme drängte die Angst ein Stück zurück.

»Was immer sie uns sagen wollen, Jannes' Schwester sollte es auch hören«, antwortete ihre Mutter dem Mann in dem weißen Kittel.

Das Wort *Schwester* betonte sie extra deutlich.

»Oh!« Der Blick des Mannes glitt zwischen Tomke und ihrer Mutter hin und her. »Verzeihung«, murmelte er. Er öffnete den Mund, zögerte, schaute schließlich Tomkes Vater ins Gesicht und fuhr fort: »Ihr Sohn hatte eine schwere Hirnblutung. Wir haben unser Möglichstes getan, aber die Schäden sind zu groß. Es ist fraglich, ob er wieder aufwacht. Und wenn ich ehrlich bin, sollten Sie ihm das auch nicht wünschen.«

Tomkes Mutter schrie auf.

Der Mann sprach weiter, immer noch Tomkes Vater ansehend. »Ich will Ihnen zu nichts raten. Aber Sie sollten wissen, dass es die Möglichkeit gibt, das Beatmungsgerät abzuschalten.«

»Und dann?«, fragte ihre Mutter in die Stille hinein, die den Worten gefolgt war.

Dann ist er tot.

Tomke tastete nach der Hand auf ihrer Schulter. Noch ehe sie sie berühren konnte, schluchzte ihre Mutter auf, und die Hand war fort. Ihr Vater schloss ihre Mutter in die Arme. Tomke sah, wie er die Stirn in den lockigen Haaren vergrub.

Die Tür schwang noch einmal auf. Zwei Männer in blauen Kitteln schoben ein Bett heraus.

»Jannes!«, schrie Tomke an gegen die Verzweiflung, die mit dem Mann gekommen war, gegen die Endgültigkeit seiner Worte.

Sie sprang auf und rannte auf das Bett zu. Das Handy rutschte ihr aus der Hand und knallte auf den Linoleumboden. Sie rannte weiter. Alles was zählte, war Jannes. Sie musste ihn sehen. Sofort.

»Tomke!«, rief ihre Mutter, und Tomke hörte Schritte hinter sich.

Einer der Männer in den blauen Kitteln stellte sich ihr in den Weg, die Hände nach vorn gestreckt. Sie tauchte unter seinen Armen durch, endlich zahlten sich vier Jahre Handballtraining aus, und war mit einem Satz an Jannes' Bett.

Das ist er nicht.

Sie stockte. Der Junge im Bett hatte einen Verband um den Kopf gewickelt. Aschgrau. Wie die Farbe des Gesichts, das Tomke kaum erkennen konnte, weil über Mund und Nase eine Atemmaske gestülpt war.

»Jannes?«, flüsterte sie gegen die Tränen, die ihr den Hals zuschnürten.

Sie beugte sich über den reglosen Körper, bemerkte die offenstehenden Augen, die zur Decke starrten. War er bei Bewusstsein? Hatte der Mann gelogen? Jemand packte sie an der Schulter, versuchte sie wegzuziehen. Tomke stemmte sich dagegen. Sie musste in diese Augen sehen, musste wissen, ob das ihr großer Bruder war oder alles eine schreckliche Verwechslung.

Sobald sie dem leeren Blick begegnete, setzte ein Drehen ein. Zuerst glaubte sie, sie würden beide herumgewirbelt, Jannes und sie. Dann bemerkte sie die weißen Schlieren, die sie trennten, von Jannes, von ihren Eltern und von den Männern in den Kitteln. Ihr Magen krampfte, und ihr wurde schwindelig. Sie schloss die Augen. Als sie sie wieder öffnete, war alles hinter einer Spirale aus weißem Licht verschwunden. Tomke allein in der Mitte.

Ein Sog riss sie fort.

»Was passiert hier?«, schrie sie.

Sie konnte ihre Stimme nicht hören. Selbst ihren Körper spürte sie nicht mehr. Sie suchte nach Halt, versuchte das Drehen zu stoppen und wurde von dem Sog weitergerissen. Unaufhaltsam.

Stille.

Niemand mehr da.

Nur Tomke.

Allein.

Tausend Fragen im Kopf.

Was war passiert?

Chance,
die zweite.
Alles oder nichts.
Ich darf nicht versagen
Vergessdeinnicht.

Wie ein Taktschlag hallte ein hoher Ton durch die Stille. Mit jedem Piepen rückte Tomkes Körper ein Stück mehr in ihr Bewusstsein, und sie spürte eine weiche Unterlage unter ihren Armen, ein Kissen an der Wange. Sie blinzelte und brauchte einen Moment, um zu verstehen, wo sie war. Der Ton, das war ihr Wecker.

7:55 leuchtete auf der Digitalanzeige. Tomke lag in ihrem Bett. Sie rollte sich zur Seite und drückte den Alarmknopf.

Eine Schwere hing in ihren Gedanken, und Tomke wusste nicht, woher sie kam. War es der Rest eines schlechten Traums? Sie schloss die Augen und rieb sich die Stirn. Jannes' Gesicht tauchte vor ihr auf, der aschgraue Verband um seinen Kopf, die Atemmaske.

Sie fuhr hoch.

Wie konnte sie in ihrem Bett liegen und schlafen, während Jannes um sein Leben kämpfte? Wie kam sie überhaupt in ihr Zimmer? Sie war doch mit ihren Eltern im Krankenhaus gewesen! War sie zusammengebrochen? Hatte man ihr ein Beruhigungsmittel gegeben? Auf der Suche nach einer Einstichstelle strich sie über ihre Arme. Nichts.

Das Beatmungsgerät!

Hatten ihre Eltern es abstellen lassen? Tomke schaute zur Tür.

»Papa?«, schrie sie, und ihre Stimme bebte vor Panik.

Keine Antwort.

»Mama?«, flüsterte sie.

Stille.

Hatten ihre Eltern sie alleingelassen, nach allem, was passiert war? Sie schüttelte den Kopf. Das würden sie nicht tun, ihre Mutter würde sie niemals hier zurücklassen, und ihr Vater würde nicht sein Okay geben, das Beatmungsgerät abzustellen, ohne mit Tomke zu sprechen. Sie hätten sie beide gefragt, ob sie dabei sein und Jannes' Hand halten wollte. Ein letztes Mal.

Nein!

Ihr Vater würde mit den Ärzten reden, so lange, bis sie einen Weg fänden, Jannes zu retten.

Er würde …

Tomke schüttelte den Kopf, versuchte die Unruhe abzuschütteln, die ihre Gedanken vernebelte. Das Geräusch eines elektronischen Wassertropfens drang in ihr Bewusstsein, und sie klammerte sich daran, weil es vertraut war. Der Ton, den ihr Handy abspielte, sobald es eine Nachricht empfing. Vielleicht war sie von ihrer Mutter und erklärte alles? Tomke beugte sich nach vorn und zog das Handy unter dem Bett hervor.

Ihr Blick fiel auf das Display.

Jannes.

Das konnte nicht sein.

Er war nicht bei Bewusstsein, laut dem Mann mit dem weißen Kittel war er so gut wie tot. Außerdem lag sein Handy bei der Polizei. War das Krankenhaus nur ein schlechter Traum gewesen?

Unmöglich.

Sie wusste das und wollte trotzdem daran glauben. Wenn es bedeutete, dass Jannes lebte, hätte sie alles geglaubt.

Mit zitternden Fingern öffnete sie die Nachricht und las sie einmal, ein zweites und ein drittes Mal.

> Falls Mama oder Papa heute Abend fragen, wo ich bin, sag ihnen, dass wir Sondertraining haben.

> Okay?

Das Handy rutschte ihr aus der Hand und fiel auf den Teppich vor dem Bett. Diese Nachricht hatte Jannes ihr vor vierundzwanzig Stunden geschickt. Wieso zeigte der Messenger sie als neu an? War das eine Störung? Tomke hob das Handy wieder auf. Es hatte sich gesperrt, und während sie den Code eingab, fiel ihr Blick auf das Datum.

7:58

Freitag, 23.Juni

Für einen winzigen Moment glaubte sie, den Sog wieder zu spüren. Sie schrie auf, hielt sich den Kopf und kniff die Augen zusammen, bis das Drehen aufhörte. Blinzelnd sah sie noch einmal auf das Display.

Freitag, 23. Juni

Was war hier los? Der 23. Juni war vorbei, es war der schlimmste Tag in ihrem Leben, der vor wenigen Stunden im Krankenhaus geendet hatte, mit einem Jannes, der mehr tot als lebendig war. Um keinen Preis der Welt wollte sie das noch einmal erleben. Die Nachricht musste ein Irrtum sein, ihr Handy war hängen geblieben, in der falschen Zeit. Genau wie ihr Herz. Sie drückte Oskars Nummer. Wenn ihr jemand erklären konnte, was hier passierte, dann er.

»Mann, Tomke, kannst du nicht abwarten, bis wir uns nachher in der Schule sehen?« Das war nicht Oskar, es war Ole.

Schule? Es musste Samstag sein, außer ihr Handy hätte recht, und es wäre tatsächlich der Morgen des 23. Junis. Aber das war nicht möglich. Tomke zog die Knie an den Körper und versuchte, die Panik zu unterdrücken, die in ihr aufflammte.

»Was für einen Tag haben wir heute?«, fragte sie.

»Keine Ahnung? Nichts Besonderes? Hey, Oskar!« Ole hämmerte gegen eine Tür. »Hast du was mit Tomke ausgemacht wegen heute?«

»Was machst du mit meinem Handy? Sag mal, spinnst du?«, rief Oskar im Hintergrund.

Tomke verdrehte die Augen. Mussten die beiden ausgerechnet jetzt streiten?

»Könnt ihr mal für fünf Sekunden den Mist lassen? Ich will nur wissen ...«

»Tomke?«, schrie Oskar ins Telefon, er klang außer Atem. Sie konnte Ole im Hintergrund kichern hören. »Was gibt's?«

»Ich will wissen, was für ein Datum wir heute haben. Das ist alles.« Sie bemühte sich, ruhig zu sprechen, Oskar nicht die Panik spüren zu lassen, die in ihr tobte.

»Ist alles in Ordnung?« Oskar klang alarmiert.

Er machte sich Sorgen, definitiv. Oskar machte sich immer Sorgen, wenn etwas Unvorhersehbares passierte. Tomke rief nie vor der Schule an, also musste der Weltuntergang bevorstehen. Mindestens.

»Was will sie?« Oles Stimme war deutlich zu hören, wahrscheinlich hing er an Oskars Schulter, um alles mitzubekommen.

»Oskar, bitte, ich hab nicht viel Zeit. Ich will nur wissen, was wir heute für ein Datum haben.« Sie schloss die Augen.

Konnte er nicht einfach antworten?

»Freitag, den 23., in etwa dreißig Minuten musst du in der Schule sein. Warum?«, sagte Oskar endlich.

Ihr Herzschlag verdreifachte sich. »Bist du sicher?«

»Ja, wieso? Hast du einen Termin verpasst?«

»Nein, alles in Ordnung. Wir sehen uns später!« Sie legte auf, bevor Oskar noch etwas sagen konnte.

Freitag, der 23. Juni. Das konnte nicht sein.

Träumte sie, aus Selbstschutz, damit sie nicht in einer Welt ohne Jannes aufwachen musste? Wenn wirklich der 23. Juni wäre, wäre Jannes noch am Leben. Ihr Wunsch fiel ihr ein, den sie am Abend im Krankenhaus gehabt hatte. Der Wunsch, die Macht zu haben, den Tag noch einmal neu zu starten.

Wie ein Savegame in einem Spiel.

War er in Erfüllung gegangen? Einfach so?

Die drei neuen Nachrichten von Oskar ignorierend, schaute sie auf die zweite Nachricht von Jannes, die er ihr während des Telefonats geschickt haben musste.

Hallo?

Hast du verpennt?

»Eher das Gegenteil«, murmelte sie.

Wo bist du?

Ich muss mit dir reden. Dringend!

???

In der Schule, wo sonst?

Kannst du Mama oder Papa jetzt ausrichten, dass wir Sondertraining haben?

Ich komm vor der Dritten kurz vorbei.

Okay?

Ist was passiert?

Sie musste ihn warnen, musste verhindern, dass er im Krankenhaus landete. Was immer er heute Abend vorhatte, er durfte es nicht tun. Fragte sich nur, wie sie ihm das erklären sollte? Achtlos zog sie Shirt und Jeans aus dem Schrank und rannte ins Bad.

*

Nach einer schnellen Dusche warf sie einen Blick in den Spiegel. Hatte sie gestern Morgen auch so dunkle Ringe unter den Augen gehabt? Niemals. Sie sah aus, als hätte sie die Nacht durchgemacht. Wenn sie darüber nachdachte, fühlte sie sich auch so. Sie beugte sich nach vorn, bis ihre Nasenspitze fast den Spiegel berührte. Das Grau ihrer Augen war trüber als sonst. Kein funkelndes Quarzgrau, in dem sich das Sonnenlicht spiegelte, mehr ein farbloses Aschgrau.

Aschgrau.

Wie Jannes' Gesicht.

Nein, nicht wieder dieses Bild! Sie fuhr sich über die braunen Haarstoppeln und schüttelte den Kopf. Egal, was gestern gewesen war, heute war ein neuer Morgen, okay, der gleiche Morgen wie gestern. Aber im Gegensatz zu gestern wusste sie, was passieren würde, und hatte die Chance, Jannes zu warnen. Sie musste los. Im Wegdrehen fiel ihr Blick auf die Spiegelung des schwarzen Schlabbershirts und blieb an dem wie mit Blut geschriebenen weiß-roten Schriftzug hängen.

'Noob Slayer'

Das konnte nicht wahr sein. Von all den sorgfältig gestapelten Shirts in ihrem Schrank hatte sie ausgerechnet das herausgegriffen, das sie getragen hatte, als sie diesen verfluchten 23. Juni zum ersten Mal erlebt hatte? Wie sollte sie verhindern, dass Jannes ins Krankenhaus kam, wenn sie noch nicht einmal ihr Shirt ändern konnte, ohne nachzudenken? Was war das hier? Ein schlechter Scherz? War sie gefangen in diesem Tag, der, egal was sie tat, unaufhaltsam auf Jannes' Ende zulief? Tomke hatte das Gefühl zu ersticken.

»Nein!«

Es war mehr ein Krächzen als der Schrei, den sie herausbrüllen wollte. Sie hatte eine Chance, sie musste eine haben. Alles andere machte keinen Sinn. Es ging darum, das Richtige zu tun, wie in einem Adventure Game. Wenn sie Pech hatte, war es ein verdammt schlecht geschriebenes Spiel, und es gab nur eine richtige Lösung, die sie Schritt für Schritt befolgen musste. Vielleicht war das Shirt nicht egal und es war wichtig, dass sie genau dieses Shirt trug? Oder eben nicht trug.

Woher sollte sie das wissen?

Sie schlug gegen das Waschbecken. Die Taubheit in ihren Fingern überdeckte für ein paar Sekunden das Kribbeln in ihrem Bauch. Egal, sie würde es herausfinden, und sie würde alles tun, um Jannes zu retten. Sie musste ihn doch nur dazu bringen, am Abend mit ihr an der Konsole zu spielen, und alles war gut!

Mit einem Ruck drehte sie sich um, rannte die Treppe nach unten und verließ das Haus nur mit dem Handy in der Tasche. Schulsachen brauchte sie nicht, sie würde sowieso keine Zeit im Unterricht verschwenden. Sie musste Jannes auftreiben und ihn überreden, mit ihr zu schwänzen, damit sie ihm alles in Ruhe erklären konnte. Was war schon ein Verweis oder der Ärger mit ihren Eltern gegen sein Leben?

*

Statt die Straßenbahn zu nehmen, ging sie zu Fuß. So hatte sie Zeit, in Ruhe über alles nachzudenken. Außerdem wollte sie nicht das Risiko eingehen, von einem Lehrer zwischen den Stunden auf dem Gang erwischt zu werden. Kurz vor Ende der zweiten Stunde passierte sie die schwere Holztür am Eingang des alten Gebäudes, rannte durch die Pausenhalle auf die breite Treppe zu und nahm zwei Stufen auf einmal. Sie musste sich beeilen, vor der dritten Stunde waren zwanzig Minuten Pause. Der perfekte Zeitpunkt, um mit Jannes abzuhauen. Das Handy vibrierte in ihrer Hosentasche. Sie schaute sich um, außer ihr war niemand auf der Treppe. Im Laufen zog sie es heraus und stockte, als sie die Nummer sah.

»Oskar? Bist du nicht beim Baumgärtner?«

»Die Frage ist, wo bist du? Warum reagierst du nicht auf meine Nachrichten und bist in der Zweiten nicht aufgetaucht?«

Toll, sie hätte sich nicht bei Oskar melden sollen.

Sie blieb auf dem Absatz im zweiten Stock stehen. »Ich bin in der Schule!«

»Ach ja? Wie kommt es dann, dass ich dich noch nicht gesehen habe? Was ist mit dir los, Tomke?« Seine Stimme hallte seltsam nach.

»Bist du auf dem Klo?« Tomke ging die Treppe hoch in den dritten Stock und schaute kurz, ob die Luft rein war, bevor sie auf das rechte Eck zuging, in Richtung der Klassenzimmer der Oberstufe.

»Glaubst du, der Baumgärtner lässt mich einfach mal so telefonieren?« Sie bog in den Seitenflügel.

»Pass auf, ich melde mich nachher noch mal. Es ist alles in Ordnung, okay?«, raunte sie in das Handy, um vor den Unterrichtsräumen keine Aufmerksamkeit zu erregen.

»Vergiss es, du sagst mir jetzt, was los ist. Ich bin doch nicht blöd, als ob du ...«

Sie legte auf und schob das Handy zurück in die Tasche.

»Nein, bist du nicht«, murmelte sie und fühlte sich schlecht.

Noch nie hatte sie Oskar oder Ole abblitzen lassen, noch nie.

Das Läuten schrillte durch das alte Gebäude. Einen Moment später flogen die Klassenzimmertüren auf, und ein Strom von Schülern drängte auf den Gang. Jannes war unter den Ersten, sie entdeckte seinen dunklen Haarschopf sofort. Vertieft in eine Diskussion mit drei Jungs, lief er in Richtung des Aufenthaltsraums für die Oberstufenschüler am Ende des Gangs. Das letzte Zimmer vor der kleinen Treppe im Seitenflügel. Die Jungs, mit denen er seit dem Streit mit Lukas abhing. Sie waren ein paar Mal zum Konsolenspielen bei Jannes gewesen. Seit Tomke den mit dem Augenbrauenpiercing bei Streetfighter besiegt hatte, waren sie nicht mehr so scharf darauf gewesen, sie mitspielen zu lassen. Von einem Mädchen abgezockt zu werden, hatte das Ego des Typens wohl nicht verkraftet. Vor allem nicht von einem zwei Jahre jüngeren Mädchen.

Sie beobachtete, wie die vier den Gang entlang schlenderten. Mit Lukas wäre das nicht passiert. Lukas hatte Klasse, er konnte zugeben, wenn jemand besser war als er. Okay, besser als Lukas oder Jannes zu sein, war eine Herausforderung. Aber wenn, dann hatten sie sich mit Tomke gefreut. Immer.

»Ich kapier's nicht«, murmelte sie und dachte wieder an den Streit.

In dem Gedränge der Schüler, die auf den Gang strömten, fing ein dunkelbrauner Strubbelkopf Tomkes Aufmerksamkeit ein. Lukas. Ohne jeden Zweifel. Er war nicht bei Jannes, natürlich nicht. Er kam auf die Ecke zu, an der Tomke stand. In Richtung der großen Treppe. Neben ihm lief ein Mädchen, das auf ihn einredete und dabei lachte. Aus ihrem geflochtenen Zopf hatten sich ein paar Strähnen gelöst. Lukas lächelte und erwiderte etwas. Es war kein echtes Lächeln, Tomke kannte ihn viel zu gut, sie konnte er nicht täuschen. Er hob den Kopf und sah kurz in ihre Richtung. Sie erstarrte, wartete, hoffte. Hoffte, er würde sie nicht ignorieren. Nicht dieses Mal. Doch sein Blick glitt durch sie hindurch, als wäre sie nicht hier, nein, schlimmer noch, als hätten sie sich nie gekannt. Er schaute wieder zu dem Mädchen, sagte noch etwas, und ihr Lachen hallte über den Gang. Es traf Tomke wie ein Messerstich.

Er hat mich vergessen, ausgelöscht und aus seinem Leben gestrichen.

Sie schloss die Augen, kämpfte an gegen den Schmerz, den sie nicht fühlen wollte, und gegen die Wut, die sie ihm am liebsten ins Gesicht geschrien hätte. »Verräter!«

Lukas hatte sie gesehen, ganz sicher, und er tat trotzdem so, als wäre sie nicht hier. Als würde ihm die Zeit, die sie zusammen erlebt hatten, nichts bedeuten. Er verhielt sich genauso bescheuert wie Jannes, der schon ausrastete, wenn sie Lukas' Namen nur erwähnte.

Jannes!

Sie musste ihn abfangen. Sie drehte sich von Lukas weg, der längst bei der Treppe angekommen war, und drängte sich an einer Gruppe von Schülern vorbei.

»Jannes!«, rief sie und entdeckte ihn vor der Tür zum Aufenthaltsraum, immer noch in die Unterhaltung mit seinen neuen besten Freunden vertieft. »Jannes!«, schrie sie noch einmal.

Endlich drehte er sich um, eine Hand schon am Griff, mit der anderen strich er sich ein paar dunkle Strähnen aus dem Gesicht. »Tomke?«

Sein Blick traf sie, und noch bevor sie etwas sagen konnte, begann die Welt sich zu drehen. Der Gang, die Tür, Jannes' neue Freunde, er selbst, alles verschwand hinter weißen Schlieren.

»Nein!«, brüllte Tomke, oder sie wollte es brüllen, aber es kam kein Laut aus ihrem Mund.

Wieder war da dieses Gefühl, keinen Körper mehr zu haben. Ein Sog riss sie fort. Sie allein.

Savegame.
Ein Fehltritt.
Es geht von
vorne los.
Schritt für Schritt.

Wie ein Taktschlag hallte ein hoher Ton durch die Stille. Mit jedem Piepen wurde Tomke die weiche Unterlage unter den Armen bewusster, das Kissen an der Wange. Sie riss die Augen auf und starrte den Wecker an.

7:55 leuchtete auf der Digitalanzeige.

»Nein!« So heftig sie konnte, hämmerte sie ihre Faust in das Kissen. »Nein, nein, nein, nein!«

Das Geräusch des elektronischen Wassertropfens drang zu ihr durch.

Jannes.

Langsam schob sie die Decke zur Seite und beugte sich zu ihrem Handy.

7:56

Freitag, 23.Juni

Zurück am Savepoint.

Sie schloss die Augen, atmete und versuchte, die Wut zu unterdrücken, die wie eine heiße Welle in ihr hochschwappte. Nein, mehr Verzweiflung, nicht Wut. Ruhig bleiben, sie musste ruhig bleiben und nachdenken. Es war nicht alles verloren, das konnte nicht sein. Es musste eine Lösung geben, und sie würde sie finden. Selbst wenn sie tausend Versuche brauchte, egal, bis jetzt hatte sie noch jedes Adventure Spiel ohne Walkthrough geschafft. Auch wenn ihr Ehrgeiz sie manchmal Wochen kostete.

»Es wird keine Wochen dauern, bestimmt nicht«, murmelte sie und schaute auf Jannes' Nachricht.

> Falls Mama oder Papa heute Abend fragen, wo ich bin, sag ihnen, dass wir Sondertraining haben.

> Okay?

> Wo gehst du hin?

> Geheim 😝

Sie kniff die Augen zusammen. Das konnte er vergessen, so ließ sie ihn nicht davonkommen. Diesmal nicht.

> Ernsthaft jetzt. Was machst du?

> Schon mal was von Privatsphäre gehört?

> Ich treff mich mit jemandem.

> Okay, Mama?

> Nicht witzig.

> Ein Date?

»Bitte, sag, dass es ein Date ist. Sag mir, dass du nichts mit dieser bescheuerten Entführung zu tun hast«, flüsterte sie, das Display fest im Blick behaltend, und schämte sich für den Gedanken.

Warum antwortete Jannes nicht, verdammt noch mal?

> Hallo?

> Ich habe dich was gefragt.

Sagst du Mama oder Papa jetzt Bescheid oder nicht?

> Whatever!

Was sollte das? Wenn er nichts zu verbergen hatte, konnte er ihr doch sagen, was er vorhatte! Sie warf das Handy aufs Bett und stand auf.

»Okay, Jannes, ich muss nicht wissen, was du machst, solange ich dich dazu bringe, nicht hinzugehen.«

Aber wie?

Ihn abzufangen war kolossal fehlgeschlagen. Warum eigentlich? Warum war sie zurück zum Anfang geschleudert worden, sobald sich Jannes zu ihr umgedreht hatte? Was hatte die Zeitschleife getriggert?

Sie dachte an den Abend im Krankenhaus. Sie hatte sich über Jannes' leblos daliegenden Körper gebeugt, versucht, in seine offen stehenden Augen zu sehen und ... Moment ... die Erkenntnis schlug in sie ein wie ein Blitz, der einen Baum in Flammen setzt.

»Seine Augen!«

Beide Male hatte der Blick in seine Augen sie an den Anfang zurückkatapultiert.

»Aber wie soll ich mit ihm reden, wenn ich ihn nicht ansehen darf?«, murmelte sie, während sie ein Shirt aus dem Schrank zog.

Die Frage hängte sich in ihr fest. Am Telefon würde Jannes ihr niemals lange genug zuhören. Dazu war die Geschichte zu verrückt. Ihr Blick fiel auf das Shirt.

'Noob Slayer'

Nicht das wieder.

Sie knüllte es zusammen, warf es in die Ecke und zog das nächste heraus.

I PAUSED
MY GAME
TO BE
HERE

Das Headset war besser als die Blutschrift. Falls sie dem Polizisten noch einmal begegnete. Für einen Moment hielt sie die Luft an, dann schüttelte sie den Kopf. Soweit würde sie es nicht kommen lassen.

Wie konnte sie mit Jannes reden, ohne ihm in die Augen zu sehen? Wie war das in diesem Adventure Spiel, in dem man jemanden in eine Falle locken musste, um weiterzukommen? Sie dachte einen Moment nach und nickte. Solange sie auf das richtige Timing achtete, konnte es funktionieren.

*

In der Pause nach der zweiten Stunde saß Tomke mit Oskar in der Sitzecke im zweiten Stock, halb verdeckt durch den Gummibaum, der dort stand.

»Wo ist Ole?«, fragte sie.

»Keine Ahnung. Er wollte noch irgendwas erledigen.«

Sie erinnerte sich. Als sie diesen 23. Juni zum ersten Mal erlebt hatte, war Ole auch wortlos verschwunden. Sie hatte sich gewundert, weil sie die Pausen immer zusammen verbrachten, aber dann hatte Oskar sie in eine Diskussion über den Bosskampf verwickelt, den sie am Tag vorher nicht geschafft hatten. Und sie hatte vergessen, Ole zu fragen, wo er gewesen war, als er kurz vor Ende der Pause wieder auftauchte.

Nur jetzt hatte sie keine Nerven für Oskars Ausführungen. Sie erlebte diesen verdammten Tag das dritte Mal und hatte keine Ahnung, was sie machen musste, um mit Jannes hier herauszukommen. Das konnte nicht so weitergehen, sie brauchte Hilfe, dringend.

»Kommst du heute Nachmittag?«, lenkte Oskar ihre Aufmerksamkeit wieder auf sich. »Mit der Taktik kriegen wir den Boss sicher!«

Sie schüttelte den Kopf. »Ich kann nicht.«

»Wieso nicht?« Ole tauchte wie aus dem Nichts auf und ließ sich neben ihr auf das Sofa fallen.

Eine seiner roten Locken hing ihm in die Stirn.

Ich muss noch das Referat fertigmachen.

Das hatte sie beim ersten Mal geantwortet, aber das Referat war das Letzte, woran sie im Moment dachte. Sie schaute in Oles grün blitzende Augen.

Er hat keinen Schimmer, dass er mich genau das schon einmal gefragt hat. Oder?

»Ich muss Jannes einsperren«, sagte sie, als wäre das die normalste Sache der Welt.

»Du musst was?« Oskar beugte sich vor, um ihr Gesicht sehen zu können.

Warum waren seine roten Haare widerborstige, leicht fettige Strähnen, die entweder in die falsche Richtung abstanden oder platt an seinem Kopf klebten? Obwohl Ole und er Zwillingsbrüder waren? Zweieiig, okay. Aber das konnte doch nicht so einen großen Unterschied machen.

»Jannes einsperren, ich muss Jannes einsperren«, wiederholte sie.

»Haha, sehr witzig.« Ole stieß ihr den Ellbogen in die Rippen. »Also kommst du jetzt vorbei?«

»Ich meine das ernst!« Sie schaute von Ole zu Oskar. »Wenn ich nichts mache, wird Jannes sterben.«

Die beiden sahen sich an.

»Ähm«, fing Oskar an. »Wie kommst du darauf?«

»Das klingt verrückt, ich weiß. Aber ich erlebe diesen Tag heute das dritte Mal.«

Bitte, ihr müsst mir glauben, ihr müsst mir helfen!

»Und? Haben wir beim letzten Mal den Bosskampf geschafft?«, fragte Ole, ein Grinsen im Gesicht.

Den Bosskampf? Echt jetzt?

Wollte Ole sie verarschen? Sie schluckte einen bissigen Kommentar und entschied sich, ihm zu antworten. Vielleicht hörte er ihr dann zu.

»Wir haben ihn auf morgen verschoben, weil ich mein Referat vor dem Wochenende fertig bekommen wollte.«

Der Blick, den Oskar und Ole wechselten, zerschnitt ihr das Herz.

Sie glaubten ihr nicht. Nicht ein Wort.

»Das ist kein Scherz, ich schwöre!«, sagte sie und wünschte sich, sie könnte es ihnen beweisen. Irgendwie. »Die Polizei hat bei unseren Eltern am späten Abend angerufen und uns informiert, dass Jannes im Krankenhaus liegt. Er hatte einen Schädelbruch, und der Arzt meinte, dass sie ihm nicht mehr helfen können, und dann wollten sie die Maschinen ...«

Sie konnte nicht weitersprechen. Ihre Worte beschworen das Bild wieder herauf. Jannes' aschgraues Gesicht, verborgen hinter der Atemmaske, der leere Blick. Sie schluckte gegen die Enge in ihrer Brust, schaute hoch, direkt in Oskars aufgerissene Augen.

»Das erfindest du jetzt ...«, stammelte er.

Hallo? So eine kranke Fantasie habe ich nicht!

Sie schüttelte den Kopf.

»Die Story ist total abgefahren, wieso sollte Jannes sich bitte den Schädel brechen? Und woher willst du das wissen?« Oskars Worte überschlugen sich, wie immer, wenn er überrumpelt war.

Er starrte sie mit seinen grünen Augen an und schien jede Regung ihres Gesichts zu erfassen.

»Hab ich doch gesagt, ich habe es schon einmal erlebt«, flüsterte sie.

Sie konnte sehen, wie er langsam den Kopf schüttelte, Luft holte und doch nichts sagte.

Er glaubt es nicht, er kann es nicht glauben. Wie auch? Die ganze Geschichte klingt total verrückt, ich würde mir auch nicht glauben!

Auf einmal fing Ole an zu lachen.

»Mit der Nummer solltest du dich bei der Theater AG bewerben! Oskar hat dir das voll abgenommen!«, stieß er hervor und klopfte ihr auf die Schulter.

»Habe ich nicht!« Oskar funkelte ihn an. »Ich frage mich nur, wieso du so eine gruslige Geschichte erfindest? Habt ihr gestritten, Jannes und du?«, setzte er hinzu.

Und wieder ließ er sie nicht aus den Augen.

Gestritten. Wenn es das wäre.

Sie zuckte mit den Schultern und versuchte, die Enttäuschung hinunterzuschlucken, sich nichts anmerken zu lassen.

»Aber stellt euch mal vor, dass es wahr wäre«, sagte sie, und diesmal schaute sie auf ihre Finger, mit denen sie an dem Stoff ihrer Jeans zupfte. »Wenn ich in einer Zeitschleife gefangen und die Einzige wäre, die sich erinnern könnte. Was müsste ich tun, damit ihr mir glaubt?«

Es läutete.

Ole stand auf. »Das ist ja wohl offensichtlich. Wenn du die Einzige mit Erinnerung wärst, wären wir nur Statisten und du auf dich allein gestellt.«

Wortlos starrte sie ihn an. Es läutete ein zweites Mal.

»Los, ihr wollt nicht wirklich zu spät in Deutsch erscheinen«, sagte er. »Kommst du jetzt nach der Schule vorbei?«

Er hatte die Geschichte längst abgehakt.

»Ich will das Referat fertig bekommen. Lasst uns morgen treffen«, antwortete sie, obwohl sie an dem Satz zu ersticken glaubte.

Ole hatte recht, sie war auf sich allein gestellt.

»Alles klar?«, fragte Oskar auf dem Weg zurück zum Klassenzimmer.

»Sicher«, murmelte sie und zwang sich ein Lächeln ab. »Mach dir keine Sorgen, es war ein ziemlich doofer Scherz«, fügte sie hinzu, als sie den Zweifel in seinem Gesicht sah.

*

Nach der Schule ging sie direkt nach Hause, wartete, bis es nur noch zwanzig Minuten zu Jannes' Training waren und versuchte, an nichts zu denken.

»Was willst du?« Jannes klang genervt.

Das hatte sie geahnt. Immerhin hatte er es achtzehnmal klingeln lassen, ehe er ranging.

»Kannst du bitte nach Hause kommen?«

Verdammt, das war hilfloser herausgekommen, als sie es beabsichtigt hatte. Sie biss die Zähne zusammen.

»Ich bin auf dem Weg ins Training. Was ist los?«, gab Jannes zurück, keine Spur freundlicher.

Aber sie hatte ihn gekriegt, sonst hätte er nicht nachgefragt. Zum Glück konnte er ihr Lächeln nicht sehen. Sie zwang sich, ernst zu werden, bevor sie antwortete. »Ich bin die Kellertreppe runtergestürzt.«

»Was?«

War er stehen geblieben? Es hörte sich so an. Sie stellte sich vor, wie er sich die dunklen Haare aus der Stirn strich und sauer auf sich selbst war, weil er sich Sorgen machte, obwohl er sie seit ihren Nachrichten am Morgen links liegen lassen wollte. Wenn sie vorsichtig war, hatte sie ihn dort, wo sie ihn haben wollte. Und es würde in ein paar Stunden keinen Jannes geben, der mehr tot als lebendig war. Er würde sie für verrückt erklären, sicher, und ein paar Tage nicht mehr mit ihr reden. Vielleicht nie wieder. Egal. Das war es ihr wert, solange er überlebte.

»Bist du verletzt?«, fragte er weiter.

»Ich bin gestolpert, und jetzt kann ich mein Bein nicht mehr bewegen, es tut weh wie Hölle.«

»Scheiße, wie das denn? Was machst du überhaupt im Keller?«

»Ich, ich wollte …« Sie presste sich die Hand vor den Mund und sprach gepresst zwischen den Fingern durch. Wenn sie Glück hatte, klang es so, als würde sie schluchzen. »Kannst du kommen? Bitte?«

»Was ist mit Mama oder Papa? Hast du versucht, sie anzurufen?«

»Die gehen nicht an ihre Handys, die Arbeitsnummern habe ich nicht eingespeichert und …«

Hoffentlich hatte Jannes das auch nicht. Ihre Eltern gingen nie an ihre Handys, wenn sie arbeiteten.

»Soll ich nen Krankenwagen rufen?«

»Nein!«, schrie sie.

Alles, nur das nicht.

»Hör auf zu paniken, wenn du dein Bein nicht mehr bewegen kannst ...«

»Ich sitze hier unten fest, Jannes! Ich könnte nicht mal die Tür aufmachen, und vielleicht ist ja nur was gezerrt und es wird besser, wenn wir es kühlen.«

»Das bezweifle ich. Aber ich komme und schau es mir an. Versuch es noch mal auf Mamas oder Papas Handy. Okay?«

»Okay. Jannes?«, flüsterte sie, bevor er die Verbindung abbrach.

»Was noch?«

»Danke.«

»Schon gut. Bis gleich«, antwortete er und legte auf.

»Sorry«, murmelte sie.

Einen Moment lang schaute sie noch auf das Display, dann steckte sie langsam das Handy in die Tasche und stand vom Sofa auf. Im Vorbeigehen griff sie nach dem schnurlosen Telefon, stellte es auf laut und brachte es in den Keller.

*

»Tomke?«, rief Jannes und warf die Sporttasche im Flur ab.

»Jannes?«, fragte Tomke in ihr Handy.

Für ihn kam ihre Stimme aus dem Telefon, das sie hinter den Getränkekisten im Keller deponiert hatte. Es klang nicht echt, aber er merkte es nicht. Er ging auf die Kellertreppe zu und bemerkte auch Tomke auf der Terrasse nicht. Sie stand an die Hauswand gelehnt und lugte durch die Scheibe. Sobald er die Treppe nach unten stürmte, drückte sie die Glastür auf, rannte durchs Wohnzimmer, warf sich gegen die Kellertür und sperrte ab.

»Tomke?« Jannes rüttelte am Griff. »Spinnst du?«

»Es tut mir leid.« Sie legte die Hände auf das Metall, stellte sich vor, wie sie ihn an den Schultern packte und ihm in die Augen sah, damit er ihr zuhörte. »Ich muss mit dir reden.«

»Und dafür sperrst du mich in den Keller?« Er lachte auf. »Tolle Art, mich zum Zuhören zu bringen!«

»Es ist kompliziert, okay?« Sie schloss für einen Moment die Augen.

»Ich höre dir zu, wenn du die Tür aufmachst.« Seine Stimme bebte. »Was sollte die Geschichte mit deinem Sturz? Hast du das erfunden, um mich in den Keller zu locken?«

»Jetzt tu nicht so, als ob du gekommen wärst, wenn ich dich darum gebeten hätte. Du hast heute Morgen ja nicht mal mehr auf meine Nachricht reagiert.« Sie stieß sich von der Tür ab und ging zu seiner Sporttasche. »Und geblieben, um mir zuzuhören, wärst du auch nicht. Sei ehrlich!«

In der Seite der Tasche fand sie sein Handy.

»Nein, ich wäre nicht gekommen, weil ich zufällig gerade auf dem Weg ins Training war und anschließend noch was vorhabe.« Er schlug gegen die Tür. »Mach jetzt auf! Dann können wir reden. Ich lass das Training für dich ausfallen. Okay?«

»Das geht nicht.« Hektisch tippte sie seinen Code ein.

Ein Glück, er hatte ihn nicht geändert. Wieso auch? Bis eben hatte er keinen Grund gehabt, sie für verrückt zu halten.

»Und warum geht das nicht?«

»Weil alles wieder von vorn anfängt, sobald ich dir in die Augen sehe«, antwortete sie.

Was hatte sie schon zu verlieren? Vielleicht glaubte ihr wenigstens Jannes, wenn Oskar und Ole es schon nicht taten?

»Willst du mich verarschen?«

»Nein, das ist mein voller Ernst. Du musst mir zuhören, dein Leben hängt davon ab. Kapiert?«

»Hast du den Verstand verloren? Mach die verdammte Tür auf!« Jannes hämmerte gegen das Metall.

Sie wich einen Schritt zurück und konzentrierte sich wieder auf das Handy. Hatte sie wirklich gedacht, dass er ihr glaubte?

Im obersten Chat leuchtete eine neue Nachricht. Von Lucie. Wer zur Hölle war Lucie?

> Brich dir nichts im Training. Oder wenn, dann schreib mir.

> Nicht dass ich umsonst warte.

»Verdammt, Jannes, hör mir zu! Okay? Ich kann dir alles erklären«, rief sie über sein Gehämmer hinweg.

Warum gab es keinen Chatverlauf zwischen ihm und Lucie? Hatten sie erst Nummern getauscht? Egal, wenn Lucie nach dem Training nicht umsonst warten wollte, war sie sein Date! Tomke hätte beinahe laut aufgelacht. Sie hatte recht gehabt, von Anfang an. Jannes hatte nichts mit dieser bescheuerten Entführung zu tun! Das Hämmern hörte auf.

Sie ließ sein Handy zurück in die Sporttasche gleiten, ging zur Tür und lehnte den Kopf dagegen. Waren das Schritte?

»Jannes? Bist du noch da?«

»Wo sollte ich sonst sein?« Seine Stimme klang weiter weg als eben.

»Was machst du?«

»Ich warte darauf, dass du mir eine richtig gute Erklärung lieferst.«

»Okay«, murmelte sie, die Wange an das kühle Metall gepresst. »Das klingt jetzt bescheuert, aber egal, was du tust, du darfst heute Abend nicht zu deinem Date gehen. Verstehst du?«

Wenn sie mit ihm allein wohnen würde, müsste sie ihm nichts erklären. Dann könnte sie ihn bis morgen im Keller schmoren lassen. Leider würden ihre Eltern irgendwann von der Arbeit kommen und die Tür aufmachen.

»Aha. Und warum?«

Sie hörte ein Kratzen von Metall auf Metall.

»Au!« Jannes fluchte.

»Alles in Ordnung?«, rief sie und griff nach dem Schlüssel. Wenn sie aufsperrte, fing alles wieder von vorne an. Das konnte sie nicht riskieren. Sie ließ los. »Jannes? Ist alles in Ordnung?«

»Klar. Meine kleine Schwester ist über Nacht zur Psychopathin geworden, sperrt mich in unseren Keller, weil sie mir aus unerfindlichen Gründen nicht mehr in die Augen sehen darf, und erklärt mir einfach mal so, dass ich mein Date heute Abend vergessen kann. Ansonsten ist alles in Ordnung.«

Es rumpelte, als wäre ein Regal umgefallen, und wieder fluchte er.

»Was machst du?«

»Ich richte es mir wohnlich ein. Was sonst? Warum soll ich heute Abend nicht weggehen?«

»Weil du einen Unfall haben wirst, und das ist jetzt echt kein Scherz. Ich weiß nicht, wie ich dir das erklären soll, aber ich habe dich gesehen, im Krankenhaus, und sie wollten ...«

Die Stimme brach ihr weg, sie schluckte und presste die Augen zu. Keine Chance, sie brachte die Worte nicht heraus. Im Keller blieb es still.

»Jannes? Bist du noch da?« Panik stieg in ihr auf, Tomke schlug gegen die Tür. »Jannes, sag was!«

»Das ist nicht mehr witzig, Tomke«, murmelte er.

Seine Stimme war ganz nah. Er musste direkt hinter der Tür stehen. Tomke stellte sich vor, wie er die Hände auf das Metall legte und seine Stirn dagegen lehnte, und machte das Gleiche. Es fühlte sich beinahe so an, als ob sie ihn in den Arm nehmen würde. Sie klammerte sich an dieses Bild und versuchte, sein aschgraues Gesicht hinter der Atemmaske zu vergessen.

»Hast du irgendwas genommen?«, fragte er.

Sie lachte auf. »Schön wär's. Nein, auch wenn es total verrückt klingt. Ich habe diesen Tag schon einmal erlebt. Und er hat mit dir schwer verletzt im Krankenhaus geendet.« Sie horchte, wartete auf seine Reaktion, aber hinter der Tür blieb es still. »Du darfst heute Abend auf keinen Fall weggehen, hörst du? Bitte, Jannes, verschieb dein Date auf morgen. Ich gehe jetzt. Versprich mir, dass du hierbleibst, auch wenn Mama und Papa dich später aus dem Keller holen.«

Sie ging rückwärts in Richtung Haustür, aber sein Ruf hielt sie auf.

»Warte! Wie meinst du das, du hast den Tag schon einmal erlebt? Hast du davon geträumt? Oder ein Déjà-vu?« Seine Stimme kam von weiter weg.

Tomke ging einen Schritt auf die Kellertür zu und dachte nach. Wenn sie es ihm nicht erklärte, würde er niemals auf sie hören. Aber wie sollte sie ihm etwas erklären, das sie selbst nicht verstand? Das sich anfühlte wie ein schlechter Traum?

»Weder ein Déjà-vu noch ein Traum. Ich habe den Tag heute wirklich schon einmal durchgemacht. Aus irgendeinem verrückten Grund hat die Zeit sich zurückgedreht, und jetzt habe ich die Chance, dich zu warnen.« Sie schüttelte den Kopf. Das klang total bescheuert, wenn sie an seiner Stelle wäre, würde sie sich das niemals abnehmen. »Ehrlich, Jannes. Was hast du zu verlieren? Wenn ich dich anlüge, hast du dein Date halt einen Abend später. Aber wenn ich die Wahrheit sage und du nicht auf mich hörst, hast du kein Date mehr. Nie wieder. Kapierst du?«

Er musste ihr glauben, bitte. Auf der anderen Seite der Tür blieb es still.

»Jannes?«

»Warum denkst du dir so eine verrückte Geschichte aus, nur um mein Date platzen zu lassen?«

»Das ist keine Geschichte. Du stirbst, wenn du da hingehst. Warum sollte ich das erfinden?«

Es war ihr egal, wie bescheuert das klang. Sie fand nicht die Worte, mit denen sie ihn überzeugen konnte. Aber sie konnte nicht nichts sagen. Statt einer Antwort krachte wieder etwas auf den Boden, und diesmal klang es definitiv so, als wäre ein Regal umgestürzt.

»Jannes? Ist alles in Ordnung?«

Stille.

Der Nachhall des Knalls schwang noch durch den Raum. War Jannes gestürzt und hatte sich den Kopf aufgeschlagen? Lag er bewusstlos auf dem Boden und verblutete? Das konnte sie nicht riskieren. Sie griff nach dem Schlüssel, hielt inne. Wenn es ein Trick war?

Das Knacken der Haustür schreckte sie aus ihrer Starre.

»Okay, Tomke, was zum Teufel ...«

Jannes. Wie war er aus dem Keller gekommen? Noch ehe er im Gang stand, riss sie die Kellertür auf, knallte sie hinter sich zu und sperrte sie wieder ab.

»Sag mal, spinnst du? Was soll das jetzt?« Er rüttelte an der Klinke, diesmal von der anderen Seite.

Tomke reagierte nicht, sie stolperte die Treppe nach unten und über das Regal, das quer auf dem Boden lag.

Das Fenster. Er hatte es abgeschraubt, während er mit ihr geredet hatte, und sich durch den schmalen Spalt gezwängt.

»Okay, Tomke. Ich gehe jetzt«, drang seine Stimme zu ihr. »Ich werde später bei Mama oder Papa anrufen und ihnen sagen, dass sie mit dir zum Arzt fahren sollen. Und ich hoffe, du hast nur irgendwas genommen und bist nicht über Nacht verrückt geworden.«

»Warte!« Sie stolperte die Treppe hoch.

Bis sie aufgesperrt hatte, war er durch die Tür. Sie rannte hinter ihm her, fiel ihm ohne Vorwarnung um den Hals und drückte das Gesicht gegen seine Schulter, damit er ihr nicht in die Augen sehen konnte. Es fühlte sich seltsam an, sie konnte sich nicht erinnern, Jannes jemals im Arm gehalten zu haben. Sie waren die besten Kumpels, klar, aber Umarmungen waren nie ihre Sache gewesen. Handschlag oder Schulterklopfen waren genug. Immer schon. Einen Moment lang stand er wie versteinert, bis ihm die Sporttasche aus der Hand rutschte, er sich zu Tomke umdrehte und langsam die Arme um sie legte. Sie fühlte seine Wärme, hatte für einen Augenblick sein aschgraues Gesicht im Kopf und presste die Stirn fester gegen seinen Brustkorb.

»Kannst du mir jetzt erklären, was mit dir los ist? Ehrlich, Tomke, du bist völlig neben der Spur. Was hast du genommen? Bitte sag's mir.«

»Bleibst du zu Hause?«, flüsterte sie, das Gesicht in seinem dunklen Shirt vergraben. »Bitte?«

»Okay, ich verschiebe mein Date.«

»Wirklich?« Ihr Herz setzte für einen Schlag aus.

Das würde er machen? Für sie?

»Unter einer Bedingung«, fügte er hinzu.

Sie biss sich auf die Lippe, die Stirn immer noch an ihn gelehnt.

»Du sagst mir, was wirklich los ist«, sprach er weiter. »Und bleibst mit mir zu Hause. Wenn du willst, kannst du aussuchen, was wir zocken. Deal?«

Tränen stiegen ihr in die Augen. Nichts würde sie lieber tun. Aber wie sollte das gehen? Sie konnte nicht den ganzen Abend mit ihm verbringen, ohne ihm in die Augen zu sehen. Und selbst wenn? Was sollte sie ihm antworten auf seine Frage, was *wirklich* los war?

»Einverstanden«, murmelte sie.

Ihr Magen zog sich zusammen. Sie hob den Kopf, langsam, um die Illusion noch einen Moment länger zu halten. Die Illusion, den Abend mit Jannes verbringen zu können und so seinen Tod zu verhindern.

Als ihre Blicke sich trafen, begann die Welt sich zu drehen. Tomke schloss die Augen. Sie hielt es nicht aus zuzusehen, wie Jannes hinter den weißen Schlieren verschwand.

Date.
Schweißnasse Hände.
Sie lässt dich stehen,
dein Blick spricht
Bände.

Diesmal war Tomke vor dem Wecker wach. Sie schaltete ihn aus und beugte sich zu ihrem Handy.

7:53

Freitag, 23.Juni

Mit drei Klicks hatte sie den Chatverlauf zwischen Jannes und sich offen. Seine Nachricht würde erst in ein paar Minuten ankommen. Gedankenverloren strich Tomke über den einrasierten Blitz schräg hinter ihrem Ohr. Er war Oles Werk. Das Ergebnis einer Großaktion am letzten Wochenende. Oskars panischer Gesichtsausdruck kam ihr wieder in den Sinn, als sie zugestimmt hatte, Oles Versuchskaninchen zu spielen, und sie musste grinsen. Das Geräusch des elektronischen Wassertropfens zerriss das Bild. Es reichte, um das Grinsen aus ihrem Gesicht zu vertreiben.

Falls Mama oder Papa heute Abend fragen, wo ich bin, sag ihnen, dass wir Sondertraining haben.

Okay?

Und wo bist du wirklich?

Geheim 😜

Lass uns einen Deal machen:

Ich sage dir, mit wem du dich triffst. Und du sagst mir, wann und wo ihr euch trefft.

Okay?

???

Erstens kannst du das nicht wissen, und zweitens, wozu willst du das überhaupt wissen?

Nur so.

Du hast aber nicht vor aufzutauchen, oder?

Spinnst du?

Ich will mit dir wetten, das ist alles.

Also, was ist jetzt?

Sie versuchte, das schlechte Gewissen nicht zu spüren. »Ich muss vorbeischauen, Jannes. Ich muss wissen, was so fatal schiefgeht ...«

Was springt für mich heraus, wenn ich
gewinne?

Das war so typisch Jannes. Sie verdrehte die Augen. Als ob für sie bei der
Wette etwas herausspringen würde. Außer einer Info, von der sie ihm eben
versprochen hatte, sie nicht zu nutzen.

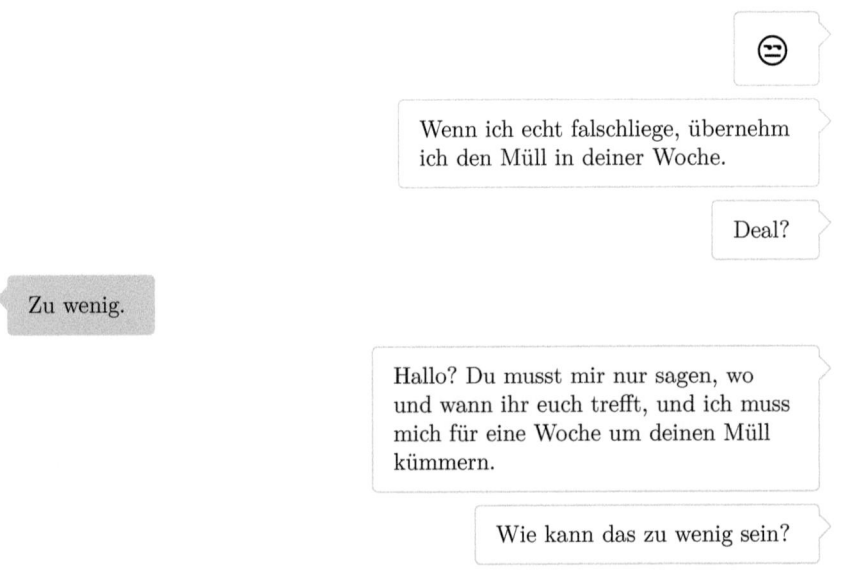

Wenn ich echt falschliege, übernehm
ich den Müll in deiner Woche.

Deal?

Zu wenig.

Hallo? Du musst mir nur sagen, wo
und wann ihr euch trefft, und ich muss
mich für eine Woche um deinen Müll
kümmern.

Wie kann das zu wenig sein?

Klar. Er war sich seiner Sache sicher, und jetzt sollte Tomke bluten. Sie war
ja selbst schuld, wenn sie ihn zu blöden Wetten herausforderte.

Wer gewinnt, entscheidet bis Sonntag,
was wir an der Konsole zocken.

Deal?

Das war keine Strafe. Seit Wochen hatten sie so gut wie nichts mehr gemeinsam gemacht. Erst wegen des Streits und dann wegen Jannes' neuen Freunden. Ihr war egal, was sie spielten, solange sie überhaupt wieder zusammen spielten.

Deal!

Also? Ich höre?

Sie tippte, hielt inne, ihr Finger schwebte sekundenlang über dem Absenden-Pfeil. Sie durfte sich keinen Fehler erlauben, auch wenn die Aussicht, mit ihm vor der Konsole zu sitzen, es wert gewesen wäre. Aber das würde nicht passieren. Wenn sie den Tag laufen ließ, war Jannes in ein paar Stunden so gut wie tot.

Lucie

Die nächste Minute passierte nichts. Tomke umklammerte das Handy, unfähig etwas anderes zu tun. War Jannes beim Tippen erwischt worden und sein Handy jetzt in der Tasche eines Lehrers? Das durfte nicht sein, bitte, sie musste wissen, wo und wann er sich verabredet hatte.

Woher weißt du das?

Ich habe das eben erst mit ihr ausgemacht. Hast du eine Spyware auf meinem Handy installiert oder was?

»Spyware?« Sie schüttelte den Kopf und lachte. »Eine bessere Erklärung fällt dir nicht ein?«

Klar. Irgendwer muss sich ja um dich kümmern.

Das ist nicht witzig.

Wie kannst du das wissen?

»Ich habe in dein Handy geschaut?« Das konnte sie nicht schreiben, auch wenn es die Wahrheit war. Die Nachricht von Lucie war noch überhaupt nicht angekommen.

Krieg dich wieder ein. Wir hatten einen Deal.

Also, wann und wo trefft ihr euch?

Du tauchst aber wirklich nicht auf.

Kapiert?

Ehrlich, Tomke, wenn du das bringst, gibt es Ärger.

Sie schnaubte. Seit wann war er so ein schlechter Verlierer?

☹

Ich habe Besseres zu tun, als dir beim Flirten zuzusehen.

Also?

Warum willst du es dann wissen?

Nur so. Schließlich sollst du nicht vergessen, dass du nichts vor mir verheimlichen kannst.

> Los! Du bist mir die Antwort schuldig, wir haben gewettet!

Die Sache mit dem Verheimlichen ging bis in die Grundschule zurück. In eine Zeit, in der Tomke hart darum gekämpft hatte, in Jannes' Clique zu sein. Sie hatte es am Ende geschafft. Wenn sie sich etwas in den Kopf setzte, akzeptierte sie kein Nein.

> Um neun beim Waldspielplatz.

> Glaub bloß nicht, dass du mir so leicht davonkommst. Ich schau in der Pause vorbei, und dann erklärst du mir, woher du weißt, mit wem ich mich treffe.

> Kapiert?

»Mach ruhig«, murmelte sie und stand auf.

Sie ging zum Schrank, um sich Klamotten zu holen. Wieder hielt sie das 'Noob Slayer'-Shirt zwischen den Fingern. Sekundenlang schaute sie auf den Schriftzug und wartete auf das Ziehen im Bauch, die Bilder aus dem Krankenhaus, den freien Fall. Nichts passierte. Das Geräusch des elektronischen Wassertropfens riss sie aus ihrer Trance.

Jannes.

> War es Lukas?

Lukas? Sollte das eine ernsthafte Frage sein?

> Redet ihr wieder miteinander?

Nein. Ihr?

Woher sollte er dann wissen, dass du dich mit Lucie triffst?

Nachdem sie eine halbe Minute den Chatverlauf angestarrt hatte, legte sie das Handy aufs Bett und ging ins Bad. Was sollte die Frage? Lukas behandelte sie seit dem Streit mit Jannes wie Luft. Das wusste Jannes.

Als sie frisch geduscht zurück ins Zimmer kam, blinkten zwei Nachrichten auf dem Handy. Eine war von Oskar.

Tomke? Alles klar bei dir? Wieso bist du nicht in der Schule?

Die zweite war von Jannes.

Du hast die Frage nicht beantwortet. Ich komme in der Pause und will eine Erklärung.

Verstanden?

»Klar, komm vorbei«, sagte sie, während sie seine Nachricht wegdrückte und Oskar antwortete.

Ich muss was Dringendes erledigen.

Kann ich heute Nachmittag vorbeikommen? Falls Jannes fragt, sag ihm, dass du und Ole heute was vorhabt und euch nicht mit mir trefft.

Okay?

Irgendwo musste sie den Nachmittag verbringen, ohne Gefahr zu laufen, von Jannes aufgespürt zu werden. Wenn es darauf ankam, konnte einem keiner besser etwas vormachen als Oskar. Er würde Jannes irgendeine Story erzählen, und dem würde keine andere Wahl bleiben, als Oskar zu glauben. Darauf konnte sie sich verlassen.

*

Bis zum Nachmittag hatte sie sich eine Wanderkarte heruntergeladen und den Rest des Vormittags in der Bücherei zugebracht, um alle Wege aufzuzeichnen, die Jannes vom Training zum Waldspielplatz nehmen könnte. Es waren zu viele, dabei waren noch nicht einmal alle Trampelpfade eingezeichnet. Wie sollte sie ihn finden, ohne stundenlang durch den Wald zu irren, auf die Gefahr hin, ihn zu verpassen? Es gab mehr als eine Felskante, an der Jannes abstürzen konnte. Wie sollte sie bei allen gleichzeitig sein?

*

»Hey, komm rein.« Oskar ging einen Schritt zur Seite, um Tomke in die Wohnung zu lassen. Eine rote Strähne klebte auf seiner schweißglänzenden Stirn. »Was hast du mit deinem Bruder gemacht?«

»Hmm, wieso?«, fragte sie, obwohl sie sich vorstellen konnte, wie Jannes ihm und Ole das Leben schwer gemacht hatte, um herauszufinden, wo sie war.

»Der ist total durchgedreht, als er gemerkt hat, dass du nicht in der Schule bist«, rief Ole aus dem Wohnzimmer.

»Ach so, das. Mich hat er auch schon mit Nachrichten bombardiert.« Sie hob ihr Handy hoch und grinste.

Dabei war ihr alles andere als zum Grinsen. Oskar kapierte das sofort. Ein Blick auf seine zusammengepressten Lippen genügte ihr, um das zu wissen. Sie zuckte mit den Schultern und ging an ihm vorbei über den schmalen Flur ins Wohnzimmer.

»Du hättest Oskar hören sollen. Der hat ihm die Story vom Sommerfest im Betrieb unserer Mutter erzählt, zu dem wir alle heute Nachmittag hinmüssen. Er hat es ihm echt abgekauft.« Ole lachte.

Sie lachte mit, halbherzig, aber das fiel ihm nicht auf. Wie immer spürte er die feinen Nuancen nicht. Oder er ignorierte sie. Wurde Einfühlungsvermögen über Eizellen vererbt? Egal, davon abgesehen war das der einzige Nachteil, den Ole mitbekommen hatte. Nicht nur was die Haare betraf, hatte er es besser erwischt. Er wog auch mindestens zehn Kilo weniger als Oskar, und bei ihm sahen die Sommersprossen auf Nase und Wangen aus wie kleine Lichtpunkte in seinem Gesicht und nicht wie trübe Fettflecken auf picklig speckiger Haut.

Tomke schüttelte den Kopf, setzte sich neben Ole aufs Sofa und griff nach einem der drei Controller, die auf dem Tisch lagen.

Oskar kam hinterher und nahm den freien Platz neben ihr ein. »Hast du dich bei ihm gemeldet? Wo warst du die ganze Zeit?«

»Ich musste was erledigen«, sagte sie nach einem Blick in sein angespanntes Gesicht. »Und ich habe ihm geschrieben, dass ich bei einer Freundin bin.«

Ole lachte. »Welche Freundin bitte?«

Sie verdrehte die Augen.

Statt darauf zu achten, griff Ole nach einem der anderen beiden Controller. »Fangen wir an? Ich muss später noch mal weg.«

»Klar. Wo musst du hin?«, fragte sie.

Das war nicht normal. Ole war immer der, der nie aufhören wollte.

Oskar nahm sich den übrig gebliebenen Controller.

»Ole hat noch ein Date«, sagte er nebenbei, während er das Spiel startete, das sie am Tag vorher gespielt hatten, und seinen Charakter auswählte.

Als wäre es die normalste Sache der Welt.

»Ein Date?« Tomke drehte sich zu Ole.

Dessen Wangen waren so rot wie seine Haare. »Schwachsinn. Isi hat mich gefragt, ob ich ihr in Mathe helfe. Das ist alles!«

»In Mathe? Du?« Sie schaute zu Oskar und merkte, wie der die Lippen aufeinanderpresste, um nicht loszulachen.

Sobald ihre Blicke sich trafen, konnten sie nicht mehr anders und prusteten beide los.

»Nicht lustig. Können wir jetzt anfangen? Der Boss besiegt sich nicht von allein.« Ohne ihnen Zeit für eine Antwort zu lassen, drückte Ole auf die Starttaste.

Zwei Stunden später ging er, und Tomke blieb allein mit Oskar. Auch wenn es sich seltsam anfühlte. Sie waren immer zu dritt, mindestens. Der Einzige, mit dem sie zu zweit spielte, war Jannes. Oder Lukas, kurz vor dem Streit. Mit Lukas aber nur online. Mehrmals setzte Oskar an, sie etwas zu fragen, und er musste die Fragen nicht aussprechen, sie wusste auch so, worüber er sich Sorgen machte. Warum zur Hölle war sie nicht in der Schule gewesen, und wieso versteckte sie sich vor ihrem Bruder? Doch jedes Mal kam sie ihm zuvor und schlug eine Revancherunde vor oder ein anderes Spiel.

Was hätte sie ihm auch antworten sollen? Das mit der Zeitschleife glaubte er ihr ja nicht.

Kurz nach acht stand sie auf. »Was meinst du? Ist Isi so schwer von Begriff, oder weiß Ole nicht, wie man erklärt?«

Oskar verzog den Mund zu einem Grinsen und zuckte mit den Schultern. Das Grinsen war nicht echt, Tomke erkannte es an dem Schatten in seinen Augen.

»Sehen wir uns morgen?«, fragte er.

Morgen. Das war das falsche Wort. Der Boden unter ihren Füßen vibrierte, sie stolperte einen Schritt nach hinten.

»Mal sehen, ich melde mich«, presste sie hervor und ging, ohne ihm die Chance zu geben, noch etwas zu sagen.

*

Auf dem Weg zum Waldspielplatz rief sie ihre Mutter an. Sie brauchte ein Alibi, wenn sie nicht nach Hause kam.

»Hey, ich bleib heute bei Oskar und Ole, okay? Wir wollen noch ein neues Spiel ausprobieren.«

Es war Freitag, und ihre Mutter hatte noch nie ein Problem damit gehabt, dass Tomke bei den beiden Jungs übernachtete. Im Gegensatz zu ihrem Vater.

»Nicht so schnell, Tomke. Kann es sein, dass du heute nicht in der Schule warst?«, fragte sie, und in ihrer Stimme lag ein Grollen.

»Wieso?«

Hatte Jannes etwas gesagt? Nein, das würde er nicht tun, sie lieferten sich nicht gegenseitig aus. Obwohl. Wenn er sich Sorgen gemacht hatte?

»Ich habe eine Nachricht von eurem Sekretariat auf der Mailbox. Mit der Bitte, in Zukunft daran zu denken, dass du bis acht Uhr dreißig abgemeldet werden sollst, wenn du krank bist.«

Verdammt. Daran hatte sie nicht gedacht.

»Ich kann dir alles erklären«, sagte sie schnell.

»Da bin ich gespannt. Ich erwarte dich in spätestens zwanzig Minuten zu Hause, sonst hole ich dich persönlich bei Oskar und Ole ab. Verstanden?«

Klasse, sie konnte sich Oskars Gesicht vorstellen, wenn ihre Mutter vor der Tür stand und nach ihr fragte und niemand einen Schimmer hatte, wo sie war.

»Alles klar«, murmelte sie.

Sobald sie aufgelegt hatte, stellte sie das Handy auf lautlos. Wann fing die Polizei an, jemanden zu suchen? Erst nach ein paar Stunden oder sofort? Egal. Wenn es schiefging, würde sowieso alles von vorn anfangen und ihre Mutter sich an nichts erinnern. Hoffentlich. Solange Tomke nicht wusste, warum ein Blick in Jannes' Augen sie in der Zeit zurückschleuderte, sollte sie sich nicht darauf verlassen. Andererseits, hatte sie eine Wahl?

**Mittendrin,
hineingefallen.
Stehst du allein,
und bist kein Teil
von allen.**

Erst am Waldspielplatz sah Tomke wieder auf das Handy. Kurz vor neun.

Es vibrierte, und die Nummer ihres Vaters leuchtete im Display auf. Tomke steckte es zurück in die Tasche und schaute sich um. Von dieser Lucie war nichts zu sehen.

Hatte Jannes Tomke den falschen Ort genannt?

Ihr Blick wanderte zu den Bäumen. Irgendwo musste er sein. Sie musste sich beeilen, sie musste ihn suchen, jede Sekunde zählte.

Vom Spielplatz aus führten vier Pfade in den Wald. Sie folgte einem der inneren ein paar Schritte und rief die Karte auf ihrem Handy auf.

Nach wenigen Metern verzweigten sich die Pfade weiter. Mit viel Glück könnte sie auf Jannes stoßen und herausfinden, warum er die Felskante hinunterstürzte.

Aber was, wenn sie an ihm vorbei stolperte, ohne ihn zu bemerken? Oder wenn tatsächlich ein Psychopath im Wald unterwegs war, der auch sie niederschlug?

Hinter ihr knackte ein Ast.

Sie fuhr herum. Ein Mädchen mit braunen langen Haaren schlenderte über den Spielplatz zur Schaukel. Ihr eng anliegendes, schulterfreies Top leuchtete knallorange im Halbdunklen.

Tomke duckte sich hinter einen Busch und schielte auf das Handy.

21:08

Freitag, 23.Juni

Diese Lucie schien alle Zeit der Welt zu haben. Sie setzte sich auf eine der beiden Schaukeln und sah sich um, die Augen zusammengekniffen. Super. Sie kam zu spät und fragte sich, warum Jannes noch nicht auf sie wartete.

Er wird nicht kommen.

Der Gedanke brannte sich mit seiner Wahrheit in Tomkes Herz. Sie kauerte immer noch hinter dem Busch, wandte sich wieder dem Wald zu und horchte.

Irgendwo dort war Jannes und kämpfte gegen den Tod. Was sollte sie machen, wenn die Polizei ihn diesmal nicht fand? Vielleicht hatte Tomke den Ablauf gestört, weil sie zum Waldspielplatz gegangen war? Sie ballte die Hände zu Fäusten, jeden Muskel angespannt, kurz davor, blind in den Wald zu rennen.

Hinter sich hörte sie Schritte.

Sie wirbelte herum und duckte sich tiefer in die Schatten der langsam hereinbrechenden Nacht. Lucie war aufgestanden. Sie tippte in ihr Handy und schaute zu den Bäumen. Ihr Blick blieb für einen Moment an dem Busch hängen, hinter dem Tomke kauerte.

Sie sieht mich nicht, sie kann mich nicht sehen.

Ohne die Strahlen der Sonne hatte sich das Licht auf dem Spielplatz tiefgrau verfärbt. An der Baumgrenze war es noch einen Ton dunkler. Nach einem endlos erscheinenden Augenblick drehte Lucie sich weg und ging mit verschränkten Armen zurück zu der Zufahrt.

Tomke warf einen weiteren Blick auf das Handy. Lucie hatte gerade einmal sieben Minuten gewartet. Mehr Zeit war Jannes ihr nicht wert? Kopfschüttelnd trat Tomke zwischen den Bäumen hervor. Mit dem Rücken gegen ein Kletternetz gelehnt, versuchte sie, durch den dunkler werdenden Schatten des Waldes zu sehen. Als könnte Jannes jeden Moment zwischen den Bäumen herauslaufen und würde nicht irgendwo liegen, mehr tot als lebendig.

Hätte sie etwas tun können, um das zu verhindern? Die Frage riss an ihr, und ein Strudel aus Bildern und Worten überschwemmte sie.

Jannes' Gesicht, aschgrau, ein Schweißtropfen auf der Stirn.

Die Atemmaske.

Unser Möglichstes getan ... wieder aufwacht ... Sie sollten ihm das nicht wünschen ... das Beatmungsgerät ... abschalten.

Sie krallte die Finger in das Seil, hatte das Gefühl, den Halt zu verlieren, und presste die Schultern gegen das Netz.

Es half nicht.

Eine Sirene bewahrte sie vor dem Fall. Tomke stieß sich von dem Netz ab. Blau leuchtendes Flackern zerriss im Sekundentakt die tiefgrauen Schatten. Einen Moment später fuhr ein großes rot-weiß gestreiftes Gefährt die Zufahrt zum Spielplatz hoch und hielt ruckartig vor dem kleinen Holzzaun. Steinchen spritzen unter den Reifen hervor, jemand schob die breite Tür hinten auf. Erst jetzt verstand Tomke, was sie sah. Es musste der Krankenwagen sein, mit dem sie Jannes holten.

Menschen in roten Westen sprangen auf den Weg und rannten zu dritt in den Wald. Einer von ihnen schleppte eine Rettungstrage. Tomke ging zögernd auf den Krankenwagen zu. Ein Auto raste die Zufahrt hoch und kam mit quietschenden Bremsen zum Stehen. Tomke duckte sich in den Schatten eines Baums. Eine Frau mit einer Tasche in der Hand stieg aus dem Notarztwagen und rannte an Tomke vorbei auf einen weiß leuchtenden Lichtstrahl zu, der zwischen den Bäumen aufblinkte. Die Lichter auf den Autodächern drehten sich weiter und tauchten den Spielplatz in ein unwirkliches Blau.

Eine Ewigkeit blieb Tomke in der Dunkelheit zwischen den Bäumen und fühlte sich, als wäre sie am Ende der Welt. Der Lichtstrahl im Wald war verschwunden. Ein Windstoß blies ihr ins Gesicht.

Jannes. Sie holen ihn.

Mit dem Wind kam eine Kälte, die sich auf ihre nackten Arme legte, die kleinen Härchen stellten sich auf, und ohne es richtig zu merken, begann Tomke zu zittern. Eine zweite Sirene zerriss die Stille der Nacht. Tomke nahm sie kaum wahr. Es fühlte sich an, als würde sie mit einer 'Virtual Reality'-Brille in der Zwischensequenz eines Spiels stehen.

Mittendrin und doch kein Teil des Ganzen.

Die Sirene wurde lauter, ein zweiter Krankenwagen hielt in einer Bucht vor dem anderen, Menschen sprangen heraus und rannten an Tomke vorbei in den Wald. Auf den weißen Lichtstrahl zu. Seit wann war er wieder da?

Stimmen. Rufe.

Für Sekunden schien alles um Tomke lebendig, sie spürte eine Dringlichkeit, ohne sie greifen zu können. Sie musste etwas tun, das wusste sie, aber sie hatte keine Ahnung, was.

Sie war kein Teil des Ganzen.

In Gedanken saß sie wieder im Wartebereich des Krankenhauses, hörte das leise Schniefen ihrer Mutter und spürte deren Hand auf ihrem Knie. Der einzige Halt in einer Welt, die Stück für Stück auseinanderfiel.

Rufe aus dem Wald rissen Tomke zurück in die Wirklichkeit. Jemand lief an ihr vorbei zu dem ersten Krankenwagen. Eine Frau. Sie riss die Fahrertür auf und stieg ein. Hinter ihr kamen zwei Männer, eine Rettungstrage zwischen sich haltend.

Jannes!

Tomke wusste es, obwohl sie in der Dunkelheit nicht mehr als einen schwarzen Schemen unter einer Decke ausmachen konnte. Für einen Moment blieb ihr die Luft weg. In dem Augenblick, in dem die Männer die Trage in den Wagen hoben, setzte Tomkes Atmung wieder ein, und Tomke spürte ihren Körper.

»Halt!«, schrie sie. So schnell sie konnte, rannte sie auf die Männer zu. »Das ist mein Bruder, bitte nehmen sie mich mit.«

Der Ältere der beiden stellte sich ihr in den Weg. »Langsam. Das hier ist ein Noteinsatz. Wo kommst du überhaupt her?«

»Ich habe beim Spielplatz auf ihn gewartet, aber er ist nicht gekommen, bitte, Sie können mich nicht hierlassen.« Tomke spürte die Träne, die sie nicht aufhalten konnte und ihr die Wange hinunterrann.

»Lass ihn mitfahren«, sagte der Jüngere der beiden. »Wir müssen los, und wenn es dein Bruder wäre, würdest du auch mitwollen.«

Er hantierte mit irgendwelchen Schläuchen an der Rettungstrage und hob nicht einmal den Kopf.

Der Ältere stieß einen Seufzer aus. »Also gut. Aber du musst auf dem Notsitz bleiben und darfst uns nicht in die Quere kommen. Wir können uns nicht um dich kümmern, wenn wir deinem Bruder helfen sollen. Verstanden?«

Tomke nickte. Es war ihr egal, ob sie für einen Jungen gehalten wurde, einen heulenden Jungen. Sie musste sich nur über Jannes beugen, ihm in die Augen sehen, und alles würde hinter weißen Schlieren verschwinden, ausgelöscht.

Hoffentlich.

Der Ältere trat einen Schritt zur Seite und ließ sie einsteigen. Sobald er die Tür schloss, startete die Frau vorne den Motor und fuhr rückwärts aus der Zufahrt.

»Setz dich, ich schnall dich an, damit du uns nicht durchs Auto fliegst.« Der Sanitäter legte die Hand auf ihre Schulter, drückte sie auf einen Klappsitz und schloss einen Bauchgurt um sie.

Sie ließ ihn machen, ihr Blick war auf den Jungen geheftet, der reglos auf der Trage lag. Sein Haar war blond, nicht schwarz.

Der Krankenwagen erreichte die Straße, und die Sirene heulte auf.

»Bjarne?«, flüsterte Tomke, und wieder kam es ihr vor, als wäre sie nur ein Zuschauer aus einer anderen Welt.

Fremd und abgekapselt. Sie konnte den Blick nicht von Bjarnes blassem Gesicht lösen. Eine Strähne hing über die Atemmaske, die die Sanitäter ihm über Mund und Nase gestülpt haben mussten. Tomke fand keine Spur mehr von dem spöttischen Grinsen, das sich immer auf sein Gesicht legte, wenn sie oder Oskar und Ole ihm über den Weg liefen. Mit geschlossenen Augen wirkte er anders, freundlicher, nein, angreifbar.

»Was ist passiert?«, fragte sie.

Die Worte kratzten in ihrem Hals, sie brachte sie kaum heraus.

»Zu wenig Sauerstoff«, sagte der jüngere der beiden Männer und beugte sich über Bjarne, einen Schlauch in der Hand.

Tomke starrte ihn an. Ihre Hände fingen an zu zittern. Unkontrolliert. Sie hatte das Gefühl, keine Luft mehr zu bekommen.

»Sei still!«, raunzte der Ältere ihn an.

»Was denn? Wenn es dein Bruder wäre, würdest du auch wissen wollen, was Sache ist.«

»Klar, und du bist Arzt und hast die abschließende Diagnose gestellt. Ja?«

»Hat er bleibende Schäden?« Sie ließ die beiden Männer nicht aus den Augen.

Der Jüngere warf einen kurzen Blick über die Schulter auf den Älteren, und prüfte eines der Geräte an das er Bjarne angeschlossen hatte.

»Das wissen wir nicht. Im Krankenhaus werden sie ein paar Tests machen, dann kann man mehr sagen«, antwortete der Ältere und wich ihrem Blick aus.

Er brauchte nicht mehr zu sagen, damit Tomke verstand.

Sauerstoffmangel. Nach zwei Minuten ohne Sauerstoff wirst du ohnmächtig, nach drei treten erste Schäden auf, nach fünf ist dein Gehirn irreparabel geschädigt. Nach zehn Minuten bist du klinisch tot.

Die Informationen waren in ihrem Bewusstsein, auch wenn sie sich lieber nicht erinnert hätte. Warum merkte sie sich jeden Mist aus dem Biounterricht? Was war von Bjarne übrig, falls er wieder aufwachte?

»Wie ist das passiert?«, flüsterte sie.

Die Tränen, die sich in ihren Augen gesammelt hatten, lösten sich, und Tomke konnte die feuchten Spuren fühlen, die sie auf ihren Wangen zurückließen.

Im Moment gehen wir von einer versuchten Entführung aus.

Das war lächerlich! Wieso sollte Jannes Bjarne entführen? Wegen seiner schicken Designerklamotten? Oder dem neuen iPhone? Klar, das war genau Jannes' Stil.

Die beiden Männer achteten nicht mehr auf sie. Der Ältere gab seinem Partner kurze Kommandos, die Tomke nicht verstand. In einer Kurve rollte Bjarnes Kopf zur Seite, er blinzelte und für einen Moment gingen seine Augen auf. Sein Blick blieb einen Atemzug lang an ihrem Gesicht hängen. Sie wich zurück, kaltes Metall drückte sich in ihren Rücken.

War er bei Bewusstsein? Nein, das konnte nicht sein. Sein Blick war trüb, in seinen Augen lag kein Erkennen. Waren sie schon immer so hell gewesen? Fast grau? Hatten sie nicht ein dunkleres Blau gehabt? Seine Stirn zog sich in Falten. Hatte er Schmerzen? Sie streckte die Hand aus.

Alles wird gut, wollte sie ihm zuflüstern und stockte.

Was sollte gut werden, wenn sein Gehirn zu Brei geworden war?

Ein Ruck riss sie zur Seite. Der Gurt schnitt ihr in den Bauch, und der Krankenwagen kam zum Stehen. Die beiden Sanitäter öffneten die Tür und hoben die Rettungstrage heraus. Zu schnell, Tomke hatte keine Chance, Bjarnes Gesicht noch einmal zu sehen.

Besser, wenn sie auch verschwand. Sie schnallte sich ab, schlüpfte aus dem Krankenwagen und folgte den Sanitätern nach drinnen. Menschen in weißen Kitteln liefen an ihr vorbei, ohne auf sie zu achten. Sie musste weg. Bjarne war nicht ihr Bruder, und spätestens wenn seine Eltern auftauchten, würde sie auffliegen. Solange sie nicht stehen blieb, ging sie in dem Trubel unter, in dem jeder zu wissen schien, wo er hinmusste.

»Hey!« Es war die Stimme des älteren Sanitäters.

Statt sich zu ihm umzudrehen, lief sie weiter, auf den Ausgang der Notaufnahme zu.

»Warte!«, rief er.

Sie wartete nicht, sie rannte, so schnell sie konnte, und blieb erst zwei Stationen später stehen. Atemlos drehte sie sich um. Er war ihr nicht gefolgt.

Jannes.

Sie musste zu ihm und noch einmal von vorne anfangen. Bitte, sie brauchte die Chance. Es dauerte eine Weile, bis sie den Wartebereich wiederfand, in dem sie mit ihren Eltern gesessen hatte. Die Lampe über der Tür war aus. Hatte sie Jannes verpasst? Hitze breitete sich in ihr aus, es fühlte sich an, als würde sie von innen heraus verbrennen. Ihr Blick streifte die Holzstühle im Wartebereich, das Bild an der Wand. Bunte Kreise auf einem schwarzgrauen Streifen. Das zerfurchte Gesicht des Polizisten tauchte vor ihren Augen auf, sie sah, wie er aufstand, den Blick auf ihre Eltern gerichtet.

Ich hoffe, dass es ihrem Sohn bald besser geht. Und es bleibt zu hoffen, dass auch das Opfer bald vernehmungsfähig ist.

Hatte er nicht gewusst, wie schwer beide verletzt waren? Sie dachte an seinen durchdringenden Blick, als er versucht hatte, hinter die Worte zu sehen. Die Ärzte hatten ihn doch bestimmt über den Zustand des Opfers aufgeklärt? Warum hatte er es ihr und ihren Eltern verheimlicht?

»Kann ich dir helfen?«, fragte jemand direkt neben ihr.

Tomke riss den Kopf zur Seite, starrte auf eine fremde Frau in weißem Kittel.

»Bist du der Junge, der mit seinem Bruder in die Notaufnahme gefahren ist?«, fragte sie und legte wie beiläufig eine Hand auf Tomkes Arm.

»Wir haben eure Eltern informiert, sie werden bald hier sein. Komm, ich bring dich in den Wartebereich.«

Alles, nur das nicht. Tomke versuchte, sich loszumachen, aber der Griff der Frau war unnachgiebig.

»Sie müssen mich verwechseln, ich ...«

»Ich glaube nicht«, sagte die Frau mit einem Blick auf Tomkes Shirt. 'Noob Slayer'

Ihr Lächeln passte nicht zu dem Griff. Tomke fühlte sich wie ein Tier, das in eine Falle gelaufen war. Sie konnte nicht mit der Frau gehen, sie musste hierbleiben und auf Jannes warten. Die Tür am Ende des Gangs schwang auf, ein von Menschen umringtes Bett wurde zu dem Raum mit der Lampe geschoben.

»Jannes!« Mit einem Ruck machte Tomke sich von der Frau los und rannte auf das Bett zu.

Dunkle Strähnen auf weißem Kissenbezug. Mehr sah sich nicht. Jemand stellte sich ihr in den Weg, packte sie und sagte etwas. Alles, was sie hörte, war das Rauschen des Bluts in den Ohren und das Hämmern ihres Herzens. Das Bett fuhr weiter. Sie kam nicht an dem Mann vorbei, der sich zu ihr beugte und sie an den Schultern hielt.

»Jannes!«, brüllte sie.

Die Zeit blieb stehen. Wie in einem der Taktikspiele, in dem sie auf Pause drücken konnte und die nächste Runde planen. Mit aller Kraft warf sie sich gegen den Mann. Er stolperte zwei Schritte zurück, und sie nutzte die Chance, drückte sich an ihm vorbei, griff nach dem Bettgestell und krallte sich daran fest. Hände fassten nach ihr, versuchten sie zurückzuzerren. Jemand schrie sie an. Sie hielt dagegen, schaffte es, ihren Kopf über Jannes' Gesicht zu schieben. Seine Augen starrten zur Decke. Sie fing den Blick auf, und einen Atemzug lang fror die Welt ein.

Es funktioniert nicht, es funktioniert nicht mehr.

Tomke schrie auf. Weiße Schlieren schoben sich in ihr Gesichtsfeld und trennten sie von den Händen, die an ihr zogen, von Jannes' leerem Gesicht.

Ein Drehen setzte ein, und sie spürte nichts mehr, ihre Welt wurde weiß, ein Sog riss sie fort.

Immer tiefer hinein.

In das Nichts.

Label.
Du bist,
wer du bist?
Du glaubst, das reicht?
Idealist.

Das gleichmäßige Piepen des Weckers vertrieb nach und nach die Dunkelheit. Tomke tastete und schaltete ihn aus, ohne die Augen zu öffnen. Ihr Arm, ihr Kopf, ihre Beine, alles fühlte sich schwer an, und die kleinste Bewegung ihrer Muskeln war unglaublich anstrengend. Sie wollte liegen bleiben und weiterschlafen. So lange, bis die Müdigkeit aus ihrem Körper verschwand. Und träumen. Von einer Welt, in der noch alles in Ordnung war.

Das Geräusch des elektronischen Wassertropfens erklang, und ihre Augen gingen von selbst auf. Aber sie bewegte sich nicht. Keinen Millimeter. Den Blick auf die weiß-blaue Ikea-Lampe an der Decke gerichtet, versuchte sie genug Energie zu sammeln, um aufzustehen und sich diesem Tag zu stellen.

Zum wievielten Mal? Sie strich sich über die Stirn, überlegte, wie oft sie Jannes' Blick begegnet war und alles von vorn angefangen hatte. Vier Mal. Sie erlebte diesen Morgen das fünfte Mal. Wie lange konnte sie das aushalten, bevor sie den Verstand verlor und nicht mehr wusste, was passiert und was ausgelöscht war? Sie hatte sich geirrt, sie war chancenlos. Es gab nichts, was sie tun konnte, um Jannes' Unfall zu verhindern. Oder Bjarnes.

Bjarne.

Musste ausgerechnet er in die Sache verwickelt sein? Wie sollte sie herausfinden, was er im Wald zu suchen hatte? Er würde sie noch nicht einmal ausreden lassen, geschweige denn ihr etwas erzählen. Sie rollte sich auf die Seite und stöhnte auf. Gab es keinen anderen Weg?

Das Geräusch des elektronischen Wassertropfens erklang ein zweites Mal. Wer war das jetzt? Oskar? Sie schielte auf den Wecker.

8:10

Oskar konnte sie noch nicht vermissen, die zweite Stunde hatte noch nicht angefangen. Tomke stockte. Erinnerte er sich? Fragte er sich, warum ihre Mutter gestern bei ihnen aufgetaucht war und nach ihr gesucht hatte? Hoffnung flammte in ihr auf. Sie fuhr hoch und griff nach dem Handy.

Wenn Oskar sich erinnern kann, finden wir eine Lösung. Garantiert!

Ihr Blick fiel auf das Display, und mit einem Schlag wich alle Energie aus ihrem Körper. Beide Nachrichten waren von Jannes. Sie blieb allein in diesem Albtraum.

> Falls Mama oder Papa heute Abend fragen, wo ich bin, sag ihnen, dass wir Sondertraining haben.

> Okay?

> Hallo? Hast du verpennt?

Verpennt. Wenn es das wäre.

> Sehr witzig.

> Manche Leute duschen, bevor sie aus dem Haus gehen.

> Man sollte sein Handy immer in der Nähe haben, auch beim Duschen!

> Kannst du Mama oder Papa jetzt Bescheid geben?

> Sicher, für dich tu ich doch alles!

Sie hielt kurz inne, bevor sie es abschickte. Jannes hatte keine Ahnung, wie wahr dieser Satz war.

»Idiot«, murmelte sie, aber sie lächelte über den Kusssmiley und warf einen Blick auf das Display.

Duschen war definitiv nicht mehr drin, wenn sie die Straßenbahn um fünfundzwanzig noch erwischen und pünktlich zur zweiten Stunde auftauchen wollte. Sie sprang hoch, zog sich im Eiltempo an und rannte ohne Frühstück aus dem Haus.

*

»Wo willst du hin?«, fragte Oskar, als sie nach der zweiten Stunde ihre Sachen in die Tasche warf und aufsprang.

Sie durfte Isi nicht aus den Augen verlieren.

»Ich muss schnell was erledigen. Wir sehen uns gleich bei der Sitzecke, okay?«

»Was ist los?« Oskar baute sich mit verschränkten Armen vor ihr auf.

Hinter ihm sah sie Isi durch die Tür verschwinden.

»Ich erklär's dir nachher«, raunte sie ihm zu und ließ ihn stehen.

Beim Verlassen des Klassenzimmers versuchte sie, den Blick aus ihren Gedanken zu vertreiben, mit dem er sie angesehen hatte. Sie wollte ihm alles erklären, wirklich, aber sie brauchte keine Hellseherin zu sein, um zu wissen, wie er reagierte, wenn sie mit Bjarne anfing.

Vor der Zweiten hatte sie einen Blick auf die Stundenpläne der zehnten Klassen geworfen. Die 10 a, b und d waren in der sechsten im Mittelstufentrakt im zweiten Stock, nur die 10 c hatte Fachunterricht im dritten Stock, in dem Seitenflügel gegenüber der Oberstufe. Tomke konnte nicht an zwei Orten gleichzeitig sein. Wie sollte sie Bjarne abfangen und ihm heimlich folgen, wenn sie nicht wusste, in welche der Zehnten er ging? Ihn zu verfolgen war die beste Option. Auch wenn sie keine Ahnung hatte, wie sie es schaffen wollte, ihn stundenlang zu beschatten, ohne aufzufliegen, war es erfolgversprechender, als mit ihm zu reden.

Auf der Treppe zum Eingangsbereich holte sie Isi ein.

»Hey«, sagte sie betont fröhlich und stieg neben Isi und deren Freundin die Stufen hinunter.

Als sie den Kopf zur Seite drehte, sah sie Ole, der hinter ihr hergelaufen war und ihr jetzt im Abstand von drei Stufen folgte. Hatte Oskar ihn auf sie angesetzt?

»Was gibt's?«, fragte Isi mit eisiger Stimme.

Tomke holte Luft.

»Geht Bjarne eigentlich in die c oder in die d?«, warf sie ein und tat, als wäre das eine absolut normale Frage.

Isi blieb auf dem Treppenabsatz stehen. »Seit wann interessierst du dich für Bjarne?«

In ihrer Stimme schwang eine Mischung aus Erstaunen und Belustigung. Tomke kniff die Augen zusammen. Das glaubte Isi jetzt nicht ernsthaft! Nur weil sie wissen wollte, in welche Klasse er ging, interessierte sie sich für diesen Idioten? Lächerlich. Sie warf einen Blick über die Schulter. Ole war nicht mehr hinter ihnen, zum Glück. Wenn er das gehört hätte, hätte sie vor ihren beiden besten Freunden das Gesicht verloren.

»Überhaupt nicht. Er wollte was wegen einem Spiel wissen, das ist alles.«

»Als ob Bjarne sich für Spiele interessieren würde.« Isi verschränkte die Arme und ließ ihren Blick über Tomke gleiten.

Isis Freundin lehnte sich mit dem Rücken gegen das Geländer und sah von Isi zu Tomke, den Mund zu einem Lächeln verzogen. Tomke kam sich vor wie eine Kuh auf dem Viehmarkt.

Sie stemmte die Hände in die Hüften. »Willst du dir noch mein Gebiss ansehen?«

Isis Freundin prustete los, aber Isi fing an, ihre langen blonden Haare zu einem Zopf zu flechten. Ein Grinsen umspielte ihre Lippen. »Nicht nötig. Es ist auch so klar, dass du definitiv nicht in seiner Liga spielst. Tut mir leid, dir das mitteilen zu müssen, aber er steht nicht auf Jungs.«

Obwohl Isis Freundin sich die Hand auf den Mund presste, schaffte sie es nicht, das Lachen zu unterdrücken. Tomkes Gesicht wurde heiß. Super, jetzt sah es so aus, als würde es ihr etwas ausmachen, für einen Jungen gehalten zu werden. Schlimmer, als wäre sie an Bjarne interessiert. Dabei wäre ihr dieser arrogante Kerl egal, wenn Jannes nicht in ein paar Stunden beschuldigt werden würde, ihn entführt zu haben. Gut, Bjarne sollte auch nicht zu Gemüse werden, aber das war zweitrangig.

»Oh.« Tomke zwang sich zu einem Lächeln. »Dann habe ich mich wohl geirrt.«

»Ja, sei mal froh, dass ich mich dazu bereit erklärt habe, dir die Augen zu öffnen«, erwiderte Isi und drehte sich weg.

»Das habe ich nicht gemeint.« Jetzt war Tomkes Lächeln echt, ihre Wangen fühlten sich nicht mehr so heiß an.

Isi blieb stehen und blitzte sie an. »Was dann?«

»Ich hatte gedacht, dass du und Bjarne vor Kurzem noch ziemlich eng gewesen wärt. Immerhin hast du seinetwegen Nick fallen lassen. Aber wenn du noch nicht einmal weißt, in welche Zehnte Bjarne geht ...« Sie überließ das Ende des Satzes Isis Fantasie und zuckte mit den Schultern. »Sorry, dass ich deine wertvolle Pausenzeit umsonst gestohlen habe«, fügte sie hinzu und wandte sich ab.

»Du bist nur neidisch, weil keiner der Jungs dich auch nur von hinten ansehen würde, Tomboy!«, zischte Isi.

Das Wort war wie eine Ohrfeige. Tomke stoppte in der Bewegung.

Tomboy.

Hatte Isi einen Knall? Tomke war Tomke, und damit war gut. Sie brauchte kein Label für Leute wie Isi, die alles in Schubladen stecken mussten. Als ob man mit einem einzigen Wort erklären könnte, wer man war.

»Ich glaub, sie steht auf Mädchen und ist im falschen Körper geboren«, flüsterte Isis Freundin.

Im falschen Körper? Waren sie beide bescheuert? Tomke biss die Zähne zusammen, stieg die Treppe nach oben und tat so, als hätte sie das nicht gehört. Aber sie hatte es gehört, und es kostete sie ihre ganze Willenskraft, sich nicht umzudrehen und Isis Freundin anzubrüllen und zu fragen, ob sie noch ganz dicht war.

*

Oskar saß allein in der Sitzecke hinter dem großen Gummibaum.

»Wo ist Ole?«, fragte Tomke.

Auf der Treppe hatte sie ihn nicht mehr gesehen.

»Kommt gleich wieder«, antwortete Oskar.

»Okay.« Sie setzte sich neben ihn und fing an, von dem Bosskampf zu reden, den sie gestern nicht geschafft hatten.

Gestern. Für sie war das sechs Tage her. Trotzdem, für den Moment war es gut, so zu tun, als ob alles in Ordnung wäre. Auch wenn es das nicht war, sie konnte es spüren. Oskar war sauer. Das winzige Zögern, bevor er ihr antwortete, reichte Tomke aus, um Bescheid zu wissen. Selbst wenn er sich alle Mühe gab, sich nichts anmerken zu lassen, weil er der Letzte von ihnen war, der Streit wollte.

»Willst du echt was von Bjarne?« Ole ließ sich neben Tomke auf das dunkelrote Ledersofa fallen.

Oskar brach mitten im Satz ab und schaute von Ole zu ihr. »Bjarne? Echt jetzt?«

»Klar, ich habe nichts Besseres zu tun, als den selbstverliebtesten Typen der Schule anzuhimmeln. Für wie doof haltet ihr mich?«, knurrte sie.

Warum zur Hölle war ihr Gesicht schon wieder heiß?

»Aha, und wieso bist du dann so rot?«, hakte Ole sofort nach.

»Weil mir allein bei der Vorstellung schon schlecht wird«, erwiderte sie. »Wie kommst du darauf?«

»Isi hat erzählt, dass du dich nach ihm erkundigt hättest. Angeblich, weil du ihm eine Frage wegen einem Spiel beantworten wolltest.« Ole durchbohrte sie mit seinem Blick. »Welches Spiel denn bitte?«

»League of Legends«, antwortete sie, ein Lächeln umspielte ihre Lippen. »Isi? Hast du dich mit ihr zum Mathelernen verabredet?«

Jetzt wurde Ole knallrot.

»Was?« Oskar schaute seinen Bruder mit aufgerissenen Augen an. »Du triffst dich mit Isi?«

»Brüll es halt über den ganzen Gang!«, fuhr Ole ihn an. »Sie hat mich gefragt, ob ich ihr in Mathe helfen kann, das ist alles. Woher weißt du das?«, fragte er Tomke.

»Dir ist schon klar, dass sie noch was von Bjarne will?«, warf sie ein, ohne auf seine Frage zu antworten.

Ole war der Lückenfüller, mehr nicht. Nach Isis Reaktion in Bezug auf Bjarne lag das auf der Hand.

Er funkelte sie an. »Lass das mal meine Sorge sein!«

»Er steht übrigens da drüben«, warf Oskar ein, als würde er die Anspannung zwischen Ole und Tomke nicht bemerken.

»Was?« Sie drehten ihm beide die Köpfe zu.

»Bjarne. Du wolltest ihm doch was zu LoL sagen.« Er deutete zu der Ecke, an der der Gang abbog, in Richtung des Seitenflügels der Klassenzimmer der Zehnten und Achten und zum Musiksaal.

Wollte Oskar sie testen? Wenn sie jetzt nicht zu Bjarne ging, war es klar. Sie hatte gelogen. Aber sie logen sich nicht an. Niemals. Tomke biss die Zähne zusammen, stemmte die Hände auf die Knie und wollte aufstehen.

Was könnte sie zu Bjarne sagen, damit es für Oskar und Ole so aussah, als ob sie mit ihm über das Spiel diskutierte? Wenn ihr nichts Gutes einfiel, würde er sie stehenlassen, und ihre Lüge würde auffliegen. Das Läuten erlöste sie, und noch nie war sie so froh über das Ende der Pause gewesen.

»Mist, zu spät. Dann muss ich versuchen, ihn nachher abzufangen.« Sie schob ein Blatt des Gummibaums beiseite und stand auf.

»Er ist in der b«, sagte Oskar.

Tomke starrte ihn an. »Bitte?«

»Bjarne. Er ist in der 10 b.« Oskar zog die Schultern hoch und ging in Richtung des anderen Seitenflügels, wo ihr Klassenzimmer lag.

Ohne auf sie zu warten. Sie schaute ihm nach, unfähig sich zu bewegen. Ole hatte mit keinem Wort erwähnt, dass sie Isi nach Bjarnes Klasse gefragt hatte.

»Was willst du jetzt wirklich von diesem arroganten Idioten?«, drang Oles Stimme in ihre Gedanken.

Er stand neben ihr und musterte sie, als könnte er die Antwort in ihrem Gesicht finden.

»Nichts. Und was willst du so plötzlich von Isi, die nur Augen für diesen arroganten Idioten hat, der sie vor Kurzem abserviert hat?«

Ein Lächeln huschte über sein Gesicht, und er setzte sich in Bewegung, um Oskar zu folgen, der schon an der Ecke des Seitenflügels angekommen war. Tomke beeilte sich, mit ihm Schritt zu halten.

»Ich werde ihr absagen. Hatte völlig vergessen, was für einen miesen Geschmack sie hat«, murmelte er.

Sie grinsten sich an.

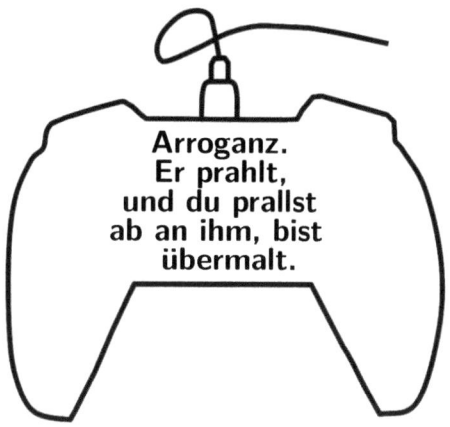

**Arroganz.
Er prahlt,
und du prallst
ab an ihm, bist
übermalt.**

Nach der sechsten Stunde lief Tomke in den Seitenflügel zu den Klassenräumen der Zehnten. Die Müller hatte überzogen, und Tomke war losgerannt, ohne sich von Oskar oder Ole zu verabschieden. Sobald sie an der großen Treppe vorbeikam, die zur Eingangshalle hinunterführte, musste sie sich gegen den Strom der Schüler durchkämpfen, der ihr aus dem anderen Seitenflügel entgegenkam. Sie konnte Bjarne nirgends entdecken. Als sie vor dem Zimmer der 10 b angekommen war, standen dort noch zwei Jungs. Den mit den zerrissenen Jeans kannte sie, er war vor ein paar Wochen bei Oskar und Ole zum Spielen gewesen und in Ordnung. Wenn sie sich richtig erinnerte, hieß er Paul. Sobald er sie bemerkte, nickte er ihr zu.

»Hey«, sagte sie und stellte sich zu den beiden. »Sag mal, hast du eine Ahnung, wo ich Bjarne finden kann?«

Sie versuchte, so normal wie möglich zu klingen.

Paul zog die Augenbrauen hoch. »Was willst du von dem?«

»Ich nichts. Er hatte ein paar Fragen zu League of Legends, und …«

»Bjarne spielt LoL? Echt?«, mischte sich Pauls Kumpel ein. »Ha, da muss ich ihn am Montag gleich mal drauf ansprechen! Auf welcher Position?«

»AD Carry, glaub ich«, antwortete sie. »Wisst ihr jetzt, wo ich ihn finde?«

»Nee, er ist auf alle Fälle schon weg.« Paul zog die Schultern hoch und schien eher froh darüber zu sein.

»Ist er nicht freitags immer in der Musik-AG?«, warf sein Kumpel ein.

Musik? Das passte so was von überhaupt nicht zu Bjarne! Wobei, was wusste sie schon? Wenn es hochkam, hatte sie in den letzten Jahren drei Sätze mit ihm gesprochen.

»Keine Ahnung. Der Typ geht mir auf den Sack, ehrlich. Ich würde dem keinen Deut weiterhelfen, wenn er mich was zu LoL fragen würde.« Paul schüttelte den Kopf, und Tomke musste lachen.

Ich auch nicht, wenn ich es mir aussuchen könnte.

»Okay danke. Dann versuch ich's mal bei der AG. Man sieht sich.« Sie nickte den beiden zu und ging zum Musiksaal am Ende des Gangs. Die Tür stand offen. Auf dem Belegungsplan war tatsächlich von 13:30 bis 15:00 Uhr eine Musik-AG eingetragen.

*

Tomke holte sich beim Kiosk unten ein belegtes Brötchen und verzog sich hinter den Gummibaum in der Sitzecke im zweiten Stock. Von dort aus hatte sie einen guten Blick den Gang entlang. Hoffentlich hatte Pauls Kumpel sich nicht geirrt und Bjarne war in dieser AG. Ausgerechnet Musik. Wollte er dort Mädels angraben? Sie schüttelte den Kopf. Bei ihm funktionierte das wahrscheinlich auch, wenn er nur die Triangel anschlug und nicht singen konnte. Nur weil er Kohle hatte und gut aussah. Trotzdem verstand sie es nicht. Was nutzte sein Aussehen oder sein Geld, wenn man sich dafür den ganzen Tag die oberflächlichen Sprüche anhören musste? Eine Nachricht von Oskar schreckte sie auf.

> Jagst du immer noch Bjarne hinterher, oder hast du Zeit, nachher vorbeizukommen?

> Der Bosskampf wartet!

Sie schaute auf die Uhr. Die Musik-AG ging bis drei, wenn sie kurz mit Bjarne reden würde, könnte sie locker bei Ole und Oskar vorbeischauen. Leider war Reden keine Option. Er würde ihr niemals erzählen, was er am Abend vorhatte. Sie musste ihn beschatten, für den Rest des Tages, wenn sie wissen wollte, wieso er schwer verletzt ins Krankenhaus kam und was Jannes damit zu tun hatte.

> Sorry. Ich schaff das nicht. Ich melde mich später noch mal.

> Okay?

Oskar antwortete nicht. Sie stützte den Kopf in die Hände und seufzte. Dieser Tag lief total schief!

Am Ende des Gangs flog die Tür zum Musiksaal auf. Tomke drückte sich gegen die Lehne des alten Sofas und duckte sich hinter den Gummibaum. Das Handy in ihrer Hosentasche vibrierte. War das Oskar? Sie wollte es herausziehen, aber dann sah sie einen blonden Haarschopf aufleuchten. Bjarne. Auf den ersten Blick erkannte sie die schwarz-blauen Designerjeans mit den gewollt ungewollt abgewetzten Stellen an Oberschenkeln und Knien und das eng anliegende grüne Shirt, das seinen durchtrainierten Oberkörper voll zur Geltung kommen ließ. Tomke kräuselte die Nase. Jedes Detail an ihm war bis ins Kleinste durchdacht und gestylt. Selbst die blonden Haare, die zwar verwuschelt aussahen, aber nur scheinbar in zufällige Richtungen abstanden. Niemand sah mit Chaosfrisur gut aus, außer er hatte mit einer Tonne Haargel nachgeholfen. Bjarne wirkte, als käme er direkt von einem Fotoshooting, nicht aus einer Schul-AG.

Natürlich war er nicht allein. Zwei Mädchen hatten ihn in die Zange genommen. Eine Schwarzhaarige mit einem tief ausgeschnittenen Top redete auf ihn ein und unterstrich jedes Wort mit einer ausladenden Geste, als müsste sie ein Orchester dirigieren. Die mit dem braunen Pagenschnitt lachte, wenn Bjarne lachte, und hing mit dem Blick an seinen Lippen.

Tomke verdrehte die Augen. Mussten sie sich so an ihn heranschmeißen? Obwohl, wenn er derart vereinnahmt war, könnte sie ihm mit einem Schritt Abstand folgen, und er würde nichts merken. Sie wartete, bis das Trio an ihr vorbei die Treppe nach unten ging, ließ noch zwei Jungs den Vortritt und nahm die Verfolgung auf. Auf dem Weg nach unten drehte Bjarne sich nicht ein einziges Mal um. Statt in der Eingangshalle auf die große Holztür zuzusteuern, blieb er stehen.

»Dann bis heute Abend. Ich werde Sven ausrichten, dass er den Spezialcocktail für euch mixt«, sagte er und sah dabei das Mädchen mit dem Pagenschnitt an.

Die Jungs schlenderten an ihnen vorbei zu der großen Eingangstür, und Tomke ging in ihrem Windschatten zum Getränkeautomaten gegenüber der Treppe. Sie zog ihren Geldbeutel heraus und wühlte im Kleingeldfach. Wo sollten die Mädchen hinkommen? Wohl kaum in den Wald. Sie hörte, wie die Mädchen sich verabschiedeten und die große Holztür hinter ihnen zuschlug. Vielleicht sollte sie lieber mit der mit dem Pagenschnitt reden, statt Bjarne weiter zu verfolgen? Die sah ganz nett aus. Das missglückte Gespräch mit Isi fiel ihr ein, und sie verwarf den Gedanken.

Bjarne ging hinter ihr vorbei zu dem Seitenflügel, der zu der Treppe in die Garage führte. Tomke stockte. War er mit dem Fahrrad hier? Wie sollte sie ihn verfolgen, wenn er sich auf sein Rad schwang und davonfuhr? Hoffentlich wollte er nur zur anderen Seite der Schule. Tomke nahm den Weg durch die Garage oft als Abkürzung zur Straßenbahnhaltestelle.

In der Garage ging Bjarne durch den ersten Bereich mit den Fahrradständern und steuerte auf die motorisierten Zweiräder zu, die auf einer markierten Fläche vor den Lehrerparkplätzen standen. Tomke biss sich auf die Lippe. Das Beschatten konnte sie vergessen. Sie sah sich um. Niemand war hier, nur Bjarne und sie.

»Bjarne!«, rief sie.

Er blieb stehen und schaute über die Schulter. Sobald er sie erkannte, veränderte sich der Ausdruck auf seinem Gesicht. Sie konnte nicht festmachen, was es war, aber unter seinem Blick fühlte sie sich abgeschätzt und für wertlos befunden.

»Was gibt's?« Er verschränkte die Arme und zog eine Augenbraue hoch.

Das hätte ihn süß aussehen lassen können, hätte seine Stimme nicht vor Arroganz getrieft. Tomke kniff die Augen zusammen. Wieso fielen ihr ausgerechnet jetzt Isis Worte ein?

Tut mir leid, dir das mitteilen zu müssen, aber er steht nicht auf Jungs!

Es war ihr doch egal, was Bjarne über ihre kurz rasierten Haare, das Schlabbershirt und ihr ungeschminktes Gesicht dachte! Es gab Wichtigeres im Leben, als sich aufzumotzen und hübsch auszusehen, nur damit Typen wie er einen wahrnahmen.

»Hat es dir die Sprache verschlagen?« Er verzog die Lippen zu einem breiten Grinsen.

»Ganz bestimmt«, warf sie ihm entgegen und baute sich mit zwei Schritten Abstand vor ihm auf. Breitbeinig, die Hände in die Hüften gestemmt. »Ein Wunder, dass du dich dazu herablässt, mit mir zu reden.«

»Stimmt. Genieß es, das muss für den Rest des Schuljahres reichen.« Er drehte sich weg, ging auf einen metallicblauen Roller zu und schloss einen Helm ab, der am Koffer des Gepäckträgers angehängt war.

»Nicht so schnell, Mister Arrogant! Ich hätte noch eine Frage für dich«, rief sie ihm hinterher.

»Ach ja? Zu dumm, dass ich heute keine Antworten mehr habe. Versuch's im Herbst wieder«, sagte er, ohne sie anzusehen, und steckte den Schlüssel ins Zündschloss.

Mit einer ausladenden Bewegung strich er sich die blonden Strähnen aus der Stirn und setzte den Helm auf.

»Ich will dich warnen, auch wenn du es nicht verdient hast.« Sie musste ihn aufhalten, seine Aufmerksamkeit zurückbekommen, egal wie.

Wenn er sich jetzt auf den Roller setzte und wegfuhr, hatte sie verloren. Er drehte sich zu ihr.

Die schwarzen Polster des Helms drückten seine Wangen zusammen und ließen sein Gesicht beinahe dick aussehen. »Willst du mir drohen?«

»Klar, ich hab sonst nichts zu tun.« Sie verzog den Mund. »Wenn ich du wäre, würde ich nicht zu der Verabredung heute Abend gehen. Das ist alles.«

»Was weißt du darüber?« Eine unerwartete Schärfe lag in seinem Tonfall.

Nichts. Das war ja das Problem.

»Genug«, log sie.

Einen Moment lang sah er sie an. Wenn sie jetzt das Richtige machte, das Richtige sagte, konnte sie ihn in eine andere Richtung stoßen. Ihn dazu bringen, heute Abend nicht in den Wald zu gehen. Vielleicht genügte das, damit Jannes überlebte. Bevor sie etwas sagen oder tun konnte, lachte Bjarne.

Kopfschüttelnd schwang er sich auf den Roller. »Lass das mal meine Sorge sein, Gamerboy.«

Der Motor sprang an, und Bjarne fuhr mit einem Grinsen an ihr vorbei. Oben an der Ausfahrt hob er die Hand, als wollte er Tomke grüßen, dann gab er Gas, und im Bruchteil einer Sekunde war er aus ihrem Blickfeld verschwunden.

Wie hatte er sie gerade genannt? GamerBOY? War er noch ganz dicht? Sie musste an sein blasses Gesicht denken und an den leeren Blick. Was sollte sie machen? Er hörte ihr ja noch nicht einmal zu.

Idiot!

Jetzt konnte sie noch einmal von vorn anfangen, und sie hatte keine Ahnung, wo Jannes vor dem Training war.

»Also doch zu Oskar und Ole«, murmelte sie.

Hoffentlich fingen sie nicht von Bjarne an. Sie zog das Handy heraus. Die Nachricht war von Oskar.

Ich hoffe, er ist es wert.

Wie bitte?

Oskar war sauer, weil sie ihm abgesagt hatte? Das passte nicht. Oskar, Ole und sie schrieben sich nichts vor. Sie trafen sich, oder sie trafen sich nicht, ohne einander Rechenschaft abzulegen. Warum hatte Oskar auf einmal ein Problem damit?

»Dann eben nicht!« Sie steckte das Handy weg.

Auf diese miese Ansage würde sie ihm noch nicht einmal antworten. Sie musste zurück zum Savepoint. In dem Punkt hatte Oskar recht. Es sich wegen Bjarne mit einem ihrer besten Freunde zu verscherzen, war Bjarne definitiv nicht wert.

*

Als Jannes um die Ecke kam, wartete sie bereits zwanzig Minuten vor dem Studio. Er war allein und in Gedanken versunken. Musik im Ohr und ein Lächeln auf den Lippen. Dachte er an Lucie?

Du wirst sie nicht mehr sehen.

Der Gedanke versetzte Tomke einen Stich. Erst als Jannes ein paar Schritte von ihr entfernt war, hob er den Kopf. Sie hielt die Luft an. Was sollte sie tun, wenn es nicht mehr funktionierte?

»Was machst du ...«, fing er an.

Mehr hörte sie nicht. Ihre Blicke trafen sich, die Welt begann sich zu drehen, und weiße Schlieren trennten sie von Jannes und diesem Tag, an dem absolut alles schiefgegangen war.

Spieler,
eine Wellenlänge.
Jeder hilft jedem,
keine Frage, aus der
Klemme.

Das Piepsen des Weckers riss sie aus dem Schlaf. Ohne die Augen richtig zu öffnen, schaltete sie ihn aus.

In der Zeit, die sie gestern auf Jannes hatte warten müssen, war ihr eingefallen, wer ihr helfen könnte, an Bjarne heranzukommen. Während sie nach Shirt und Jeans griff, ertönte der elektronische Wassertropfen.

> Falls Mama oder Papa heute Abend fragen, wo ich bin, sag ihnen, dass wir Sondertraining haben.

> Okay?

Wie oft hatte sie Jannes schon auf diese Nachricht geantwortet? Fünfmal? Zeit, etwas Neues auszuprobieren. Morgen hatte er es sowieso vergessen.

> Alles klar, Casanova!

> 😜

>  Spinnst du?

»Wenn es das nur wäre«, murmelte sie.

»Ich weiß sogar, mit wem, Jannes. Auch wenn du nie dort ankommst.«
Zumindest nicht, solange sie Bjarne nicht zum Reden brachte.

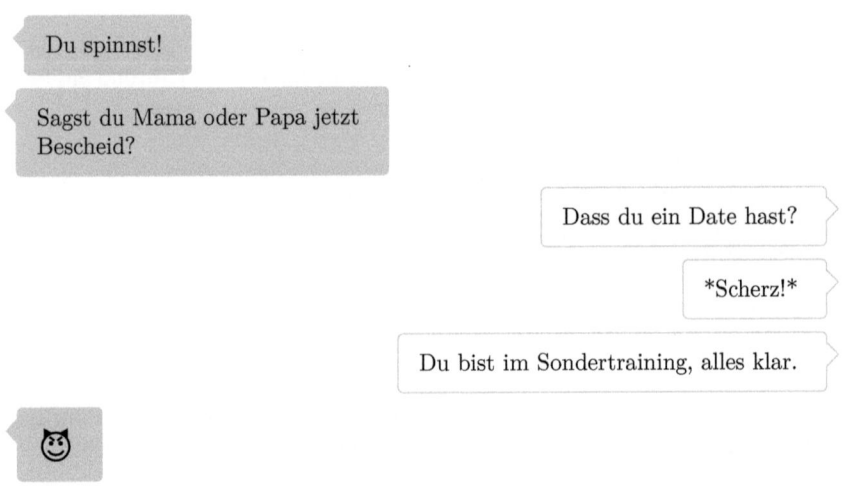

*

Sie trug das 'Noob Slayer'-Shirt, nahm die Straßenbahn zur Schule und
tauchte pünktlich zur zweiten Stunde auf. Obwohl sie es gewusst hatte,
wäre sie Oskar und Ole fast um den Hals gefallen, als die sie begrüßten wie
immer und nicht ein Wort über Bjarne verloren.

»Ich muss kurz runter zum Kiosk«, sagte sie zu Oskar in der ersten Pause.

Sie ließ Ole vor. Er verfolgte sicher Isi und musste nicht sehen, wie sie im ersten Stock abbog und an den Klassenzimmern der Unterstufe vorbei zur Schulbücherei ging, die von Schülern aus der Mittelstufe betreut wurde. Nicht einmal in den Pausen verirrte sich eine Lehreraufsicht dorthin. In der hintersten Ecke auf vier Sitzkissen verteilt und von einer Regalwand verdeckt, fand sie Morten, Bjarnes kleinen Bruder, mit seinen Kumpels. Wie erwartet hatten sie alle ihre Handys ausgepackt. Sie stellte sich hinter Mortens Sitzkissen und schaute ihm über die Schulter.

»Das Deck willst du nehmen?«, fragte sie.

Er drehte kurz den Kopf. Im Gegensatz zu seinem Bruder hatte er ein rundes Gesicht, eine leicht schief stehende Nase und kurze, dunkelblonde Haare, die keine Tonne Haargel brauchten, um in Form zu bleiben.

»Was dagegen?«

Sie hörte genau, wie er versuchte, cool zu klingen, die Neugier aber nicht unterdrücken konnte. Seine Freunde schauten von ihren Displays hoch und beobachteten sie.

»Nö«, sagte sie grinsend. »Nicht, wenn du dein Wargame verlieren willst.«

Seit sie vor ein paar Monaten eines seiner Idole innerhalb von eineinhalb Minuten geschlagen hatte, sah Morten zu ihr auf.

»Wir haben halt nur Scheißkarten, okay?«

»Zeig her.« Ohne seine Antwort abzuwarten, nahm sie ihm das iPhone aus der Hand. »Ich kann dir ein Gewinnerdeck zusammenstellen«, sagte sie, nachdem sie durch die Karten gescrollt hatte, und schaute ihn an.

»Mach!«

Tomke verdrehte die Augen. Den Befehlston hatte er schon richtig gut drauf. Hoffentlich wurde er nicht genauso arrogant wie sein großer Bruder.

»Nichts ist umsonst«, sagte sie mit einem Lächeln auf den Lippen.

»Und was willst du?«

»Ich muss danach fünf Minuten mit dir sprechen. Allein. Deal?«

Sein Kumpel auf dem roten Sitzkissen neben ihm pfiff durch die Zähne.

»Hör auf mit dem Scheiß, Marco!«, knurrte Morten und stieß ihm mit dem Ellbogen in die Rippen. Mortens Gesicht war knallrot. Tomke unterdrückte ein Lachen. Er strich sich durch die Haare und nickte ihr zu. »Deal.«

»Ich muss ein paar Karten steigern«, sagte sie, während sie durch die Optionen scrollte.

»Welche?« Morten sprang auf und stellte sich neben sie. »Aber nicht die, die ist total nutzlos!«

Sie hielt inne und schaute zu ihm hinunter. »Willst du gewinnen oder nicht?«

»Schon, aber ...«

»Dann lass mich machen!« Ohne ihn weiter zu beachten, steigerte sie die Karte und stellte ein Deck zusammen.

Dieser Marco stand auch auf und drängte sich an ihre andere Seite, um auf das Display sehen zu können.

»Hier«, sagte sie schließlich und hielt Morten sein iPhone hin.

»Was soll ich damit?«, fragte er nach einem kurzen Blick auf das Deck. Marco lachte.

»Gewinnen?«, antwortete sie und unterdrückte einen genervten Seufzer.

»Niemals, das Deck kann ich nicht spielen!«

Sie schnaubte. »Okay, ich spiel für dich, aber dann rennst du nicht beim ersten Läuten ins Klassenzimmer. Kapiert?«

Er nickte, und sie startete das Match. Obwohl sie seit Wochen nicht mehr spielte, war es leicht. Ihr Gegner hielt die eine Karte offensichtlich für genauso nutzlos wie Morten. Nach weniger als einer Minute gab sie ihm das iPhone zurück.

»Wow, kannst du meines auch spielen?«, fragte Marco.

»Klar«, antwortete sie mit einem Grinsen im Gesicht. »Falls ich von dir mal was brauche. Kommst du?«, wandte sie sich an Morten.

»Mach dir nichts draus.« Morten klopfte seinem Kumpel auf die Schulter. »Kann ja nicht jeder mit einer Pro befreundet sein!«

Sie ging mit ihm ins hintere Treppenhaus, weil das in den Pausen so gut wie leer war.

»Okay, ich habe ein Problem«, fing sie an und lehnte sich gegen das Treppengeländer, um nach oben und unten alles im Blick zu behalten. »Wie kann ich es schaffen, mit deinem Bruder zu reden, ohne dass er mich nach drei Sätzen stehen lässt?«

Mortens Gesicht wurde von einem Moment zum nächsten starr. »Was willst du von Bjarne? Der ist doch ein völliger Idiot.«

Sie unterdrückte ein Lachen. Bjarne sollte dringend an seinem Image arbeiten, wenn sogar sein kleiner Bruder ihn für bescheuert hielt.

»Ich muss ihn warnen«, antwortete sie. »Das Problem ist, dass er mir weder zuhören noch glauben würde, wenn ich das aus dem Nichts heraus mache.«

»Hat er schon wieder irgendwelchen Mist gebaut?«, stöhnte Morten auf. »Ehrlich jetzt, der kostet unsere Eltern noch den letzten Nerv!«

Tomke zog die Augenbrauen hoch. Mist gebaut? Der unfehlbare, allseits beliebte Bjarne?

»Genau das versuche ich zu verhindern«, log sie. »Aber dafür müsste er mir zuhören.« Um ihren Worten mehr Nachdruck zu verleihen, sah sie Morten direkt in die Augen.

Er wich ihrem Blick aus, räusperte sich und strich sich über die Wangen, die tiefrot waren. Wieso konnte Bjarne nicht so etwas süß Unschuldiges haben? Gut, Bjarne war keine dreizehn mehr, trotzdem, es würde ihn so viel sympathischer machen.

»Kannst du singen?«, fragte Morten.

»Singen?« Sie lachte. »Möglich, warum?«

Das erste Läuten nach der Pause hallte durchs Schulhaus. Morten ignorierte es und redete weiter.

»Naja, Bjarne interessiert sich entweder für richtig aufgemotzte Mädchen oder ...« Wieder wich er ihrem Blick aus, und sein Gesicht wurde noch einen Tick röter. »... oder für Leute, die wirklich gut singen können.«

»Wieso ausgerechnet singen?«

»Er spielt schon ewig Gitarre, richtig gut, aber er kann absolut nicht singen. Deshalb kann er auf seinen Youtube-Kanal nur Fingerstyle-Gitarrencover stellen, oder er überredet irgendwelche Mädels, dass sie für ihn singen.« Morten zog die Schultern hoch und schaute die Stufen der Holztreppe an statt in Tomkes Gesicht.

Das Läuten hallte ein zweites Mal durch die Gänge, und eine kleine Gruppe Schüler hetzte an ihnen vorbei nach oben.

Tomke beugte sich vor. »Und du bist sicher, dass das nicht nur eine Anmache von ihm ist?«

Oder ein Trick, um ein paar Views mehr zu bekommen? Hübsche Mädchen mussten nur okay singen, um ein paar Likes mehr einzufangen.

»Nein. Oder doch, schon. Klar, meistens bleiben die Mädchen nicht nur zum Musikmachen. Aber wenn du richtig gut singen könntest, hättest du eine Chance, dass er mit dir redet, obwohl ...« Er brach ab und schaute auf seine Schuhe.

»Obwohl er nicht auf Jungs steht?«, fragte sie, und in ihrer Stimme schwang etwas Dunkles mit.

Es war nicht fair, Morten das zu fragen. Er konnte nichts für das, was Isi zu ihr gesagt hatte.

»Was?« Er riss den Kopf hoch und hob die Hände. »Nein, so war das nicht gemeint, echt nicht. Es ist nur, dass ...«

»Schon gut, war ein Scherz. Okay?«, sagte sie, und zwang sich zu lächeln. »Auf welche Musik steht er so?«

»Alles Mögliche, was sich gut mit der Gitarre covern lässt. Zur Zeit hört er viel *Imagine Dragons*.«

Es läutete zum dritten Mal. Wenn sie nicht gleich im Klassenzimmer auftauchte, würde Oskar einen Suchtrupp losschicken.

»Okay, danke!« Sie stieß sich vom Geländer ab und wollte nach oben hetzen.

»Kein Problem und, äh, du bist cool, okay? Auch wenn mein Bruder zu bescheuert ist, um das zu checken.«

Sie lachte. »Ja. Schade, dass ihr nicht mehr gemeinsam habt, dein Bruder und du!«

Morten rieb sich das Gesicht. Hatte er gerade gelächelt? Sie drehte sich weg und rannte die schmale Treppe hoch in den zweiten Stock.

Singen also. Nichts leichter als das. Seit sechs Jahren nahm Tomke Gesangsstunden, weil ihr Vater darauf bestand, dass sie wenigstens eine Sache machte, die *normale* Mädchen machten. Nachdem Tomke sich geweigert hatte, Klavier oder Querflöte zu spielen, und sich eher ein Bein gebrochen hätte, als Ballett oder Jazz Dance zu tanzen, war Singen der kleinste gemeinsame Nenner gewesen, den sie gefunden hatten.

*

»Tust du mir einen Gefallen, Oskar?«, fragte sie zur zweiten Pause.

»Was?«

»Ich muss dringend weg. Kannst du dir eine gute Ausrede für mich einfallen lassen, damit sie nicht gleich meine Eltern anrufen oder Jannes davon Wind bekommt?«

Er legte den Kopf schief und musterte sie. »Und wo willst du hin?«

»Wenn ihr Zeit habt, komm ich gegen sechs vorbei und erkläre alles. Einverstanden?«

Er war es nicht, das sah sie ihm an. Trotzdem nickte er. Hatte Oskar ihr jemals etwas abgeschlagen?

*

Zu Hause hörte sie im Internet Lieder von *Imagine Dragons* an. Das vierte Lied der Playlist gefiel ihr auf Anhieb.

Demons

Die nächsten Stunden sang sie beinahe ununterbrochen, und wie es oft der Fall war, wenn ein Lied sie berührte, schrieb sie den Text neu. Als sie kurz vor fünf vor dem Kickboxstudio auf Jannes wartete, konnte sie beide Texte auswendig, den selbst geschriebenen hatte sie in ihrer Hosentasche verstaut. Zur Sicherheit.

Ein Blick in Jannes' Augen katapultierte sie zurück an den Anfang. Was gut war. Wie hätte sie das Versprechen einhalten sollen, das sie Oskar gegeben hatte? Um Morten tat es ihr leid, weil er ihr geholfen hatte und ohne sie sein Wargame wahrscheinlich verlor.

Ich weiß nicht, wo du bist,
ob dich der Schatten frisst.
Hilf mir, ich schaff das nicht.
Hilf mir, ich schaff es nicht.

Beim ersten Piepen des Weckers war Tomke wach. Der Liedtext! Sie sprang auf und durchsuchte die Taschen ihrer Jeans. Er war weg. Hatte sie wirklich etwas anderes geglaubt? Wofür machte sie sich die Mühe? Wenn nichts über den Tag hinaus Bestand hatte, hätte sie Bjarne auch mit einem Messer bedrohen können. Dann hätte sie jetzt die Antworten, die sie brauchte, und müsste sich nicht noch einmal mit ihm auseinandersetzen. Was machte es für einen Unterschied, wenn sich nach dem Neustart niemand erinnerte? Sie strich sich über die Haarstoppeln. Doch. Es machte einen Unterschied. Nicht für die anderen, aber für sie. Für sie allein.

Das Geräusch des elektronischen Wassertropfens erklang. Jannes, mit Sicherheit. Sie beugte sich zu ihrem Handy.

Falls Mama oder Papa heute Abend fragen, wo ich bin, sag ihnen, dass wir Sondertraining haben.

Okay?

Sondertraining?

Alles klar, ich geb Bescheid.

Sie wollte ihm nicht mehr antworten, aber wenn sie ihm überhaupt nicht antwortete, würde er in der Pause nach ihr suchen. Bevor sie noch weiter abgelenkt wurde, schrieb sie den umgearbeiteten Liedtext aus dem Gedächtnis auf.

Wenigstens konnte sie sich erinnern. Sonst würde sie immer wieder aufs Neue durch den Tag stolpern, nichts erreichen und für immer in diesem 23. Juni gefangen bleiben. Oder so lange, bis sie Jannes einmal nicht in die Augen sehen konnte.

Das durfte nicht passieren. Niemals.

Sie holte Luft, atmete gegen das Zittern in ihrem Herzen und schickte eine Nachricht an Oskar.

> Hey, ich fühl mich absolut beschissen, bleibe heute zu Hause.

> Sag Jannes bitte nichts, der hat heute Abend ein wichtiges Training.

Die Antwort kam innerhalb einer Minute.

> Shit, was hast du?

> Sollen wir nach der Schule vorbeikommen?

> Lieber nicht, will euch nicht anstecken. Außerdem bin ich total fertig und kann eh nichts anderes machen als schlafen.

> Melde mich heute Abend oder morgen.

> Okay?

Als Nächstes rief sie das Sekretariat an, gab sich als ihre Mutter aus und meldete sich krank. Sie hatte aus dem Fehler gelernt. Nach dem Anruf blinkte noch eine Nachricht von Oskar auf dem Display.

> Gute Besserung, auch von Ole.

> Gib Bescheid, wenn wir doch
> vorbeikommen sollen!

Mach ich!

So würde Oskar sie immerhin nicht fragen, ob sie am Nachmittag Zeit für den Bosskampf hatte. Sie wollte nicht noch einmal so ein Desaster. Je weniger Menschen ihr Gespräch mit Bjarne mitbekamen, umso besser. Den Rest des Vormittags verbrachte sie damit, *Demons* einzuüben, sowohl den Originaltext als auch ihren eigenen. Wenn Morten sie nicht auf den Arm genommen hatte, musste das klappen!

*

Kurz vor drei stand sie in der Garage. Die Parkfläche für die motorisierten Zweiräder war durch eine Wellblechwand von den Autoparkplätzen der Lehrer abgetrennt. Tomke stellte sich hinter die Wand und fand einen Spalt, durch den sie den Eingang im Blick behalten konnte. Sie steckte sich einen Kopfhörer ins Ohr, damit es aussah, als würde sie Musik hören und mitsingen. Alles musste zufällig wirken. Bjarne durfte ihre Inszenierung nicht durchschauen, sonst würde er sie stehenlassen. Unter Garantie. Die Tür ging auf und er kam in die Garage. Allein.

Perfekt.

Erst als er drei Schritte von seinem schicken metallicblauen Roller entfernt war, fing sie an *Demons* zu singen.

»When the days are cold and the cards all fold ...« Die Wände der Garage warfen ihre Stimme zurück und verstärkten sie.

Ihr rauchig tiefer Tonfall füllte den Raum und wie jedes Mal beim Singen spürte Tomke ein warmes Kribbeln im Bauch. Bjarne stoppte mitten im Schritt und schaute sich um. Zum ersten Mal sah sie etwas anderes in seinen Augen aufblitzen als Arroganz. Für einen winzigen Moment umspielte ein Lächeln seine Mundwinkel. Sie sang weiter, verborgen hinter der Wand. Bjarne brauchte mehrere Textzeilen, ehe er sich aus der Starre löste und um die Wand herumging. Tomke drehte sich weg, sie wollte nicht den Ausdruck auf seinem Gesicht sehen, wenn er sie erkannte. Sie hörte, wie seine Schritte hinter ihr stoppten.

Beim Refrain wechselte sie die Tonlage, sang höher, dringlicher. »When you feel my heat, look into my eyes, it's where my demons hide ...«

Und erst bei dem Übergang zum nächsten Vers fiel sie in den rauchig tiefen Tonfall zurück.

Sie tat, als hätte sie Bjarne immer noch nicht bemerkt und sang, als wäre sie allein in ihrem Zimmer und nichts würde von diesem Lied abhängen oder davon, wie es bei ihm ankam. Vor dem letzten Zwischenspiel drehte sie sich um, stockte, als wäre sie überrascht, ihn zu sehen, und sang weiter. Beinahe sofort überzog eine Maske aus Gleichgültigkeit sein Gesicht. Zu langsam, Tomke hatte sowohl das Lächeln wie auch das Leuchten in seinen Augen bemerkt. Sie verschränkte die Arme und lehnte sich gegen die Wand. Ohne Vorwarnung wechselte sie zu ihrem eigenen Text und dachte dabei an Jannes. Ein leichtes Zittern schlich sich in ihre Stimme.

»Sie jagen dich und mich. Ich schütz dich, hoffentlich. In ihren Augen liegt Erkennen, bin besiegt.«

Die Gleichgültigkeit verschwand aus Bjarnes Gesicht. Brachte ihr Text ihn aus dem Konzept? Tomke sang weiter, ohne ihn aus den Augen zu lassen, und dennoch war alles, was sie sang, für Jannes.

»Für mich ist es zu spät, verlorn' Identität.« In den nächsten beiden Zeilen brach sich die Verzweiflung der letzten Tage Bahn und Tomke schrie sie aus sich heraus: »Werd mit den Wölfen geh'n, dich nie mehr wiederseh'n!«

Sie merkte, wie Bjarne für einen Moment die Luft anhielt, und wechselte für den letzten Refrain in den rauchig tiefen Tonfall zurück.

»Aus dem Dunkelhaus führt kein Weg hinaus. Wo die Wölfe warten, gib auf die Wölfe acht. Sie heulen und du nimmst Reißaus. Wo die Wölfe warten ...« Sie fing Bjarnes Blick ein und sah ihm fest in die Augen. Diesmal meinte sie ihn. »Nimm dich vor mir in Acht!«

Der Ton verklang, und sie sah ihm immer noch in die Augen.

»Was ist?«, fuhr sie ihn an. »Hast du noch nie jemanden singen gehört?«

Die Frage zerriss den Moment.

Er schüttelte den Kopf, lachte auf und verschränkte die Arme. »Noch nie so, nein.«

Das Lächeln war längst aus seinem Gesicht verschwunden und seine Worte hätten genauso gut eine Beleidigung sein können, wäre nicht das Leuchten in seinen Augen geblieben.

»Tja, tut mir leid. Es hat dich keiner gezwungen, dich hierher zu stellen und mir zuzuhören.«

»Machst du das öfter?«

»Was?«

»In der Garage singen.«

Sicher, sie hatte nichts anderes zu tun.

Sie zog die Schultern hoch. »Die Akustik ist super, und am Freitagnachmittag ist sowieso nie jemand hier«, antwortete sie. »Und du?«

»Was und ich?«

»Schleichst du dich öfter an Leute heran, ohne dich bemerkbar zu machen?«

Seine Lippen verzogen sich zu einem Grinsen. »Wenn sie gut singen können? Vielleicht.«

Sie schnaubte. Glaubte er, sie war so hohlbirnig wie die Mädchen, mit denen er seine Musikvideos drehte, und wartete nur auf ein Kompliment von ihm?

»Ja, whatever.« Kopfschüttelnd stieß sie sich von der Wand ab.

Was machte sie da? Sie durfte ihn nicht anzicken! Damit machte sie alles kaputt. Es war ihr klar, aber sie konnte nicht anders. Seine Arroganz ging ihr auf die Nerven. Er tat so, als müsste sie ausrasten vor Glück, weil er sie für gut befunden hatte. Das regte sie auf. Es regte sie vor allem deshalb auf, weil er recht hatte. Sie war auf genau das angewiesen, wenn sie ihn zum Reden bringen wollte.

Ohne ihn anzusehen, ging sie an ihm vorbei.

»Was für ein Text war das am Ende?«

»Meiner«, antwortete sie und blieb neben ihm stehen.

Noch nie waren sie so nah beieinander gestanden. Sie steckte die Hände in die Taschen ihrer Jeans.

Es ist doch egal, wie nahe er ist.

Es stimmte nicht. Es war nicht egal, es fühlte sich seltsam an.

»Du schreibst eigene Lieder?« Seine Augen blitzten auf.

Wo war der arrogante Idiot von der letzten Begegnung in der Garage?

»Nein. Ich schreibe Lieder um. Wenn sie mir gefallen und ich Lust dazu habe.«

»Hast du Lust, mit mir eine Aufnahme zu machen? In meinem Tonstudio zu Hause?«

In seinem Tonstudio? Seine Eltern hatten definitiv zu viel Geld.

»Stehst du neuerdings auf *Gamerboys?*«, fauchte sie ihn an.

»Was?«

»Ist das ein Anmachspruch? *In meinem Tonstudio zu Hause.* Falls ja, hast du dir die Falsche ausgesucht.« Die Worte waren schneller aus ihrem Mund, als sie nachgedacht hatte.

Sie biss sich auf die Lippe. Er hatte ihr angeboten, mit ihr eine Aufnahme zu machen. Das war die Chance, sein Vertrauen zu gewinnen. Aber nein,

Tomke zog es vor, weiter zu zicken, weil sie immer noch sauer war. Wegen eines Kommentars, den er nie gemacht hatte, nicht in dieser Zeitschleife.

Er bemerkte ihr Stocken und grinste. »Es ist auch ein cooler Anmachspruch. Aber keine Sorge, ich will mit dir nur Musik machen.«

So wie er es betonte, klang es wie eine Beleidigung. Klar, mit einer wie ihr würde er nicht im Traum daran denken, etwas anzufangen. Sie kniff die Augen zusammen. Nein, sie wollte nichts von ihm, aber er brauchte nicht so zu tun, als ob sie unter seinem Niveau wäre.

»Und warum sollte ich mit dir eine Aufnahme machen wollen? Ein schickes Tonstudio macht noch keinen Musiker«, fragte sie.

Verdammt. Das war der falsche Kommentar, definitiv.

Bjarne zog eine Augenbraue hoch, und sein Blick blieb einen Tick zu lange an ihren glühenden Wangen hängen. »Das Risiko wirst du wohl eingehen müssen. Also, was ist? Willst du morgen Nachmittag vorbeikommen?«

»Entweder jetzt oder gar nicht«, antwortete sie und hielt seinem Blick stand, ohne zu zwinkern.

»Sorry, heute habe ich schon was vor.«

Sein Tonfall machte deutlich, wer seiner Meinung nach die Bedingungen stellte.

Sie zuckte mit den Schultern und ging endgültig an ihm vorbei. »Dann eben nicht.«

Wäre er auf ihre Forderung eingegangen, wenn sie ihn nicht angezickt hätte? Die Frage nagte an ihr, als sie die Auffahrt der Garage hochlief. Was bitte nutzte ihr Morgen? Morgen kam nicht, oder falls doch, war Bjarne bis dahin nicht mehr ansprechbar und Jannes tot. Das konnte sie nicht riskieren. Sie musste mit ihm reden. Würde er ihr jetzt sagen, was er im Wald zu suchen hatte?

Der Motor des Rollers sprang an, und die Chance war vorbei. Tränen stiegen in Tomkes Augen, sie wischte sich mit dem Arm übers Gesicht und schüttelte den Kopf.

Statt an ihr vorbeizufahren, bremste der Roller neben ihr ab.

»Hier.« Bjarne hielt ihr einen zweiten Helm hin.

Sie starrte ihn an.

Er grinste und nickte ihr zu. »Jetzt mach schon, ich hab nicht den ganzen Tag Zeit!«

Wie in Zeitlupe setzte sie den Helm auf und stieg hinter Bjarne auf den Roller.

Hat er gesehen, dass ich geheult habe?

»Halt dich fest!«, rief er ihr über die Schulter zu und gab Gas.

Sie griff nach hinten zum Gepäckträger, aber da war der Koffer. Toll. Sie wollte sich definitiv nicht an Bjarne festhalten. Er beschleunigte und legte sich in die Kurve. Machte er das mit Absicht? Wenn sie ihn nicht aus dem Gleichgewicht bringen wollte, blieb ihr nichts anderes übrig, als sich an ihm festzuhalten. Schnaubend legte sie die Hände auf seine Hüfte. Die Arme würde sie definitiv nicht um ihn legen. Das konnte er auch nicht wollen. Jedes Mal, wenn er bremste, musste sie den Schwung mit den Händen abfangen, um nicht an seinem Rücken zu kleben. Konnte er nicht die Straßenbahn nehmen oder den Bus? Wie jeder normale Mensch?

**Anders
als gedacht.
Glaub das nicht.
Gestern hat er noch
gelacht.**

Bjarne fuhr über den Fluss in das Ärzte- und Anwaltsviertel, das zum Großteil aus Altbauvillen bestand. Wahrscheinlich war hier die Miete für eine Zweizimmerwohnung schon höher als für das Haus, in dem Tomke mit Jannes und ihren Eltern lebte.

Vor einem dreistöckigen Altbau bremste er. Sobald der Roller stand, blinkte ein orangefarbenes Lämpchen an dem Metalltor, das die Einfahrt versperrte. Im Zeitlupentempo schob sich das Tor zur Seite und gab den Blick auf eine gepflasterte Einfahrt frei. Bjarne fuhr bis neben das Haus, und noch bevor er den Motor abgestellt hatte, nahm Tomke die Hände von seiner Hüfte. Eingeklemmt zwischen dem Koffer und ihm war es fast unmöglich, abzusteigen, ohne sich an seiner Schulter festzuhalten. Sie bemühte sich trotzdem, verlor beim Versuch das Gleichgewicht und stolperte zwei Schritte, bevor sie sich fing und sicher stand.

Toll, souverän ist anders.

Den Blick auf die Pflastersteine gerichtet, konzentrierte sie sich darauf, den Helm zu öffnen. Aus dem Augenwinkel beobachtete sie, wie Bjarne lässig ein Bein über den jetzt leeren hinteren Sitzbereich schwang und sich den Helm vom Kopf zog.

»Du würdest lieber aus der Kurve fliegen, als dich ordentlich festzuhalten, oder?«, sagte er, und wieder war ein breites Grinsen in seinem Gesicht.

Sie zuckte mit den Schultern und drückte ihm den Helm in die Hand. Immerhin war seine Frisur nicht mehr perfekt. Er blieb noch einen Moment vor ihr stehen. Im Sonnenlicht leuchtete das Blau seiner Augen hell auf. Sie hatte sich geirrt, es war nicht kräftig und dunkel, es war eher pastellfarben wie der Himmel an einem sonnigen Tag.

Was war das für ein bescheuerter Gedanke? Um sich abzulenken, zupfte sie an ihren Haarstoppeln, den Blick starr auf Bjarnes Gesicht gerichtet. Der räusperte sich.

»Okay, hier entlang«, sagte er und drehte sich zu der schwarzbraunen Eingangstür.

Im Haus blieb Tomke für einen Moment die Luft weg. Das Erdgeschoss war ein einziger Raum. Neben der Garderobe war eine Kochecke durch eine Bar von Esstisch und Anrichte abgetrennt. Tomkes Blick wurde von großen Pflanzen eingefangen, in einem Wintergarten gegenüber dem Eingang. Dahinter konnte sie den Garten erahnen und davor war eine Sofaecke mit Kamin.

»Wir müssen runter«, sagte Bjarne.

Entweder er bemerkte nicht, wie sprachlos sie dieser Raum machte, oder er ignorierte es. Er legte die Helme an der Garderobe ab und ging zu einer Holztreppe, die vom Eingangsbereich nach unten führte. Wortlos folgte Tomke ihm.

An den Wänden im Keller war Raufasertapete, und statt über Beton gingen sie über einen dunklen Parkettboden. Bjarne steuerte auf eine gelbe Metalltür links neben der Treppe zu.

Pst! Aufnahme stand dort in schwarzen Druckbuchstaben.

Das Tonstudio, wie Bjarne es genannt hatte, war an Wänden und Decke zur Schalldämpfung mit schwarzen und orangefarbenen Schaumstoffmatten beklebt. Ein Mischpult stand in einer Ecke vor einem Tisch mit einem Bildschirm. War das auf dem Stativ neben dem Tisch eine Kamera? Tomke zog die Augenbrauen zusammen. Sie hatten von einer Tonaufnahme geredet, nicht von einem Video.

»Okay, lass es uns ein paar Mal durchspielen, bevor wir mit den Aufnahmen starten.« Bjarne nahm eine blau lackierte Gitarre aus einem Standfuß hinter dem Mischpult und setzte sich im Schneidersitz auf den Boden.

Metallicblau. War das seine Lieblingsfarbe?

Jede Geste von ihm wirkte routiniert, als hätte er das schon tausendmal gemacht.

»Wir reden hier von einer Tonaufnahme, nicht von einem Video, oder?«, fragte Tomke mit einem Nicken in Richtung der Kamera.

Sie stand immer noch an der Tür. Bjarne stimmte die Gitarre. Er sah kurz auf, ein Blitzen in den Augen und wieder ein Grinsen auf den Lippen. »Wieso? Hast du Angst, erkannt zu werden?«

»Klar. Immerhin habe ich einen Ruf zu verlieren«, knurrte sie.

Er lachte und fing an, eine Melodie auf der Gitarre zu zupfen. Die Hände in den Taschen ihrer Jeans vergraben, ging Tomke zu ihm und setzte sich mit einem Schritt Abstand neben ihn, den Rücken an die Wand gelehnt.

»Solltest du nicht lieber stehen beim Singen?«, fragte er, ohne mit dem Spielen aufzuhören. Immer noch das Grinsen im Gesicht.

Sie zuckte mit den Schultern. »Es macht keinen Unterschied. Aber wenn du dich besser fühlst, kann ich mich bei der Tonaufnahme hinstellen.«

Es war nicht *Demons,* was er spielte. Sie kannte dieses Lied, aber ihr fiel nicht ein, wie es hieß.

»Nervös?«, fragte er.

Den Kopf zur Seite geneigt, fing er ihren Blick ein, während seine Finger zu einem anderen Lied überwechselten.

»Nein, wieso?«

Warum kribbelte ihr Bauch auf einmal? Sie rutschte ein Stück weg von Bjarne.

»Die meisten Mädchen bekommen sich beinahe nicht mehr ein, wenn ich ihnen erzähle, dass ich sie aufnehme und das Lied auf meinen Kanal hochladen will.« Sein Grinsen wurde breiter. »Und ich muss ihnen tausendmal versprechen, dass wir es so oft proben können, wie sie wollen, und ich es nicht hochlade, wenn es scheiße klingt.«

Tomke hätte fast die Augen verdreht. Die meisten Mädchen kamen auch nicht wegen der Aufnahme her. Er brauchte nicht so zu tun, als ob er das nicht wüsste. Nicht einmal sie war wegen der Aufnahme mitgekommen. Sie senkte den Kopf und schaute auf ihre Hände, damit Bjarne ihr nicht die Schuld vom Gesicht ablesen konnte. Sie war hier, um Jannes' Leben zu retten. Wenn Bjarne Glück hatte, würde ihn das auch retten.

»Können wir anfangen?«, fragte sie. »Ich dachte, du bist unter Zeitdruck?«, fügte sie hinzu, als sie die Überraschung auf seinem Gesicht bemerkte.

»Du bist ...«, fing er an, dann schüttelte er lachend den Kopf, und die Melodie, die er auf der Gitarre spielte, ging in ein neues Lied über »Okay, fangen wir an. Sing deinen Text, ich will ihn einmal komplett hören.«

Was? Was war sie? Verrückt? Ein Idiot? Einen Moment lang schaute sie ihm direkt in die Augen, konnte die Antwort nicht finden und gab auf.

Wie in der Tiefgarage hielt sie den Blickkontakt mit ihm während des ganzen Lieds. Morten hatte nicht übertrieben, Bjarne konnte richtig gut Gitarre spielen. Wäre er jemand anderer gewesen, sie hätte mit ihm bis spät in die Nacht in diesem Kellerraum sitzen wollen und Musik machen. Sie spielten das Lied ein paar Mal mit beiden Texten, und mit jedem Durchgang fiel es ihr schwerer, sich bewusst zu machen, was für ein arroganter Idiot er in Wirklichkeit war.

»Für die Aufnahme nehmen wir deinen«, entschied er, und sie machten sich an die Tonaufnahme, wofür sie mehrere Tonspuren brauchten, weil Tomke an einigen Stellen die Backgroundsänger ersetzen musste.

Immer wieder hörten sie sich den Zusammenschnitt an.

»Stopp.« Tomke hob die Hand und zog den Kopfhörer ein Stück zur Seite. »An der Stelle scheppert die Gitarre. Kannst du den Teil noch mal einspielen?«

Bjarne hielt inne und schaute sie an, ohne etwas zu sagen. Ein Lächeln umspielte seine Mundwinkel.

»Was ist?«

»Ich habe noch nie mit jemandem eine Aufnahme gemacht, der noch perfektionistischer ist als ich«, antwortete er.

Tomke prustete los.

»Was ist daran so witzig?« Er zog eine Augenbraue hoch, und diesmal wirkte es kein bisschen arrogant.

Es war süß, nein, es wäre süß gewesen, wenn es nicht Bjarne wäre, der hier neben ihr saß.

»Normalerweise machst du auch nur Aufnahmen mit Mädchen, die du rumkriegen willst, oder? Ich schätze, in dem Fall wird es schwierig, wenn du sie ein und dieselbe Stelle fünfmal singen lässt. Und du müsstest schon richtig falsch spielen, dass sie sich beschweren würden«, antwortete sie.

»Stimmt.« Wieder war das Grinsen auf seinen Lippen. »Kannst du den letzten Refrain noch mal singen und das *Nimm dich vor mir in Acht* am Ende sprechen, damit es bedrohlicher klingt?«, fragte er, ein herausforderndes Blitzen in den Augen.

»Lass noch mal hören.« Sie drehte sich zum Bildschirm, beide Hände an den Kopfhörer gedrückt, um ihr Gesicht von der Seite zu verdecken.

Ihre Wangen glühten, aber das brauchte Bjarne nicht zu sehen.

*

Nach einer Ewigkeit waren sie beide mit der Aufnahme zufrieden.

»Okay, jetzt noch das Video, dann haben wir's.« Bjarne stand auf und ging zu dem Stativ mit der Kamera.

»Vergiss es! Ich mache mich nicht für dich zum Affen.« Sie sprang hoch und stolperte rückwärts zur Tür.

So weit wie möglich aus dem Sichtbereich der Kamera heraus.

»Entspann dich. Niemand wird dich erkennen. Wenn deine Identität geheim bleibt, gibt es eh mehr Views, weil alle wissen wollen, wer die Unbekannte ist.«

»Ach? Und wie willst du mich unkenntlich machen?« Sie verschränkte die Arme und funkelte ihn an.

Lachend ging er an ihr vorbei in den Eingangsbereich des Kellers und kam einen Moment später mit einem schwarz-roten Stück Stoff in der Hand zurück.

»Hier!« Er warf es ihr zu.

»Ein Kapuzenpulli?«, fragte sie, den Pullover mit ausgestreckten Armen vor sich haltend.

»Wenn du die Kapuze aufsetzt und ich von schräg hinten eine Porträtaufnahme mache, erkennt dich kein Mensch.«

Sie schaute von dem Pullover zu Bjarne. »Wir haben über dreißig Grad. Willst du, dass ich nen Hitzschlag bekomme?«

»Du kannst dein Shirt gern vorher ausziehen«, sagte er, und das Grinsen in seinem Gesicht wurde breiter.

Das hättest du wohl gern. Der Satz wäre ihr beinahe herausgerutscht. Sie schluckte ihn im letzten Moment hinunter. Hätte er nicht. Als ob er scharf darauf wäre, sie in Unterwäsche zu sehen.

»Whatever!«, sagte sie stattdessen und zog den Pullover über das Shirt. »Ich will das Video sehen, und wenn man mich erkennt, löschst du es. Ist das klar?«

Die Kapuze ins Gesicht gezogen und die Hände in der Bauchtasche des Pullis stellte sie sich dorthin, wo Bjarne sie anwies, den Blick auf die orangeschwarzen Schaumstoffmatten gerichtet. Der Stoff des Pullis lag weich auf ihrer Haut. Wenn es nicht so heiß gewesen wäre, hätte sie ihn für den Rest des Tages anbehalten. Sie schaute zur Seite und begegnete Bjarnes Blick. Das Grinsen war verschwunden, und seine Augen ruhten auf ihrem Gesicht.

»Was ist?«

Er blinzelte, schüttelte den Kopf und zog die Schultern hoch. »Nichts. Sollen wir anfangen?«

An die Wand vor ihr hängte er ein schwarzes Tuch. Sie stand, die Hände immer noch in der Bauchtasche, und sang das Lied für die Bildaufnahme ohne Ton mit.

Später saß sie auf einem Holzstuhl neben ihm und sah ihm zu, wie er auf dem Bildschirm alles zusammenschnitt.

»Was hast du heute Abend eigentlich vor?«, fragte sie in die Stille hinein.

»Eine Party, wieso?«, antwortete er, ganz auf den Schnitt konzentriert.

»Wegen einer Party wolltest du heute Nachmittag nicht aufnehmen? Brauchst du so lange, um dich fertig zu machen?« Ihre Stimme triefte vor Ironie.

»Länger als du auf alle Fälle«, antwortete er mit einem Blick zu ihren Haarstoppeln.

Sie kniff die Augen zusammen und schluckte den bissigen Kommentar hinunter, der ihr auf der Zunge lag. Wenn sie ihn zum Reden bringen wollte, sollte sie sich nicht bei der dritten Frage mit ihm anlegen.

»Mal im Ernst jetzt. Warum wolltest du die Aufnahme verschieben?«

Er unterbrach den Schnitt und drehte ihr den Kopf zu. Musste er sie so anstarren, statt ihr zu antworten? Wenn er jetzt nicht den Mund aufmachte, würden sie nie wieder zusammen Musik machen. Tomke kniff die Augen zusammen und schüttelte den Kopf. Was war das für ein schwachsinniger Gedanke? Als ob die letzten Stunden ihn verändert hätten. Sobald diese Zeitschleife gelöscht war, würde Bjarne derselbe Idiot sein, der er immer gewesen war.

»Also?«, fragte sie, nachdem er nichts sagte.

Ihre Stimme kratzte im Hals.

»Ich muss vorher noch was erledigen«, murmelte er und wandte sich wieder dem Bildschirm zu.

»Okay, und was?«

Noch blöder hätte sie nicht fragen können. Sie klang fast wie eine eifersüchtige Freundin.

»Was für die Party«, antwortete er, ohne aufzusehen. Nach ein paar weiteren Klicks lehnte er sich zurück. »So, erledigt. Mal sehen, wann der erste Kommentar kommt.«

Tomke warf nicht einmal einen Blick auf den Bildschirm. In ein paar Stunden würde das Video Geschichte sein, aber Jannes' Hirnverletzung nicht. Würde Bjarne reden, wenn er das wüsste?

Du wirst Gemüse sein, wenn du nicht den Mund aufmachst!

Tolles Argument. Das brachte ihn bestimmt zum Reden.

»Ich muss los«, sagte er nach einem Blick auf die Uhr. »Soll ich dich irgendwo absetzen?«

»Du sollst mir sagen, mit wem du dich vor der Party triffst und warum«, antwortete sie.

Er zog eine Augenbraue hoch und ein Grinsen umspielte seine Lippen. »Wieso? Bist du eifersüchtig?«

»Sehr witzig!«, fuhr sie ihn an.

Lachend stand er auf. Ihre Wangen wurden heiß, und sie biss die Zähne zusammen.

»Warum interessierst du dich so sehr dafür, was ich mache oder nicht mache?«, fragte er, schon an der Tür stehend, und musterte ihr Gesicht.

»Weil irgendwas nicht stimmt. Wenn du dich mit einem Mädchen treffen würdest, hättest du kein Problem, mir das zu erzählen.« Sie hob den Kopf und erwiderte seinen Blick. »Also? Warum machst du so ein großes Geheimnis daraus?«

»Machst du dir Sorgen um mich?« Er legte den Kopf schief und ließ sie nicht mehr aus den Augen.

Im Reflex wollte sie ihm wieder ein *Das hättest du wohl gern* entgegen-knallen, aber sie bremste sich.

»Ja«, flüsterte sie.

Sie bemerkte die Überraschung in seinem Gesicht. Das war ihre Chance! Doch ehe sie noch etwas hinzufügen konnte, drehte er sich von ihr weg und öffnete die Tür.

»Kein Grund. Ich weiß schon, was ich mache«, sagte er und ging in den Kellervorraum. »Okay, ich muss jetzt echt los, sonst komm ich zu spät.«

Als sie hinter ihm die Treppe hochstieg, fiel ihr die Stille im Haus auf. Sie zog das Handy aus der Tasche und sah auf die Uhr. Zwanzig vor acht.

»Sind deine Eltern nicht zu Hause?«, fragte sie.

»Die kommen heute nicht vor zehn.«

»Und Morten?«

»Der ist nach dem Fußballtraining zu einem Kumpel und wird dort über-nachten. Ich habe keine Lust, den Babysitter für ihn zu spielen.« Bjarne blieb an der Garderobe stehen und zwinkerte Tomke zu. »Wenn ich nichts vorhätte, hätten wir das Haus für uns allein.«

»Klar, hätten wir auch dringend gebraucht, wenn wir im Keller sitzen und Musik machen«, murmelte sie.

Was sollte das? Wollte er sie angraben? Sie angraben. Bestimmt. Weil er ja auf GamerBOYs stand. Bjarne lachte, griff nach den beiden Helmen und ging hinaus. Sie wollte nicht riskieren, Jannes zu verpassen, der bis um acht im Training war, und nahm Bjarnes Angebot an, sie irgendwo abzusetzen.

*

Jannes kam ewig nicht aus der Umkleide. Um sich abzulenken, rief Tomke das Video auf. Inzwischen hatte es über hundert Likes, und beinahe jeder Kommentar drehte sich darum, wer dieses Mädchen mit der coolen Stimme war. Oder wer sich hinter *Slhekmo* verbarg, von *dem* die Lyrics waren. Es war Tomkes Spiel-Nick. Ole oder Oskar würden sich sicher nicht auf Bjarnes Kanal verirren, und morgen war das Video nicht mehr da.

Um viertel nach acht kam Jannes aus der Umkleide. Mit einem Blick in seine Augen löschte Tomke jede Erinnerung an das Musikprojekt mit Bjarne. Was für ein Idiot! Wenn er sich darauf eingelassen hätte, vor der Party mit ihr Musik zu machen, statt zu seinem bescheuerten Treffen zu gehen, hätte alles bleiben können, wie es war. Jannes wäre in Sicherheit gewesen und Bjarne auch. Sie hätten sich wiedertreffen und andere Lieder covern können. Nein, das hätten sie nicht. Ein Nachmittag reichte nicht aus, um aus ihm jemanden zu machen, der in Ordnung war.

Wolfsheulen

(Vs1)

Wenn der Morgen graut
in der gleichen Cloud,
hat mir jemand dein
Leben anvertraut.

Es ist viel zu viel,
ein ganz schlechter Deal.
Ich verstecke mich
in dem Farbenspiel.

(ZS1)

Ich steig in den Abgrund,
nur um dich zu retten,
doch ich bin ganz allein
in der Dunkelheit.

Ich weiß nicht, wo du bist,
ob dich der Schatten frisst.

Hilf mir, ich schaff das nicht.
Hilf mir, ich schaff es nicht.

(Ch)
  Aus dem Dunkelhaus
  führt kein Weg hinaus.

  Wo die Wölfe warten,
  gib auf die Wölfe acht.

  Sie heulen, und
  du nimmst Reißaus

  Wo die Wölfe warten,
  nimm dich für mich in Acht.

(VS2)
  Wieder und wieder,
  gleiches Gefieder.
  Der Tag endet nicht,
  er macht mich nieder.

  Wie viel geb ich auf
  von mir? Hau ab, lauf!
  Ich schütz dich vor dem
  Seelenausverkauf.

(ZS2)
  Bin ich bereit, alles
  zu tun, im Fall des Falls?
  Mich ganz aufzugeben?
  Für dich und dein Leben?

  Ich weiß nicht, wo du bist,
  ob dich der Schatten frisst

  Hilf mir, ich schaff das nicht.
  Hilf mir, ich schaff es nicht.

(Ch)
  Aus dem Dunkelhaus
  führt kein Weg hinaus.

  Wo die Wölfe warten,
  gib auf die Wölfe acht.

  Sie heulen, und
  du nimmst Reißaus.

Wo die Wölfe warten,
nimm dich für mich in Acht.

(ZS3)
Sie jagen dich und mich,
ich schütz dich hoffentlich.
In ihren Augen liegt
Erkennen, bin besiegt.

Für mich ist es zu spät,
verlorn' Identität.
Werd mit den Wölfen geh'n,
dich nie mehr wiederseh'n

(Ch)
Aus dem Dunkelhaus
führt kein Weg hinaus.

Wo die Wölfe warten,
gib auf die Wölfe acht.

Sie heulen, und
du nimmst Reißaus.

Wo die Wölfe warten,
nimm dich vor mir in Acht.

Monster
unterm Bett?
In dir? Sie
spiel'n mit deinem Herz
Roulette.

Das gleichmäßige Piepen des Weckers weckte Tomke, und ein Blick auf ihr Handy bestätigte, was sie ohnehin wusste.

7:55

Freitag, 23.Juni

Der Tag endete nicht.

Auf Jannes' Nachricht reagierte sie wie am Tag zuvor und bereute es, als sie wieder seinen Kusssmiley als Antwort bekam. Folgten sie einem vorgegebenen Skript? Wenn ja, was musste sie tun, um das Skript zu finden, in dem Jannes überlebte? Existierte das überhaupt? Die Frage griff mit eisigen Klauen nach ihrem Herzen. Tomke zog die Beine an den Körper und konzentrierte sich auf ihre Nachricht an Oskar. Sie gab sich am Telefon wieder als ihre Mutter aus und meldete sich für den Tag im Schulsekretariat krank.

Den Kopf in die Hände gestützt, versuchte sie, die Frage zu vergessen, nur um eine neue, dringendere zu finden. Wie weit würde sie gehen, um Bjarne zum Reden zu bringen?

»Ich weiß es nicht«, murmelte sie, ließ das Handy auf dem Bett liegen, ging duschen und versuchte, mit der Wärme des Wassers die Kälte aus ihrem Körper zu vertreiben.

Als sie aus dem Bad kam, war sie der Antwort keinen Schritt näher.

Am Vormittag stöberte sie auf Bjarnes Kanal. Er lud zwei- bis dreimal in der Woche ein Video hoch. Auf den meisten war nur er mit seiner metallic-blauen Gitarre. Fingerstyle-Gitarrencover ohne Gesang. Waren die Tonaufnahmen mit den Mädchen ausschließlich Anmachen? So selten, wie er ein Video mit einer hochlud? Darauf waren die Mädchen alle perfekt gestylt, der Gesang war okay, aber nichts Besonderes, und nicht eine von ihnen tauchte auf einem zweiten Video auf. Das passte nicht zu dem Typen, mit dem sie vor ein paar Stunden Musik gemacht hatte. Der mit ihr in dem Moment gelebt hatte, in dem es nur seine Gitarre und ihren Gesang gab und nichts sonst Bedeutung hatte. Tomke ließ einen Fingerstyle-Clip laufen, schloss die Augen und sang. Beinahe sofort fühlte es sich an, als wäre sie wieder in Bjarnes Tonstudio. Sie ließ sich vom Klang seiner Gitarre führen. Und für diesen einen Augenblick konnte sie alles vergessen.

Sie musste damit aufhören. Sofort.

Mit einem Klick schloss sie den Browser. Nur weil Bjarne sich ein einziges Mal nicht wie der letzte Idiot benommen hatte, änderte das nicht, wer er war. Sie durfte sich nicht von ihm und seiner Gitarre einlullen lassen. Das löschte sein arschiges Verhalten in der Schule nicht aus.

*

Um drei stand Tomke wieder hinter der Wellblechwand in der Garage, aber etwas hatte sich verändert. Sie hatte sich verändert. Keinen einzigen Gedanken verschwendete sie noch an die Stunden in Bjarnes Tonstudio, das Strahlen in seinen Augen, sein Lächeln. Mit aller Macht rief sie sich seinen abschätzigen Blick ins Gedächtnis, das GamerBOY, das er ihr an den Kopf geknallt hatte, und schwor sich, es niemals zu vergessen. Sie war nicht mehr die nette Tomke, die sich ihm anpasste und mit Bitten versuchte, ihn zum Reden zu bringen. An diesem 23. Juni war sie die Jägerin und er die Beute, die sie zur Strecke bringen würde.

Selbst wenn sie sich dabei verlor.

Auf ihren Gesang reagierte er wie in der letzten Zeitschleife. Es war beinahe zu leicht, wie bereitwillig er sie mit zu sich nahm. Die Stimme in ihrem Kopf brachte sie nicht zum Schweigen. Egal wie oft sie sich vorsagte, keine andere Wahl zu haben.

Monster, raunte die Stimme ihr zu, und Tomke hatte Mühe, Bjarne in die Augen zu sehen, als er sich mit der metallicblauen Gitarre auf den Boden setzte.

Sie durfte sich nicht auf die Musik einlassen. Wenn sie nur eine Zeile sang oder ihm zuhörte, konnte sie es nicht mehr durchziehen. Sie musste handeln, und zwar jetzt.

Immer noch an der Tür stehend, die Hände zu Fäusten geballt, versuchte sie, sich all die Momente in Erinnerung zu rufen, in denen Bjarne sie, Oskar oder Ole mit seinem abschätzigen Blick gemustert hatte, dieses dämliches Lächeln auf den Lippen. Stattdessen blitzte sein fahles Gesicht hinter der Atemmaske vor ihr auf, der leere Blick.

Sie blinzelte.

»Zeig mir dein Aufnahmeprogramm, bevor wir anfangen. Nicht, dass es nichts taugt«, sagte sie mit einer Schärfe in ihrem Tonfall, mit der sie hoffte, das Bild vertreiben zu können.

Die Hand fest um den Schultergurt ihres Rucksacks geschlossen, ging sie auf den Bildschirm zu.

Bjarne zog die Augenbrauen hoch und sah sie an. »Hast du Angst, dass ich deine Stimme verzerren könnte?«, fragte er, wieder mit diesem dämlichen Grinsen im Gesicht.

»Wenn du das könntest, müsste ich mir keine Sorgen machen.«

Er musterte sie. Tomke schluckte. Ihre Brust stach bei jedem Atemzug.

»Wird das jetzt eine Verzögerungstaktik, oder hast du Ahnung von Musikprogrammen?«, fragte er.

Er stellte die Gitarre beiseite, ging zum Tisch und fuhr den Computer hoch. Was glaubte er? Sie hatte sich schon oft selbst aufgenommen. Das Musikprogramm war nur wichtig für die Frage, wie gut sie die Aufnahme hinterher bearbeiten konnte. Für die Qualität war das Mikrofon viel entscheidender. Selbst das Open-Source-Programm, das Tomke nutzte, wenn sie sich zu Hause aufnahm, bot genug Features, um akzeptable Aufnahmen zu machen. Abgesehen davon hatte Bjarne eines der besten auf dem Markt. Davon wäre sie auch ausgegangen, wenn sie es noch nicht gesehen hätte. Wer ein eigenes Tonstudio zu Hause hatte, sparte mit Sicherheit nicht am Musikprogramm. Sie holte Luft, wurde das Stechen in der Brust aber nicht los. Als ob es um das Programm ginge.

Sobald Bjarne ihr den Rücken zudrehte, nahm sie den Rucksack von der Schulter und fasste nach dem in ein Handtuch eingewickelten Baseballschläger. Sie umklammerte den Griff mit beiden Händen. Das Holz lag leicht in ihrer Hand, als gehörte es dorthin, und das Stechen in der Brust ließ nach.

»Also, hier kannst du ...« Bjarne öffnete das Programm und warf einen Blick über die Schulter.

Schnell! Sie musste zuschlagen, bevor er verstand, was hier passierte.

Die Lippen aufeinandergepresst, die Arme gestreckt, drehte sie sich in der Hüfte. So wie Jannes es mit ihr vor Ewigkeiten trainiert hatte.

Du musst auf Kinn oder Schläfe zielen, hallte seine Stimme durch ihren Kopf. *Und so fest zuschlagen, wie du kannst. Wenn der Schwung ausreicht, wird er kurz zusammensacken, und du hast die Chance, zu rennen.*

Sie erinnerte sich an das Zwinkern in seinen Augen, als er einen Schritt auf sie zu machte. *Wenn er zu nahe an dir dran ist, ziehst du das Knie hoch und zielst zwischen seine Beine. Aber du musst richtig treffen, damit er sich ein paar Minuten vor Schmerzen nicht bewegen kann. Sonst wird er nur wütend, und du bist dran. Kapiert?* Dann hatte er ihre Haltung korrigiert und sie am Sandsack üben lassen. *Nimm den Ellbogen, nicht die Faust, mit der bekommst du ohne viel Übung niemals genug Kraft hin.*

Oder einen Baseballschläger. Sie ließ Bjarne keine Zeit zu reagieren, holte aus und knallte den Schläger gegen seinen Kopf. Die Erschütterung spürte sie bis in die Schultern. Sie kniff die Augen zusammen, und einen Atemzug lang stand die Welt still. Bjarne starrte Tomke an. Sie konnte zusehen, wie seine Augen den Fokus verloren, sein Kopf im Zeitloopentempo nach vorn sackte, mit der Stirn auf dem Mischpult aufschlug und dort liegen blieb. Regungslos. Der Schläger rutschte ihr aus der Hand, sie konnte sich nicht bewegen. Sie konnte nur stehen und auf das Blut schauen, das von Bjarnes Schläfe am Ohr vorbei die Seite seines Kopfes entlang sickerte und eine dünne hellrote Linie auf sein Gesicht zeichnete.

Monster, wisperte die Stimme in ihrem Inneren.

Der dumpfe Aufprall des Schlägers riss Tomke aus der Starre.

Weiter, sie musste weitermachen. Mit einem Griff zog sie ein Seil aus dem Rucksack, packte Bjarne an den Schultern, versuchte ihn gegen die Schwerkraft aufrecht auf den Stuhl zu setzen und band seine Hände und Füße daran fest. Wenn er aufwachte, hatte er keine Chance, sich loszumachen. Sie hatte die Knoten am Mittag bis zum Erbrechen trainiert.

Bjarnes Kopf hing auf der Brust. Aus der aufgeplatzten Wunde an seiner Schläfe quoll immer mehr Blut, und die hellrote Linie wuchs zu einem breiten Streifen an.

»Bjarne?«, flüsterte Tomke.

Keine Reaktion.

»Bjarne!« Sie hob sein Kinn und gab ihm eine Ohrfeige.

Nichts.

War der Schlag zu stark gewesen? Hatte sie ihm den Schädel gebrochen? Panik stieg in ihr auf. Das Blut, sie musste die Blutung stoppen.

Für mich ist es zu spät,
verlorn' Identität.
Werd mit den Wölfen geh'n,
dich nie mehr wiederseh'n.

Tomke stürzte aus dem Raum, rannte auf die nächste Tür zu und riss sie auf. Irgendwo musste der Kapuzenpullover sein, den Bjarne ihr für die Aufnahme gegeben hatte. Sie fand ihn im Korb neben der Waschmaschine. Hatte er ihr ernsthaft einen getragenen Pulli angedreht? Egal. Sie würden sowieso keine Aufnahme mehr zusammen machen. Sie rannte zurück, stoppte an der Tür und konnte nicht fassen, was sie sah.

Der Stuhl war umgekippt, Bjarne zerrte mit Händen und Füßen an dem Seil. Erfolglos. Wenn er so weitermachte, würde er sich noch das Blut abdrücken. Sie zog die Tür zu und kniete sich vor ihm hin.

»Es ist zwecklos, okay? Je mehr du zappelst, umso fester werden die Knoten«, sagte sie und nahm seinen Kopf zwischen die Hände.

Bjarne lebte. Zum Glück.

»Lass mich!«, stieß er hervor und zuckte vor ihrer Berührung zurück.

»Halt still! Ich muss die Blutung stoppen, sonst kippst du mir hier noch weg.« Tomke bemühte sich, ihn ihre Panik nicht hören zu lassen.

Sie presste den Pullover gegen die Platzwunde.

»Warum läufst du hier aus dem Nichts heraus Amok?« Die Worte kamen gepresst aus seinem Mund.

Hatte er Schmerzen? Schwach konnte sie ein Funkeln in seinen hellen Augen ausmachen, aber er wehrte sich nicht mehr gegen ihre Hilfe. Wie auch? Mit dem Stuhl im Rücken hatte er keine Chance, noch weiter vor ihr zurückzuweichen.

»Ich brauche ein paar Antworten«, murmelte sie.

Seine Augen weiteten sich. »Deshalb schlägst du mich nieder? Bist du noch ganz sauber?«

»Glaub mir«, flüsterte sie, das Gesicht vor seinem. »Ich habe versucht, dich wie jeder normale Mensch zu fragen, und du wolltest mir nicht antworten.«

»Ach ja? Soweit ich mich erinnere, hast du mir in den letzten Monaten nicht eine einzige Frage gestellt«, sagte er, und sie konnte sehen, wie er versuchte, nicht zu blinzeln.

»Dann hast du es wohl vergessen …« Sie lehnte sich zurück, ohne den Druck auf die Platzwunde zu verringern. »Ich habe dich gefragt. Gestern, vor drei Tagen. Ehrlich, Bjarne, ich wollte mit dir reden, und du hast mich abblitzen lassen. Jedes einzelne Mal!«

Er schnaubte. »Klar. Und weil ich mir nie was merken kann, habe ich es wohl vergessen. Kann es sein, dass du an Wahnvorstellungen leidest?«

Wahnvorstellungen … Ihr Blick fiel auf den Pullover. Das Blut färbte das Rot der Kapuze dunkler, beinahe schwarz, und ein Zwinkern lang spürte sie wieder den weichen Stoff auf der Haut, stand mitten in diesem Raum und sang. Nein, es waren keine Wahnvorstellungen. Es war nur eine Wahrheit, die es jetzt nicht mehr gab.

»Ganz sicher nicht«, antwortete sie. »Sag mir, mit wem du dich heute Abend triffst, und ich lass dich in Ruhe.«

Bjarne schob den Kopf ein winziges Stück zurück. »Weil du das wissen willst, bringst du mich fast um? Seit wann interessiert dich, was ich tue? Bist du zum Stalker mutiert?«

Sie lachte auf und ließ seinen Kopf los. Auf der Platzwunde hatte sich eine dünne Blutkruste gebildet. »Mir ist völlig egal, was du machst. Okay? Ich will nur wissen, was Jannes damit zu tun hat.«

»Was für ein Jannes?« Bjarne legte den Kopf auf dem Pullover ab, und Tomke konnte sehen, wie er wieder versuchte, seine Hände freizubekommen.

»Mein Bruder. Halblange schwarze Haare, breite Schultern, ein Jahrgang über dir?«

»Der Kickboxer? Sorry, du bist hier beim Falschen. Mit dem hatte ich noch nie was zu tun.«

Der Kickboxer? Warum war Jannes bitte kein GamerBOY?

»Mit wem triffst du dich vor deiner tollen Party?«, fragte sie weiter.

Bjarne hörte auf, an den Fesseln zu zerren, und sah sie sekundenlang an. »Woher weißt du von der Party?«

Sie verdrehte die Augen. »Ist doch egal! Die bescheuerte Party interessiert mich nicht. Ich will nur wissen, mit wem du dich davor triffst. Und wo.«

»Das geht dich nichts an«, presste er zwischen den Zähnen hervor.

»Pass auf!« Sie packte ihn am Kinn und sah in seine hellblauen Augen. »An deiner Stelle würde ich mir mal überlegen, wie schlau es ist, mir nicht zu antworten. Ich bin nicht derjenige, der hier mit einer Platzwunde am Kopf an einen Stuhl gefesselt auf dem Boden liegt.«

»Willst du mir drohen?«

Sie zog die Augenbrauen zusammen und musterte sein Gesicht. War das eine ernst gemeinte Frage?

»Alles was ich will, ist eine Antwort. Jannes' Leben hängt davon ab und deines auch, wenn du es genau wissen willst. Also?«

»Du bist total übergeschnappt. Hast du zu viele Ballerspiele gespielt oder was? Ich hätte dich nie mitnehmen sollen.« Er versuchte, den Kopf zurückzuziehen und sein Kinn freizubekommen.

Sie presste die Finger gegen seinen Kiefer. »Es ist eine einfache Frage. Mit wem triffst du dich vor der Party? Wenn du mir antwortest, sind wir fertig hier. Kapiert?«

»Noch mal: Ich habe nichts mit deinem Bruder zu tun, okay? Und was ich vor der Party mache, geht dich absolut nichts an!«, zischte er, die Augen zu Schlitzen zusammengekniffen.

»Hör auf mit dem Mist, Bjarne. Mir ist klar, dass du nichts mit Jannes zu tun hast. Zufällig ist er heute Abend auch im Wald unterwegs, aus irgendeinem Grund lauft ihr euch über den Weg, und am Ende seid ihr beide halb tot.« Sie beugte sich zu ihm, bis sie nur noch Zentimeter von seinem Gesicht entfernt war. »Ich muss das verhindern, und alles, was ich dafür brauche, ist die Info, wo und mit wem du dich vor dieser verdammten Party triffst.«

»Was bitte hast du genommen?«, flüsterte er.

Sie fing seinen Blick ein und bewegte sich keinen Millimeter. Hatte er eben geblinzelt?

»Dir ist schon klar, dass mein Bruder jeden Moment hier auftauchen wird? Willst du ihn auch niederschlagen und an einen Stuhl fesseln? Wird meine Eltern sicher freuen, wenn sie später nach Hause kommen ...«, raunte er.

»Morten?« Sie stieß ein Lachen aus, obwohl ihr nicht zum Lachen war. Es war so absurd. »Der kommt heute nicht nach Hause, schon vergessen? Er geht direkt nach dem Fußballtraining zu einem Freund, und deine Eltern ...«

»Woher weißt du das?«

Sie legte den Kopf schief und lächelte. »Schon blöd, wenn man sich nicht mehr erinnert, was man wem erzählt hat, hm?« Sie ließ sein Kinn los, sah zu den roten Flecken auf seiner Haut. Dort, wo ihre Finger gewesen waren. »Deine Eltern werden auch nicht vor heute Abend um zehn auftauchen.

Die erste Person, die dich vermissen wird, ist deine Verabredung im Wald. Vielleicht sollten wir ihr eine kurze Nachricht schreiben?«

»Das kannst du alles nicht wissen!«, stieß er hervor, seine Unterlippe zitterte.

Als wollte er etwas sagen und wüsste nicht, was. Sie beugte sich zu seinem Ohr.

»Aber ich weiß es«, flüsterte sie. »Glaubst du mir jetzt, dass deine Verabredung kein gutes Ende nimmt?«

Langsam richtete sie sich wieder auf. Bjarnes Augen hatten sich verändert, nein, nicht nur die Augen, die ganze Mimik war anders. Die Selbstsicherheit war aus seinem Blick verschwunden. Er sah Tomke an, als wäre sie eine Kobra, die sich vor ihm aufgerichtet hatte und bei der kleinsten Bewegung vorschnellen und zubeißen würde.

Der Gedanke vertrieb das Lächeln aus ihrem Gesicht und hinterließ ein Stechen, das von der Brust bis in ihren Bauch hinein reichte. Sie musste für einen Moment die Augen schließen und die Zähne zusammenbeißen, um nicht zu schreien.

»Du bist verrückt«, flüsterte er.

»Nein!« Sie packte ihn wieder am Kinn und zwang ihn, ihr in die Augen zu sehen. »Alles, was ich will, ist, dass Jannes am Leben bleibt! Was würdest du tun, um Morten zu retten?«

»Ich habe nichts mit deinem Bruder zu tun, verdammt! Geht das nicht in dein Spatzenhirn?«, schrie er sie an.

Wut stand ihm besser als Angst. Wut machte es Tomke leichter weiterzumachen.

»Okay, wir sind fertig mit diesem Spiel!« Ohne Vorwarnung ließ sie ihn los und tastete seine Hosentaschen ab.

»Hey! Was machst du?«

Statt zu antworten, zog sie sein Handy heraus. »Dein Code?«

»Spinnst du? Hast du schon mal was von Privatsphäre gehört?«

Sie umklammerte das Handy, bis ihre Fingerknöchel weiß wurden. Wie groß war sein Ego? Glaubte er immer noch, er könnte die Regeln bestimmen? Langsam legte sie das Handy zur Seite und zog den Rucksack zu sich. Ihr entging nicht Bjarnes Blick, der jeder ihrer Bewegungen folgte. Sie tastete in dem Rucksack nach einem Griff aus Holz und versuchte, ruhig zu atmen. Die Stimme in ihrem Kopf war wieder da und raunte ihr nur dieses eine Wort zu:

Monster

Tomke wollte kein Monster sein. Sie wollte Jannes' Leben retten. Nicht mehr und nicht weniger. Wenn sie das nur erreichen konnte, indem sie zum Monster wurde, würde sie ein Monster sein. Sie biss die Zähne zusammen, zog das Messer heraus und drückte es mit der flachen Seite an Bjarnes Wange. Sie spürte, wie er unter dem Druck erstarrte und seine ganze Aufmerksamkeit auf die Klinge richtete. Für einen Moment schloss Tomke die Augen, versuchte, ihre zitternde Hand unter Kontrolle zu bringen. Sie musste es durchziehen, er ließ ihr keine Wahl.

»Schenk dir deine Privatsphäre!«, sagte sie, viel zu leise. Sie musste lauter reden, durfte ihm keine Schwäche zeigen. »Wäre es nicht schade, wenn eine fette Narbe dein hübsches Gesicht verunstaltet?«, setzte sie hinzu, lauter diesmal, und verstärkte den Druck.

»Das machst du nicht«, gab er zurück.

Seine Tonlage war viel zu hoch, als hätte er Mühe, die Panik zu unterdrücken.

»Bist du sicher?« Sie berührte ihn am Arm, um seinen Blick von der Klinge zu ihren Augen zu lenken, und konnte die Anspannung in seinem Körper spüren.

Er zuckte zurück und erstarrte sofort. Auf seiner Wange war ein dünner Schnitt. Hellrote Tropfen sickerten aus der verletzten Haut und verbanden sich zu einer feinen Linie. Tomke riss das Messer weg, starrte das Blut an der Kante der Klinge an. Das hatte sie nicht gewollt, wirklich nicht. Wieso hatte Bjarne sich bewegt?

»Wie ist jetzt dein Code?«, fragte sie und schaute wieder zu ihm.

Wenn sie noch einen Moment länger auf die Klinge gesehen hätte, hätte sie nicht mehr weitermachen können. Aber sie musste weitermachen, sie musste wissen, was im Wald passierte.

»Ein s verkehrt herum«, antwortete er.

Er war so leise, sie hätte ihn beinahe nicht gehört. Sie sah zu dem Blut auf seiner Wange, griff nach dem Ärmel des Pullovers und tupfte es weg. Ein Kratzer, es war nur ein Kratzer.

Der Code stimmte. Trotzdem. Sie sollte das nicht tun. Sie sollte nicht durch Nachrichten scrollen, die nicht für sie bestimmt waren. Aber was hatte sie für eine Wahl? Egal wie oft sie sich das vorsagte, das Gefühl blieb. Sie übertrat eine Grenze, die sie niemals übertreten sollte.

Isi hatte ihm geschrieben, gestern Abend. Er hatte sich nicht die Mühe gemacht, ihr zu antworten. Als wüsste er nicht, was sie für ihn aufgegeben hatte. Oder es war ihm egal. Und jetzt lud sie Ole ein. War das wirklich ein Versuch, Bjarne eifersüchtig zu machen? Tomke scrollte durch den Chatverlauf. Seit vier Wochen ignorierte Bjarne Isis Nachrichten. Am Anfang waren sie noch mehrmals täglich gekommen und jetzt gab es nur noch jeden Abend ein Update. Hatte Isi keinen Stolz? Hoffte sie immer noch auf eine Antwort? Tomke schüttelte den Kopf und scrollte nach oben. Isis Liebeskummer interessierte sie kein Stück. Aber Ole musste sie warnen, bevor er sich richtig in diese Kuh verknallte. Sie fand einen Chatverlauf, der erst an diesem Tag eröffnet worden war. Es waren zwei Nachrichten in diesem Chat. Den Absender hatte Bjarne Lusch genannt. Was war das für ein bescheuerter Name?

Heute Abend um acht. TDP.

Alles klar.

TDP? Was bedeutete das?

»Wer ist Lusch?«, fragte sie.

»Ein Freund.«

»Okay. Und was bedeutet TDP?«

»Geht dich nichts an.«

Am liebsten hätte Tomke ihm das Handy an den Kopf geworfen. Wie weit musste sie noch gehen, bis er sie endlich ernst nehmen würde?

»Du willst es nicht kapieren, oder? Du musst mir nur sagen, wo und mit wem du dich triffst, und ich lasse dich in Ruhe.«

»Bestimmt. Ich glaube nicht an das Geschwätz einer Psychopathin!«, spuckte er ihr entgegen.

»Ach ja?« Sie griff nach dem Messer und hielt es ihm unter die Nase. »Das Ding hier ist scharf, wie du eben bemerkt hast. So scharf, dass du damit mehr als Gemüse schneiden kannst. Ein Kratzer auf der Wange ist nicht das Schlimmste, was dir passieren kann.« Ihre Stimme bebte. »Wie wäre es, wenn ich dir damit die Fingernägel sauber mache?«, fragte sie und drückte die Spitze der Klinge gegen seine Lippe.

Er versuchte, den Kopf zur Seite zu drehen, und schaffte es nicht. »Wenn ich dir das sage, will ich nicht, dass es die Runde macht. Kapiert?«

»Glaubst du echt, dass ich das hier alles aufgezogen habe, um dich zu erpressen? Ehrlich Bjarne, wenn du heute Abend nicht mit Jannes zusammenstoßen würdest, wäre mir scheißegal, mit wem du dich triffst!«

»Wieso glaubst du das? Ich habe nichts mit deinem Bruder zu tun. Wann kapierst du das endlich?«

»Ich weiß es einfach, okay? Also, was machst du vor der Party?«

»Ich besorge Pillen. Als Überraschung«, antwortete er, ohne sie aus den Augen zu lassen.

»Du triffst dich mit Marvin?« Tomke zog das Messer ein Stück weg und biss sich auf die Lippe.

Sie dachte an den blonden Typ, der mit Jannes in einem Jahrgang war.

Halt dich von dem fern, hatte Jannes sie gewarnt.

Kein Wunder, seinetwegen hatte Jannes erst vor Kurzem richtig Ärger bekommen. Obwohl Marvin in der Schule als Dealer bekannt war und auch nicht davor zurückschreckte, Leute zu bedrohen, schaffte er es vor den Lehrern sein wahres Gesicht hinter seinem *ach so charmanten* Lächeln zu verbergen. Jannes war nicht der Typ, der jemanden unkommentiert durchkommen ließ, der andere bedrohte.

Marvin war im Wald unterwegs? Tomkes Magen zog sich zusammen.

Das war ganz und gar nicht gut.

Bjarne öffnete den Mund, aber sie kam ihm zuvor. »Wo und wann?«

»TDP. Beim Trimm-dich-Pfad.«

Warum starrte er sie so an?

»Du bist mit Lukas befreundet, oder?«

Lukas? Wie kam er jetzt auf Lukas?

»Nicht mehr, wieso?«, antwortete sie und legte das Messer in den Rucksack zurück.

Kurz tauchte die Vorstellung auf, wie sie Bjarne die Messerspitze unter die Fingernägel schob. Das hätte sie nicht gemacht, das …

»Nicht wichtig«, murmelte er.

Jannes' Gesicht blitzte vor ihr auf.

Aschgrau.

Doch, sie hätte es getan. Allein um Jannes nie wieder so sehen zu müssen.

Monster, zischte die Stimme in ihrem Inneren, und für einen Moment fühlte es sich an, als würde Tomke vor einem bodenlosen Abgrund stehen.

Sie schüttelte den Kopf und versuchte, das Bild abzuschütteln. Doch sobald sie blinzelte, war der Abgrund wieder da.

Monster

Noch einmal beugte sie sich über Bjarne und tastete seine Taschen ab. Ihre Finger zitterten.

»Hör auf, mich anzufassen!«, fuhr er sie an.

»Ich habe nur das hier gesucht«, antwortete sie und hielt ihm den Rollerschlüssel hin.

»Wenn du auch nur auf einen Schritt an ihn rangehst, bist du tot!«

Lächelnd steckte sie den Schlüssel in die Hosentasche.

»Glaub mir, morgen früh hast du vergessen, dass ich ihn mir geliehen habe.«

Sie dachte daran, wie sie zusammen Musik gemacht hatten, und auch das wusste er nicht mehr. Vergessen und verloren.

Für immer.

Ohne es zu registrieren, strich sie über das angetrocknete Blut auf seiner Wange.

Er zuckte vor ihrer Hand zurück. »Du glaubst nicht ernsthaft, dass du damit durchkommst. Oder?«

»Doch«, antwortete sie, das Lächeln immer noch auf den Lippen, und stand auf. »Wenn du morgen aufwachst, wird alles wieder in Ordnung sein. Versprochen.«

Bevor er ihr antworten konnte, stürmte sie aus dem Raum und knallte die Tür hinter sich zu. Sie wollte nichts mehr hören, hielt den Gedanken nicht länger aus. Egal was sie tat, Bjarne würde es in ein paar Stunden schon nicht mehr wissen.

So schnell sie konnte, rannte sie die Treppe nach oben. Im Vorbeigehen nahm sie einen Helm von der Garderobe und stürmte nach draußen.

Sie war noch nie Roller gefahren. Aber nach ein paar Metern und einem Beinahe-Zusammenstoß mit einem dunkelblauen Auto, nachdem sie den Gasgriff zu schnell gedreht hatte, hatte sie es raus.

*

Auf dem Gehsteig vor dem Studio schaltete sie den Motor ab. An den Roller gelehnt starrte sie ins Nichts und versuchte, Bjarnes Blick zu vergessen. Die Abscheu in seiner Stimme, das Gewicht des Messers in ihrer Hand. Als Jannes nach einer halben Ewigkeit um die Ecke bog, rannte sie ihm entgegen. Sie wollte ihm in die Arme fallen und alles, was passiert war, vergessen. Aber sie hatte keine Chance. Sobald er den Kopf hob, setzte das Drehen ein.

Verrückt.
Eine Psychoaktion.
Der Tag ist
doch nicht mehr als
Illusion.

Beim ersten Piepen des Weckers schreckte Tomke hoch. Ihr Kopf hämmerte, ihr Herz raste. Sie war wach und doch nicht wach. Der Schlaf hatte sie noch nicht losgelassen und legte sich wie ein Nebelschleier über ihre Gedanken. Sie musste aufwachen. Es war der einzige Weg, Bjarnes hellen Augen zu entkommen, dem Blick.

Wissend.

Anklagend.

»Verdammt!« Blinzelnd krallte sie die Finger in die Bettdecke.

Sie wollte die Erinnerung an Bjarne auslöschen, alles vergessen.

Unmöglich.

Der Klang des elektronischen Wassertropfens vertrieb den Schlaf endgültig und öffnete die Tür in die Wirklichkeit dieses einen Tages, der kein Ende fand.

Falls Mama oder Papa heute Abend fragen, wo ich bin, sag ihnen, dass wir Sondertraining haben.

Okay?

Sie starrte die Nachricht so lange an, bis die Buchstaben verschwammen. Nicht wieder. Warum musste sie sich mit der immer gleichen Bitte auseinandersetzen? Es brachte sie nicht einen Schritt weiter.

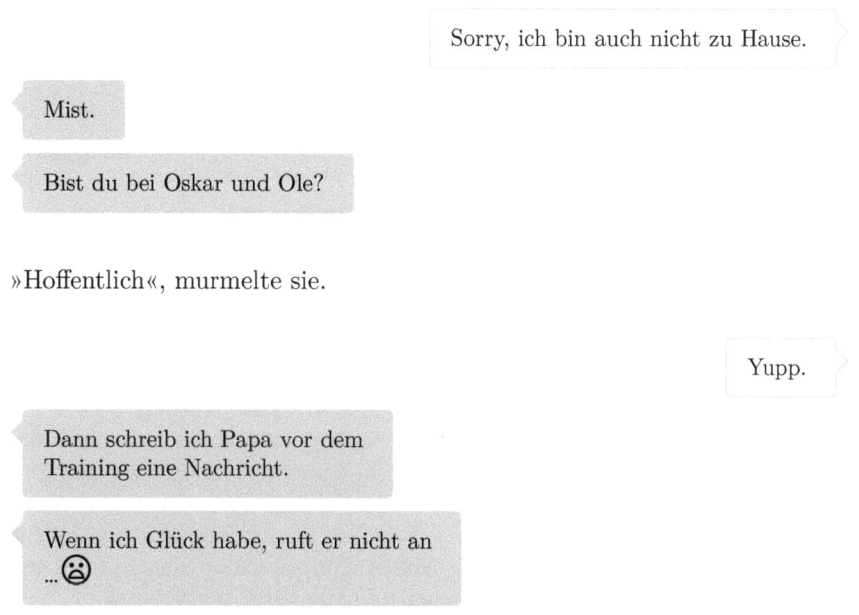

Sorry, ich bin auch nicht zu Hause.

Mist.

Bist du bei Oskar und Ole?

»Hoffentlich«, murmelte sie.

Yupp.

Dann schreib ich Papa vor dem Training eine Nachricht.

Wenn ich Glück habe, ruft er nicht an …☹

Das hätte Jannes von Anfang an machen sollen. Wieso musste sie bitte sein Date decken? Er hatte keinen Schimmer, wie bescheuert das rübergekommen war, als der Anruf aus dem Krankenhaus kam.

Stell halt auf lautlos 😇

😈

Wenn sie nichts unternahm, überlebte er den Tag nicht. Warum hing das von ihr ab? Hing es überhaupt von ihr ab? Oder war das Schicksal ein sadistisches Arschloch und hatte Spaß daran, sie denselben Tag wieder und wieder durchleben zu lassen? Ohne die Chance, ihn ändern zu können?

Sie zog das 'Noob Slayer'-Shirt aus dem Schrank und ging ins Bad. Zum wievielten Mal musste sie sich heute den Schulstoff anhören? Das fünfte

Mal? Zum Glück war sie nicht in jeder Zeitschleife im Unterricht gewesen. Fünf Mal war mehr als genug.

*

Tomke saß auf ihrem Platz neben Ole und machte sich nicht die Mühe, so zu tun, als würde sie mitschreiben. In der ersten Pause ließ sie Oskars Standpauke in der Sitzecke über sich ergehen, zog die Knie an ihren Körper und nickte, ohne auch nur eines seiner Worte wahrzunehmen.

»Lass es«, warf Ole ein, als er sich zu ihnen setzte. »Sie hört dir sowieso nicht zu.«

»Das habe ich auch gemerkt. Hallo? Erde an Tomke?« Oskar beugte sich nach vorne, schob sein rundes Gesicht in ihr Blickfeld und wischte mit der Hand vor ihren Augen herum. »Ist jemand zu Hause?«

Über seinen roten Haarschopf hinweg nahm sie eine Bewegung bei einer Gruppe Jungs an der Ecke wahr. Bjarne. Er stand mit dem Rücken an die Wand gelehnt, die Arme verschränkt, das typische Grinsen im Gesicht.

»Warte kurz«, murmelte sie und schob sich an Oskar vorbei.

»Was ist los?« Er sprang auf, berührte sie an der Schulter, zog die Hand sofort wieder zurück.

»Ich bin gleich wieder da.« Mehr brachte sie nicht heraus.

Es war bescheuert, das wusste sie, trotzdem konnte sie nicht anders. Sie musste zu Bjarne, sie musste mit eigenen Augen sehen, ob alles in Ordnung war.

Wortlos drängte sie sich an den Jungs vorbei, die ihn umringten, stellte sich vor ihn und musterte sein Gesicht. Bjarne brach mitten im Satz ab, den Mund zu einem halben Grinsen verzogen, ein spöttisches Funkeln in den Augen. Niemand sagte ein Wort, und sie konnte die Blicke auf sich spüren.

Sie halten mich für verrückt.

Es war nicht mehr als ein Raunen von weit weg, von einem anderen Teil ihres Bewusstseins. Dem Teil, der vergeblich versuchte, sie aufzuhalten, während der Rest ihres Seins mit einer einzigen Frage beschäftigt war:

Konnte sie die Spuren des Messers noch in Bjarnes Gesicht finden?

»Hast du ein Problem?«, drang seine Stimme in ihre Gedanken, aber sie hörte ihn kaum.

Viel zu laut war das Rauschen der Angst in ihrem Herzen. Kein Kratzer, er hatte keinen Kratzer auf der Wange und auch keine Platzwunde an der Schläfe. Sie wusste es, sie hatte es von Anfang an gewusst.

»Nein«, murmelte sie und drehte sich weg.

Warum war sie nicht erleichtert? Alles was in Bjarnes Keller passiert war, war ausgelöscht.

Die Jungs gingen freiwillig einen Schritt zur Seite, um sie durchzulassen. Als hätten sie Angst, sich mit einer gefährlichen Krankheit anzustecken. Tomke schüttelte den Kopf. Was half es, wenn es ausgelöscht war, solange sie den Blick, mit dem Bjarne sie angesehen hatte, nicht vergessen konnte? Egal was sie sich einredete und egal ob es jetzt noch zählte oder nicht, es war passiert. Sie erinnerte sich und deshalb blieb es ein Teil ihrer Wirklichkeit. Die Stimme hatte recht gehabt. Tomke war ein Monster.

»Was war das bitte für ne Psychoaktion? Ist sie dein neuer Fan?«, fragte einer der Jungs.

Tomke beschleunigte ihre Schritte. Sie wollte nicht wissen, was Bjarne antwortete.

Es läutete, und sie sah Oskar an der Ecke zu ihrem Klassenzimmer stehen. Wartet er auf mich?

Ein Lächeln huschte über ihr Gesicht. Er sagte kein Wort, sah sie an, die Augenbrauen hochgezogen, und sie konnte die Frage von seinem Gesicht ablesen.

Was zum Teufel war das?

*

Den Nachmittag verbrachte Tomke mit Oskar und Ole vor der Konsole. Sie war froh über die Ablenkung, auch wenn sie so schlecht spielte wie noch nie in ihrem Leben. Schuld war Jannes' bleiches Gesicht, das sich in ihr Bewusstsein schob. Die Atemmaske, die ihn beinahe unkenntlich machte. Sie würde ihn wieder halb tot sehen, in ein paar Stunden. Das konnte sie nicht verhindern. Nicht, wenn sie Bjarne und Marvin durch den Wald folgte, um herauszufinden, was Jannes mit dem Deal zu tun hatte.

Er muss überleben.

Der Gedanke ließ sie nicht mehr los. Was passierte, wenn sie einen Fehler machte und Jannes nicht mehr lebend ins Krankenhaus kam? Durfte sie das riskieren?

Das erste Mal in ihrem Leben war sie froh über das kleine Sofa, auf dem sie eingezwängt zwischen Oskar und Ole saß. Angst hatte Wärme aus ihrem Körper getrieben, und trotz der Sommerhitze überzog eine Gänsehaut Tomkes Arme.

»Mann, Tomke! Konzentrier dich mal«, stöhnte Ole, nachdem sie zum gefühlt hundertsten Mal gestorben war.

Oskar beschwerte sich mit keinem Wort, aber sie spürte seinen Blick. Die ganze Zeit.

*

»Du weißt, dass sie immer noch auf Bjarne abfährt«, warf Tomke ein, als Ole aufstand, um zu Isi zu gehen.

»Und?« Er zuckte mit den Schultern. »Wir üben Mathe zusammen, das ist alles.«

Sie legte den Kopf schief und ließ ihn nicht mehr aus den Augen. »Mathe, klar. Weil du ja so ein Genie darin bist. Lass dich nicht ausnutzen. Okay?«

»Pfff, seit wann machst du dir Sorgen um mich?«, fragte er und sah ihr direkt in die Augen. »Was sollte das heute Morgen? Als du dich vor Bjarne aufgebaut hast?«

Sie spürte, wie Oskars Armmuskeln sich anspannten.

»Ich wollte mir seine Narbe ansehen«, antwortete sie und versuchte, so zu tun, als würde das alles erklären.

»Was für eine Narbe?« Ole zog die Augenbrauen zusammen.

»Er hat keine.« Sie zwang ein Grinsen auf ihr Gesicht. »Ich hab mich umsonst zum Affen gemacht.«

»Aha ... Und wieso hast du geglaubt, dass er eine hat?«, fragte Ole und sie konnte den Zweifel in seiner Stimme hören.

»Ich habe vor der zweiten Stunde gehört, wie ein paar Kumpels von Morten darüber geredet haben, dass Bjarne gestern Ärger bekommen und sich verletzt hätte. Und wollte mir die Kratzer auf seinem *ach so makellosen* Gesicht ansehen.« Deutlich sah sie wieder die Klinge an Bjarnes Wange, presste die Finger gegen die Schläfen und versuchte, das Bild zurückzudrängen. »Wie es aussieht, haben sie maßlos übertrieben ...«

Oskar lachte.

»Was?« Tomke drehte sich zu ihm.

»Ich stell's mir gerade vor. Wie ich Bjarne einschätze, würde er sich eher das Gesicht schminken, als verkratzt in der Schule aufzutauchen.«

»Hm, vielleicht«, murmelte sie.

Warum sah sie immer noch bei jedem Blinzeln die dünne hellrote Linie auf Bjarnes sonnengebräunter Wange?

*

»Ist heut nicht dein Tag, oder?«, fragte Oskar, nachdem Ole weg war und Tomke zum zehnten Mal in Folge bei dem Sprung über einen Abgrund in die Tiefe stürzte.

»Nicht wirklich.« Sie versuchte zu lächeln und dem Blick seiner grünen Augen standzuhalten.

Was würde passieren, wenn sie noch einmal versuchte, Oskar die Wahrheit zu erzählen?

Ich erlebe diesen verdammten Tag das neunte Mal.

Das würde er nicht glauben. Niemals.

Sie hatte es doch versucht. Er würde sie für verrückt erklären, unter Garantie, vor allem nach der Aktion mit Bjarne am Morgen. Sie atmete tief ein, wollte sich losreißen von seinem Blick, den Anschein erwecken, es wäre alles wie immer.

»Kannst du mir einen Gefallen tun?«, fragte sie, darum bemüht, das Lächeln auf ihrem Gesicht so echt wie möglich wirken zu lassen.

Oskar zog die Augenbrauen hoch. »Schieß los.«

»Kann ich meinen Eltern sagen, dass ich heute bei euch übernachte, weil wir das neue Spiel noch weiter ausprobieren wollen?«

»Okay«, sagte er, die Vokale länger betonend als notwendig. »Sagst du mir, was du wirklich vorhast?«

Wenn du nicht die Wahrheit hören willst, dachte sie und versuchte, über das nagende Gefühl in ihrem Bauch hinwegzulächeln.

»Ich treff mich mit Jannes.« Das war immerhin die halbe Wahrheit, auch wenn Oskar nicht so aussah, als ob er ihr glauben würde. »Ich erkläre es dir morgen. Versprochen!«

Sein Blick wanderte über ihr Gesicht. Sie biss sich auf die Lippe. Bestimmt konnte er die Lüge an ihrem Blinzeln erahnen. Trotzdem nickte er.

»Okay, ich erinnere dich, dass das klar ist!«, sagte er, eine tiefe Falte auf der Stirn.

Wirst du nicht.

Sie konnte das Lächeln nicht mehr länger halten und drehte sich weg.

*

Um sieben verabschiedete sie sich von Oskar und nahm die nächste Straßenbahn zum Stadtrand.

»Das wird deinem Vater nicht passen, aber ich denke mir etwas aus«, sagte ihre Mutter mit einem Seufzer in den Hörer hinein.

Tomke verdrehte die Augen. Klar, ihrem Vater passte das nicht, auch wenn es schwachsinnig war. Oskar, Ole und sie waren Kumpels, und es war egal, ob Tomke ein Mädchen war oder nicht. Es gab keinen Grund, daraus ein Drama zu machen. Warum ging das nicht in seinen Kopf?

Verräter,
kenne dich so nicht,
kann nicht glauben,
wie unsere Freundschaft
zerbricht.

Beim Trimm-dich-Pfad warf Tomke einen Blick auf ihr Handy.

19:40

Freitag, 23.Juni

Jannes konnte hier nicht auftauchen. Erstens lag der Pfad nicht auf dem Weg vom Kickboxstudio zum Spielplatz, und zweitens wären die Krankenwagen dann zum Park gefahren, um ihn und Bjarne zu holen.

Ihr Blick streifte einen großen Busch, dessen Äste auf Kniehöhe auf allen Seiten ein paar Meter nach außen ragten. Es war das perfekte Versteck. Sie zwängte sich zwischen den Ästen durch, setzte sich auf einen der unteren und wartete, den Rücken gegen den Stamm gelehnt. Unter dem Busch war es kühler als im Park. Noch einmal zog sie das Handy aus der Hosentasche. Es waren gerade einmal fünf Minuten vergangen.

Mit ein paar Klicks öffnete sie die Karte.

Alles deutet darauf hin, dass er bei der Flucht vor unserem Suchtrupp eine Felskante übersehen hat und hinuntergestürzt ist.

Wenn Jannes und Bjarne sich auf Jannes' Weg zum Spielplatz begegneten, gab es nur zwei mögliche Stellen. Tomke steckte das Handy weg. Wollte Bjarne echt Pillen von Marvin kaufen? Okay, es passte, wenn sie an die Handyaufnahme dachte, die vor Kurzem in der Schule die Runde gemacht hatte. Wer bitte kam auf die bescheuerte Idee, ein Bierglas in einem Zug leer zu trinken, ohne die Hände zu benutzen? Vielleicht wäre die ganze Aktion beeindruckender gewesen, wenn Bjarne das Glas tatsächlich ausgetrunken hätte, statt sich das Bier über das Shirt zu schütten. Unter dem Gegröle seiner mindestens genauso betrunkenen Kumpels hatte er drei Versuche gebraucht, bis das mit dem Trinken endlich geklappt hatte. Wie kaputt musste man sein, um solche Trinkspiele witzig zu finden?

Für einen Moment sah sie ihn wieder mit der Gitarre auf dem Schoss auf dem Boden sitzen, ein Leuchten in den Augen.

Nein, er war nicht kaputt. Jedenfalls nicht so, wie er sich vor seinen Kumpels gab. War das alles inszeniert, um cooler zu wirken? Tomke rieb sich die Stirn und schüttelte den Kopf. Welcher Teil von Bjarne war echt? Der arrogante Idiot? Der, der auf jeder Feier bescheuerte Trinkspiele mitmachte und sich dabei filmen ließ? Oder der Typ mit der Gitarre und dem Strahlen in den Augen? Alle zusammen? Keiner von ihnen?

Schritte auf dem Weg, der vom Park zum Trimm-dich-Pfad führte, rissen sie aus ihren Gedanken. Mit angehaltenem Atem spähte sie zwischen den Ästen durch. Es war schwer, einen guten Blick zu bekommen. Der Typ hatte keine blonden Haare, sondern kurze braune. Das, nein, das konnte nicht sein.

Du bist mit Lukas befreundet, oder?

Hatte Bjarne sie das gefragt, weil er sich nicht mit Marvin traf? Den federnden Gang, der im Takt einer unhörbaren Musik zu wippen schien, hätte sie selbst in einer Menschenmenge unfehlbar zuordnen können.

Lukas.

Die Finger um den Ast gekrallt, auf dem sie saß, spürte sie den Schmerz kaum, mit dem die Kanten der Rinde sich in ihre Haut drückten.

Was zum Teufel macht er hier?

Okay, sie hatte Lukas in den letzten Wochen öfter mit Marvin gesehen, auch wenn sie das nicht wahrhaben wollte. Es war ein Verrat an Jannes. Lukas wusste doch, wie oft Jannes in dem ganzen Schuljahr wegen Marvin in Schwierigkeiten geraten war. Genau deshalb würde er niemals Pillen für diesen Idioten verkaufen. So tief würde er nicht sinken. Sie stockte. Wegen Lukas landeten Jannes und Bjarne im Krankenhaus? Ein Zittern jagte durch ihren Körper, und sie musste sich an dem Ast festkrallen, um nicht zu fallen.

Das konnte, nein, das durfte nicht sein. Nicht Lukas, er gehörte zu ihr und Jannes. Ein Streit reichte nicht aus, um das zu zerstören!

Nur zehn Schritte von ihr entfernt lehnte er sich an das Schild, auf dem die erste Übung für den Trimm-dich-Pfad erklärt wurde. Die Hände in den Hosentaschen, den Blick auf den Weg gerichtet, der zwischen den Bäumen in den kleinen Park am Waldrand führte.

Tomke zog noch einmal das Handy aus der Tasche.

Hinter ihr knackten Zweige, sie fuhr herum. Unscharf erkannte sie die Umrisse zweier Körper, die sich durch das Unterholz drängten. Gebückt, als wollten sie nicht gesehen werden. Ein blonder Haarschopf schimmerte zwischen den grünen Nadeln. Tomke blinzelte und konnte einen Rucksack auf breiten Schultern ausmachen. Marvin? Die zweite Person richtete sich auf, als sie den Weg überquerte. An der Größe erkannte sie ihn sofort. Nick. Isis Ex. Wenn er nicht so schlaksig wäre, würde er einen guten Basketballspieler abgeben.

Was macht er hier?

Eine Ahnung stieg in Tomke auf und vertrieb die Wärme aus ihrem Körper. Dass Nick hier war, konnte kein Zufall sein. Er hatte so offensichtlich noch eine Rechnung mit Bjarne offen. Tomke hatte zwar nichts mit ihm zu tun, genau wie Bjarne war er einen Jahrgang über ihr. Aber Isi war in ihrer Klasse, und Tomke erinnerte sich an Gesprächsfetzen zwischen Isi und ihren Freundinnen. Für Nick war die Sache zwischen ihm und ihr nicht vorbei. Er hasste Bjarne, weil der sie dazu gebracht hatte, mit ihm Schluss zu machen.

So schnell, wie die beiden aufgetaucht waren, verschwanden sie wieder. Links und rechts hinter den Büschen, die um die erste Station des Trimm-dich-Pfads wuchsen. Warum schleppte Marvin einen Rucksack mit sich herum? Wegen der Pillen sicher nicht, das wäre viel zu auffällig.

110

Lukas kickte einen Ast in Richtung der Büsche, das Gesicht versteinert. Etwas war faul. Nick sollte nicht hier sein, das war Tomke klar und Lukas sicher auch. Warum machte er da mit? Es passte nicht zu dem Lukas, den sie kannte. Dem Lukas, der die letzten sieben Jahre praktisch bei ihnen gelebt hatte und ein riesiges Loch zurückgelassen hatte, als er nicht mehr kam.

Wobei, was wusste sie wirklich über ihn?

Der Lukas, den sie gekannt hatte, hätte sie niemals links liegen gelassen. Weder im echten Leben noch online. Er hätte nie so getan, als wäre sie zu Luft geworden. Dafür hatten sie viel zu viel zusammen erlebt.

Er, Jannes und sie.

Der Lukas, den sie geglaubt hatte zu kennen, wäre nicht ohne ein Wort aus ihrem Leben verschwunden. Er hätte ihr Angebot angenommen und mit ihr zusammen den Streit mit Jannes aufgelöst.

Hatte sie sich wirklich so sehr in ihm getäuscht?

Tomke presste beide Hände gegen den Bauch und versuchte, das Ziehen nicht zu spüren.

Es half nicht.

Jede Faser ihres Körpers schrie danach, sich wegzudrehen und zu gehen. Lukas hinter sich zu lassen. Wie er sie zurückgelassen hatte. Jannes und sie.

Verräter.

Nein. Sie durfte nicht gehen, sie musste wissen, was hier passierte.

Für Jannes.

Lukas drehte sich zu den Büschen, hinter denen Marvin verschwunden war, und zischte etwas. Ein Motorengeräusch brachte ihn zum Schweigen, und einen Augenblick später bog ein metallicblauer Roller auf den Pfad und hielt in einer Bucht gegenüber dem Busch, unter dem Tomke versteckt war.

Ist der Idiot durch den Park gefahren? Glaubt er, er kann sich alles erlauben?

Sie kniff die Augen zusammen. Der Parkplatz für den Trimm-dich-Pfad war keine zweihundert Meter entfernt. Sie war auf dem Weg von der Straßenbahnhaltestelle daran vorbeigelaufen. War Bjarne sich zu fein, die paar Schritte zu gehen?

Er stieg ab und drehte ihr den Rücken zu, während er den Helm an dem Rollerkoffer festschloss. Sie atmete auf. Hätte er sich andersherum hingestellt, hätte er sie vielleicht bemerkt. Lukas lehnte wieder an dem Schild und beobachtete, wie Bjarne langsam auf ihn zukam.

»Hey Schlosser.« Obwohl Bjarne mit dem Rücken zu ihr stehen blieb, hörte Tomke jedes Wort.

Lukas stieß sich von dem Schild ab und nickte ihm zu. »Hey.«

Tomke konnte sich nicht erinnern, ihn jemals so ernst gesehen zu haben. Noch nicht einmal, als sie alle drei in einem 'Rogue-like'-Spiel im letzten Level gestorben waren und von vorn anfangen mussten. Stunden harter Arbeit umsonst.

»Hast du alles dabei?«, fragte Bjarne.

Lukas sah kurz auf den Boden und rieb sich den Nacken. »Marvin will noch mit dir reden.«

»Marvin?« Bjarne machte einen Schritt zurück. Als hätte er Angst. Was nicht sein konnte. Seine Schultern waren fast doppelt so breit wie Lukas', und er war einen halben Kopf größer. »Ich dachte, der Deal wäre zwischen uns beiden?«

»Das solltest du auch«, sagte Marvin, während er aus den Büschen trat. Mit einem breiten Grinsen im Gesicht schlenderte er auf Bjarne zu. »Mit mir hättest du dich sicher nicht getroffen, allein hier draußen.«

Lukas stellte sich zwischen Marvin und Bjarne, obwohl er gegen Marvin noch weniger ausrichten konnte.

»Was willst du?«, fragte Bjarne.

Er hatte sich zur Seite gedreht, um Marvin direkt ansehen zu können, und stand von den Büschen abgewandt, hinter denen Nick noch immer verborgen war. Das war nicht gut. Tomke zog ein Bein hoch und glitt so leise wie möglich von dem Ast. Konnte sie ihn warnen, oder würde sie damit alles kaputtmachen und die Chance auf einen Neuanfang zerstören?

»Mit dir reden. Was sonst?« Warum klang Marvin so betont freundlich?

Die Ahnung tauchte wieder auf. Unbestimmt und dunkel. Wenn Tomke jetzt auf den Weg trat und sich bemerkbar machte, würde sie dann auch mit kaputtem Gehirn im Krankenhaus enden und keine Chance mehr haben, diesen Tag von vorn zu beginnen?

»Pass auf«, sagte Bjarne in einer Tonlage, die deutlich machte, wer seiner Meinung nach das Sagen hatte. »Entweder du willst ein Geschäft machen und gibst mir das Zeug, oder wir lassen es. Ich habe keine Zeit für deine Show, Lange. Kapiert?«

Lukas fuhr sich durch die kurzen Haare, schaute von Bjarne zu Marvin und wieder zurück, öffnete den Mund und sagte doch nichts.

»Show?« Marvin lachte auf. »Alles was ich will, ist dir zu helfen. Was glaubst du, was deine Eltern von ihrem *heiß geliebten* Sohn denken, wenn sie erfahren, dass er sich Pillen kaufen wollte?«

Ohne Bjarne aus den Augen zu lassen, ging Marvin zwei Schritte zur Seite und schnitt ihm den Weg zum Park ab. Jetzt konnte Bjarne nur an Lukas vorbei in den Wald laufen oder sich zwischen den Büschen durchdrängen, hinter denen Nick lauerte. Tomke lehnte sich ein Stück nach vorn, um besser sehen zu können. Was hatte Marvin vor?

»Äh, Marvin …«, fing Lukas an, aber eine Handbewegung von Marvin erstickte jedes weitere Wort.

»Als ob meine Eltern sich für das Geschwätz eines stadtbekannten Kleindealers interessieren würden.« Bjarne verschränkte die Arme und musterte Marvin.

Auf seinem Gesicht war kein Gefühl zu erkennen. Jetzt! Tomke musste jetzt eingreifen, bevor es zu spät war. Sie wollte. Sie wollte zu den Jungs hinüberlaufen, Nick verraten, Marvin von Bjarne wegzerren und Lukas kräftig durchschütteln. Aber sie stand wie festgewachsen. Obwohl sie es wusste. Jeden Moment würde etwas unumkehrbar Schlimmes passieren.

»Hm, wenn ich ihnen den hübschen Film von eurer letzten Party anhänge, wird sie das sicher überzeugen …« Marvins immer noch freundlicher Tonfall passte nicht zu dem, was er sagte.

»Tz, den hat Morten ihnen schon gezeigt«, erwiderte Bjarne. »Träum weiter, Lange!«

Es sollte cool wirken, aber selbst für Tomke klang seine Tonlage einen Tick zu hoch.

»Beruhig dich«, fuhr Marvin fort. »All das muss nicht passieren, wenn du bereit bist, uns eine kleine Spende zu geben.«

»Was?«, schaltete Lukas sich ein.

Weder Marvin noch Bjarne achteten auf ihn. Hatte Lukas wirklich nicht gewusst, worauf Marvin abzielte?

Wieso hast du dich dann in diese ganze Scheiße hineinziehen lassen, du Idiot?

Bjarne hob das Kinn, ein Funkeln in den Augen. »Was soll das werden, Lange? Ein stümperhafter Versuch, mich zu erpressen?«

Seine Stimme klang wieder normal. Nein, nicht normal. Er klang, als würde er sich nur mit Mühe davon abhalten können, Marvin anzubrüllen. Wie schaffte er es, so zu tun, als müsste er Marvins Drohungen nicht ernst nehmen?

Tomke dachte daran, wie Bjarne in weniger als zwei Stunden aussehen würde, und schloss für einen Moment die Augen.

»Stümperhaft?«, fragte Marvin mit einem bedrohlichen Unterton in der Stimme. »Ich glaube nicht, dass dein Vater begeistert sein wird, wenn das Filmchen über seinen Sohn in der Firma die Runde macht«, setzte er mit zuckersüßer Stimme hinzu.

Bjarne verzog das Gesicht. Im ersten Moment dachte Tomke, er wollte Marvin anschreien, aber dann brach ein Lachen aus ihm heraus. Sie hätte gerne Marvins Gesicht gesehen, der immer noch mit dem Rücken zu ihr den Weg blockierte, und bemerkte, wie Lukas' Blick zu den Büschen huschte, hinter denen Nick lauerte. Marvins Arme spannten sich an, und die Erkenntnis traf Tomke wie ein Schlag, dessen Vibration sie in jedem Muskel spürte. Wenn sie nichts unternahm, war dieses Lachen das letzte, das Bjarne jemals lachen würde.

»In welchem Gangsterfilm bist du hängen geblieben?«, fragte er, das Gesicht wieder ernst. »Als ob sich irgendjemand in der Firma für mich interessieren würde. Wenn du mich erpressen willst, musst du dir schon was Besseres einfallen lassen!«

»So?«, zischte Marvin und ging einen Schritt auf Bjarne zu. Langsam, jeden Muskel angespannt wie ein Raubtier, das seine Beute in die Enge getrieben hat und nur auf den richtigen Moment wartet, um loszuspringen. »Stimmt es, dass Morten jeden Freitag zum Fußballtraining geht? Es wäre ein Jammer, wenn er sich ein Bein brechen würde, oder?«

»Lass meinen Bruder hier raus! Oder willst du, dass dein Pillengeschäft auffliegt?« Bjarne wich keinen Millimeter zurück.

Hat er eine Chance, wenn Marvin zuschlägt?

Tomke schüttelte den Kopf. Ein bisschen Krafttraining machte noch lange keinen Kämpfer aus ihm. So wie Jannes über Marvin gesprochen hatte, hatte der noch mehr Kampferfahrung als Jannes. Trotz Kickboxen.

»Ey, Leute. Kriegt euch wieder ein.« Lukas stellte sich zwischen sie und schob sie zwei Schritte auseinander.

»Ich glaube, du hast noch nicht verstanden, wie die Sache läuft«, redete Marvin weiter, ohne Lukas zu beachten. »Wenn du es so nicht verstehst, müssen wir dir wohl klarmachen, nach wessen Regeln hier gespielt wird.«

Er hob die Hand und schnippte. Im Bruchteil einer Sekunde stand Nick hinter Bjarne.

»Vorsicht!«, rief Lukas.

Zu spät. Noch ehe Bjarne reagieren konnte, hatte Nick ihn gepackt und einen Arm auf den Rücken gedreht. Mit einem Aufschrei ging Bjarne in die Knie, und Marvin beugte sich über ihn.

»Vielleicht kapierst du es, wenn ich deine hübsche Nase ein wenig deformiere?«, fragte er, packte ihn an den Haaren und sah ihm ins Gesicht. »Das alles könntest du dir ersparen, wenn du zu einer kleinen Spende bereit wärst. Deine Eltern haben doch genug Kohle, oder nicht?«

Bjarne kniff die Augen zusammen und funkelte Marvin an. »Damit kommst du niemals durch, Lange!«

»Deine Arroganz wird dir schon noch vergehen«, zischte Marvin, und ohne Vorwarnung rammte er sein Knie in Bjarnes Gesicht.

»Spinnst du? Marvin, hör auf, was soll das?« Lukas fasste Marvin an der Schulter.

»Halt die Klappe, Schlosser! Du hängst hier genauso mit drin wie wir.« Ohne Mühe schüttelte Marvin Lukas ab, zog einen Strick aus seinem Rucksack und warf ihn Nick zu. »Kümmer dich um ihn. Wir nehmen ihn mit und werden ihm ein bisschen Angst einjagen. Mal sehen, ob er danach immer noch so von oben herab mit uns spricht.«

»Hallo? Das ist Entführung! Wie willst du aus der Nummer wieder herauskommen? Sobald du ihn gehen lässt, wird Bjarne die Polizei rufen.« Lukas schob sich zwischen Marvin und Bjarne.

Bjarnes Nase blutete, trotzdem wand er sich in Nicks Griff. Obwohl Nick zwei Köpfe größer war und Bjarnes Arm auf dem Rücken verdreht hielt, konnte er ihn kaum halten. Gegen Nick schien das Muskeltraining zu helfen.

»Vertrau mir, Schlosser. Ich weiß schon, was ich tue.« Marvin stieß Lukas zur Seite und verpasste Bjarne einen Kinnhaken.

Wie bei einer Puppe, die niemand mehr hält, sackte Bjarnes Kopf auf die Brust.

»Wir müssen nur herausfinden, was ihm wichtig ist, und er wird zu niemandem ein Wort sagen. Wirst sehen, jeder Mensch ist kontrollierbar«, sagte Marvin zu Lukas, während er Bjarne auf den Boden drückte und wartete, bis Nick ihm die Hände zusammengebunden hatte.

Wenn sie nicht aufpassen, erstickt er an seinem Blut.

Tomke fühlte sich mindestens so hilflos, wie Lukas sich fühlen musste, der zwei Schritte von Bjarne entfernt stand und bewegungslos zusah, wie Nick ihn fesselte.

»Zieh ihm das hier über den Kopf. Für den Fall, dass er aufwacht.« Marvin hielt Nick eine Haube aus dickem Stoff hin.

Leise stöhnte Bjarne auf. Bevor er die Augen öffnete, stülpte Nick ihm die Haube über.

»Mach das sofort runter! Oder willst du, dass er erstickt?«, rief Lukas, und in zwei Sätzen war er bei Nick und zerrte an dessen Arm.

Im Gegensatz zu Bjarne hatte Lukas keine Chance gegen Nick.

Marvin zog Lukas von Nick weg und lachte. »Krieg dich wieder ein, Schlosser. Es ist nicht für lange, und das Ding ist aus Stoff. Unserem Goldjungen wird nichts passieren.«

Nick und er packten Bjarne unter den Armen und zerrten ihn hoch. Er hing zwischen ihnen, seine Füße berührten nicht einmal mehr den Boden.

Tomke ging einen Schritt nach vorn. Sie durfte die Vier nicht aus den Augen verlieren. Neben ihr bogen sich die Äste auseinander, ein großer Schatten kam auf sie zugeschossen und bremste Zentimeter vor ihr ab. Ein bulliger Rottweiler fixierte sie mit seinen kleinen braunen Augen und stieß ein tiefes Grollen aus. Tomke wich einen Schritt zurück.

»Was war das?«, fragte Nick.

»Keine Ahnung. Lasst uns verschwinden, bevor jemand kommt!«, antwortete Marvin.

Nein, nicht ohne sie! Tomke drückte sich von dem Stamm weg, wollte den Jungs folgen, aber der blöde Köter schob sich ihr in den Weg und knurrte sie wieder an. Sie erstarrte in der Bewegung und musste hilflos mit ansehen, wie die Jungs zwischen den Bäumen verschwanden. Lukas ging vor Marvin und redete auf ihn ein.

»Calle? Was ist los? Calle?«, erklang die Stimme eines Mannes aus dem Park.

Tomke interessierte sich weder für Calle noch für dessen Besitzer. Sie musste den Jungs folgen. In dem Moment, in dem sie sich wieder bewegte, schnappte der Rottweiler nach ihr.

Wenn sie nicht sofort ging, verpasste sie ihre Chance, endlich herauszufinden, was im Wald passierte.

»Rufen Sie Ihren scheiß Köter zurück!«, zischte sie dem Mann entgegen, obwohl er noch zu weit weg war, um sie zu hören.

**Alptraum,
Grusels Bruder.
Geschwister der Nacht,
hält dich fest im
Angststaubpuder.**

»Calle, wo bist du?«, rief der Mann, schon viel näher.

Der Rottweiler drehte sich um und bellte zweimal.

Jetzt!

Tomke duckte sich unter einen Ast, die Bäume fest im Blick, zwischen denen Marvin mit den anderen verschwunden war. Das breite Gesicht des Hundes schob sich vor ihre Nase, und ein Laut, heftig wie ein Donnergrollen, drang aus seiner Kehle. Sie schreckte zurück.

»Warum versteckst du dich hier?« Zwischen zwei Ästen, die zu dem schmalen Weg führten, stand ein Mann in einem dunklen Jogginganzug.

»Rufen Sie ihren Köter zurück!«, schrie Tomke ihn an. »Er wollte mich ins Gesicht beißen.«

Ihr Herz raste.

»Calle«, sagte der Mann.

Als wäre er ein liebenswertes kleines Schoßhündchen, trabte der Rottweiler zu ihm und drückte den Kopf gegen sein Bein.

»Es tut mir leid, wenn er dich erschreckt hat.« Der Mann tätschelte den Hund und strich mit der anderen Hand über seinen schwarz-grauen Vollbart. »Warum versteckst du dich jetzt hier im Gebüsch?«

Tomke versuchte, über ihren Atem den Schlag ihres Herzens zu beruhigen.

»Erstens geht Sie das nichts an«, fauchte sie. »Und zweitens ist erschreckt das totale Understatement!«

»Hör zu.« Der Gesichtsausdruck des Mannes wurde mit einem Mal ernst. »Calle sieht mit seinem breiten Gesicht und dem großen Maul sehr beeindruckend aus, aber er ist völlig harmlos. Wahrscheinlich hat er sich mehr erschreckt als du, als er dich hier im Busch entdeckt hat.«

Ach so, nun hatte sie dem Hund Angst eingejagt. War dieser Mann bescheuert?

»Er passt nur auf mich auf«, fuhr er fort. »Wenn ich am Abend jogge, will ich nicht plötzlich von jemanden überrumpelt werden, der sich in den Büschen verkrochen hat.«

»Ich habe mich nicht verkrochen«, warf Tomke ein. »Und ich hatte sicher nicht vor, Sie zu überrumpeln.«

Musste ihr Gesicht jetzt anfangen zu glühen? Sie rieb sich über die Wangen.

»Und was machst du dann hier zwischen den Ästen?«, fragte der Mann noch einmal.

»Ich musste mal, wenn Sie es so genau wissen wollen.« Sie verschränkte die Arme, hob den Kopf und kniff die Augen zusammen.

Sein Hund hätte ihr beinahe die Nase abgebissen, er brauchte nicht so zu tun, als ob sie irgendetwas falsch gemacht hätte.

»Ist das dein Roller?« Der Mann wandte den Kopf und nickte zu Bjarnes metallicblauem Roller, die Augenbrauen zusammengezogen.

»Pfff, nein. Und selbst wenn, gäbe es Ihrem Hund noch lange nicht das Recht, mich anzufallen.«

»Der Parkplatz für den Trimm-dich-Pfad ist zweihundert Meter entfernt, da muss man nicht mit dem Ding durch den Park rasen.«

»Leider stand das Ding schon da, als ich hierher kam. Okay?« Netter Ablenkungsversuch. Sie könnte diesen Typen mit seinem Hund anzeigen. Das war ihm klar, oder? »Sie können ja Ihren Hund losschicken. Wenn er dem Rollerfahrer auch ins Gesicht springt, wird der bestimmt nie wieder hier parken!«

»Hm ...« War das ein Lächeln? »Es tut mir wirklich leid, dass Calle dich erschreckt hat«, sagte der Mann wieder. Beim Klang seines Namens drückte der Rottweiler den bulligen Kopf gegen die Hand des Mannes. »Er ist darauf trainiert, die Umgebung im Auge zu behalten und hat dich als Gefahr eingeschätzt. Aber er ist völlig harmlos und würde nicht einmal nach einer Fliege schnappen. Schönen Abend noch!«

»Hallo? Er hat mich fast ins Gesicht gebissen!«, rief Tomke, aber der Mann ging zurück auf den Weg und joggte an der ersten Station des Trimm-dich-Pfads vorbei in den Wald hinein.

Ohne auf sie zu reagieren. Selbst der Rottweiler schien sie vergessen zu haben. Er sprang auf und trabte neben seinem Herrchen her, als wäre er der harmloseste Hund der Welt.

»Es tut ihm leid, klar«, murmelte Tomke und rieb sich die Hände an ihren Jeans ab. »Wie wäre es, wenn er seinen Köter an die Leine nimmt?«

Toll, wegen des Zwischenfalls hatte sie den Anschluss verpasst. Wie sollte sie Marvin und die anderen jetzt finden? Das Handy mit der geöffneten Karte fest in der Hand, ging sie zur ersten Station und von dort zwischen den Bäumen durch. An der Stelle, an der Marvin und Nick Bjarne durchgeschleift hatten. Hoffentlich fand sie die Jungs, bevor die Polizei auftauchte. Wenn sie Glück hatte, noch bevor Jannes der Schädel gebrochen wurde.

So schnell sie konnte, folgte sie dem kleinen Trampelpfad, den Marvin mit den anderen genommen haben musste. Zwischen den Bäumen war das Licht verschwunden und hatte graue Streifen zurückgelassen, erste Vorboten der Nacht, die Äste, Wurzeln und Blätter miteinander verschmelzen ließen. Mehrmals stolperte Tomke, weil sie sich in dem Dämmerlicht verschätzte. Der Trampelpfad gabelte sich, sie warf einen Blick auf die Karte in ihrem Display und rannte weiter zwischen den Bäumen durch. Warum konnte die Standortbestimmung sich ausgerechnet jetzt nicht entscheiden, wo Tomke war?

Sie blieb stehen und drehte sich.

Kein Anhaltspunkt.

Nur Stämme und Blätter, die langsam an Farbe verloren und zu einer grauen Masse zusammenflossen. Keine Spur von Marvin oder den anderen, auch nicht von Jannes. Wobei Jannes hier nicht entlangkommen sollte, wenn die Standortbestimmung halbwegs passte.

Wo ist die Polizei? Hätte der Spaziergänger sie nicht längst rufen sollen? Tomke horchte.

Ihr Sohn wurde in der Nähe des Opfers gefunden. Alles deutet darauf hin, dass er bei der Flucht vor unserem Suchtrupp eine Felskante übersehen hat und hinuntergestürzt ist.

Wenn Jannes den Trupp gehört hatte, müsste sie ihn auch hören! In den Ästen spielte der Wind mit den Blättern, der Ruf eines Kuckucks hallte durch den Wald, und hinter ihr knackte ein Zweig. Ansonsten herrschte Stille.

Es war falsch. Mehrere Polizisten konnten den Wald nicht lautlos durchkämmen. Sie müsste Schritte hören, Stimmen, egal was. Warum war es so still?

Ein Spaziergänger hat uns alarmiert, weil er beobachtet hat, wie jemand ein Objekt von der Größe eines Menschen in den Wald getragen hat.

In den Wald getragen … Die Person musste es vom Park aus beobachtet haben oder vom Anfang des kleinen Wegs, der zum Trimm-dich-Pfad führte. Wenn da jemand gewesen wäre, hätte Tomke ihn sehen müssen. Außer …

»Scheiße!« Tomke lief los.

Der Mann mit dem Hund. Er hatte nichts bemerkt, weil der blöde Köter ihretwegen gekläfft und Marvin und die anderen vertrieben hatte, bevor der Mann um die Ecke gebogen war. Wenn er die Polizei nicht alarmiert hatte, wer würde dann nach ihnen suchen?

Niemand.

Außer ihr.

Wenn ich sie nicht finde, ist alles verloren.

Sie warf einen Blick auf das Display.

20:48

Freitag, 23.Juni

Der Krankenwagen tauchte erst in einer Stunde auf. So viel Zeit blieb ihr. Hoffentlich. Wobei, was wusste sie schon, was Marvin und Nick vorhatten, wenn sie nicht von der Polizei unterbrochen wurden? Tomke rannte weiter, nein, sie stolperte mehr, als dass sie rannte. Von Minute zu Minute wurde es dunkler, und sie hatte keine Chance, die vorstehenden Wurzeln rechtzeitig zu erkennen. Ihre Lungen brannten, und die Muskeln in ihren Beinen began-nen zu ziehen. Aber sie gab nicht auf, egal wie oft ihr Fuß sich verheddete und sie auf die Knie knallte, eine Hand ausgestreckt, um sich abzufangen, während sie das Handy mit der anderen gegen die Brust presste. Auf keinen Fall durfte sie es fallen lassen. Spitze Zweige rissen die Haut in ihrer Hand-fläche auf. Ihr Arm pochte. Sie rappelte sich wieder hoch, jedes Mal, wenn sie fiel.

Jannes!

Sein Name lief in Endlosschleife in ihrem Kopf. Wie eine Beschwörungs-formel, die ihn am Leben hielt.

Jannes, Jannes, Jannes!

Die Silben gaben den Takt ihrer Schritte vor. Tomke rannte, bis sie nicht mehr konnte und stehen bleiben musste, die Hände auf den Knien abge-stützt, nach Luft ringend, das Rauschen des Blutes in den Ohren. Woher kam das Loch in ihren Jeans?

Weiter, sie musste weiter!

Stolpernd setzte sie sich wieder in Bewegung, den Blick auf das Display gerichtet. Sie sollte längst bei dem Felsvorsprung sein, diese bescheuerte Standortbestimmung konnte sich nicht entscheiden, wo sie war. Verdammt, sie hätte nicht einfach losrennen sollen, sie hatte die Orientierung verloren, aber sie konnte nicht zurück. Selbst wenn sie den Weg fand. Jede Verzögerung könnte der Moment sein, der Jannes aus dem Leben kickte. Wie lange konnte er es schaffen, wenn kein Krankenwagen kam?

Ging sie noch in die richtige Richtung, oder war sie längst an dem Felsvorsprung vorbeigelaufen? In der Hoffnung, einen Anhaltspunkt zu sehen, der ihr weiterhalf, drehte sie sich noch einmal um sich selbst. Die Schatten zwischen den Bäumen verschmolzen zu einer dunkelgrauen Masse, die überall gleich war, egal wohin Tomke sah. Sie biss sich auf die Lippe und presste die Augen zusammen, versuchte die Tränen wegzublinzeln. Als ob Heulen ihr jetzt helfen würde!

Stille lag über dem Wald. Keine knackenden Zweige mehr, kein Kuckuck, nur der Wind, der die Blätter sanft in Bewegung setzte. Und Tomkes Atem, der nach dem langen Sprint stoßweise ging.

Jede Sekunde zählt!

Sie zwang sich, weiterzugehen. Auch wenn sie sich am liebsten auf dem Laub unter den Bäumen zu einer Kugel zusammenrollen und nie wieder die Augen öffnen wollte. Ein Fuß vor den anderen, sie musste weiter, Schritt für Schritt.

Für Jannes.

Für Bjarne.

Für sich selbst. Vor allem für sich selbst. Weil sie es sich niemals verzeihen würde, wenn sie jetzt aufgab.

*

Der Felsvorsprung! Tomke ignorierte das Stechen in den Beinen und sprintete los. Nach zwei Sätzen verfing sich ihr Fuß. Sie hatte keine Chance, ihr Schwung war zu groß, sie bekam den Fuß nicht mehr los und schlug hin. Wieder auf die Knie. Beim Aufprall rutschte ihr das Handy aus den Fingern und knallte gegen eine Wurzel. Sie wollte sich hochrappeln und danach greifen, doch ein unbestimmtes Gefühl ließ sie innehalten. Langsam schaute sie über die Schulter zu dem Ast, der quer über dem Trampelpfad lag. Nur dass es kein Ast war, es war … ein Bein? Vorsichtig löste sie ihren Fuß und drehte sich zu dem Körper, der reglos zwischen den Bäumen lag.

Jannes?

Sie kroch näher heran und beugte sich über das Gesicht.

»Lukas?«, flüsterte sie, strich von der Stirn die breite Nase entlang und über die schmalen Wangen.

Warum fühlte er sich so kalt an? Und warum blinzelte er nicht? War er bewusstlos? Sie berührte seinen Hals, um den Puls zu fühlen, und hielt inne. Was war das für ein dunkler Fleck auf Lukas' weißem Shirt? Ihre Hand zitterte. Sie griff nach dem Stoff und hob ihn ein Stück an.

Schreiend fuhr sie zurück, konnte die klaffende Wunde noch sehen, obwohl sie wieder von dem Shirt verdeckt war. Das offenliegende Fleisch, das viele Blut. Wie ein abgeschlachtetes Tier.

»Lukas?«, rief sie und beugte sich über sein Gesicht, wollte seine Augen sehen.

Der Blick ging ins Leere.

Ist er … Er … ist … tot.

Nein, das konnte nicht sein. Der Polizist hatte nichts von einem Toten gesagt, das hätte er nicht verschwiegen, mit Sicherheit nicht. Er hatte von einem Opfer geredet, das bald aufwachen wird, und das Opfer war Bjarne. Sie hatte bei ihm im Krankenwagen gesessen. Hatte Lukas versucht, Jannes zu helfen, und es war eskaliert, weil Marvin nicht von der Polizei unterbrochen wurde?

»Bitte …«, raunte sie, das Gesicht vor Lukas, die Finger in die kurzen, braunen Haare gekrallt. »Bitte, wach auf.«

Tränen verschleierten ihren Blick, sie sah Lukas nur noch verschwommen und erinnerte sich an die vielen Nachmittage, die sie mit ihm und Jannes auf der Couch verbracht hatte, den Controller in der Hand. Die Wärme in den braunen Augen, das breite Lächeln auf seinen Lippen, das in den Wochen vor dem Streit ihr Herz auf eine seltsame Art aus dem Takt gebracht hatte.

Nie wieder.

Die Zeit mit Lukas war Geschichte, endgültig, weil jetzt auch die letzte Chance auf eine Aussöhnung zwischen ihm und Jannes vorbei war.

Jannes. Sie musste ihn finden. Sie musste das verhindern!

So schnell sie konnte, rappelte sie sich hoch, froh über die dunkler werdenden Schatten, die Lukas beinahe unkenntlich machten, sobald sie stand.

»Was zum Teufel ist passiert?«, murmelte sie und suchte mit dem Blick den Boden ab.

Lag zwischen den Bäumen noch jemand? Mit Mühe konnte sie in den Schatten breite Schultern ausmachen, auf den Rücken gebundene Hände und dunklen Stoff an der Stelle, wo der Kopf sein musste. Bjarne, ohne Zweifel.

Sauerstoffmangel

Sie machte sich nicht die Mühe zu prüfen, ob er lebte. Alles was zählte, war, Jannes zu finden und diesem Albtraum ein Ende zu setzen. Solange sie dafür noch Zeit hatte.

Wo waren Marvin und Nick? Tomke erstarrte und lauschte mit angehaltenem Atem in den Wald hinein. Alles blieb still.

Totenstill.

Selbst der Wind hatte aufgehört, mit den Blättern zu spielen. Tomke schluckte und biss die Zähne zusammen. Ohne Lukas oder Bjarne anzusehen, rannte sie zu der Felskante, sah unten einen zur Seite gedrehten Körper auf dem Stein liegen und rutschte auf dem Hosenboden die Böschung hinunter.

»Jannes!«

Er reagierte nicht.

Sie ging neben ihm in die Knie und griff nach seinen Schultern. Spitzes Metall bohrte sich in ihr Schienbein, sie zuckte zurück. Ein Messer. Auf dem Stein lag ein Messer. Mit klopfendem Herzen beugte Tomke sich über Jannes, konnte keine Stichwunde sehen. Nur ein klaffendes Loch an seinem Hinterkopf, als wäre er mit voller Wucht auf den Felsen geknallt. In den schwarzen Haarsträhnen klebte getrocknetes Blut.

»Hast du einen Köpfer gemacht?«, fragte sie und fasste wieder nach seiner Schulter.

Vorsichtig drehte sie sein Gesicht zu sich. Sein Mund stand halb offen, die Augen waren geschlossen.

Er lebt, oder? Er lebt noch?

Sie legte eine Hand auf seinen Brustkorb und atmete auf. Ganz leicht hob und senkte sich die Brust.

Wieso lag ein Messer neben ihm? War es das Messer, mit dem jemand Lukas den Bauch aufgeschlitzt hatte? Wer hatte es neben Jannes deponiert? Marvin? Damit man dachte, Jannes hätte Lukas umgebracht und wäre danach im Dunkeln die Felskante hinuntergestürzt?

Es waren zu viele Fragen, deren Antworten nichts erklärten. Kein Grund der Welt konnte Marvin das Recht geben, Lukas, Bjarne oder Jannes zu töten. Kein Grund der Welt konnte irgendjemanden das Recht geben, einem anderen Menschen das Leben zu nehmen.

»Wir haben doch nur das eine«, murmelte Tomke, während sie Jannes eine dunkle Strähne aus der Stirn strich.

Ihr Blick verschwamm, und sie konnte die Tränen auf ihren Wangen fühlen. Alles was sie wollte, war raus aus diesem Albtraum, ihn auslöschen, zusammen mit allen anderen gescheiterten Zeitschleifen dieses 23. Junis, von denen sie keine einzige mehr erleben wollte.

»Bitte, Jannes«, flüsterte sie. »Hilf mir, ich schaff das nicht.«

Vorsichtig berührte sie sein Augenlid, zögerte.

»Ich weiß nicht, wo du bist, ob dich der Schatten frisst ...« Ihre Stimme zitterte, sie schluckte, sang weiter, ohne Jannes' blasses Gesicht aus dem Blick zu lassen. »Wie viel geb ich auf von mir? Hau ab, lauf! Ich schütz dich vor dem Seelenausverkauf ...«

Der letzte Ton verklang in der Stille des Waldes, und Tomke zog Jannes' Augenlid auf, fing seinen Blick ein, spürte, wie das Drehen einsetzte, und drohte an dem Schrei in ihrem Herzen zu ersticken.

Abgrundspalten
ohne Widerstand,
den Brückenbau hast
du nicht in deiner
Hand.

Beim Klang des Weckers schreckte Tomke aus dem Schlaf. Sie brauchte die Augen nicht zu öffnen, um zu wissen, wo sie war. Die Bilder, die sie gefühlt noch Sekunden vorher gesehen hatte, hingen überdeutlich in ihrem Kopf. Lukas' Blick. Verloren. Irgendwo im Nirgendwo. Das getrocknete Blut in Jannes' Haaren.

Blinzelnd richtete sie sich im Bett auf und rieb ihre Arme, um die Müdigkeit aus ihrem Körper zu vertreiben.

»Schlafe ich oder werde ich nur zurück an den Anfang gebeamt?«, frage sie in die Stille ihres Zimmers hinein.

Reset und Repeat. Zum neunten Mal.

Wenn es so wäre, hätte sie seit zehn Tagen keinen Schlaf mehr gehabt. So fühlte sie sich auch. Das Geräusch des elektronischen Wassertropfens lenkte sie von ihren Gedanken ab.

Falls Mama oder Papa heute Abend fragen, wo ich bin, sag ihnen, dass wir Sondertraining haben.

Okay?

Sekundenlang starrte sie die Nachricht an. Es half nichts, sie musste ihm antworten, er ließ ihr sowieso keine Ruhe.

Alles klar, ich halt dir den Rücken frei!

»Nicht nur mit Lucie. Genaugenommen überhaupt nicht wegen ihr«, murmelte sie, das Display anstarrend, als könnte Jannes so verstehen, was sie für ihn durchhielt.

Lukas. Sie musste ihn abpassen und davon abhalten, sich mit Bjarne zu treffen. Das konnte nicht so schwer sein. Sie kannten sich seit sieben Jahren, egal wie bescheuert er sich in den letzten Monaten verhielt, das wog mehr als einen Nachmittag mit Bjarne Musik zu machen. Bjarne würde sich von ihr niemals überzeugen lassen, nicht zum Trimm-dich-Pfad zu gehen, aber Lukas musste auf sie hören!

*

Es war alles andere als der perfekte Plan, Tomke wusste das. Doch was sollte sie tun? Es gab nur den einen Moment an diesem Morgen, an dem sie sich sicher sein konnte, Jannes nicht zu begegnen, wenn sie Lukas abfing. Schließlich konnte sie schlecht vor dem Klassenzimmer auf ihn warten und riskieren, in Jannes hineinzulaufen. In der ersten Pause war Jannes mit seinen neuen besten Freunden im Aufenthaltsraum der Oberstufe. Dort hatte sie ihn abgefangen, als sie diesen 23. Juni zum zweiten Mal erlebt hatte. Und sie war Lukas begegnet, der ihr auf seinem Weg zu der großen Treppe entgegenkam, mit dem Mädchen, das viel zu laut lachte.

Also wartete Tomke bei der Treppe auf ihn. An das Geländer gestützt, um nicht vom Strom der nach unten drängenden Schüler mitgerissen zu werden. Diesmal musste Lukas mit ihr reden, ob er wollte oder nicht. Die Frage war nur, wie sie dieses Mädchen loswurde.

Als er um die Ecke bog und auf die Treppe zusteuerte, versteifte Tomke sich. Obwohl er bei den Nachzüglern war und der Gang sich langsam leerte, hatte er sie noch nicht bemerkt. Seine Begleiterin lenkte ihn ab. Sie griff nach seinem Arm und redete ohne Pause auf Lukas ein, ein Strahlen im Gesicht. Dabei lehnte sie sich viel näher zu ihm, als es nötig gewesen wäre.

Mit zusammengekniffenen Augen beobachtete Tomke die beiden. Es war ihr egal, ob dieses Mädchen sich für Lukas interessierte oder nicht. Er konnte mit ihr zusammen sein, solange er aufhörte, so zu tun, als hätte er nie zu Tomkes Familie gehört. Aber das Mädchen nervte ihn sowieso, das konnte Tomke sehen. An dem Lächeln in seinem Gesicht, das viel zu starr war, um echt zu sein. Hörte er ihr überhaupt zu?

Egal.

Tomke holte Luft und stieg eine Stufe nach oben.

»Hey, Schlosser!« Marvin schob sich neben Lukas und klopfte ihm auf die Schulter. »Ich brauch dich mal für zwei Minuten. Sorry, Anna.« Er nickte dem Mädchen zu, ein breites Lächeln auf den Lippen. »Du bekommst ihn gleich zurück.«

Diese Anna sah von Marvin zu Lukas, der mit den Schultern zuckte, ließ langsam Lukas' Arm los und trat einen Schritt zurück.

»Nicht so schlimm«, sagte sie, während sie ihren Zopf entlangstrich. »Ich geh schon mal nach unten, ja? Bis gleich.«

Ihr Lächeln verschwand, sobald sie sich umgedreht hatte und an Tomke vorbei die Treppe hinunterlief.

»Ich brauch dich heute Abend«, fing Marvin sofort an, kaum dass Anna weg war.

Er überragte Lukas um einen Kopf, hatte seine große Hand noch immer auf Lukas' Schulter, und so, wie er vor ihm stand, wirkte es auf Tomke eher wie ein Befehl, nicht wie eine Bitte. Der Bereich vor der Treppe leerte sich. Wenn Tomke stehen blieb, würden die beiden sie bemerken.

Na und? Die Art, wie Marvin mit Lukas redete, war nicht in Ordnung. Tomke konnte nicht gehen, sie musste wissen, was los war.

»Ich dachte, wir wären durch?« Die Tonlage passte nicht zu Lukas, zumindest nicht zu dem Lukas, den Tomke kannte.

Er hörte sich an wie ein kleiner Junge, der sich nicht wehren konnte. Tomkes Magen krampfte. Sie wollte ihn nicht so sehen.

Hilflos.

Ausgeliefert.

»Nur noch dieses eine Mal. Okay?«, antwortete Marvin und beugte sich zu ihm hinunter.

Tomke biss sich auf die Lippe. Musste Marvin sein Gesicht so dicht vor Lukas schieben?

»Aber das ist dann wirklich das letzte Mal. Kapiert?« Lukas' Einwurf hörte sich beinahe wie ein Flehen an.

»Sicher. Pass auf …« Marvin drehte sich um und bemerkte Tomke auf dem Treppenabsatz. »Lass uns irgendwo hingehen, wo es ruhiger ist.«

Lukas folgte seinem Blick, und für den Bruchteil einer Sekunde sah er sie an. Noch ehe sie die Chance hatte zu reagieren, zog Marvin ihn um die Ecke in Richtung der Klassenzimmer.

Und jetzt?

Sie konnte ihnen schlecht nachgehen, aber sie musste vor dem Ende der Pause mit Lukas reden. Reglos stand sie auf der obersten Treppenstufe, die Hand immer noch auf dem Geländer.

Hoffentlich geht er nicht über die kleine Treppe nach unten.

Etwa fünf Minuten später kam er zurück. Den Blick nach vorn gerichtet, die Hände in den Hosentaschen vergraben, lief er an Tomke vorbei. Ohne zu zögern. Dabei musste er sie gesehen haben.

»Lukas?« Ihr Ruf verhallte, ohne eine Reaktion bei ihm auszulösen.

Er verlangsamte noch nicht einmal seine Schritte.

»Lukas!« Sie sprang ihm die Stufen hinterher, griff nach seinem Arm und hielt ihn fest.

Der Schwung riss ihn ein Stück zurück, und für einen Moment standen sie sich gegenüber, er eine Stufe unter ihr, die Nasenspitzen Zentimeter voneinander entfernt.

Waren seine Wangen eben schon so rot gewesen?

Er blinzelte, als wollte er ihren Blick nicht halten, schüttelte den Kopf, wand sich aus ihrem Griff und wich zwei Stufen nach unten.

»Sorry, ich hab's eilig. Anna wartet schon seit Ewigkeiten«, murmelte er.

Statt Tomke ins Gesicht zu sehen, drehte er den Kopf zur Seite und schaute auf das Treppengeländer.

»Anna?« Es rutschte ihr heraus, viel zu alarmiert, fast schon hysterisch.

Es war der erste Satz, den er seit Monaten zu ihr sagte, und er hatte nichts Besseres zu tun, als von einer Anna zu sprechen, die sie nicht kannte? Sie war nicht eifersüchtig, ganz sicher nicht. Er konnte so viel Zeit mit dieser Anna verbringen, wie er wollte, das war Tomke egal. Woher kam das Stechen in ihrer Brust?

»Ein Mädchen aus meiner Klasse. Wir wollten in der Pause was besprechen«, antwortete er, immer noch das Geländer anstarrend. »Also dann ...«

Hast du vergessen, wer ich bin?

Er ging eine weitere Stufe nach unten und drehte sich weg.

»Warte!« Im Bruchteil einer Sekunde hatte sie ihn überholt und stellte sich ihm auf den Stufen in den Weg.

»Was soll das?«, fuhr er sie an. »Kapierst du nicht, wann Schluss ist?«

Die Kälte in seiner Stimme schnitt ihr ins Herz und brachte jeden ihrer Muskeln zum Erstarren.

Er hat mich vergessen. Jannes und mich. Uns beide.

Mit Mühe hielt sie die Tränen zurück.

Du hast mir nie gesagt, warum du mich auf einmal so hasst. Ist es das? Hass?

Sie hätte ihn das gern gefragt, aber die Worte kamen nicht über ihre Lippen.

»Egal, was du tust, bitte mach nicht das, was Marvin von dir will«, sagte sie stattdessen, ohne ihn aus den Augen zu lassen.

»Warum fängst du jetzt mit Marvin an? Ich habe das im Griff, und ich weiß schon, was ich mache. Halt dich da raus.« Er stieß sich vom Geländer ab, ging um sie herum und weiter die Treppe nach unten.

»Was ist, wenn du dich irrst?«, rief sie ihm nach.

Einen Augenblick lang blieb er stehen, und für eine Millisekunde glaubte sie, er würde sich umdrehen und ihr zuhören. Das erste Mal in den letzten sechs Monaten. Dann setzte er den Fuß auf die nächste Stufe, und der Moment war vorbei. Alles was Tomke machen konnte, war zuzusehen, wie mit jedem seiner Schritte die Distanz zwischen ihnen größer wurde. Und Stück für Stück brach in ihr ein Abgrund auf, der immer weiter auseinanderklaffte. Zu weit, um ihn zu überspringen, unmöglich, eine Brücke zu bauen, nicht allein, nicht, wenn Lukas ihr nicht half.

»Warte«, flüsterte sie, doch sie wagte nicht, es ihm nachzurufen.

Aus Angst, er könnte auch das ignorieren.

*

Den Rest des Schultags erlebte Tomke wie in Trance. Sie unterhielt sich mit Oskar und Ole über den Bosskampf. Nickte, lächelte und wusste Sekunden später nicht mehr, was sie gesagt hatte.

»Ist es wegen Lukas?«, raunte Oskar ihr in der letzten Stunde zu, als Ole die Mathehausaufgaben an der Tafel vorrechnen musste.

»Wovon redest du?«, murmelte sie, den Blick stur nach vorn gerichtet, um nicht aufzufallen.

Sie hörte Oskar seufzen und konnte sich vorstellen, wie er die Augen verdrehte.

»Du bist völlig neben der Spur«, antwortete er. »Außerdem habe ich gesehen, wie er dich in der ersten Pause stehen gelassen hat«, schob er hinterher.

Sie schielte zu ihm. Kam die Röte auf seinen Wangen von den entzündeten Pickeln?

»Es ist alles in Ordnung, du brauchst dir keine Sorgen zu machen. Okay?«, murmelte sie und zwang sich, zu lächeln.

Bei den Worten brach ihr beinahe die Stimme weg. Nichts war in Ordnung. Weder mit Lukas noch mit diesem verdammten Tag. Sie musste aufhören, daran zu denken, sonst würde sie losheulen und Oskar den Schock seines Lebens versetzen. Lächeln, sie musste weiterlächeln.

»Tomke, Oskar! Wie wäre es, wenn ihr uns eure ungeteilte Aufmerksamkeit schenkt?«, riss die Müller sie aus ihrer Blase.

Für den Rest der Stunde starrten sie beide nach vorn, und selbst wenn es an Folter grenzte, zum fünften Mal den gleichen Stoff zu hören, war Tomke ihrer Mathelehrerin dankbar. Hätte sie noch eine Sekunde länger in Oskars Gesicht gesehen, hätte sie die Tränen nicht mehr aufhalten können.

Nichts oder alles. Du kannst nur scheitern im Fall des Falles.

Nach der Schule ging Tomke direkt in den Wald. Sie brauchte eine Weile, um die Stelle wiederzufinden, und versuchte, so gut es ging, die Bilder der letzten Nacht auszublenden. Wenn alles lief wie am ersten Abend, würde wenigstens Lukas nicht abgestochen im Unterholz enden.

Lukas.

Nach seiner Abfuhr am Morgen war sie versucht gewesen, zum Studio zu gehen, alles auszulöschen und von vorn anzufangen. Wenn sie nur gewusst hätte, was sie anders machen musste, wie sie ihn überzeugen könnte, nicht zu dem Treffen zu gehen. Oder Bjarne. Als ob bei ihm die Erfolgschancen höher wären. Außer der Musik gab es nichts, was sie verband. Aber Lukas und sie? Zwischen ihnen war so viel mehr.

Nein.

Sie hatte sich geirrt. Nicht einmal sieben Jahre Freundschaft reichten aus, um ihn zu erreichen.

Tomke lehnte sich gegen einen Baum und rieb sich die Augen.

Selbst wenn sie einen glorreichen Einfall hätte, wie sie Jannes davon abhalten könnte, am Abend in den Wald zu gehen, würde das Bjarne nicht retten. Wäre es dann ihre Schuld? Weil sie nichts getan hatte, um das zu verhindern?

Sie trat mit der Ferse gegen den Stamm.

Und wenn es unmöglich war? Wenn sie nicht alle drei retten konnte?

*

Gegen sechs Uhr rief sie ihre Mutter an.

»Ich bleib heute bei Ole und Oskar. Okay?«, sagte sie, obwohl sie beide seit der Schule nicht mehr gesprochen hatte.

Die Reaktion ihrer Mutter war die gleiche wie das Mal zuvor.

Wort für Wort.

Am liebsten hätte Tomke das Handy über die Felskante hinutergeworfen. Ja, ihrem Vater würde das nicht passen. Sie wollte das nicht noch einmal hören.

»Ich soll euch ausrichten, dass Jannes Sondertraining hat und später kommt«, sagte sie, um das Thema zu wechseln.

»Ach, und warum gibt er uns nicht selbst Bescheid?«

»Keine Ahnung. Vielleicht, weil er euch nicht erreicht hat und jetzt im Training ist?«

»Ich habe hier keinen verpassten Anruf. Weißt du, wann er kommt?«

»Gegen zehn oder elf.«

»Elf? Ich glaube, ich muss mal ein ernstes Wort mit seinem Trainer reden!«

Tomke verdrehte die Augen. »Hallo? Jannes ist siebzehn, und heute ist Freitag. Wenn er feiern gehen würde, wäre er länger weg. Oder?«

»Darum geht es doch überhaupt nicht!«

Doch. Darum ging es. Ihre Eltern wollten die Kontrolle über alles. Immer. Und nicht einmal das konnte Jannes an diesem Abend das Leben retten.

*

Nach dem Telefonat versteckte sie sich zwischen ein paar Büschen auf dem Felsvorsprung. Im Dämmerlicht würde sie dort hoffentlich niemand bemerken. Gegen acht Uhr schreckte das Geräusch des elektronischen Wassertropfens sie auf.

Ich habs versaut, sorry.

Deine Mutter hat eben angerufen und wollte dich sprechen. Warum hast du nichts gesagt, und wo zur Hölle bist du???

Oskar. Zum Glück hatte er nicht angerufen. Tomke hätte nicht gewusst, wie sie ihn beruhigen könnte.

> Mist. Ich war sicher, dass sie sich nicht melden.

> Hätte euch warnen sollen, tut mir leid
> ...

Bevor Oskar doch noch anrief, oder ihre Mutter, schaltete Tomke das Handy aus. Zwischen den Büschen kauernd spähte sie durch die Zweige auf den Trampelpfad. In dem schwächer werdenden Licht musste sie sich auf ihr Gehör verlassen, um zu wissen, wann Marvin mit den anderen auftauchte.

*

Die Stimmen hörte Tomke noch vor dem Knacken der Äste und dem Rascheln des Laubs unter schweren Schritten.

»Was zum Teufel hast du vor, Marvin?« Lukas.

»Das wirst du noch sehen, Schlosser.«

»Jetzt nimm ihm endlich die Haube vom Kopf! Er bekommt doch kaum Luft.«

»Du machst dir echt zu viele Sorgen, Lukas.« Es war Nicks Stimme, die zu rau klang, zu tief und erwachsen für diesen schlaksigen Typ, dem noch nicht einmal ein Bartflaum wuchs. »Wir jagen ihm nur ein bisschen Angst ein, das bringt ihn nicht um.«

»Entspann dich, es läuft alles nach Plan. Wenn er aufwacht, soll er nicht sehen, wo er ist«, ergänzte Marvin. »Ohne ihm Angst einzujagen, werden wir die Kohle nicht bekommen.«

Vorsichtig schob Tomke ein paar Zweige zur Seite. Es dauerte einen Moment, bis sich die Konturen der Jungs von dem Grau der Bäume lösten. Sie kamen den Pfad hoch. Marvin und Nick schleiften immer noch den zwischen ihnen hängenden Bjarne. Lukas ging hinter ihnen.

»Was wird das, wenn es fertig ist?«, fragte jemand von der anderen Seite. Jannes!

Beim Klang seiner Stimme zuckte Tomke zusammen und duckte sich tiefer in die Büsche.

Ich will nicht sehen, wie sie dich fast umbringen.

Jannes blieb vor den Büschen stehen, mitten auf dem Pfad und mit dem Rücken zu ihr.

»Hey, Nehls, lange nicht gesehen! Wolltest du dich nicht mit Lucie treffen?« Auf Marvins Gesicht war wieder dieses viel zu freundliche Lächeln, das nicht zu seinem Tonfall passte, der mehr ein Zischen als ein Sprechen war.

Er gab Nick ein Zeichen, ließ Bjarne los und stellte sich breitbeinig hin. Allein konnte Nick Bjarnes Gewicht kaum halten, und Bjarne rutschte ein Stück nach unten, wie ein Sack Kartoffeln, den jemand von einer Ladeplattform stieß.

Nach zwei Minuten ohne Sauerstoff wirst du ohnmächtig, nach spätestens drei treten erste Schäden auf, nach fünf ist dein ...

Tomke schüttelte den Kopf. Sie wollte jetzt nicht daran denken.

»Wollt ihr ihn umbringen? Diesmal bist du zu weit gegangen, Lange!« Jannes ging auf Marvin zu. »Nimm ihm die Haube ab. Sofort.«

Marvin zog seine Augenbrauen hoch. »Genau das ist dein Problem, Nehls. Du steckst deine Nase viel zu oft in Sachen, die dich nichts angehen. Das Date mit Lucie ist dir wohl nicht genug?«

»Lass Lucie aus dem Spiel. Sie hat dir mehr als deutlich gemacht, was sie von dir hält.«

Marvins Armmuskeln spannten sich an, und er ging einen Schritt auf Jannes zu. »Und wer ist dafür verantwortlich, weil er sie mit Horrorgeschichten über mich versorgt hat? Na?«

Das Lächeln war aus seinem Gesicht verschwunden.

»Hört auf!«, rief Lukas.

Er drängte sich zwischen Marvin und Jannes, doch Marvin stieß ihn zur Seite.

»Halt dich da raus, Schlosser«, sagte er, ohne Jannes aus den Augen zu lassen.

Von hinten sah Tomke, wie Jannes' Schulter- und Rückenmuskulatur sich anspannte.

»Was machst du hier?«, stieß Jannes hervor.

Allein an seinem Tonfall erkannte Tomke, dass er nicht mit Marvin sprach.

»Wieso hast du dich in diese Scheiße hier reinziehen lassen?«, fuhr er fort, und Tomke konnte die Enttäuschung in seiner Stimme hören. »Der Kerl bringt nichts als Ärger. Erzähl mir nicht, dass dir das nicht klar war!«

Das Beben in Jannes' Stimme verriet ihn. Es war der gleiche Tonfall, mit dem er Tomke zusammenstauchte, wenn sie sich auf ein Streitgespräch mit ihrem Vater eingelassen hatte und Jannes versuchte, sie wieder runterzuholen. Lukas war ihm nicht egal. Auch der Streit hatte daran nichts geändert.

»Ich ...« Lukas strich sich durch die kurzen Haare und wich Jannes' Blick aus.

»Was auch immer dich das angehen sollte, Nehls«, schnitt Marvin ihn ab. »Du bist zur falschen Zeit am falschen Ort, würde ich mal sagen. Nicht, dass das mein Problem wäre.«

Ohne Vorwarnung sprang er auf Jannes zu. Im letzten Moment riss Jannes die Arme hoch, aber er konnte den Schlag nicht ganz abwehren. Statt ihn im Gesicht zu treffen, streifte die Faust die Seite seines Kopfs entlang. Jannes wich einen Schritt zurück, beugte die Knie und hob die Arme zur Deckung. Sein hinterer Fuß war gefährlich nahe an der Felskante. Marvins nächsten Schlag verhinderte er mit einem schnellen Tritt in dessen Bauch.

»Nicht übel, Nehls«, stieß Marvin hervor. »Aber noch lange nicht genug!«

Er sprang erneut auf Jannes zu, versuchte, dessen Schultern zu fassen zu bekommen und ihn in ein Handgefecht zu verwickeln. Tomke sah von ihrer Position aus vor allem Jannes' Rücken und hatte Schwierigkeiten zu erkennen, wer von den beiden die Oberhand gewann. Jannes kämpfte nicht gern auf so kurzer Distanz, das wusste sie. Bei Wettkämpfen hielt er die Gegner durch Tritte auf Abstand. Aber mit der Felskante im Rücken hatte er keine Chance, den Abstand wiederherzustellen.

»Vorsicht!«, rief Lukas auf einmal.

Und in dem Moment sah Tomke es auch. Jannes hatte Marvin an den Schultern gepackt und versucht, ihm das Knie in den Bauch zu rammen, aber Marvin nutzte Jannes' Zug und drückte ihn nach hinten. Es wäre gut gegangen, ganz bestimmt. Jannes wusste, was er tat, und so schnell brachte ihn keiner aus dem Gleichgewicht, selbst wenn er kurz auf einem Bein stand. Aber um das Gleichgewicht zu halten, musste er mit dem Stoß mitgehen und einen Satz zurückspringen. Doch hinter ihm war kein Boden, um ihn aufzufangen.

»Nein!«, brüllte Lukas.

Zu spät. Jannes hatte keine Chance. Tomke sah, wie er versuchte, sich an Marvin festzuhalten, und der die Arme nach oben riss, um seine Schultern freizubekommen und nicht mit Jannes hinunterzustürzen. Von ihrer Position aus hatte sie einen guten Blick in den Abgrund. Der Schwung war zu stark, Jannes' Körper machte eine halbe Umdrehung, und er landete mit dem Kopf voraus auf dem Fels. Das Knacken aufbrechender Knochen durchfuhr Tomke. Sie presste eine Hand auf den Mund, um den Aufschrei zu dämpfen, der aus ihrer Kehle drang.

»Jannes!«, rief Lukas im selben Moment und rannte auf die Felskante zu.

Tomke sah, wie hinter ihm Nick Bjarne losließ. Bjarnes Körper knallte auf die mit Laub bedeckte Erde. Ungebremst, Kopf und Schulter voraus.

Sie starrte den Abgrund hinunter auf Jannes, der seltsam verdreht liegen blieb, das Gesicht abgewandt. Alles was sie hörte, war das Geräusch von splitternden Knochen, das wieder und wieder durch ihren Kopf hallte. Alles was sie sah, war Jannes' verdrehter Körper auf dem Fels und das Blut, das seine halblangen Haare verklebte und den Stein unter ihm dunkel verfärbte.

»Scheiße«, murmelte Marvin.

»Du hast ihn umgebracht!«, schrie Lukas.

Er packte Marvin an den Schultern. Einen Moment lang sah es so aus, als wollte er ihn über die Kante stoßen.

»Halt die Klappe, Schlosser, es war ein Unfall!«, brüllte Marvin zurück.

Aber Lukas hielt nicht die Klappe, er schrie auf Marvin ein, das Gesicht knallrot, und hämmerte mit den Fäusten gegen dessen Brust. Nick stellte sich neben sie und starrte auf Jannes' leblosen Körper.

»Was machen wir jetzt?«, fragte er.

Seine Stimme klang dünn, als wäre er weit weg.

»Wir müssen einen Krankenwagen rufen!«, fuhr Lukas ihn an.

»Einen Teufel müssen wir! Er ist tot, Schlosser. Es war ein verdammter Unfall, kapiert? Er ist selbst schuld, hätte ja nicht an der Felskante kämpfen müssen.« Marvins Worte waren wie Eis.

»Du hast ihn doch angegriffen!«, schrie Lukas.

»Ich habe nichts dergleichen getan.« Auf einmal war ein Messer in Marvins Hand. Er packte Lukas am Arm und hielt ihm die Klinge vors Gesicht. »Wir waren nie hier. Kapiert? Wenn jemand fragt, waren wir den ganzen Abend bei mir, meine Oma kann das bestätigen.«

»Marvin, äh, hör auf, okay? Es war ein Unfall, ja, aber wir müssen ihm helfen, wir müssen einen Krankenwagen rufen. Vielleicht lebt er noch?«, stammelte Nick.

Er schaute von Marvin zu Lukas.

»Du spinnst! Wenn du nicht sofort aufhörst, zeige ich dich an, kapiert? Jannes ist mein Freund, und du ...«, schrie Lukas Marvin an, das Messer vor seinem Gesicht ignorierend.

»Nichts wirst du tun!« Marvin drückte ihm die Klinge an den Hals.

Für einen Moment sah Tomke wieder Lukas auf dem Boden liegen, mit aufgeschlitztem Bauch. Und endlich löste sie sich aus ihrer Starre. Ohne zu denken, sprang sie zwischen den Büschen hervor. Zweige kratzten über ihr Gesicht und ihre Arme.

»Mörder!«, schrie sie.

Sie sprang auf Marvin zu, aber zwischen ihm und ihr stand Nick. Marvin wirbelte herum, die Hand mit dem Messer in ihre Richtung gestreckt. Sie musste bremsen, ihr Schwung war zu groß, wenn er die Hand nicht zurückzog, würde sie genau in die Klinge stürzen. Jemand packte sie am Arm und riss sie zur Seite.

Nick.

Sie fiel auf ihn, wollte sich von ihm abstoßen, doch in dem Moment verlor er das Gleichgewicht, und sie stürzten zusammen nach unten.

»Tomke!«, hallte Lukas' Stimme hinter ihr durch den Wald.

Erst im Fallen begriff sie, was passiert war.

Nick hatte ihr das Leben gerettet.

Wenn sie jetzt das Bewusstsein verlor, würde Marvin sie verschleppen, und sie hätte keine Chance mehr, Jannes zu sehen. Sie krallte sich an Nick fest, duckte sich so gut es ging hinter ihn.

Scheiße. Wir werden beide sterben.

Wie Jannes.

Der Aufprall war zu stark, sie konnte sich nicht halten und wurde zur Seite geschleudert. Ein Stechen fuhr von ihrem Ellbogen bis in die Schulter. Weiße Flimmerpunkte tanzten vor ihren Augen. Unter ihren Fingern fühlte sie Moos und Gras.

»Verdammt, was macht sie hier? Halt sie fest, Nick!« Marvins Stimme vertrieb die Flimmerpunkte.

Er darf mich nicht aufhalten.

So schnell sie konnte, rappelte Tomke sich hoch. Ihr Arm knickte weg. Das Stechen war so stark, dass sie sich fast übergeben musste. Neben ihr stöhnte Nick. Sie schaute kurz zu ihm, er lag auf einer Grasnarbe und stemmte sich langsam hoch. Er lebte, gut. Sie musste zu Jannes. Sofort. Jannes lag keine zwei Schritte entfernt. Sie kroch auf ihn zu, von schräg über sich hörte sie ein Rutschen.

Marvin.

Oder Lukas.

Sie musste sich beeilen. Aus dem Augenwinkel sah sie, wie Nick sich hochstemmte, eine Hand gegen die Stirn gepresst.

Jannes!

Eine Welle der Erleichterung durchströmte sie, als sie Jannes' Schultern berührte und ihn zu sich drehte.

Weg, so schnell wie möglich.

»Du verkomplizierst alles«, zischte eine Stimme neben ihrem Ohr.

Ein Schrei blieb in ihrer Kehle stecken, sie erstarrte und spürte Marvins Hände, die sie packten und an seinen Körper zogen.

Das durfte sie nicht zulassen!

Mit aller Kraft holte sie aus, wollte ihm den Ellbogen in die Seite rammen. Kaltes Metall schnitt in ihre Handfläche. Der Schmerz nahm ihr beinahe das Bewusstsein.

»Tomke!« Lukas.

Die pochende Hand gegen die Brust gepresst, schaute sie über die Schulter.

»Scheiße! Ich hab dir doch gesagt, dass du dich hier raushalten sollst!«, schrie er sie an.

Hast du?

Ein Lachen brach aus ihr heraus. Sie hatte keine Ahnung, warum sie lachte. Das Lachen wurde zu einem Schluchzen, ihr Gesicht war nass, ihr Shirt auch. Von dem Blut, das warm und feucht aus dem Schnitt in ihrer Hand pulsierte. Was machte sie hier? Jannes, genau. Wo war er?

»Du hältst dich raus, Schlosser. Bist ja nicht mal in der Lage, deine Freundin im Zaum zu halten.« Marvin löste den Griff und drehte sich zu Lukas, der ihn an den Schultern gepackt hatte und versuchte, ihn von Tomke wegzuziehen.

Alles ging zu schnell. Sie begriff erst, was passierte, als es zu spät war. Lukas hatte keine Chance. Einen Kopf kleiner und ohne Waffe. Trotzdem ließ er sich auf ein Handgemenge mit Marvin ein.

»Hört auf!«, brüllte Tomke.

Von weiter weg hörte sie Stimmen und Schritte.

Die Polizei.

Sie waren nicht schnell genug. Niemand war schnell genug, die Klinge aufzuhalten. Im Versuch, Lukas abzuwehren, stieß Marvin sie ihm in den Bauch. Tomke hielt den Atem an und für mehrere Sekunden bewegte sich keiner von ihnen. Selbst Marvin schien erstarrt.

»Lauf!«, stieß Lukas aus.

Langsam kippte er nach vorn, die Augen aufgerissen, Tomkes Blick bis zur letzten Sekunde haltend.

»Nick, schnapp dir die Kleine! Wir müssen verschwinden«, zischte Marvin, die Augen starr auf das blutverschmierte Messer in seiner Hand gerichtet.

Nick rührte sich nicht. Wie Tomke sah er zu Lukas, der mit dem Gesicht nach unten auf dem Felsen liegen geblieben war. Dann hob er den Blick und sah sie an. Langsam setzte er sich in Bewegung.

Nein!

Sie fuhr herum, fasste nach Jannes' Gesicht und beugte sich über ihn.

Spul zurück, bitte, spul zurück!

Mit zitternden Fingern zog sie ein Augenlid hoch. Eine Hand legte sich auf ihre Schulter.

Bitte, sei noch am Leben.

Der Druck auf ihrer Schulter wurde stärker.

»Wir müssen weg hier. Komm«, sagte jemand zu ihr.

War das Nick oder Marvin? Sie wusste es nicht. Alles, worauf sie sich konzentrierte, war Jannes' leerer Blick. Die Welt begann sich zu drehen.

Nie zuvor war sie so froh gewesen über die weißen Schlieren wie in diesem Moment.

Es ist vorbei, dachte sie. Obwohl alles nur von vorn anfing.

Drahtzieher.
Sie trifft
mitten ins Herz.
Für Jannes ist die
Unterschrift.

Tomke konnte ihre Hand nicht bewegen. Ihre Finger fühlten sich steif an und brannten, sobald sie einen Muskel anspannte.

Was war passiert?

Marvin! Das Messer, sie ...

Ein schriller Ton brachte ihre Welt zum Vibrieren. Ihr Herz hämmerte gegen die Brust, und sie brauchte einen Moment, um zu verstehen, wo sie war. Ein Gewicht lastete auf ihr, sie bekam keine Luft und schlug es weg. Die Decke, es war nur die Decke. Tomke war in ihrem Zimmer, und das schrille Piepen kam von dem Wecker. Vorsichtig ballte sie die Hand und streckte die Finger wieder. Kein Schmerz, aber die Erinnerung an das Stechen hing noch in ihren Muskeln. Sie setzte sich hoch und schaltete den Wecker aus. Sobald sie blinzelte, waren die Bilder der letzten Nacht wieder da.

Lukas, sein Blick, aus dem langsam das Leben wich.

Lauf!

Marvin. Das Blut auf der Klinge in seiner Hand.

Der elektronische Wassertropfen lenkte ihre Aufmerksamkeit auf ihr Handy.

Falls Mama oder Papa heute Abend fragen, wo ich bin, sag ihnen, dass wir Sondertraining haben.

Okay?

Sie stand wieder am Anfang, und egal, wie viel sie über diesen verdammten Abend herausfand, sie schaffte es nicht, alles zu stoppen. Marvin. Bei ihm liefen die Fäden zusammen. Nick war sein Handlanger, genau wie Lukas. Der Gedanke nahm ihr die Luft. Nein, Lukas ließ sich nicht kontrollieren, sonst hätte er nicht mit seinem Leben bezahlt. Marvin hatte selbst Nick nicht völlig unter Kontrolle. Nick hatte einen Krankenwagen rufen wollen und sie vor dem Messer beschützt.

> Was machst du nach der Schule?

Wenn es ihr gelang, Marvin außer Gefecht zu setzen, musste alles gut werden.

Wir gehen noch in die Stadt.

Warum?

Wir? Jannes und seine neuen besten Freunde? Oder wer?

> Mit der Straßenbahn?

Zwangsläufig.

Kannst du Mama oder Papa jetzt Bescheid geben?

Gut. Wenn sie die Straßenbahn nahmen, würden sie über die hintere Treppe durch die Tiefgarage gehen.

> Kommt drauf an.

> Wenn du mir Schokoreiswaffeln mitbringst, kann ich es mir überlegen.

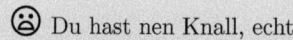 Du hast nen Knall, echt.

Okay, ich besorg dir deine komischen Waffeln, und du hältst mir von Mama und Papa den Rücken frei.

Deal?

Deal!

Es fühlte sich so normal an. Sie schüttelte den Kopf. Nichts war normal, schon seit Tagen nicht mehr.

Wenn sie Marvin davon abhalten könnte, am Abend zum Trimm-dich-Pfad zu gehen, würde niemandem etwas passieren. Sie legte das Handy weg, ging nach unten in die Küche und zog die Schublade mit den Schneidemessern auf.

*

»Warum hast du es so eilig?« Oskar schloss seine Tasche im Laufen und drängte sich hinter Tomke aus dem Klassenzimmer.

»Ich muss noch was für meine Mutter besorgen.«

Erst an der vorderen Treppe verlangsamte sie ihre Schritte.

»Danke fürs nicht Warten!«, schnaubte Ole, der sie beide auf den Stufen einholte. »Kommst du noch mit zu uns?«, fragte er Tomke.

»Wenn, dann später. Ich melde mich. Okay?« Sie scannte die Leute und entdeckte Lukas auf dem nächsten Absatz.

War das diese Anna neben ihm? Für ein Zwinkern stand sie wieder unter ihm auf der Treppe, versuchte seinen Blick einzufangen und konnte es nicht. Weil sie Lukas längst verloren hatte. Sie rieb sich die Stirn und ging weiter.

»Aber nicht zu spät. Ich muss ab halb sechs Nachhilfe geben.« Ole hatte sich an Tomkes andere Seite gedrängt, und jetzt lief sie zwischen den beiden Brüdern.

»Glaubst du, Isi ist den Stress wert?«, fragte sie und musterte sein Gesicht.

»Woher weißt du, dass ich mich mit Isi treffe?« Ole blieb abrupt stehen.

»Mann! Kannst du mal aus dem Weg gehen?«, schnauzte ihn jemand von hinten an.

Tomkes Herz setzte für einen Schlag aus.

Marvin.

Das war gut, sie hatte ihn nicht verpasst. Warum konnte sie sich nicht mehr bewegen? Ihre Hand brannte, als würde sie in Flammen stehen. Kurz fühlte sich ihr Shirt wieder feucht an. Lukas' Bild war in ihrem Kopf, seine weit aufgerissenen Augen, die ihren Blick einfingen.

Lauf!

»Tomke?« Jemand berührte sie an der Schulter, sie fuhr herum. »Alles in Ordnung?«

Grüne Augen, die voller Sorge ihr Gesicht musterten, mit Pickeln übersäte Wangen.

Oskar.

Sie drängte Lukas' Bild in ihrem Kopf zurück und atmete tief ein. »Klar. Wieso?«

»Du bist total bleich.« Oskars Blick war starr, beinahe so, als wollte er in sie hineinsehen und ihre Gedanken lesen.

»Kreislauf«, murmelte sie und wandte sich von ihm ab.

Wenn er sie noch eine Sekunde länger anschaute, würde er ihr hämmerndes Herz hören und die Angst spüren, die ihre Beine hinaufkroch.

Wo war Marvin? Sie durfte ihn nicht verlieren.

»Woher weißt du jetzt, dass ich mich mit Isi treffe?«, fragte Ole wieder, ohne eine Spur von Sorge.

»Nicht so wichtig.« Tomke zog die Schultern hoch und zwang sich, weiterzugehen.

Auf dem nächsten Treppenabsatz entdeckte sie Marvin.

»Für mich schon«, ließ Ole nicht locker.

Unten in der Eingangshalle kamen ein paar Jungs auf Marvin zu. Er klopfte einem von ihnen auf die Schulter, sagte etwas und lachte. Allein beim Klang dieses Lachens stellten sich Tomkes Nackenhaare auf.

»Bist du jetzt mit offenen Augen eingeschlafen?«

Sie blinzelte, drehte den Kopf und sah in Oles sommersprossiges Gesicht.

»Sehr witzig«, antwortete sie. »Hast du schon mal darüber nachgedacht, warum Isi immer noch Bjarne hinterherjagt, obwohl der sie vor Wochen abserviert hat?«

Ole zog die Augenbrauen zusammen. »Quatsch. Die ist doch längst über diesen Angeber hinweg.«

»Bist du sicher?«

Ihr Blick streifte Oskar, der hinter Ole stand und ihr Gesicht musterte. Ihn konnte sie nicht täuschen. Die Sorgenfalten auf seiner Stirn sagten alles.

»Außerdem geht's hier um Mathenachhilfe. Ist mir doch egal, auf wen sie steht«, warf Ole ein.

»Mathenachhilfe. Klar. Wenn ich Matheprobleme hätte, wärst du garantiert der Erste, den ich fragen würde!« Ihr Lachen war echt, selbst wenn es nicht besonders laut war.

Über Oles Schulter schaute sie zu Oskar und war froh, als sie das Grinsen auf seinem Gesicht sah.

»Kann ja nicht jeder so ein Genie sein wie du!«, gab Ole zurück.

Zu seinem Glück verabschiedete Marvin sich von den Jungs, und Tomke sparte sich den Kommentar über Oles knallrote Wangen.

»Ich muss los«, sagte sie. »Falls die Besorgungen schnell gehen, melde ich mich. Ansonsten sehen wir uns morgen.«

»Sollen wir mitkommen?«, fragte Oskar.

Bevor sie ihn abwimmeln konnte, hatte er sich an Ole vorbei gedrängt und ihr in den Weg gestellt. Von dem Grinsen war nichts mehr zu sehen. Dafür waren die Sorgenfalten wieder da.

»Nicht nötig. Ich melde mich. Okay?« Ihr Lächeln war nicht genug, um die Sorge aus seinem Gesicht zu vertreiben.

»Jetzt lass sie«, warf Ole ein und legte einen Arm um die Schulter seines Bruders. »Seit wann braucht Tomke einen Babysitter?«

»Ich bin kein Babysitter, ich …«

»Bis später!«, sagte sie und nutzte die Chance, sich ohne weitere Diskussion zu verdrücken.

Manchmal war es gut, dass die Zwischentöne an Ole vorbeigingen.

Als sie durch die Eingangstür nach draußen lief, bog Marvin am anderen Ende des Hofs bereits in die Straße ein.

*

Seit zehn Minuten stand Tomke jetzt hinter einer Reihe parkender Autos neben dem Schaufenster einer Metzgerei und behielt das Eckhaus gegenüber im Blick. Statt die Haustür zu nehmen, war Marvin eine an der Seite angebrachte Eisentreppe nach oben gestiegen und im Dachgeschoss verschwunden.

Tomke wollte sichergehen. Niemand sollte im Haus sein. Keiner durfte sie sehen. Wie sollte sie das prüfen? Wenn sie durch die Fenster niemanden sah, bedeutete das nicht, dass keiner zu Hause war. Oder nach Hause kam, solange sie oben bei Marvin war. Aber wenn sie noch länger hier herumstand, würden sich die beiden Frauen hinter der Fleischtheke an sie erinnern.

Sie tastete nach dem Messer, das unter ihrem weiten Shirt verborgen in einer Hülle klemmte, zwischen Jeans und Hüfte, atmete tief ein und ging über die Straße.

So leise wie möglich stieg sie die Metalltreppe nach oben. An der Tür war weder ein Schild noch eine Klingel.

Hoffentlich besucht er nicht einen Freund.

Sie hätte auf das Namensschild unten sehen sollen, aber dafür war es jetzt zu spät. Bevor der Mut sie verließ, klopfte sie.

»Wer ist da?«, rief eine Stimme von innen.

Marvin.

Sie öffnete den Mund, brachte keinen Ton heraus und klopfte wieder.

»Wie ist das Codewort?«, kam es durch die Tür.

War das ein Witz, oder war er echt so paranoid und ließ nur Leute herein, die sein bescheuertes Codewort kannten?

»Sesam, öffne dich?«, antwortete sie, und mit viel Mühe gelang es ihr, das Zittern in ihrer Stimme zu unterdrücken.

Die Tür sprang auf, Marvin kam auf Tomke zu und blieb genau vor ihr stehen. Viel zu nah. Sie wich einen Schritt zurück.

»Dachte ich mir's.« Er warf einen Blick die Treppe nach unten. »Komm rein.«

Statt zu warten, ob sie sich bewegte, packte er sie am Arm und schob sie vor sich her. Mit einem dumpfen Knall flog die Tür hinter ihnen ins Schloss.

»Hey!« Tomke wand den Arm aus seinem Griff und stolperte zwei Schritte in die Wohnung hinein. »Was soll das?«

»Das würde ich gern von dir wissen. Warum rennst du mir hinterher und lungerst eine Viertelstunde vor meinem Haus herum?«

Sie schnappte nach Luft. »Woher ...«

»Ich weiß schon seit der Schule, dass du mir folgst. Bin extra einen Umweg gelaufen, um herauszufinden, ob wir zufällig den gleichen Weg haben.« Kopfschüttelnd drängte er sich an ihr vorbei durch einen Türrahmen ohne Tür. »Also, was willst du?«

Er ließ sich auf ein weißes Ledersofa an der gegenüberliegenden Wand fallen, nahm eine Fernbedienung in die Hand und zog ein Päckchen Zigaretten aus der Tasche. Im nächsten Moment dröhnte elektronischer Beat durch die Wohnung.

Langsam folgte Tomke und blieb im Türrahmen stehen. Kalter Rauch hing in der Luft und kratzte sie bei jedem Einatmen im Hals. Vor dem Sofa stand ein kleiner Tisch mit einem halb vollen Aschenbecher. Vom Türrahmen aus hatte sie durch das Dachfenster einen guten Blick auf die Metzgerei auf der anderen Straßenseite.

Toll. Er hat mich die ganze Zeit beobachtet.

Marvin nahm einen Zug von seiner Zigarette, lehnte sich auf dem Sofa zurück und sah Tomke an. »Also? Warum rennst du mir hinterher?«

Sein Blick beschwor die Bilder der Nacht herauf, die sie mit so viel Mühe zurückgedrängt hatte.

Seine Stimme, dicht an ihrem Ohr, der brennende Schmerz in der Hand, das Blut auf der Klinge, Lukas' zusammengesackter Körper auf dem harten Fels.

Tot.

Sie schüttelte den Kopf und versuchte, den Druck in ihrem Hals wegzuschlucken. »Vielleicht will ich ein paar Pillen?«

Die Stimme kam gepresst über ihre Lippen, sie klang wie die eines hilflosen kleinen Kindes. Schnaubend verschränkte Tomke die Arme, biss die Zähne zusammen und hob das Kinn.

Auf keinen Fall Schwäche zeigen, nicht vor ihm.

»Du?« Einen Moment lang musterte er ihr Gesicht und kniff die Augen zusammen. »Hat dein Bruder dich geschickt?«

»Was? Spinnst du?«

Jannes würde ausrasten, wenn er wüsste, wo sie war.

Halt dich von dem fern, der Kerl ist unberechenbar, waren seine Worte.

Es stimmte. Ohne Marvin hätte Jannes heute Abend ein Date, Bjarne könnte zu seiner Party und dort ein paar Mädchen aufreißen, und sie wäre nicht in diesem Albtraum!

»Was hast du gegen Jannes?«, fragte sie.

Er hatte ihn nicht einfach so angegriffen, das konnte er ihr nicht erzählen.

»Nichts.« Marvin machte einen letzten Zug von der Zigarette und drückte sie im Aschenbecher aus. »Er mischt sich in Dinge ein, die ihn nichts angehen, und interessiert sich für die falschen Mädchen, das ist alles«, fügte er mit einem Lächeln hinzu. Seine Augen blitzten auf. »Ich geb dir ein paar Pillen aufs Haus. Was hältst du davon?«

Nichts.

Statt das zu sagen, zuckte sie mit den Schultern. Etwas war faul. Marvin war nicht der Typ, der Leuten seine Pillen schenkte. Sie stockte. Wenn sie ihn jetzt angriff, hatte sie eine Chance. Er würde es nicht kommen sehen, niemals. Sie musste nur vier Schritte machen, das Messer ziehen und zustechen. Warum bewegte sie sich nicht?

Der Beat der Musik dröhnte in ihren Ohren, sie konnte sich kaum konzentrieren.

»Hast du mir zugehört?« Marvin saß breitbeinig hinter dem kleinen Tischchen, die Arme auf der Rückenlehne des Sofas abgelegt.

»Warum solltest du mir etwas schenken wollen?«, presste sie hervor, gegen das Rasen ihres Herzens, und wischte den Schweiß ihrer Hände an ihren Jeans ab.

Sie musste es tun. Jetzt.

»Warum nicht?« Auf seinem Gesicht erschien wieder dieses Lächeln, das nicht zu dem Aufblitzen in den Augen passte. »Für die kleine Schwester eines guten Kumpels ist das schon drin.«

»Jannes ist nicht dein Kumpel.«

Das Lächeln stand ihm nicht, es machte seine schmalen Lippen noch dünner. Für mindestens vier Takte der Musik sah er sie an.

»Can you feel the beat? Can you feel the beat?«, rief eine elektronisch verzerrte Frauenstimme aus dem Lautsprecher.

»Vielleicht habe ich einfach einen guten Tag. Du kannst ja nichts für deinen Bruder. Also, was ist? Willst du jetzt ein paar Pillen oder nicht?«

»Was willst du wirklich dafür?«

Ihr Blick streifte einen Schreibtisch, der gegenüber dem Fenster unter der Dachschräge stand. Hefte und Schulbücher lagen in einem wilden Durcheinander über die Platte verstreut. Etwas Dunkles blitzte unter einem der Bücher hervor. War das der Lauf einer Pistole?

»Du bist verdammt misstrauisch. Sieh es als Werbegeschenk. Wenn du zufrieden bist, kommst du wieder. Dann reden wir über den Preis.«

»Hast du das zu Lukas auch gesagt?«, fragte sie, während sie langsam auf den Schreibtisch zuging, ohne Marvin aus den Augen zu lassen.

Er lachte wieder. »Willst du die Schulden von deinem Lover abbezahlen?«

Sein Lachen war wie ein Schwall Wasser. Eiskalt. Es traf sie unvorbereitet, so wie das Wort.

Lover.

Lukas war Jannes bester Freund. Gewesen. Er war neben Jannes der wichtigste Mensch in ihrem Leben.

Nicht austauschbar.

Wie konnte Marvin es wagen, ihr und Lukas ein Label aufzuzwingen, ohne auch nur das Geringste über sie zu wissen? Er hatte sie doch nie zusammen erlebt!

»Warum lässt er sich von dir herumkommandieren?« Sie war am Schreibtisch angekommen und schob das Buch zur Seite.

»Er ist mir ein paar Gefallen schuldig.«

»Wegen der Pillen, die du ihm aufs Haus gegeben hast?«, fragte sie mit einem Blick über die Schulter.

»So ähnlich.« Marvin stand auf.

Ein selbstzufriedenes Grinsen im Gesicht.

Schnell! Er darf nicht an mich herankommen!

Sie nahm die Pistole in die Hand, zog den Schlitten nach hinten und drehte sich zu ihm. »Ist die echt?«

»Das ist eine Schreckschusspistole und nichts für kleine Mädchen. Leg sie weg. Sofort.« Die Schärfe seines Tonfalls brachte für einen Augenblick ihre Hände zum Zittern.

Marvin war noch zwei Schritte von ihr entfernt, und das Grinsen war aus seinem Gesicht verschwunden. Wenn sie jetzt nicht abdrückte, hatte sie keine Chance mehr.

»Für Jannes«, flüsterte sie, zielte auf Marvins Herz und kniff die Augen zusammen.

**Zwei
sind mehr als eins.
Der Wert des Lebens
bleibt bedeutungsleer.**

Jemand packte Tomkes Handgelenk und riss es zur Seite. Durch den Ruck krampften ihre Finger, und der Schuss löste sich aus dem Lauf. Statt in Marvins Herz schlug die Patrone in die Wand ein.

Der Knall löschte für einen Moment den Beat aus.

Hätte sie wirklich abgedrückt, wenn Marvin ihr nicht zuvorgekommen wäre? Hätte Jannes' Leben das gerechtfertigt? Was hatte dieser Tag aus ihr gemacht?

Die Pistole rutschte ihr aus den Fingern und schlug auf dem Teppich auf.

»Bist du verrückt geworden?«, schrie Marvin sie an.

Sie sah, wie er ausholte. Im nächsten Moment landete seine Hand mit voller Wucht auf ihrer Wange. Sie stolperte zur Seite, ihre eine Gesichtshälfte pochte und fühlte sich doppelt so groß an wie die andere. Tausend kleine Punkte flimmerten vor ihren Augen.

»Habe ich dir nicht gesagt, dass du sie weglegen sollst?«, brüllte Marvin weiter.

Der Griff an Tomkes Handgelenk wurde fester. Marvin zerrte sie durch den Raum.

»Lass mich los!« Sie warf sich mit ihrem Gewicht nach hinten, aber sie hatte keine Chance, er zog sie einfach weiter.

»Das hättest du wohl gern«, fuhr er sie an.

Am Türrahmen stemmte sie die Füße links und rechts gegen das Holz, und Marvin musste anhalten.

»Lass mich sofort los!« Sie versuchte, die Arme aus seinem Griff zu winden.

Jannes hatte ihr das beigebracht. Mit dem Schwung des Gegners arbeiten, ihn für sich ausnutzen. Es ging nicht. Nicht, solange sie gleichzeitig mit den Beinen gegen den Zug ankämpfen musste.

Marvin beugte sich nach vorn, ohne einen Millimeter nachzugeben. Sein Gesicht war genau vor ihrem. »In Zukunft wirst du dir zweimal überlegen, mit wem du dich anlegst.«

Der zischende Tonfall brachte jede ihrer Bewegungen zum Erstarren. Die Bilder der letzten Nacht drohten sie zu überwältigen.

»Nicht jetzt«, flüsterte sie.

Sie blinzelte und schüttelte den Kopf.

»Was hast du vor?«, fragte sie mit tonloser Stimme.

Ihre Finger kribbelten. Marvins Griff drückte ihr das Blut ab.

»Als Erstes kannst du ein paar Stunden in der Abstellkammer verbringen und darüber nachdenken, was passiert wäre, wenn du einen Moment früher abgedrückt hättest«, antwortete Marvin.

Er beugte sich noch näher zu ihr. Sie wollte zurückweichen, hätte sich dafür aber nach hinten lehnen müssen, die Arme gestreckt, und das Gleichgewicht nicht halten können, falls er sie loslassen würde.

»Spar es dir, zu schreien. Unten wohnt nur meine schwerhörige Oma, und über die Musik hört dich auf der Straße kein Mensch mehr. Kapiert?« Seine Lippen streiften beim Sprechen ihr Ohr.

Ihr Nacken kribbelte, und sie drehte den Kopf von Marvin weg. Ein paar Stunden? Das hieß, sie kam hier nicht mehr weg, bevor Jannes in den Wald ging?

Wenn ich nicht rechtzeitig ins Krankenhaus komme, ist Jannes tot!

»Nein!«, schrie sie und versuchte wieder, sich frei zu winden.

Je mehr sie sich zur Wehr setzte, umso fester wurde Marvins Griff. Ohne Vorwarnung ließ er sie los. Sie fiel, doch bevor sie auf dem Boden aufschlug, war sein Arm um ihre Hüfte und fing sie auf. Er fasste mit der anderen Hand an ihre Achsel, wollte sie hochheben. In Panik stemmte sie sich gegen seine Schultern und zog das Knie hoch, so stark sie konnte. Sie traf nur die Innenseite seines Oberschenkels.

»Du Biest!«, zischte Marvin, und bevor sie ihr Gleichgewicht wiederfand, hob er sie hoch und warf sie kopfüber über seine Schulter.

Hilflos wie ein Sack hing sie an seinem Rücken. Sie dachte nicht mehr, sie reagierte nur noch. Ihre Hand glitt zu dem Messer an der Hüfte. Im Versuch, lauter als die Musik zu sein, schrie Tomke und strampelte wie verrückt mit den Beinen. Marvin umklammerte ihre Unterschenkel und drückte sie gegen seine Brust. Er trug Tomke durch den Türrahmen. Sie versuchte, sich mit der freien Hand festzukrallen, fand mit den Fingern aber keinen Halt.

Ich muss ihn stoppen, ich muss!

Mit aller Kraft stieß sie das Messer in Marvins Seite. Sobald sie Widerstand spürte, stockte sie. Lukas blitzte vor ihr auf, das Messer in seinem Bauch, das Blut.

Mörder, flüsterte eine Stimme in ihrem Inneren.

Über die Musik hinweg hörte sie Marvins Schrei, nahm ihn wie durch eine Wand aus Nebel wahr, weil ein Teil von ihr wieder im Wald war. Marvin ließ sie los, und sie knallte auf den Boden, das Messer noch immer in der Hand haltend. Für einen Moment blieb ihr die Luft weg, in ihrer rechten Seite war ein pochender Schmerz. Verschwommen sah sie Marvin über sich. Er kam viel zu schnell näher, streckte den Arm nach dem Messer aus.

Nicht!

Sie riss die Hand zur Seite und stieß mit der Klinge auf Widerstand. Im ersten Moment wusste sie nicht, was passiert war.

Marvin.

Wie kam das Messer in seinen Bauch? Tomke starrte auf ihre Hand, mit der sie noch immer den Griff umklammert hielt. Nicht ein einziges Geräusch drang zu ihr durch. Alles was sie sah, war die rote Flüssigkeit, die Marvins Shirt verfärbte. Der dunkle Fleck um den Einstich wurde mit jedem Blinzeln größer.

Mit einem Schlag war der Beat wieder da.

»Move your body!«, dröhnte eine elektronisch verzerrte Männerstimme durch den Raum.

Marvin kippte nach vorn, auf Tomke zu. Im letzten Moment rollte sie zur Seite, und mit einem dumpfen Schlag prallte sein Körper neben ihr auf den Teppich. In Sekunden bildete sich ein dunkelroter Fleck unter ihm.

»Alles in Ordnung?«, flüsterte sie, obwohl sie es sehen konnte.

Nichts war in Ordnung. Das Messer. Es lag noch in ihrer Hand. Vorsichtig beugte sie sich über Marvin und sah in sein Gesicht. Seine Augen standen offen, sein Blick war leer. Sie zuckte zurück.

Das Messer fühlte sich an wie ein Fremdkörper. Sie wollte es loswerden, nein, sie durfte es nicht hierlassen. Mechanisch wischte sie die Klinge auf dem Teppich ab und steckte sie zurück in die Hülle zwischen ihrer Hüfte und den Jeans.

Ich habe ihn umgebracht.

Rückwärts ging sie zur Tür, nicht in der Lage, den Blick von Marvins stillliegendem Körper zu lösen. Auch nicht von dem dunklen Fleck, der sich auf dem Teppich immer weiter ausbreitete.

Der Mensch hat ein Blutvolumen von etwa acht Prozent seines Körpergewichts. Bei einem Blutverlust ersetzt es der Körper zunächst mit Wasser aus dem Gewebe. Hilft das nicht, versucht er, den Verlust durch eine gesteigerte Produktion von roten Blutkörperchen zu kompensieren. Ein Blutverlust von einhalb Litern führt zu Angstzuständen und Durst. Bei zwei Litern wird dir schwindlig, du verlierst das Bewusstsein. Kann die Blutung nicht gestoppt werden, kommt es zu einem hämorrhagischen Schock. Du stirbst, da lebenswichtige Funktionen nicht mehr aufrechterhalten werden können.

Scheiß Bio! Tomke wollte das nicht wissen.

»You don't talk to me, you look right through«, schrie eine ungewöhnlich klare Stimme in der Musik.

Tomke riss die Tür auf und stürmte die Eisentreppe nach unten. Weg, sie wollte weg, wollte das Bild aus ihrem Kopf bekommen.

Marvin in einer Lache aus Blut.

Sie rannte, doch egal wie schnell sie lief, er verfolgte sie, sie sah ihn vor sich liegen, als hätte sie seine Wohnung nie verlassen.

Mörder, raunte die Stimme in ihrem Inneren ihr wieder zu.

*

Zu Hause lief Tomke ins Bad, stopfte ihre Klamotten in die Waschmaschine und stellte sich unter die Dusche. Mit der Handbürste schrubbte sie das angetrocknete Blut von den Fingern. So lange, bis die Haut aufriss und neues Blut dazukam. Ihr Blut.

Wenn sie Marvin nicht aufhielt, gab es für Jannes und Bjarne kein Morgen mehr. Und wenn dieser Hundebesitzer nicht die Polizei rief, würde Marvin auch noch Lukas abstechen.

Er ist doch schuld an allem!

Ihrem Verstand war das klar. Wieso begriff ihr Herz es nicht? Wenn sie Marvin aus dem Weg räumte, konnte sie drei Leben retten. Vielleicht vier, wenn sie Nick mit einkalkulierte. Niemand würde sie verdächtigen, ohne die Ereignisse am Abend hatte sie kein Motiv.

Egal wie lange sie unter der Dusche stand und ihre Haut blutig schrubbte, es half nicht gegen die Schuld, die ihr das Herz abschnürte und die Luft zum Atmen nahm.

Was wiegt meine Schuld gegen Jannes' Leben?

Bei jeder Sirene, die in der Ferne durch die Straßen heulte, zuckte Tomke zusammen und war sich sicher, dass es die Polizei war, die Marvin gefunden hatte und jeden Moment vor ihrer Tür stehen und sie mitnehmen würde. Sie dachte an den Polizisten aus dem Krankenhaus und stellte sich vor, wie er sie verhörte. Es gab nichts, womit sie ihm erklären konnte, warum sie das getan hatte. Sie dachte an ihre Eltern, an Jannes und an Oskar und Ole. Es gab auch nichts, womit sie ihnen das erklären konnte.

Wenn sie es jemals erfahren, werden sie mich für ein Monster halten.

Und war sie das nicht? Ein Monster? Sie hatte Marvins Leben auf dem Gewissen. Die Fliesen im Bad waren kalt. Tomke kauerte zwischen Toilette und Waschbecken und konnte nichts tun gegen die Tränen, die ihr über das Gesicht liefen.

Ich will doch nur, dass Jannes lebt!

Bei jedem Blinzeln sah sie Marvin in seinem Blut liegen und spürte wieder das Gewicht des Messers in der Hand. Wenn sie jetzt nichts machte, war es für ihn vorbei.

Für immer.

Sie allein trug die Verantwortung für seinen Tod. Egal ob die Polizei sie finden würde oder nicht. Konnte sie das? Konnte sie weitermachen und bis zum Ende ihres Lebens Marvins leeren Blick sehen? Jedes Mal, wenn sie die Augen schloss?

Ein Schrei hallte durch das leere Haus. Tomke brauchte einen Moment, bis sie ihre eigene Stimme wiedererkannte.

*

»Hey! Du kannst nicht während dem Training mitten durch das Studio laufen«, raunzte sie jemand von der Seite an.

Tomke achtete nicht auf ihn. Sie konnte nicht warten, bis Jannes fertig war. Wie in Trance ging sie an den Leuten vorbei, die auf Boxsäcke einschlugen oder eintraten. Einzig auf Jannes' dunklen Haarschopf konzentriert. Sie beobachtete, wie er gegen eine Pratze trat, die eine Partnerin auf Kopfhöhe vor ihn hielt. Erst als sie direkt hinter ihm war, blieb Tomke stehen.

»Ich kann es nicht«, flüsterte sie.

Sie streckte die Hand aus, wollte ihn an der Schulter berühren, wollte ihn halten und mit ihm verschwinden, aus diesem Albtraum, aus dem es kein Entkommen gab. In dem Moment ließ seine Partnerin die Pratze sinken. Er hielt inne und folgte ihrem Blick.

»Tomke?«

Er sagte noch mehr. Tomke wollte wissen, was er sagte, aber sein Blick traf ihren, und das Drehen löschte seine Stimme aus. Sie riss die Arme nach vorn, wollte sich an ihm festhalten. Der Sog gab ihr keine Chance. Er zog sie fort und löschte den ersten Tag, an dem sie drei Leben hätte retten können.

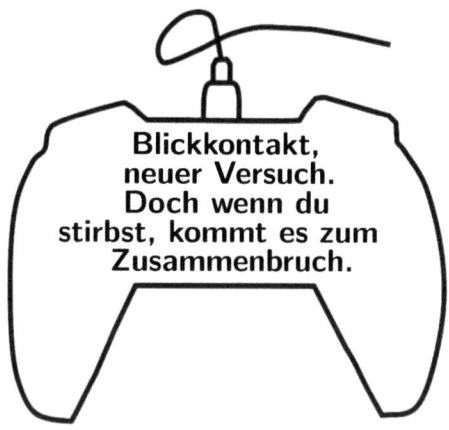

**Blickkontakt,
neuer Versuch.
Doch wenn du
stirbst, kommt es zum
Zusammenbruch.**

Tomke wusste nicht, ob sie wach war oder schlief. Sie musste träumen. Warum sollten sie sonst Marvins leere Augen anstarren? Egal wo sie hinsah. Ein gleichmäßiges Piepen drang in ihre Gedanken, und mit dem Ton zerfloss der Blick, bis er sich aufgelöst hatte. In der blau-weißen Lampe über ihr.

Auf ihren Atem konzentriert tastete Tomke nach dem Wecker und versuchte anzukommen, in diesem Tag, der zum zwölften Mal von vorne anfing. Sie war froh, Marvins Blick nicht mehr vor sich zu sehen.

»Es ist nicht passiert«, flüsterte sie. »In seiner Welt ist es nie passiert.«

Der Gedanke war wie ein Tropfen Wasser im Wüstensand. Schon verloren, ehe sie ihn zu Ende gesprochen hatte. Der Tag war ausgelöscht und doch noch da. Eingebrannt in ihrer Erinnerung. Und das konnte sie nicht einfach so vergessen. Das Geräusch des elektronischen Wassertropfens traf sie wie ein Pfeil. Sie zuckte zusammen.

Wenn ich nicht so feige gewesen wäre, hätte Jannes diesen verdammten Tag überleben können.

Hätte er das? Warum war die Zeit dann zurückgesprungen? Konnte sie Jannes nie wieder in die Augen sehen, selbst wenn sie die perfekte Lösung fand? Blieb sie in diesem Albtraum gefangen?

Für immer?

Falls Mama oder Papa heute Abend fragen, wo ich bin, sag ihnen, dass wir Sondertraining haben.

Okay?

Was immer du willst.

? Ist alles in Ordnung ?

»Nein«, murmelte sie, den Blick auf den Teppich vor ihrem Schreibtisch gerichtet. »Es macht nur keinen Unterschied.«

Sicher.

Sie warf das Handy aufs Bett und ging zum Schrank. 'Noob Slayer' prangte ihr von dem obersten Shirt entgegen.

Slayer.

Das Wort und die blutige Schrift reichten aus, um Marvins leeren Blick zurückzuholen. Sie warf das Shirt auf den Boden und griff nach dem nächsten.

'I paused my Game to be here'

Das wäre es. Dann müsste sie nur den Pause-Knopf drücken, um sich hier heraus zu katapultieren. Das Geräusch des elektronischen Wassertropfens lenkte ihre Aufmerksamkeit wieder auf das Handy. Sie ging zurück zum Bett und hob es hoch.

Jannes.

Bist du in der Schule?

Wozu? Damit sie zum achten Mal sehen konnte, wie sich der Baumgärtner bei seiner Proteinzeichnung an der Tafel vermalte? Genauso gut konnte sie in ihrem Zimmer bleiben und die Wände anstarren. Es machte keinen Unterschied, sie hatte alles versucht. Es gab nichts, was sie tun konnte. Und selbst wenn, was sollte es bringen, wenn ein Blick in Jannes' Augen alles wieder löschte?

Erst in der zweiten Stunde.

Wieso?

Außer er starb. Einem Toten konnte sie schlecht in die Augen sehen.

Soll ich in der Pause kurz
vorbeikommen?

Eine Träne lief ihre Wange hinunter.

»Ich lass dich nicht sterben, versprochen«, murmelte sie, das Handy fest in der Hand. »Selbst wenn ich bis zum Ende meines Lebens mit dir in diesem beknackten 23. Juni festhänge und du mir jeden Morgen die gleiche sinnlose Frage stellst. Egal. Ich lass dich nicht sterben.«

Hast du Schokoreiswaffeln?

Nö ... ☹

Dann nicht ☺

Ist alles okay?

Wieso machte Jannes sich auf einmal Sorgen um sie?

Jahaa? Aber wenn du mir später aus
der Stadt ein paar Schokoreiswaffeln
mitbringst, würde es mir bestimmt
besser gehen!

Okay. Ich besorg deine Waffeln und du
hältst mir den Rücken frei.

Deal?

Bis ans Ende der Zeit.
Versprochen.

Deal!

*

»Ich hab noch mal nachgedacht, wir müssen den Bosskampf anders angehen.
Mit allem drauf, was wir haben, funktioniert nur so mittel.« Oskars Wangen
waren rot, wie immer, wenn er sich warm redete.

Pause.

Sie saßen in der Sitzecke auf dem Sofa und warteten auf Ole. Ole, der
sich gerade mit Isi verabredete. Das wusste Tomke offiziell noch nicht. Am
Eck gegenüber stand Bjarne mit ein paar seiner Kumpel. Bjarne, der Isis
Nachrichten seit Wochen ignorierte. Glaubte sie wirklich, ein Treffen mit
Ole, dem Gamer, könnte ihn eifersüchtig machen? Über ihnen zog Marvin
in diesem Moment Lukas zur Seite, um ihn zu überreden, sich mit Bjarne zu
treffen. Wegen der Pillen. Oder wie spät war es? Vielleicht war Lukas auch
schon unten bei Anna. Und Jannes war mit seinen neuen besten Freunden im
Aufenthaltsraum der Oberstufe. Tomke versuchte, Oskar zuzuhören, obwohl
sie seine Überlegungen zum Bosskampf schon zu oft gehört hatte. Sie konnte
sich nicht konzentrieren, musste an all die Dinge denken, die im immer
gleichen Muster abliefen, jeden Morgen aufs Neue.

In ein paar Minuten würde Ole auftauchen.

Egal wo sie eingriff, das große Bild veränderte sich nicht. Irgendjemand
starb. Wenn es nicht Jannes war, war es Marvin. Sollte sie das durchziehen?
War das die Lösung? Jannes oder Marvin? Konnte sie das?

»Ich weiß es nicht«, flüsterte sie, die Hände zu Fäusten geballt.

Jemand packte sie an der Schulter. »Tomke?«

Die Stimme kam ihr bekannt vor. Oskar? Warum klang er so besorgt?

»Was ist mit euch los?« Ole.

Tomke blinzelte, sah ihn nur verschwommen vor dem Sofa stehen.

»Warum heult sie?«, schrie er seinen Bruder an.

»Ich habe keine Ahnung, wir haben ganz normal geredet, und plötzlich hat sie auf nichts mehr reagiert, und dann ...« Oskars Stimme verstummte.

Ich heule?

Tomke strich sich über die Wangen. Ihre Finger wurden feucht.

Tatsächlich.

Deshalb sah sie Ole nur verschwommen. Warum fühlte sie nichts? Nichts außer Leere? Sie hatte die Verbindung verloren zu Oskar und Ole, zu diesem ganzen verdammten Tag. Wie durch eine milchige Glasscheibe nahm sie verzerrt wahr, wie ein paar Leute zu ihnen herüberschauten und zu tuscheln anfingen. Am Eck lehnte Bjarne an der Wand, die Hände in den Hosentaschen. Einer seiner Kumpels sagte etwas zu ihm, aber er reagierte nicht. Er schaute zu ihnen, die Stirn in Falten.

»Ich hol ihren Bruder«, stieß Ole aus, und im nächsten Moment rannte er an Bjarne vorbei in den Gang zur hinteren Treppe.

Oskar drückte ihre Schulter, beugte sich näher zu ihr. Er sagte etwas. Seine Stimme wurde zu einem leisen Murmeln. Tomkes Gedanken waren weitergewandert, zu Bjarne im Krankenwagen. Wie im Zeitraffer sah sie, was im Wald passierte. Alles endete auf dem Gang im Krankenhaus, an Jannes' Bett.

»Was soll das heißen? Sie wird kaum ohne Grund damit angefangen haben!« Jannes.

Was machte er hier? Er sollte im Aufenthaltsraum sein und nicht an Bjarne vorbei um die Ecke laufen. Sie wollte ihn nicht sehen, nicht jetzt, sie war noch nicht bereit, wieder von vorne anzufangen.

Mit einem Ruck machte sie sich von Oskar los und sprang auf. Jannes kam auf sie zu, mit Ole im Schlepptau.

Verräter.

Sie wirbelte herum, rannte zu der großen Treppe vorne und die Stufen nach unten.

»Tomke!«, brüllte Jannes, sie hörte seine Schritte hinter sich und zog das Tempo an.

Durch den Tränenschleier sah sie fast nicht, wo sie hintrat. Die Leute, an denen sie vorbeirannte, verschmolzen zu einer gesichtslosen Masse. Unten in der großen Halle bog sie scharf nach links, statt durch die Eingangstür zu laufen. Wenn sie Jannes abhängen wollte, musste sie den Schleichweg Richtung Tiefgarage nehmen und sich verstecken. Über den Hof hatte sie keine Chance, er war viel schneller als sie. Vor der Ecke zu dem Gang, der zu der kleinen Treppe führte, trat ihr jemand in den Weg.

»Tomke?«

Sie stockte. Lukas? Was wollte er? Die letzten Monate ignorierte er sie, und ausgerechnet jetzt versperrte er ihr den Weg? Schlechtes Timing. Sie war auf der Flucht, sah er das nicht?

»Kümmer dich um Anna«, murmelte sie, stieß ihn zur Seite und rannte weiter.

Beim nächsten Zwischengang warf sie einen Blick über die Schulter. Jannes war noch nicht um die Ecke. Hielt Lukas ihn auf? Sie bog in den Gang ein und rannte direkt in das Mädchenklo. Wenn sie Glück hatte, ging Jannes weiter zur Tiefgarage.

Tomke blieb so lange vor dem Waschbecken stehen, bis niemand mehr auf der Toilette war. Ein paar Minuten nach dem Gong öffnete sie das Fenster, stieg nach draußen und schlich davon.

**Freunde
für immer. Gelogen.
Du ertrinkst im
Streitgestrudel und bleibst
Nichtschwimmer.**

»Wie weit ist es noch?« Jannes lief neben ihr durch das Maisfeld.

Seine dunklen Haare waren noch kurz, und seit er in die Höhe geschossen war und Tomke um zwei Köpfe überragte, wirkten seine Arme einen Tick zu lang für seinen Körper.

»Gib's zu, du hast dich verlaufen!« Grinsend boxte er sie in die Rippen.

»Habe ich nicht!« Sie rempelte ihn mit der Schulter an und blieb stehen.

»Sagt der, der uns beim letzten Mal eine Stunde durch die Gegend gehetzt hat, bis sein kleiner Bruder den Weg gefunden hat.« Lukas schob sich zwischen sie.

Er war nur einen halben Kopf größer als sie, obwohl er genauso alt war wie Jannes. Sie beugte sich an ihm vorbei, tauschte einen Blick mit ihrem Bruder, und sie fingen gleichzeitig an zu lachen.

»Was ist jetzt los?« Lukas sah von ihr zu ihm.

»Mein kleiner Bruder. Klar«, stieß Jannes zwischen zwei Lachern hervor.

Noch ein paar Sekunden länger, und er würde es Lukas sagen. Sie wusste es, weil sie das Funkeln in seinen Augen viel zu gut kannte. Das wollte sie nicht, es war besser, wenn alles so blieb, wie es war.

»Da vorn ist sie!«, rief sie deshalb und rannte los.

Lief weg, obwohl es nicht mehr ewig gutgehen konnte. Lukas war nicht doof. Warum er es trotzdem noch nicht kapiert hatte, verstand sie selbst nicht. Aber Tomke mochte ihn viel zu gern, um das zu riskieren. Wenn sie Pech hatte, würde er sie nicht mehr mitspielen lassen, sobald er wusste, dass sie ein Mädchen war. So wie Jannes' alte Freunde aus der Grundschule.

Schließlich gab es einen Grund, warum sie sich die Haare kurz geschnitten und aufgehört hatte, Röcke und Kleider zu tragen.

Tomke lehnte gegen eine Felswand. Die scharfen Steinkanten drückten sich in ihren Rücken. Das Gesicht in den Händen verborgen, hing sie den Erinnerungen nach, an den Herbst vor sieben Jahren. Nachdem sie den Jungs die Bärenhöhle gezeigt hatte, waren sie jeden Tag hier gewesen. Lukas, Jannes und sie. Auch wenn Jannes nicht müde wurde zu betonen, dass in dieses kleine Loch niemals ein Bär passen würde. An Weihnachten bekam Jannes dann die erste Konsole, und sie waren nie wieder zu der kleinen Höhle gegangen. Zumindest nicht zu dritt.

Manchmal war Tomke noch allein hergekommen. Meistens, wenn sie Zoff mit ihrem Vater hatte, weil sie so oft bei Oskar und Ole abhing, statt mit einer Freundin *Mädchenkram* zu machen. Oder weil sie zu viel Zeit vor der Konsole und am Computer verbrachte. Zuletzt war sie vor ein paar Monaten hier gewesen. Nach dem Streit zwischen Jannes und Lukas. Als der Idiot sie online von seiner Freundesliste gekickt hatte.

Tomke seufzte. Sie zitterte, war müde und wollte aufhören zu heulen. Aber egal wie fest sie die Handballen gegen die Augen presste, sie konnte die Tränen nicht stoppen. Warum war sie ausgerechnet hierhergekommen? Jeder Quadratzentimeter war voller Erinnerungen. Erinnerungen an eine Zeit, in der sie alle noch Freunde waren und Jannes nicht mit Gehirnschaden im Krankenhaus lag.

Seufzend lehnte sie den Kopf an den Fels. Vielleicht war es gut, wenn sie sich in der Vergangenheit verlor und mit ihrer Hilfe die Bilder auslöschte. Die gescheiterten Versuche dieses 23. Junis. Sie wollte an nichts anderes mehr denken als an den Herbst vor sieben Jahren. Für den Rest des Tages. Wenn es sein musste, würde sie noch einmal von vorn anfangen. So lange, bis sie die Kraft hatte, sich der Wahrheit zu stellen.

»Welcher Wahrheit denn?«, fragte sie in die Stille hinein.

Vor der Höhle rollte ein Steinchen über den Felsen. Tomke saß hinten im Dämmerlicht und machte sich so klein wie möglich, was nicht half. Die Höhle war knappe drei Schritte lang und zwei breit. Tomke konnte sich nicht verstecken. Hoffentlich war es nur ein Tier und nicht irgendwelche Kinder, die hier spielen wollten.

Sie versuchte, so leise wie möglich zu atmen. Wenn sie Glück hatte, ging, wer auch immer da draußen war, weiter. Sie hatte kein Glück. Ein Schemen verdeckte den Eingang, und fünf Herzschläge lang erkannte sie nichts, bis sich ihre Augen an die neue Dunkelheit gewöhnt hatten. Der Schemen war zu groß für ein Kind.

Wenn das ein Psychopath ist, hab ich verloren.

Die Körperhaltung kam ihr vertraut vor. Nach mehreren Atemzügen konnte sie die Farbe der kurzen Haare ausmachen. Braun. Und die Stupsnase in dem allzu bekannten Gesicht.

Lukas.

»Was machst du hier?« Die Frage kam einen Tick heftiger über ihre Lippen, als sie es beabsichtigt hatte.

»Kann ich reinkommen?«

»Wozu?«

Er ging in die Hocke, eine Hand an den Fels gestützt. »Weil du so aussiehst, als könntest du jemanden zum Reden brauchen.«

»Ach, echt?« Sie lachte. Ein Lachen, das bitter auf der Zunge schmeckte. »Das hat dich bisher auch nicht interessiert.«

Wie oft hatte sie ihm eine Nachricht geschickt? Online und auf sein Handy? Ihm angeboten zu reden? Ihm erklärt, dass sie es richten konnten, zusammen, egal was zwischen ihm und Jannes passiert war. Ihm versichert, dass es Jannes längst leidtat, sie musste es wissen, sie lebte mit ihm schon ihr Leben lang zusammen und konnte die Gedanken von seinem Gesicht ablesen. Aber alles was Lukas gemacht hatte, war, sie zu ignorieren.

»Das war was anderes, ich konnte nicht darüber reden, okay? Jannes ist dein Bruder«, murmelte Lukas, und fast schaffte er es.

Fast hätte sie es ihm abgenommen, weil es so logisch klang. Auch wenn es keinen Sinn ergab und nichts erklärte. Jannes war ihr Bruder. Und?

»Klar. Deshalb musstest du mich auch kicken und in der Schule so tun, als ob ich Luft wäre. Jedes einzelne Mal, wenn wir uns auf dem Gang begegnet sind.« Bitterkeit durchtränkte ihre Stimme, und hinter jedem Wort blitzte die Enttäuschung wieder auf.

Aber vor allem war sie wütend über sein Schweigen, das ihre Freundschaft zerstört hatte. Tomke schlang die Arme um ihre Beine, zog sie fest an sich, legte die Stirn auf den Knien ab und blendete die Welt aus, nein, sie blendete Lukas aus.

Was willst du hier? Erst vorgestern hast du mich stehen lassen und dich kein Stück für das interessiert, was ich dir sagen wollte.

Sie sprach es nicht aus, weil die Begegnung auf der Treppe in seiner Welt nicht existierte. In seiner Welt gab es nur eine Tomke, die ihn in der Pausenhalle beinahe umgerannt und weggestoßen hatte. Mit verheultem Gesicht.

Ein Rascheln am Eingang, Schritte, die näher kamen, langsam, vorsichtig, dann die Wärme eines Körpers an ihrer Seite. Sie spannte die Muskeln an, war kurz davor, sich zu ihm zu drehen und alles aus sich herauszuschreien.

Hau ab! Ich brauch dich und dein Mitleid nicht!

Sie wollte es, kam aber nicht an gegen den anderen Teil in ihr. Den Teil, der die Hoffnung nie aufgegeben hatte. Die Hoffnung auf eine Erklärung, die alles gutmachen konnte. Tomke krallte die Fingernägel in die Beine und kämpfte an gegen den Drang, den Kopf an Lukas' Schulter zu lehnen. So wie früher, wenn sie zusammen in Jannes' Zimmer auf dem Sofa gesessen und ein Konsolenspiel gespielt hatten. Jannes, Lukas und sie.

Sie atmete tief ein, ohne sich zu bewegen.

»Magst du sagen, was los ist?«, brach Lukas das Schweigen.

»Warum interessiert dich das?«, fragte sie.

Sie lehnte sich zurück und saß nun Schulter an Schulter neben ihm, den Blick auf das Maisfeld vor dem Höhleneingang gerichtet.

Er versucht nicht einmal, sich zu entschuldigen.

Sie biss sich auf die Lippe und wartete auf die Worte, die sie sich so sehr wünschte und die er nicht aussprach. Wann würde sie aufhören, trotzdem darauf zu hoffen?

Lukas seufzte und stützte den Kopf in den Händen ab. »Glaubst du ehrlich, dass es mich kaltlässt, wenn es dir scheiße geht?«

Ein Bild drängte sich in ihr Bewusstsein. Lukas, zwei Stufen über ihr.

Kapierst du nicht, wann Schluss ist?

Die Worte jagten einen Kälteschauer über ihre Arme, und sie spürte sie wieder, die Kluft zwischen ihnen, die mit jedem seiner Schritte ein Stück größer geworden war.

»So, wie du dich mir gegenüber verhältst, ja.« Ihre Stimme war belegt.

Sie konnte die Tränen spüren, die ihr die Luft zum Atmen nahmen, blinzelte und schluckte sie hinunter. So gut es ging.

»Ich …«, fing er an, schnaubte und schwieg.

Da fällt selbst dir keine Ausrede mehr ein.

Wieder breitete sich Stille zwischen ihnen aus und trieb Tomke mit jedem Atemzug ein Stückchen weiter weg von ihm.

»Woher wusstest du, wo ich bin?«, fragte sie in das Schweigen hinein, weil sie es nicht mehr aushielt, so nah neben ihm zu sitzen und sich so weit weg zu fühlen.

»Wusste ich nicht.«

Sie konnte das Lächeln in seiner Stimme hören. Wärme durchströmte sie. Sie musste auch lächeln, senkte den Kopf, damit er es nicht sah.

»Nachdem bei euch zu Hause niemand aufgemacht hat, bin ich ein Stück gelaufen«, fuhr er fort. »Und dann ist mir die Bärenhöhle wieder eingefallen. Ich hab nicht wirklich geglaubt, dass du hier bist, aber ich war fast schon da.« Er machte eine kurze Pause, und sie spürte seinen Blick. »Ich bin froh, dass ich hierher gekommen bin«, setzte er hinzu.

So leise. Die Worte waren beinahe verklungen, ehe sie Tomkes Ohr erreichen konnten. Ihr Herz stolperte und übersprang mehrere Schläge. Sie biss sich wieder auf die Lippe, schüttelte den Kopf, wollte das Kribbeln in ihrem

Bauch nicht fühlen. Die Freude, die dort nicht sein sollte. Genauso wenig wie die Hoffnung. Sie hasste diese Hoffnung.

Er war froh. Klar. Warum hatte er sie dann die letzten Monate ignoriert?

»Hey«, flüsterte er und legte eine Hand auf ihren Arm. »Es tut mir leid.«

Leid? Sie lachte auf. Das Lachen klang selbst in ihren Ohren zu laut und falsch.

»Und du glaubst ernsthaft, dass du mit einem *Es tut mir leid,* alles wiedergutmachen kannst?«, fragte sie, den Blick auf seine Hand gerichtet.

Die Berührung brannte sich in ihre Haut.

Er holte Luft und drückte ihren Arm. »Nein. Sagst du mir trotzdem, was los ist?«

»Erzählst du mir, warum Jannes sich mit dir gestritten hat? Wieso du mich aus deinem Leben gestrichen hast, einfach so, ohne eine Erklärung?«

Er zog die Hand weg und fuhr sich durch die kurzen Haare. »Ich weiß nicht, ob das eine gute Idee ist. Es ist kompliziert, und ich habe Jannes versprochen …« Sein Handy klingelte, er zog es ein Stück aus der Tasche. »Das ist er. Soll ich rangehen?«

»Jannes? Ich dachte, ihr habt keinen Kontakt mehr?«

»Haben wir auch nicht, oder hatten wir nicht. Bis du heute in mich reingerannt bist. Ich geh ran, okay?« Er zog das Handy aus der Tasche.

Sie hielt seine Hand fest. »Sag ihm nicht, wo ich bin. Kapiert?«

Musste sie so flehentlich klingen?

Lukas nickte, machte sich von ihr los und nahm den Anruf an, ohne sie aus den Augen zu lassen. »Was gibt's? … Nein. Du? … Keine Ahnung. Gib mir Bescheid, wenn du sie findest … Mann, Jannes! Ich will wissen, ob alles in Ordnung ist. Okay?« Er schnaufte, Tomke konnte ihm ansehen, wie er etwas sagen wollte. Doch dann schüttelte er nur den Kopf. »Ja, okay. Tschüss.«

»Du solltest dich bei ihm melden«, sagte er, nachdem er aufgelegt hatte. »Er dreht bald durch. Ehrlich jetzt.«

Sollte ich?

Tomke kniff die Augen zusammen.

Und wenn nicht? Lässt er dann das Date mit Lucie sausen?

Für einen Moment sah sie Lukas an, schaute in seine Augen, deren Farbe sie im Dämmerlicht der kleinen Höhle nicht erkennen konnte. Dann zuckte sie mit den Schultern und blickte wieder auf das Maisfeld. Braun. Sie brauchte seine Augen nicht zu sehen, um das zu wissen.

Liebeskummer.
Kurzer Prozess.
Du sagst nichts,
sendest nur ein stilles
S-O-S.

»Tomke? Wo zur Hölle bist du?« Jannes war noch vor dem zweiten Klingeln an sein Handy gegangen, das war ein neuer Rekord.

»Unterwegs. Wieso?«

»Wieso? Willst du mich verarschen? Du bist total fertig in der Pause abgehauen! Was ist verdammt noch mal mit dir los?«

So viele Fragen und zu wenig Antworten. Sie schloss die Augen und versteckte sich in der Dunkelheit hinter ihren Lidern.

»Können wir später reden?«, murmelte sie, während sie einen Blick zu Lukas warf, der still neben ihr saß und ein Steinchen von einer Hand zur anderen wandern ließ.

Als hinge er seinen eigenen Gedanken nach. Aber sie kannte ihn zu gut. Er hörte auf jedes Wort, das sie sagte. Unter Garantie.

»Okay, ich kann das Training ausfallen lassen. Wir können in die Stadt gehen und einen Milchshake trinken. Was hältst du davon?«

Viel. Ein Lächeln huschte über ihr Gesicht. Bis sie an das Drehen dachte. Es würde keinen Milchshake geben.

Der Gedanke erstickte die Hoffnung.

»Kannst du das, was du nach dem Training vorhast, um eine halbe Stunde verschieben?« Sie sagte nicht *dein Date,* das hätte ihn sofort hellhörig gemacht.

Eine halbe Stunde war alles, was sie brauchte. Wenn Jannes später losging, konnte er Marvin nicht mehr begegnen. Und sie müsste nur noch einen Weg finden, Lukas davon abzuhalten, sich mit Bjarne zu treffen. Ihre Finger zitterten. War das die Rettung aus diesem Albtraum?

»Einverstanden. Kommst du zum Studio?«

»Ich warte draußen? Ja?« Mit Mühe schluckte sie die Tränen hinunter.

Jannes war bereit, sein Date zu verschieben? Nur weil seine kleine Schwester einen Zusammenbruch gehabt hatte? Sie rieb sich die Augen und schüttelte den Kopf.

»Tomke?«

»Hm?«

»Ist es wegen einem Kerl?«

»Vielleicht«, murmelte sie.

Es ist deinetwegen, Jannes, es ist alles deinetwegen.

Sie legten auf. Beinahe sofort brummte Lukas' Handy. Er zog es aus der Tasche. Tomke saß nahe genug, um auf dem Display die Nachricht von Jannes zu sehen, die nur aus einem einzigen Wort bestand.

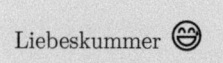

Lukas starrte sekundenlang das Display an, ehe er das Handy zurück in die Tasche schob.

»Stimmt das?«, fragte er.

»Du sitzt doch hier. Habe ich ein Wort von Liebeskummer gesagt?«

»Nein, aber Jannes und du, ihr habt schon immer eure eigene Sprache gehabt.«

Warum klang das wie ein Vorwurf?

»Sicher. Deshalb habe ich auch sofort kapiert, warum ihr gestritten habt. Wieso habt ihr jetzt gestritten?«

Lukas strich sich durch die Haare. »Nicht so wichtig. Wer ist der Idiot?«

»Welcher Idiot?«

Etwas lief fatal schief, das spürte sie. Auch wenn sie nicht verstand, wo das Problem war.

»Der dir das Herz gebrochen hat. Wer sonst?« Lukas schnaufte. »Ich hab dich noch nie so fertig gesehen. Was hat der Kerl bitte gemacht?«, setzte er leise hinzu.

Sie musterte sein Gesicht. Die roten Wangen, das Funkeln in den zusammengekniffenen Augen, die Zähne, die knirschend hin und her rieben.

»Machst du dir Sorgen?«, fragte sie, ohne es zu glauben. »Um mich?«

»Hätte ich mir sonst die Mühe gemacht, dich aufzuspüren?«

Warum klang er so wütend?

»Wenn ich es nicht besser wüsste, würde ich denken, dass du eifersüchtig bist.« Sie musterte sein Gesicht und bereute sofort, es ausgesprochen zu haben.

Eifersüchtig, klar. Das passte so gut zu dem, wie er sie aus seinem Leben gestrichen hatte. Überhaupt nicht. Ihre Wangen fingen an zu glühen.

Lukas zog die Augenbrauen zusammen. »Hätte ich denn einen Grund?«

Der stechende Blick seiner Augen versenkte sich in ihren.

»Nein«, murmelte sie. »Wir sind ja nicht einmal mehr befreundet.«

Sie schaute zu ihren Turnschuhen. Durch die Worte wurde die Distanz greifbar, die unausgesprochen zwischen ihnen lag. Er holte Luft, und sie wartete auf das, was er sagen wollte, eine Hand um einen Stein geballt. Als könnte sie sich daran festhalten. Es kam kein Wort über Lukas' Lippen. Aus dem Augenwinkel sah sie, wie er die Hände neben sich abstützte und sich hochstemmen wollte.

»Warum hängst du so viel mit Marvin ab?«, stieß sie hervor.

Ich muss ihn aufhalten, muss sicherstellen, dass er sich nicht mit Bjarne trifft.

Lukas stockte und verharrte einen Moment, ehe er sich langsam wieder zurücklehnte.

»Lange Geschichte«, murmelte er, die Arme auf den Knien abgestützt, den Blick auf das Maisfeld gerichtet, vielleicht auch den blauen Himmel darüber.

»Er ist nicht gerade jemand, dem man trauen kann ...«, sagte sie.

»Er ist ein Arschloch.« Lukas lachte auf. »Falls du das gemeint hast.«

»Was willst du dann mit ihm?«

Er drehte den Kopf und sah ihr direkt in die Augen. »Es gab ein paar Sachen, die ich vergessen wollte, und Marvin hat mir ausgeholfen.«

»Mit seinen Pillen?«

Lukas zuckte mit den Schultern und sah sie weiter an. Sie hatte das Gefühl, sein Blick würde sich in ihr Herz brennen und ihr wurde bewusst, wie nah er neben ihr saß. Ein Kribbeln breitete sich von ihrem Bauch bis in die Arme hinein aus. Was sollte das? Bis vor ein paar Monaten waren sie oft genug zusammen auf dem Sofa gesessen, Schulter an Schulter, und das hatte ihr nie etwas ausgemacht. Fühlte es sich anders an, weil er seit dem Streit so tat, als würde sie nicht mehr existieren?

Schwachsinn!

Sie presste die Lippen zusammen und hatte Mühe, seinem Blick standzuhalten.

»Lässt du dich deshalb so von ihm herumkommandieren?«, fragte sie, um ihn zu provozieren.

Er sollte aufhören, sie anzuschauen und nichts zu sagen. Die Frage traf ihn. Sie konnte sehen, wie er kurz die Augen zusammenkniff.

»Ich war ihm ein paar Sachen schuldig. Er kann das gut, so tun, als wäre alles kein Problem. Bis er einen in der Hand hat.«

Das hat er bei mir auch versucht.

Für einen Moment stand sie wieder in dem Türrahmen in Marvins Wohnung und sah ihn breitbeinig auf dem weißen Sofa sitzen. Nein, sie wollte diese Bilder nicht, nicht jetzt.

»Du hast echt Pillen genommen?«, fragte sie.

Lukas, der bis vor ein paar Monaten noch nicht einmal Alkohol getrunken hatte? So wie Jannes. Nur dass Jannes das wegen seines Trainings und für den Muskelaufbau machte. War Lukas seit dem Streit zum Partyfreak geworden?

»Ist doch jetzt nicht wichtig, oder?«

Sie legte die Stirn in Falten. »Nicht wichtig? Was bitte wolltest du so dringend vergessen, dass du dich auf dieses Arschloch eingelassen hast?«

Der dich heute Nacht eiskalt abstechen wird, wenn die Polizei nicht rechtzeitig auftaucht.

Sekundenlang sah er sie an, mit einem Blick, den sie nicht deuten konnte.

»Es hatte mit dem Streit zu tun«, murmelte er.

Der Streit. Von dem ihr keiner sagen wollte, worum es ging. Tomke schnaubte.

»Jannes hat es total leidgetan, ich hab dir das geschrieben, aber du wolltest mir ja nicht glauben! Wir hätten es regeln können, zusammen.«

Lukas schloss für einen Moment die Augen und rieb sich die Stirn. »Du verstehst es nicht. Jannes hat seinen Standpunkt klar gemacht. Es gibt nichts, worüber wir noch reden müssten.«

Seinen Standpunkt zu was?

Sie fragte es nicht. Er hatte ihr vor ein paar Monaten keine Antwort gegeben, und er würde ihr auch jetzt nichts sagen. Sein Tonfall machte das mehr als deutlich.

»Seit wann verkaufst du Pillen für Marvin?«, fragte sie stattdessen.

Wenn sie es geschickt anstellte, konnte sie wenigstens den Tag ohne Kollateralschaden beenden.

»Woher …«, fing Lukas an, dann schüttelte er den Kopf. »Egal. Ich war ihm ein paar Gefallen schuldig, aber jetzt sind wir quitt.«

»Machst du dir keine Sorgen, dass das mit Bjarne heute Abend schief gehen könnte?«

Er fuhr hoch. »Woher weißt du von Bjarne?«

»Nick ist dabei, oder?«, redete sie weiter. »Ist der nicht noch sauer auf Bjarne, weil der ihm vor ein paar Wochen Isi ausgespannt hat?«

»Keine Ahnung. Ich interessiere mich nicht für Liebesdramen von Leuten, mit denen ich nichts zu tun habe.« Lukas kniff die Augen zusammen. »Woher weißt du, dass ich Bjarne treffe? Ist er der Typ, wegen dem du geheult hast?«

»Was? Nein! Das hat nichts mit ihm zu tun.«

Was bitte ging in Lukas' Kopf vor? Warum sollte sie wegen Bjarne heulen? Ausgerechnet!

Bilder blitzten vor ihr auf. Bjarne und sie im Tonstudio, die metallicblaue Gitarre auf seinem Schoss. Der Kapuzenpulli, der weich auf ihrer Haut lag. Die Fahrt im Krankenwagen, Bjarnes leere Augen.

Sauerstoffmangel.

Ihre Wangen wurden heiß.

»Warum wirst du dann so rot?«

»Ich … Mann! Es geht mir nicht um Bjarne, okay?«, knurrte sie. »Es geht darum, dass man Marvin keinen Schritt trauen kann. Warum will er denn, dass du dich am Waldrand mit Bjarne triffst? Hast du ihn das mal gefragt? Und warum hat er dir die Pillen für Bjarne nicht gegeben? Du bist sein Köder, kapierst du das nicht? Weil Bjarne sich niemals mit Marvin an diesem beknackten Ort treffen würde!«

»Dafür, dass er dich nicht interessiert, weißt du ganz schön viel darüber, was er tun und was er nicht tun würde. Machst du dir solche Sorgen um ihn?«

»Ich mache mir Sorgen um dich. Verdammt!« Sie sah, wie er bei diesen Worten blinzelte, aber sie dachte nicht darüber nach, redete weiter. »Was machst du, wenn Marvin versucht, Bjarne zu erpressen, und Nick ihm dabei hilft?«

»So ein Schwachsinn! Marvin ist ein Arsch, klar. Aber so durchgeknallt, dass er versucht, einen Mitschüler zu erpressen, ist er nicht. Er hat auch so genug Ärger mit der Polizei. Ohne dass Bjarne ihn anzeigt.«

Tomke schlug mit der Hand auf den Fels. Das war doch das Problem. Marvin musste sich mit seinem Spatzenhirn alles viel leichter vorgestellt haben, und es lief außer Kontrolle.

»Bist du dir da sicher?«, fragte sie.

»Ja. Aber wenn du dir solche Sorgen um diesen arroganten Idioten machst, kannst du ihn ja vor Marvin und Nick warnen.«

»Sehr witzig. Als ob Bjarne mir auch nur eine Sekunde lang zuhören würde.«

»Hast du deshalb geheult? Weil er dich abblitzen hat lassen?« Lukas starrte sie mit offenem Mund an.

»Spinnst du? Es ist mir egal, ob er mir zuhört oder nicht.« Mit jedem Wort wurde sie leiser und sah lieber zu dem Dreck auf dem Felsboden als zu Lukas.

Es war nicht egal. Wenn Bjarne auf sie hören würde, würde weder ihm noch Jannes etwas passieren. Aber dafür bräuchte sie mehr Zeit als eine Gitarrensession. Das hatte sie ja versucht, ohne Erfolg. Sekundenlang sagte keiner von ihnen ein Wort. Sie spürte Lukas' Blick und wartete mit angehaltenem Atem auf das, was er sagen würde.

»Ich fasse es nicht«, murmelte er. »Du hast echt wegen diesem Idioten geheult?« Lukas stemmte sich hoch, ohne ihr die Chance zu geben, ihm zu antworten.

Sie wollte ihn aufhalten, aber sie wusste nicht, was sie sagen sollte. Hilflos sah sie zu, wie er zum Ausgang ging. Dort blieb er stehen und warf einen letzten Blick über die Schulter.

»Mach dir keine Sorgen. Wenn er dir so wichtig ist, pass ich auf, dass ihm nichts passiert.«

»Er ist mir nicht ...«, fing sie an.

Zu dem Rest des Satzes kam sie nicht mehr, weil Lukas sich schon aus der Höhle geduckt hatte und verschwunden war.

Statt vor dem Studio zu warten, stand Tomke auf der anderen Seite in einer Hofeinfahrt, halb verdeckt von einem Blumenkübel. Sie musste Jannes hinhalten, eine halbe Stunde lang, das war alles. Es war ihr einziger Plan, um die Begegnung mit Marvin im Wald zu verhindern. Mit Glück hatte Lukas Bjarne abgesagt, und Tomke konnte nach Hause gehen und sich in ihrem Zimmer verbarrikadieren, bis die Zeit auf den 24. Juni umgesprungen war. Hoffentlich endete dieser Albtraum, sobald der Tag vorbei war.

Sie zog das Handy aus der Tasche. Die gefühlt tausend Nachrichten von Oskar hatte sie abgeblockt und ihn auf morgen vertröstet.

Wenn ich hier echt rauskomme, weiß ich nicht, wie ich ihm und Ole erklären soll, warum ich geheult habe.

Mit einem frustrierten Seufzer öffnete sie den Messenger. Vielleicht konnte sie die Fragen der beiden mit dem Bosskampf vermeiden? Schnell tippte sie eine Nachricht an Jannes.

> Ich komme ein paar Minuten später, der Bus steht im Stau.

Ihr Finger blieb über dem Chat mit Lukas hängen, den sie seit Monaten nicht mehr geöffnet hatte. Die letzte Nachricht in diesem Chat war von ihr gewesen. Er hatte nie darauf reagiert. Doch jetzt blinkte eine neue Nachricht.

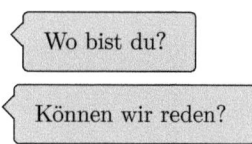

Er hatte es geschrieben, bevor er sie in der Bärenhöhle gefunden hatte. Kurz dachte sie an seinen Abgang und atmete tief durch. Dann schrieb sie in den Chat. Ihre erste Nachricht nach Monaten der Funkstille.

Hast du Bjarne abgesagt?

Sie ließ das Display nicht mehr aus den Augen. Was sollte sie tun, wenn er ihr wieder nicht antwortete? Warum war er überhaupt sauer? Es konnte ihm doch egal sein, ob sie wegen Bjarne geheult hatte oder nicht.

Ich bin ja auch nicht ausgeflippt wegen der Pillen, die er für Marvin verkauft.

Eine neue Nachricht blinkte auf. Von Jannes.

Nicht echt jetzt, oder?

Wo bist du?

Sie duckte sich in den Hauseingang und schielte über die Straße. Jannes stand vor dem Studio, das Handy in der Hand. Schwarze Strähnen fielen ihm ins Gesicht.

Ich glaube, es ist besser, wenn wir uns direkt bei der Eisdiele treffen.

Wir müssten gleich daran vorbeifahren.

Wenn er darauf einging, hatte sie zehn Minuten gewonnen. Ihr musste nur eine Strategie einfallen, wie sie ihn weiter hinhalten konnte. Das Geräusch des elektronischen Wassertropfens riss sie aus ihren Gedanken.

Ich bin nicht sein Babysitter.

Wenn er sich was besorgen will, soll er das tun.

Lukas.

Das ist jetzt nicht wahr.

Ihr Finger schwebte über dem Verbindungsknopf.

Kann ich es noch stoppen, wenn ich ihn anrufe?

Eine neue Nachricht von Jannes blinkte auf.

Alles klar, bin in fünf Minuten da.

Sie hob den Kopf, sah, wie er sich wegdrehte und die Straße entlangging. Ihr Handy verband sie direkt mit Lukas' Mailbox.

Zu spät, sie war zu spät.

Wenn ich das hier durchziehe, wird Bjarnes Gehirn trotzdem kaputt sein, egal ob Jannes überlebt oder nicht.

Statt im Wald in Marvin und Nick zu rennen, würde Jannes sein Date mit Lucie haben, und mit ein bisschen Glück war alles vorbei.

Glück.

Sie schloss die Augen und konnte die Sirene hören. Für den Bruchteil einer Sekunde war sie im Krankenwagen, sah Bjarnes Gesicht, wie es sich in der Kurve zu ihr hindrehte, die blauen Augen ohne Fokus. Sie strich sich über die Stirn, bekam sein Bild nicht mehr aus dem Kopf. Die Melodie von *Demons,* auf der Gitarre gespielt, drang an ihr Ohr, und sie sah Bjarne vor sich auf dem Boden sitzen, ein Blitzen in den Augen.

Nein. Nein, nein, nein, nein!

Sie presste die Hände gegen die Schläfen, bis Bjarnes Gesicht in tausend kleine Splitter zerfiel und sich in der Schwärze hinter ihren Lidern verlor.

Aus dem Dunkelhaus führt kein Weg hinaus.
Wo die Wölfe warten, gib auf die Wölfe acht.

Ihre Füße setzten sich von selbst in Bewegung.

Bin ich bereit, alles zu tun, im Fall des Falls?
Mich ganz aufzugeben? Für dich und dein Leben?

»Jannes!«, schrie sie und rannte die Straße entlang, über den Zebrastreifen an der Ecke.

Ein Auto kam mit quietschenden Reifen neben ihr zum Stehen. Jemand brüllte sie an. Sie drehte noch nicht einmal den Kopf, sie rannte weiter, ohne das Tempo zu verlangsamen.

Wieder und wieder, gleiches Gefieder,
der Tag endet nicht, er macht mich nieder.

Bitte, ich muss noch mal von vorn anfangen, ich muss.

Sie konnte Bjarne nicht mit einem kaputten Gehirn weiterleben lassen, das hatte er nicht verdient. Auch wenn er ein arroganter Arsch war. Jetzt, da sie es wusste, konnte sie nicht so tun, als ob es sie nichts anginge.

Es ist viel zu viel, ein ganz schlechter Deal.
Ich verstecke mich in dem Farbenspiel.

Was mache ich, wenn ich sie nicht beide retten kann?

Hilf mir, ich schaff das nicht.
Hilf mir, ich schaff es nicht.

»Jannes!«, schrie sie wieder.

Es war mehr ein Hilferuf. Jannes war schon an der nächsten Ecke. Vielleicht hörte er sie nicht. Vielleicht ging er weiter und sie verlor ihn. Dann wäre sie nicht schuld, sie hätte es versucht.

Schuld.

Er blieb stehen und drehte sich um. Ihre Beine stoppten von selbst, und ihr Herz setzte für zwei Schläge aus. Einen Moment lang wusste sie nicht, was sie sich wünschte. War es noch möglich, zurückzuspulen, jetzt, da er in Sicherheit war? Sie dachte an Bjarne. Ein Stich fuhr durch ihren Körper und nahm ihr den Atem.

Es ist nicht meine Schuld, ich wollte Jannes aufhalten.

Es gelang ihr nicht, Bjarnes leeres Gesicht auszulöschen.

»Tomke! Wo kommst du jetzt her? Ich dachte ...« Jannes ging auf sie zu, ihr Blick traf seinen, und für einen winzigen Augenblick passierte nichts.

Für diesen Moment blieb sie hängen zwischen Hoffnung und Schuld.

Kurz bevor sie glaubte, unter der Spannung zu zerreißen, setzte das Drehen ein. Weiße Schlieren umschlossen sie und löschten den zweiten Tag, an dem sie Jannes hätte retten können.

**Fremder
im Lichtglanzpuder.
Wir kannten uns,
warst wie ein zweiter
Bruder.**

Tomke schreckte hoch. Ihr Gesicht war tränennass, und zuerst verstand sie nicht, warum sie weinte. Es kam ihr vor, als würden die Reste eines Traums noch an ihr hängen, sie festhalten in einem Meer aus Traurigkeit. Von der sie nicht wusste, woher sie kam. Mit dem Piepen des Weckers setzte die Erinnerung ein. Stück für Stück überrollten sie die Bilder der letzten Tage, die vielen Variationen dieses 23. Junis, in denen es ihr nicht gelungen war, Jannes, Lukas oder Bjarne zu retten.

Sie vergrub das Gesicht in den Händen.

*Wenn der Morgen graut in der gleichen Cloud,
hat mir jemand dein Leben anvertraut.*

Was soll ich denn tun, verdammt!

Das Geräusch des elektronischen Wassertropfens hallte durch die Stille des Zimmers.

Falls Mama oder Papa heute Abend fragen, wo ich bin, sag ihnen, dass wir Sondertraining haben.

Okay?

> Muss das heute sein?

> Kannst du das nicht verschieben?

? Das Sondertraining ?

Und wie soll ich das meinem Trainer erklären?

Ernsthaft, Jannes? Du weißt genau, dass ich deine Lüge durchschaut habe.

> Welchem? Dem Trainer, den du im normalen Training nachher siehst?

> Oder die, mit der du dich anschließend triffst?

Okay, okay.

Kannst du ihnen trotzdem sagen, dass ich beim Training bin?

> Nur wenn du nicht zum Waldspielplatz gehst.

>

Sekundenlang schaute sie das Display an und wartete auf Jannes' Antwort. Nichts.

»Verdammt, sag was!« Sie warf das Handy aufs Bett und ging zum Schrank, um ihre Klamotten zusammenzusuchen.

'Noob Slayer'

Die Melodie ihres Lieblingssongs hallte durchs Zimmer. Sie rannte zum Bett und hob das Handy hoch. Wieso rief Jannes sie an? Das lief anders als sonst. War das ein gutes oder ein schlechtes Zeichen? Mit klopfendem Herzen nahm sie ab.

»Woher weißt du, dass ich zum Waldspielplatz gehe?«, fragte er sofort, ohne Begrüßung.

»Guten Morgen auch an dich!«, antwortete sie. »Also habe ich recht? Du hast ein Date?«

Jannes schnaubte. »Und wenn es so wäre?«

Dann wäre es besser, wenn du es verschiebst.

Das sprach sie nicht aus.

»Könnt ihr euch woanders treffen?«, fragte sie stattdessen.

»Wieso?«

»Ich bin mit Oskar und Ole heute Abend dort unterwegs und will vermeiden, in meinen knutschenden Bruder zu rennen.«

Jannes lachte auf. Sein Lachen riss an ihrem Herzen, rüttelte die Hoffnung in ihr auf. Konnte doch noch alles gut werden?

»Das wäre ein echter Kulturschock für die beiden. Am Ende würde ihnen noch auffallen, dass sie mit einem Mädchen unterwegs sind und nicht mit ihrem dritten Kumpel.«

»Haha, sehr witzig!«

Was sollte das jetzt? Warum fing Jannes an wie ihr Vater?

»Seit wann macht ihr was anderes als zocken?«, warf er ein, immer noch ein Lachen in der Stimme.

»Du wirst es kaum glauben, aber wir haben vielfältige Hobbys!« Es war glatt gelogen, doch das war egal, solange Jannes sich woanders mit Lucie traf, weit weg vom Wald.

»Könnt ihr das nicht verschieben?«, warf er ein.

»Nein. Könnt ihr euch nicht am Mückensee treffen? Bootsfahren soll total romantisch sein!«

»Abends um neun? Als ob der Bootsverleih da noch offen hätte.«

»Dann vielleicht Schwimmen im See? Du kannst auch nicht scharf darauf sein, dass wir euch bei was auch immer unterbrechen, oder?« Sie verdrehte die Augen.

Musste er alles so kompliziert machen?

»Pfff, bei was auch immer. Alles klar.« Jannes lachte wieder.

»Das ist nicht witzig, okay? Ich will dich echt nicht beim Knutschen antreffen«, warf sie ein.

»Okay, ich hab's kapiert. Ich schau, was sich machen lässt. Einverstanden?«

»Cool. Dann sag ich Mama Bescheid, dass du Sondertraining hast.«

»Deal.«

Als sie aufgelegt hatte, lächelte sie noch. Wenn Jannes sich woanders mit Lucie traf, musste sie nur noch versuchen, Lukas davon abzuhalten, sich mit Bjarne beim Trimm-dich-Pfad zu treffen. Möglichst ohne Bjarne zu erwähnen.

Lukas.

Nach seinem Abgang in der letzten Zeitschleife hatte sie keine Lust, sich mit ihm zu treffen.

»Vielleicht finde ich wenigstens heraus, warum sie gestritten haben«, murmelte sie und ging ins Bad.

*

In der ersten Pause wartete Tomke an der Treppe zwischen dem zweiten und dritten Stock, die Hand fest um einen Zettel geschlossen. Lukas stockte kurz, als er die Treppe herunterkam und sie stehen sah. Nur für eine Millisekunde, bevor er den Blick senkte und an der Wandseite nach unten ging, mit größtmöglichem Abstand zwischen ihnen.

Wichtig, ja? Ich sehe, wie wichtig ich dir bin!

Schnaubend stellte Tomke sich ihm in den Weg, und er musste stehen bleiben, wenn er sie nicht umrempeln wollte. Ihre Blicke trafen sich. Die zusammengezogenen Augenbrauen und aufeinandergepressten Lippen machten Tomke die Distanz bewusst, die sie in den letzten Monaten immer weiter auseinandergetrieben hatte.

»Was willst du?« Die Schärfe seines Tonfalls war wie ein Schlag ins Gesicht.

Seinem Blick standhaltend hielt sie ihm den Zettel hin. Wortlos. Sie schaute auf den dunkelbraunen Kreis um die Pupille in der ansonsten hellbraunen Iris. Gesprenkelt. Wie das Fell eines Otters.

Ihre Taktik funktionierte. Lukas griff nach dem Zettel.

»Was wird das?«, murmelte er, und einen Atemzug lang hatte sie das Gefühl, die Mauer zu durchbrechen, die er um sich aufgebaut hatte.

»Schau nach, dann wirst du es wissen«, antwortete sie.

Warum war ihre Stimme belegt?

Bevor er noch etwas sagen konnte, drehte sie sich um und lief die Treppe hinunter in den zweiten Stock. Ihr Gesicht glühte. Das hatte er zum Glück nicht mehr gesehen. Sie war froh, Oskar in der Sitzecke anzutreffen, auch wenn er mit ihr zum gefühlt tausendsten Mal über den Bosskampf redete.

*

Am Nachmittag saß sie wieder in der Bärenhöhle, viel zu nervös, um sich von den Erinnerungen einhüllen zu lassen.

Er kommt nicht.

»Ist mir doch egal!« Sie kickte ein Steinchen zum Eingang.

Hatte sie wirklich daran geglaubt? Nur weil er ihr gestern gefolgt war? Warum war er ihr gefolgt?

Glaubst du ehrlich, dass es mich kaltlässt, wenn es dir scheiße geht?

Sie trat gegen den Felsen. Wieso hatte sie sich von ihm einlullen lassen? Ja, es ließ ihn kalt, das hatte er in den letzten Monaten mehr als bewiesen. Ihre Freundschaft bedeutete ihm nichts, Tomke bedeutete ihm nichts. Er hatte gelogen. Wenn er gestern ihretwegen gekommen wäre, wäre er jetzt auch hier. Sie zog das Handy aus der Tasche und öffnete den Chatverlauf mit Lukas. Keine neue Nachricht, seit Monaten nicht mehr.

Schritte vor der Höhle rissen sie aus ihren Gedanken. Sie steckte das Handy weg und starrte zum Eingang. Ihr Herz hämmerte so heftig, dass es von ihrer Brust bis in den Hals hinein ein rhythmisches Stechen auslöste und Schlucken und Atmen fast unmöglich machte. Diesmal erkannte sie ihn sofort, als er vor dem Eingang in die Hocke ging, eine Hand gegen den Fels gestützt. Fast wäre sie mit einem Freudenschrei aufgesprungen und ihm um den Hals gefallen. Dann sah sie sein Gesicht, und ihr war nicht mehr zum Lachen.

Ohne sie aus den Augen zu lassen, zog er den Zettel aus der Tasche. »Soll das ein blöder Scherz sein?«

Sie brauchte nicht hinzusehen, um zu wissen, was sie ihm geschrieben hatte.

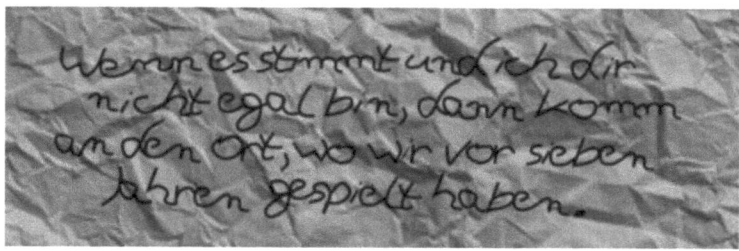

»Nein«, antwortete sie. »Ich wollte wissen, ob es stimmt.«

»Ob was stimmt?«

Sie hob den Kopf und sah ihm in die Augen. »Dass es dir nicht egal ist, wenn es mir scheiße geht, obwohl du mich seit Monaten wie Luft behandelst.«

Seine Augenbrauen zuckten nach oben, und er wich ihrem Blick aus. »Du warst mir nie egal, okay?«

»Ach ja? Warum hast du mich dann von deiner Freundesliste gekickt und auf *ignore* gestellt? Oder weggeschaut, wenn wir uns in der Schule über den Weg gelaufen sind? So als würde ich nicht existieren?«

Mit jeder Frage spürte sie den Schmerz wieder, die Enttäuschung über seinen Verrat. Tränen stiegen ihr in die Augen, sie wischte sie fort, biss sich auf die Lippe und schwieg.

»Das hatte nichts mit dir zu tun oder mit dem, wie ich über dich denke. Ich habe es Jannes versprochen, wir ...« Lukas ballte die Hände zu Fäusten und schüttelte den Kopf. »Egal, okay? Ich habe den Kontakt abgebrochen, weil es besser so ist!«

Ihr Mund klappte auf. Das konnte nicht sein Ernst sein.

»Bitte?«, fauchte sie ihn an. »Du hast mich gekickt, und das hat nichts mit mir zu tun? Sag mal, spinnst du? Du warst für mich wie ein zweiter Bruder. Dann knallt es zwischen Jannes und dir und du kickst mich aus deinem Leben, ohne mir eine Chance zu geben oder eine Erklärung? Das soll besser sein?«

Er hob den Kopf und schaute sie an. »Bruder? Ernsthaft?«

»Was? Passt dir das nicht? Selbst Mama und Papa hatten dich schon adoptiert, aber darum geht es jetzt nicht. Warum hast du mir keine Chance gegeben, euren Streit zu schlichten?«

Er hatte gelogen. Gestern. Sie war nie mehr für ihn gewesen als Jannes' kleine Schwester. Deshalb gab es seit dem Streit auch keinen Platz mehr für sie in seinem Leben. Warum war er trotzdem gekommen? Verantwortungsgefühl, von früher noch?

»Weil es nichts zu schlichten gab«, antwortete Lukas. Er schüttelte wieder den Kopf und rieb sich die Stirn. »Wir haben alles geklärt, und offensichtlich hatte Jannes recht.«

»Womit?«

»Egal.« Lukas stand auf und drehte sich weg. »Ich muss los.«

»Vergiss es!« Sie sprang hoch, holte ihn vor der Höhle ein und griff nach seinem Arm. »Ich lass mich nicht mehr länger von euch abwürgen. Du sagst mir jetzt, warum ihr gestritten habt, verdammt! Wenn es nichts mit mir zu tun hat, hättest du ja mit mir in Kontakt bleiben können.«

Lukas stand halb von ihr weggedreht und holte Luft. Sie konnte spüren, wie seine Armmuskeln sich anspannten, und verstärkte den Griff. Er brauchte nicht einmal daran zu denken, sich loszumachen. Diesmal würde sie ihn nicht gehen lassen, diesmal musste er ihr eine Antwort geben!

»Du kapierst es nicht, oder?«, murmelte er, den Blick auf das kniehohe Gras gerichtet.

»Was kapiere ich nicht? Dass wir nie wirklich befreundet waren, weil ich für dich nie mehr war als Jannes' kleine Schwester, die dich nach dem Streit einfach nur genervt hat und die du loswerden wolltest?«

Sie spürte, wie wieder Tränen in ihre Augen stiegen, und versuchte, sie wegzublinzeln.

Nicht heulen, bitte, nicht jetzt. Nicht vor Lukas.

»Spinnst du?« Er fuhr herum und schaute ihr ins Gesicht, stockte. »Hey«, flüsterte er. »Das stimmt nicht, und du weißt das.«

Was machte seine Hand an ihrer Wange? Sie zuckte, blinzelte ihn an. Er musterte ihr Gesicht, und zum ersten Mal seit Langem war in seinen Augen das warme Leuchten, das sie so vermisst hatte. Ihre Wangen glühten, am liebsten hätte sie sich weggedreht, weil er sie nicht so sehen sollte, völlig fertig. Aber sie konnte nicht, sie wollte das Leuchten in seinen Augen nicht verlieren. Mit dem Daumen strich er eine Träne von ihrer Wange. Die Berührung löste ein Zittern in Tomke aus, und sie hielt für einen Moment die Luft an.

»Du hast mich aus deinem Leben gestrichen«, flüsterte sie. »Jannes und mich.«

Schnaubend fuhr er über ihre Haarstoppeln. Seine Hand blieb in ihrem Nacken liegen, und er zog ihren Kopf zu sich, bis ihre Stirn an seiner lehnte.

»Du hast es echt nicht verstanden«, sagte er wieder.

Es klang beinahe traurig. Sein Gesicht war so dicht vor ihr, dass sie seine Augen nicht mehr klar sehen konnte. Ihre Nasenspitzen berührten sich. Noch nie waren sie sich so nahe gewesen. Mit dieser Nähe veränderte sich etwas zwischen ihnen, das Tomke nicht greifen konnte.

»Was«, fing sie an und musste Luft holen, um weitersprechen zu können. »Was meinst du?«

Lukas antwortete nicht. Sie spürte, wie seine Finger über ihren Nacken strichen. Ein Kribbeln lief ihre Wirbelsäule nach unten und löste eine Explosion in ihrem Bauch aus. Sie hielt immer noch einen seiner Arme fest und wusste nicht, ob sie sich von ihm losmachen sollte. Ihr Körper glühte. Die Vertrautheit, die Selbstverständlichkeit, die zu ihnen gehört hatte, war verschwunden. An ihre Stelle war etwas Neues, Fremdes getreten, das Tomkes Herz aus dem Takt brachte.

Lukas schloss die Augen, drehte den Kopf ein Stück und hielt sie mit der Hand in ihrem Nacken fest. Im nächsten Moment spürte Tomke seine Lippen auf ihren. Sie zuckte zurück. Sofort ließ er sie los und ging einen Schritt nach hinten, die Hände nach oben gestreckt. Als würde sie ihn mit einer Waffe bedrohen.

»Sorry, das war nicht geplant, ich wollte das nicht, es tut mir leid, ich … Scheiße, ich hätte nicht kommen sollen!« Seine Wangen waren knallrot.

»Was war das?«, brachte sie mühsam hervor.

Obwohl sie wusste, was eben passiert war.

Lukas hatte versucht, sie zu küssen. Warum zum Teufel hatte er sie küssen wollen? Jetzt, da er zwei Schritte von ihr entfernt stand, fühlte sie die Distanz zwischen ihnen mehr als zuvor. Das hielt sie nicht aus. Sie wollte auf ihn zugehen, ihr glühendes Gesicht an seiner Schulter vergraben, die Nähe wieder spüren und nichts mehr sagen, nichts mehr denken.

Das war verrückt.

Sie schüttelte den Kopf, drückte einen Arm gegen ihren Bauch und fasste nach ihrem Ellbogen.

»Das kannst du dir doch denken, oder?« Lukas griff nach einem der langen Grashalme, rupfte ihn aus und zerrieb ihn zwischen den Fingern. »Du hast es echt nie gemerkt. Oder?«

»Was?«, fragte sie mit rauer und dünner Stimme.

»Ist dir nicht aufgefallen, dass Jannes kurz vor unserem Streit nicht mehr so oft in der Mitte saß? Ich habe wie ein Idiot versucht, es so hinzudrehen, dass du oder ich in der Mitte waren.«

Es stimmte. Sie konnte sich erinnern. Ein paar Mal hatte Jannes einen komischen Kommentar gemacht, wenn sie alleine waren, und sie dabei angesehen, als würde er eine Reaktion von ihr erwarten.

Lukas musterte ihr Gesicht und schüttelte den Kopf. »Du hast dich auch nie gefragt, warum ich mich online mit dir getroffen habe. Ausgerechnet an den Tagen, an denen Jannes im Training war. Oder?«

Nein. Sie hatte es cool gefunden und sich nichts dabei gedacht. Solange sie neue Charaktere spielten, damit Jannes nicht mit der Ausrüstung zurückfiel. Lukas schaute sie noch immer an. Die Wärme war aus seinem Blick verschwunden und hatte eine Leere zurückgelassen.

»Jannes hatte recht«, murmelte er.

»Womit?«

»Dass ich mich in etwas verrenne und alles kaputtmache. Du hast vorhin ja selbst gesagt, dass ich für dich wie ein zweiter Bruder bin.« Er warf den Grashalm weg und rieb sich die Schläfen. »Was ist das auch für eine Scheiße? Man fängt nichts mit der kleinen Schwester seines besten Kumpels an. Ich hab's versucht, ehrlich. Ich hab versucht, dich nur als kleine Schwester zu sehen.« Er lachte auf. »Hat großartig funktioniert, so großartig, dass Jannes mich irgendwann zur Rede gestellt hat und durchgedreht ist.«

»Warum?« Tomke rieb sich den Arm.

War nur ihr kalt, oder hatte sich eben eine Wolke vor die Sonne geschoben?

»Warum wohl? Weil es scheiße ist, wenn dein bester Freund etwas mit deiner kleinen Schwester anfangen will, und weil Jannes dir gegenüber einen

Beschützerinstinkt hat und nicht wollte, dass ich dir das Herz breche. Darum.«

Sie starrte Lukas mit offenem Mund an. »Ihr habt euch meinetwegen gestritten? Ernsthaft? Wie bescheuert ist das denn?«

Er zuckte mit den Schultern und schwieg.

»Und wieso hat keiner von euch ein Wort zu mir gesagt? Warum entscheidet Jannes, ob ich was mit dir anfange oder nicht?« Sie wurde mit jeder Frage lauter. In ihr explodierte der Frust, der sich in den letzten Monaten angestaut hatte, und sie konnte nicht anders, sie musste es herausschreien, wenn sie nicht zerplatzen wollte. »Verliebt, ja? Und weil du *ach so verliebt* warst, hast du mich auch gleich ohne jede Erklärung aus deinem Leben gestrichen? Das muss ja die wahre, die große Liebe gewesen sein!«

Das war lächerlich. Merkte er das nicht?

Lukas senkte den Kopf und ging einen Schritt rückwärts. »Ich hätte den Mund halten sollen. Vergiss es, okay?«

Ohne ein weiteres Wort drehte er sich um.

»Warte!«, rief sie ihm hinterher. »Du kannst nicht so eine Bombe platzen lassen und dich dann davonstehlen!«

Er hörte nicht, und sie hatte nicht den Mut, ihm hinterherzulaufen.

Hatte Lukas echt versucht, sie zu küssen? Sie berührte ihre Lippen. Ihr Herz fing an, wie verrückt zu klopfen.

Wer war Lukas für sie? War da mehr gewesen zwischen ihnen, mehr, als sie sich eingestanden hatte? Hatte es sie deshalb so getroffen, als er sie aus seinem Leben gekickt hatte?

Sie bekam die Frage nicht mehr aus dem Kopf, auch wenn sie Angst vor der Antwort hatte.

*

Für den Rest des Nachmittags versuchte sie, nicht mehr an Lukas zu denken, auch nicht an den Kuss. Mehrmals war sie kurz davor, ihn anzurufen. Jedes Mal steckte sie das Handy wieder zurück in die Tasche. Aus Angst, er könnte ihre Nummer blockiert haben.

Sie fing Jannes vor dem Studio ab. Ein Blick in seine Augen, und Lukas' Geständnis war gelöscht. Aber den Kuss konnte sie nicht vergessen, egal wie viel Mühe sie sich gab.

Woher
Weißt du?
Vielleicht von dir?
Zweifelst du an
meinem IQ?

Lukas' Stirn an ihrer. Das war der erste Gedanke, als sie die Augen aufschlug. Seine Nasenspitze, die ihre berührte, und seine Augen. So dicht vor ihr, an den Rändern verschwommen. Der dunkelbraune Ring um die Pupille verband sich mit der hellbraunen Iris zu einer Farbe, die nur unmerklich von innen nach außen heller wurde. Otterfellbraun. Mit dem Bild zerplatzten tausend kleine Explosionen in ihrem Bauch wie bei einer Packung sich auflösender Brause. Ihre Lippen fühlten sich mit einem Mal warm an, und die Miniexplosionen breiteten sich bis in ihren Brustkorb aus. Tomke sprang auf, sie musste sich bewegen, das Bild aus dem Kopf bekommen.

»Das hat mir dringend noch gefehlt«, stöhnte sie und rieb sich die Stirn. »Verknallt ... Ich habe ja sonst keine Sorgen!«

Das Geräusch des elektronischen Wassertropfens lenkte sie ab.

Falls Mama oder Papa heute Abend fragen, wo ich bin, sag ihnen, dass wir Sondertraining haben.

Okay?

»Klar, Bruderherz. Du gehst zu deinem Date, und ich soll dich decken«, murmelte sie. »Aber ich darf nicht selbst entscheiden, ob ich mit deinem besten

Kumpel ein Date haben will oder nicht. Du musstest alles kaputtmachen, ohne mich zu fragen!«

Sie war kurz davor, ihm das zu schreiben. Im Display leuchtete eine neue Nachricht auf.

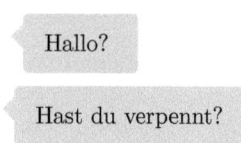

»Sicher. Wenn ich nicht innerhalb von einer Minute auf deine Anfrage reagiere, muss ich wohl verpennt haben.« Mit viel Mühe gelang es ihr, ihre Wut zurückzudrängen.

Ein Streit mit Jannes würde sie nicht weiterbringen, nicht jetzt. Solange sie nicht aus diesem verdammten Tag herauskam, vergaß er es sowieso wieder.

»Aber wenn wir hier jemals rauskommen, kannst du dich auf was gefasst machen«, zischte sie.

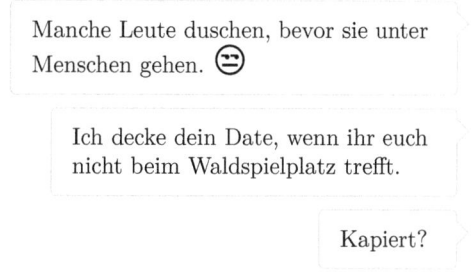

Wie in der letzten Zeitschleife rief er sie beinahe sofort an. Am Ende versprach er wieder, sich etwas einfallen zu lassen. Eine Sorge weniger. Aber sie brauchte immer noch eine Strategie, wie sie Lukas davon abhalten konnte, sich mit Bjarne zu treffen.

Lukas.

Bei dem Gedanken an ihn fingen ihre Wangen an zu brennen. Sein Treffen mit Bjarne war nicht das Einzige, was sie mit ihm besprechen musste.

*

Sie wartete am Treppenabsatz, wie in der letzten Version dieses 23. Junis. Diesmal traf es sie mitten ins Herz, als Lukas nach einem kurzen Blick zur

Wandseite wechselte. Ein Druck auf der Brust machte es ihr fast unmöglich zu atmen. Alles woran sie denken konnte, war, wie er sie gehalten und versucht hatte, sie zu küssen. Wie sollte sie das mit dem Lukas in Verbindung bringen, der sich jetzt an ihr vorbeidrückte und dabei so tat, als würde sie ihm nichts bedeuten? Wortlos stellte sie sich ihm in den Weg und versuchte, die Erinnerung wegzuschieben.

Lukas blieb stehen und schaute sie an, ein Blitzen in den Augen. »Was soll das?«

»Wir müssen reden.« Sie verschränkte die Arme, um den Abstand zwischen ihm und sich zu vergrößern.

Die Nähe holte nur die Erinnerung an die letzte Zeitschleife zurück.

Lukas zog die Augenbrauen hoch. »Ich wüsste nicht worüber, und ich habe jetzt auch keine Zeit.«

Unwillkürlich ballte sie eine Hand zur Faust.

Die nächsten Worte waren schneller aus ihrem Mund, als sie denken konnte. »Ich weiß, Anna wartet. Keine Sorge, du kannst gleich zu ihr.«

Sie bemerkte, wie er bei dem Namen *Anna* zuckte. Es fühlte sich an, als hätte sie ihn bei etwas Verbotenem erwischt. Was lief zwischen ihm und diesem Mädchen mit dem viel zu lauten Lachen? Warum hatte er versucht, Tomke zu küssen? Sie schüttelte den Kopf.

»Wir werden nach der Schule reden, beim stillgelegten Vergnügungspark. Komm um drei zu dem Loch im Zaun«, fügte sie hinzu.

Bevor er zustimmen oder ablehnen konnte, drehte sie sich um und ging die Treppe nach unten. Wenn sie ihm nichts erklärte, würde er kommen. Lukas hasste Geheimnisse.

»Wer sagt, dass ich heute Nachmittag Zeit habe?«, rief er ihr nach. »Ich weiß noch nicht einmal, worüber du so dringend reden willst.«

Sie drehte den Kopf und sah ihn über die Schulter hinweg an. »Ich weiß, warum Jannes und du gestritten habt.«

So schnell sie konnte, sprang sie die restlichen Stufen nach unten in den zweiten Stock und lief zu Oskar in die Sitzecke.

*

»Was gibt's?«, drang die Stimme ihrer Mutter aus dem Lautsprecher.

Tomkes Nummer wurde garantiert im Display ihres Bürotelefons angezeigt, sonst hätte sie sich anders gemeldet.

»Ich wollte nur kurz Bescheid geben, dass weder Jannes noch ich beim Abendessen da sind.«

»Was habt ihr vor?«

»Jannes hat vergessen, euch zu sagen, dass er Sondertraining hat, und ich treffe mich mit Lukas.«

»Mit Lukas? Habt ihr wieder Kontakt?«

Tomke konnte das Erstaunen in der Stimme ihrer Mutter hören, aber es schwang noch etwas anderes mit. Erleichterung? Freude? Vielleicht. Sie hatte Lukas nicht angelogen. Er war in den letzten sieben Jahren für ihre Eltern zu ihrem dritten Kind geworden.

»Ich schon, seit gestern. Bitte sag Jannes noch nichts, ich werde ihm das morgen beibringen. Okay?«

Morgen.

Als ob es ein Morgen geben würde. Sie schüttelte den Kopf.

»Ich glaube, ich habe herausgefunden, warum die beiden Idioten gestritten haben«, fügte sie nach einer Pause hinzu.

»Hm, okay, ich überlasse das dir. Wann kommst du nach Hause?«

Tomke holte Luft. Sie wollte so beiläufig wie möglich klingen, damit ihre Mutter keinen Verdacht schöpfte.

»Wäre es okay, wenn ich bei Lukas bleibe?«, fragte sie.

Zum Glück konnte ihre Mutter am Telefon nicht sehen, wie Tomkes Gesicht knallrot anlief.

Er ist wie ein Bruder, okay? Er war doch von Anfang an mein zweiter Bruder.

Ihre Mutter schwieg.

»Es gibt so viel, worüber ich mit ihm reden muss. Du kannst Jannes und Papa doch sagen, dass ich bei Oskar und Ole bin, bis ich morgen mit Jannes rede. Bitte, Mama, ich will, dass die beiden sich wieder verstehen, es war ein verdammt großes Missverständnis, und es ...«

»Schon gut. Ich vertraue dir.«

Die Worte ihrer Mutter versetzten ihr einen Stich. Wenn sie mitbekam, wie die Dinge zwischen Tomke und Lukas wirklich lagen, würde sie ihr nie wieder vertrauen.

»Aber morgen klärst du es auf. Verstanden?«, setzte sie nach.

»Versprochen«, flüsterte Tomke und war froh, als sie auflegen konnte.

*

Obwohl Tomke pünktlich um drei beim Vergnügungspark ankam, lehnte Lukas schon am Zaun. Ein paar Meter entfernt stand sein Rad an einem Baum angeschlossen. Sie stieg von ihrem ab und stellte es dazu. Bei jeder Bewegung spürte sie seinen Blick auf sich.

»Was schleppst du da mit dir herum?«, fragte er mit einem Nicken zu dem Rucksack über ihrer Schulter.

»Wirst du noch sehen.« Sie deutete auf das Loch im Zaun, neben dem er lehnte. »Bist du bereit?«

Er antwortete nicht, schaute sie nur an.

Als sie an ihm vorbeiging, griff er nach ihrem Arm und hielt sie fest. »Was hat Jannes dir erzählt?«

Sonnenlicht fiel auf den dunkelbraunen Ring um seine Pupille, brachte ihn zum Leuchten und ließ Lukas' Blick durchdringender erscheinen. Tomke schluckte. Warum musste sie ausgerechnet jetzt an den Kuss denken? Sie wich Lukas' Blick aus, schaute zu seiner Hand und wand sich aus dem Griff.

»Warum haben wir eigentlich immer nur davon gesprochen, dass wir uns den stillgelegten Vergnügungspark ansehen werden, und es nie gemacht?«, fragte sie und duckte sich durch das Loch.

Hoffentlich hat er mein rotes Gesicht nicht bemerkt!

»Weil wir eine Menge Ärger bekommen, wenn uns jemand erwischt?«, antwortete er. Im nächsten Moment stand er neben ihr. »Was hat Jannes dir jetzt erzählt?«

»Nichts.« Sie ließ den Blick über das Gelände schweifen. »Na toll. Die meisten Fahrgeschäfte haben sie in den letzten zwei Jahren schon abgebaut.«

»Wie, nichts? Ich dachte, du weißt, warum wir gestritten haben?« Sein gereizter Tonfall erinnerte sie daran, wie schnell Lukas die Nerven verlor, wenn die Dinge nicht so liefen, wie er es erwartete.

Wenn sie zum Beispiel zum fünften Mal in Folge bei einem 'Rogue-like'-Spiel kurz vor dem Endboss starben und von vorn anfangen mussten. Da konnte er durchdrehen, genau wie Oskar.

»Ich weiß es, aber nicht von Jannes.« Ein Grinsen schlich sich auf ihr Gesicht.

»Von wem denn bitte sonst?«

»Von dir.« Aus dem Augenwinkel sah sie, wie er die Hand nach ihr ausstreckte. »Ist das da vorn das alte Geisterhaus?«, rief sie, und bevor er sie zu fassen bekam, rannte sie los.

»Hey! Hör auf mit dem Scheiß!«

Sie hörte nicht auf, sie rannte. So schnell sie konnte.

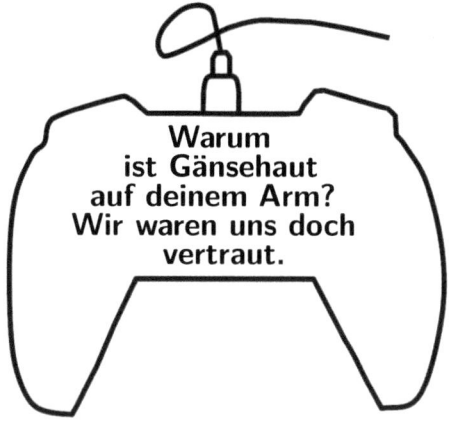

Warum ist Gänsehaut auf deinem Arm? Wir waren uns doch vertraut.

Die Eingangstür zum Geisterhaus hing nur noch halb im Rahmen. Ohne sich umzudrehen, schlüpfte Tomke in das Gebäude.

Fang mich, wenn du dich traust!

Der große Raum war einem Kellergewölbe nachempfunden. Mithilfe des Lichts, das durch den Türrahmen in das fensterlose Gebäude fiel, konnte Tomke eine Handvoll Särge ausmachen. Waren aus ihnen früher die Mitarbeiter des Gruselkabinetts gekrochen? Tomke war nie im Geisterhaus gewesen, obwohl Jannes und Lukas versucht hatten, sie zu überreden. Der Nervenkitzel, den der Freefall-Tower versprach, hatte verlockender geklungen. Sie konnte Lukas' Schritte hören und duckte sich hinter einen der Särge, weit weg von der Tür. Im nächsten Augenblick stand er im Eingang.

»Tomke?« Er stieß einen frustrierten Seufzer aus. »Hör mit diesem verdammten Spiel auf und komm raus!«

Von ihrer Position aus konnte sie eine angelehnte Tür an der hinteren Wand erkennen. Lukas trat in den Raum und stolperte zwischen den Särgen herum. Es war nur eine Frage der Zeit, bis er sie entdecken würde. Sie sprang hoch, rannte und warf sich gegen die hintere Tür, die aufschwang und mit einem Knall an die Wand schlug. Rauer Stoff streifte Tomke an der Wange. Schreiend wich sie zur Seite aus, durch eine Staubwolke, die ihr beim Einatmen den Hals verklebte.

»Was ist passiert?«, rief Lukas.

Er kam durch die Tür, sah das Ding in der Dunkelheit genauso wenig von der Decke hängen wie sie und lief hinein. »Scheiße!«, stieß er hustend hervor.

Lautlos drückte Tomke sich an das Stück Wand neben der Tür.

»Kannst du mir erklären, was das Ganze soll?«, fragte er in den Raum hinein.

Sie konnte hören, wie er etwas aus seiner Tasche zog. Im nächsten Moment strahlte die Lampe seines Handys die Regale an der Wand gegenüber an. Offensichtlich war sie in eine Abstellkammer gerannt.

Tomke ging einen Schritt nach vorn, blieb hinter Lukas stehen und beugte sich zu seinem Ohr. »Warum hast du mich angelogen?«

»Was?« Er fuhr herum und stieß mit der Schulter gegen ihr Kinn.

»Au!« Vor Schmerz taumelte sie ein Stück zurück.

»Scheiße, sorry, ich wollte dir nicht wehtun.« Seine Hand berührte ihr Gesicht, und er tastete nach ihrem Kinn. »Geht's wieder?«

»Warum hast du mich angelogen?«, fragte sie noch einmal und drückte die Hand weg.

Die Berührung war viel zu nah an dem, was vor der Bärenhöhle passiert war.

»Wann habe ich dich bitte angelogen?«

Das Licht seines Handys leuchtete auf den Boden, weshalb ihre Gesichter im Dunkeln lagen.

»Nach dem Streit. Als du behauptet hast, dass es besser wäre, wenn wir keinen Kontakt mehr haben«, antwortete sie.

»Das ist es auch!«

In der Dunkelheit hatte sie nur den Klang seiner Stimme. Ihr fiel das kurze Zögern auf, ehe er ihr widersprach. War er sich nicht sicher? Dachte er noch über den Streit nach und überlegte, was passiert wäre, wenn er nicht auf Jannes gehört hätte?

Tomke schüttelte den Kopf. Bestimmt hatte er gezögert, weil er nicht wusste, wozu er antworten sollte. Er hatte doch längst mit ihr abgeschlossen! Aber wenn das stimmte, hätte er sie in der letzten Zeitschleife nicht küssen dürfen.

»Ach ja?« Sie hob den Kopf, sah in die dunklen Konturen, hinter denen sein Gesicht verborgen lag. »Warum schluckst du dann Pillen, um zu vergessen?«

Ein lautes Einatmen, Tomke spürte eine Bewegung. Hob er die Hand? Alle ihre Muskeln spannten sich an. Er berührte sie nicht. Es klang, als würde er sich selbst in den Nacken fassen.

»Woher weißt du von den Pillen?«, fragte er schließlich.

»Von dir.«

»Hör auf, mich zu verarschen!« Lukas' Stimme vibrierte.

»Ich verarsche dich nicht. Nur weil du den Kontakt abgebrochen hast, heißt das nicht, dass ich nichts mehr von dir mitbekomme. Kapiert?« Am liebsten hätte sie ihn an den Schultern gepackt und geschüttelt.

»Okay, und wie hast du das mit den Pillen bitte mitbekommen?«, fragte er wieder. »Ist ja nicht so, als hätten wir in den letzten Monaten miteinander geredet, oder?«

Und an wem lag das?

Tomke kniff die Augen zusammen, auch wenn er das im Dunklen nicht sehen konnte.

»So viel, wie du in der letzten Zeit mit Marvin abgehangen hast, ist das ja wohl nicht schwer zu erraten«, schnauzte sie ihn an. »Und wenn du Pillen brauchst, um zu vergessen, geht deine Taktik offensichtlich nicht auf. Oder?«

»Klar. Und was will ich deiner Meinung nach so dringend vergessen?«, fuhr er sie an.

Sie senkte den Kopf, konnte es nicht ertragen, wollte nicht mit Lukas streiten.

»Warum hast du mich aus deinem Leben gekickt?«, flüsterte sie.

»Weil es besser so war. Die Pillen haben nichts mit dir zu tun. Klar?« Er ging einen Schritt nach vorn und versuchte, sich an ihr vorbei zu drängen.

»Dann habe ich mir das alles also nur eingebildet?« Ihre Frage war nicht mehr als ein Raunen, das sich in der Dunkelheit verlor.

Sobald sie die Worte ausgesprochen hatte, blieb Lukas stehen. Direkt neben ihr.

»Was?«, fragte er mit tonloser Stimme.

»Die Zeit, die du vor dem Streit mit mir allein verbracht hast, hat nichts bedeutet?«

Er räusperte sich, und sie konnte spüren, wie er den Kopf senkte.

»Warum hast du auf Jannes gehört, statt mich zu fragen?«, flüsterte sie.

»Ich …«, setzte er an und brach wieder ab.

»Warum hast du mir die Entscheidung abgenommen und lieber irgendwelche Pillen geschluckt, statt mit mir zu reden?«, fragte sie weiter, lauter diesmal, dankbar für die Dunkelheit.

Solange sie sein Gesicht nicht sah, hatte sie den Mut, ihm das zu sagen, was sie seit dem Kuss nicht mehr aus dem Kopf bekam.

»Weil es total kaputt ist. Du bist die kleine Schwester von meinem besten Freund, verdammt!«, platzte es aus ihm heraus, und sie konnte spüren, wie sich sein Körper bei diesen Worten anspannte.

Sie tastete nach seiner Schulter, legte die Hand auf seinen Nacken und zog Lukas zu sich. Bis ihre Lippen an seinem Ohr waren. »Ich bin vor allem das Mädchen, das kurz vor eurem Streit angefangen hat, Herzklopfen zu bekommen. Jedes Mal, wenn ich dich gesehen oder über den Kopfhörer deine Stimme gehört habe. Aber kapiert, was da los war, habe ich nicht.«

Sie stockte.

Habe ich das eben echt gesagt?

Lukas stand reglos vor ihr. Hatte er sie gehört?

Toll, ich habe mich zum Idioten gemacht!

Sie nahm die Hand weg, bevor er noch merkte, wie sie zitterte. Am besten, sie verschwand, suchte nach Jannes und fing noch einmal von vorne an. Vergaß das Ganze, vergaß Lukas. Sie wollte sich wegdrehen und gehen, aber da spürte sie seine Finger um ihrem Handgelenk. Einen Augenblick später war das Licht der Taschenlampe verschwunden und sie standen in absoluter Dunkelheit.

»Meinst du das ernst?« Seine Stimme war ganz nah.

Sie blinzelte, brauchte einen Moment, bis ihre Augen den Schemen seines Gesichts ausmachen konnten. Genau vor ihr.

»Ja«, flüsterte sie und konnte nicht mehr anders.

Sie legte den freien Arm um ihn und drückte ihre glühende Wange an seine Schulter. Der Stoff seines Shirts kitzelte sie an der Nase.

»Ich habe dich vermisst.« Mit jedem Atemzug sog sie Lukas' vertrauten Geruch ein, fühlte die Wärme seines Körpers und wünschte sich, sie könnten so stehen bleiben.

Für immer.

Einen Augenblick lang war er wie erstarrt. Sie konnte die Anspannung in seinen Muskeln fühlen. Dann ließ er ihr Handgelenk los, legte die Arme um sie und zog sie fest an sich.

»Ich dich auch«, flüsterte er.

Sein Atem strich über ihre Haarstoppeln und jagte tausend kleine Blitze durch ihren Körper. Zitternd vergrub sie das Gesicht noch ein Stück mehr an seiner Schulter.

»Ich dich auch«, wiederholte er.

Alles was sie wahrnahm, war seine Wärme, die sie einhüllte, sein Geruch, der ihr mit jedem Atemzug mehr bewusst machte, wie sehr Lukas ihr in den letzten Monaten gefehlt hatte. Sie hatte geglaubt, ihn für immer verloren zu haben. Mit dem Gedanken kamen die Tränen zurück. Sie rieb die Stirn an Lukas' Schulter, wollte nicht weinen und schaffte es doch nicht, die Tränen aufzuhalten.

»Ist gut«, flüsterte er, strich dabei wieder und wieder über Tomkes Kopf und drückte sie mit dem anderen Arm fest an sich. »Ich lass dich nicht mehr allein. Versprochen.«

Sie wollte ihm glauben, klammerte sich an seine Worte. Wollte den Albtraum vergessen, der sie gefangen hielt und in dem Lukas bald keine Erinnerung mehr an diesen Moment haben würde.

Das Einzige, was zählt, ist jetzt!

Sie hielt sich an dem Gedanken fest. Selbst wenn Lukas es nicht mehr wusste, sie würde sich erinnern. Für sie beide. Im Dunkeln tastete sie nach seinem Gesicht und umschloss seine Wangen mit den Händen.

»Ich werde dich daran erinnern«, flüsterte sie.

Sie stellte sich auf die Zehenspitzen, zog ihn zu sich und wollte ihm einen Kuss auf die Lippen drücken, traf aber seinen Mundwinkel. Als sie zurückwich, lag Lukas' Hand in ihrem Nacken, seine Finger spielten mit den Stoppeln ihrer Haare und hielten Tomke fest. Mit der anderen Hand tastete er nach ihrem Gesicht, strich über die tränennasse Wange, bis sein Daumen ihre Lippen berührte. Langsam beugte Lukas sich zu ihr, sie spürte seinen Atem auf der Haut, warm, mit einem Hauch von Kirsche. Ihre Wangen fingen an zu prickeln, sie öffnete den Mund, suchte nach Worten, wollte etwas sagen, um das Prickeln zu verscheuchen, mit dem die Vertrautheit verschwunden war. Stattdessen war wieder dieses Gefühl von Fremdsein da, das ihr Herz aus dem Takt brachte und Lukas' Nähe mit einer Spannung auflud, die Tomke nicht ertrug. Ehe sie ein Wort herausbrachte, verschloss er ihren Mund mit seinem und fuhr mit der Zungenspitze über ihre Lippen. Diesmal wich sie nicht zurück. Sie fasste in seine Haare und holte tief Luft. Ihr war noch nie aufgefallen, wie weich seine Haare sich anfühlten oder was für stachlige Stoppeln er im Nacken hatte.

Jede ihrer Berührungen löste eine kleine Explosion in ihren Fingerspitzen aus. Wärme durchströmte sie, und sie wollte nichts anderes tun, als Lukas im Arm halten, durch seine Haare streichen, mit den Händen seinen Rücken entlangwandern und jeden Muskel, jeden Knochen fühlen.

Ihre Lippen öffneten sich von selbst, und sie stieß mit der Zungenspitze gegen seine, die sich vorsichtig in ihren Mund drängte. Bei der Berührung ging ein Zittern durch seinen Körper, und er drückte Tomke stärker an sich. Sie hörte auf zu denken, ließ sich treiben von ihrem Gefühl, schob seine Zungenspitze zurück und saugte an seiner Unterlippe.

Es war Lukas, der ihr Gesicht zwischen seine Hände nahm, ein letztes Mal ihre Lippen küsste und innehielt, die Stirn gegen ihre gelehnt. »Das ist verrückt.«

Sie vergrub die Hände in seinen Haaren und horchte auf seinen Atem, der schneller war als eben, genau wie ihrer. Als wären sie in den letzten Minuten um ihr Leben gerannt.

»Ich habe Jannes versprochen, dich in Ruhe zu lassen«, fuhr er fort.

Statt sie loszulassen, drückte er seine Stirn stärker gegen ihre und hielt sie fest.

»Und wenn ich nicht in Ruhe gelassen werden will?«, fragte sie, und drehte den Kopf, bis ihre Lippen beinahe seine berührten.

Lukas sog Luft ein.

»Dann habe ich wohl ein Problem«, murmelte er.

»Nein, wir ...«

Weiter kam sie nicht, weil er die restlichen Worte von ihren Lippen küsste.

»Wenn Jannes davon Wind bekommt, stecke ich richtig in Schwierigkeiten«, sagte er zwischen zwei Küssen.

Sie hielt ihn fest und lehnte sich ein Stück zurück. »Wenn, dann bekommt er Schwierigkeiten, und zwar mit mir. Immerhin hat er versucht, ausgerechnet den Typen zu vergraulen, in den ich mich verknallt habe.«

»Verknallt?« Lukas lachte leise. »Bist du dir sicher, dass ich nicht einfach nur ein zweiter großer Bruder für dich bin?«

»Ziemlich«, antwortete sie. »Außer ich bin für dich nur die kleine Schwester deines besten Freundes.«

»Tomke.« Er fasste nach ihren Schultern, und auch wenn sie in der Dunkelheit nicht mehr als die Konturen seines Gesichts ausmachen konnte, hörte sie den Ernst in seiner Stimme. »Wenn du mir nichts bedeuten würdest, hätten Jannes und ich nie gestritten. Kapiert?«

»Mhm. Ich bin verdammt sauer auf euch beide, weil keiner von euch auch nur auf die Idee gekommen ist, mich zu fragen, was ich denke.«

Er lehnte die Wange gegen ihren Kopf und strich ihr über den Rücken. »Es war ein Fehler, okay? Ich wollte nicht noch mehr kaputtmachen.«

Noch mehr? Tomke biss sich auf die Lippe. Er hatte doch alles kaputtgemacht. Das sprach sie nicht aus.

»Wollen wir mal anfangen, den Park zu erforschen?«, fragte sie stattdessen.

»Von mir aus können wir auch für den Rest des Tages im Geisterhaus bleiben.« Lukas zupfte an ihren Haarstoppeln, und sie konnte das Grinsen in seiner Stimme hören. »Geisterhäuser sollen total romantisch sein.«

»Du meinst wohl eher in der Abstellkammer? Ja, total romantisch.« Sie machte sich von ihm los und griff nach seiner Hand. »Mach mal das Licht an.«

Gefühlskarussell,
lachendes Herz.
Wind im Haar.
Für immer du, kein
Scherz.

Lukas zog das Handy aus der Tasche und leuchtete durch den Raum. Bis auf ein paar Putzlappen und alte Plastikeimer waren die Regale leer. Was ihnen ins Gesicht geschlagen war, war ein vom Dreck steif gewordener Lappen, der von der Lampe hing.

»Na toll. Ich kann schon spüren, wie ich Pickel von diesem Ding bekomme«, murmelte Tomke.

Lukas lachte und richtete den Strahl auf die halb offen stehende Tür. »Glück gehabt, dass außer uns niemand hier ist.«

»Wieso?«

»Ich hab keinen Bock drauf, hier von einem Psychopathen eingesperrt zu werden.«

»Ich dachte, Geisterhäuser sind total romantisch?« Grinsend stieß sie ihn mit der Schulter an.

»Aber nicht so, dass ich mit dir hier drin verhungern wollte.«

»Pfff, das Schloss ist bestimmt so rostig, dass es abfällt, wenn man an der Tür rüttelt.«

Sie probierten es und schoben den Riegel von außen zu. Die Tür hielt bombenfest.

»Lass uns gehen«, schlug Tomke vor. »Das Geisterhaus war schon bescheuert, als der Park noch offen war.«

Lukas nickte, und es tat gut, zwischen den Särgen hinaus ins Sonnenlicht zu treten.

»Wo lang?«, fragte er.

»Früher bin ich vom Eingang aus immer direkt zum Freefall-Tower.« Sie schielte zu Lukas. »Wie wär's, wenn wir ein letztes Mal vorbeischauen und Abschied von ihm nehmen?«

»Dringend! An das Ding habe ich besonders gute Erinnerungen.« Seine Stimme triefte vor Ironie.

»Glaub ich. So oft, wie du mitgefahren bist!« Tomke lachte.

»Ich bin ja nicht lebensmüde, wie gewisse andere Leute hier. Aber wenn du ihn so vermisst, zum Freefall-Tower geht's hier entlang.« Wie selbstverständlich griff er nach ihrer Hand und ließ sie für den Rest des Wegs nicht mehr los.

*

»Davon ist ja nicht mehr viel übrig.« Tomke lief einmal um ein Kassenhäuschen herum, an dem die Farbe abgeblättert und der Großteil des Schriftzugs nicht mehr lesbar war. Es stand vor einer leeren Fläche. Der Freefall-Tower war längst abgebaut. Neugierig probierte sie die Klinke. Ein lautes Quietschen durchschnitt die Stille, und die Tür schwang auf.

»Moment, wir öffnen gleich«, sagte sie zu Lukas, während sie in dem Häuschen die verdreckte Scheibe hochschob. Leider fehlte der Stuhl. Tomke blieb nichts übrig, als sich auf den Boden zu knien, um durch die Scheibe reden zu können. »Sie sind ja ganz bleich um die Nase! Haben Sie etwa Angst?«

»Ha, Sie haben gut reden in ihrem Kabuff! Wahrscheinlich verkaufen Sie nur Tickets und sind noch nie mitgefahren!« Lukas lehnte sich auf die kleine Fläche, wo er sein Geld hinlegen sollte, und Tomke unterdrückte ein Lachen.

»Von wegen! Ich fahre jeden Tag nach dem Frühstück. Das hilft der Verdauung!«

»Ah, das ist eklig!«

»Was denn? Ich habe nicht gesagt, dass du es ausspucken sollst, okay?« Ihr Blick fiel auf den Blechboden. Sie entdeckte einen alten Fahrchip. Neongelb, mit einer dunklen Staubschicht überzogen. »Hier«, sagte sie und hielt Lukas den Chip hin. »Schenk ich dir!«

Zu ihrer Überraschung nahm er das dreckige Ding und drehte es lächelnd zwischen den Fingern. »Meinst du, ich bekomm mein Geld zurück, wenn ich den bei der Firma einreiche?«

»Klar. Die haben nach zwei Jahren bestimmt nichts Besseres zu tun, als alte Fahrchips zu erstatten. Wenn es sie überhaupt noch gibt.« Tomke ging aus dem Kassenhäuschen und klopfte sich die Finger ab.

»Dann muss ich ihn wohl behalten.«

»Wow, schau mal dort drüben!«, rief Tomke und lief los, ohne auf Lukas zu warten.

»Was denn?«

Sie antwortete nicht. Mit offenem Mund blieb sie vor einem alten Karussell stehen, auf dem Pferde an Stangen hingen.

»An das Ding kann ich mich überhaupt nicht erinnern. Du?« Sie drehte sich zu Lukas, der langsam hinter ihr her geschlendert kam.

»Könnte daran liegen, dass Karussells was für kleine Kinder sind?«

»Quatsch. Das hier ist eines von den ganz alten, die manchmal in Filmen auftauchen, und da fahren definitiv auch Erwachsene mit. Die Pferde gehen hoch und runter. Kennst du die nicht?« Sie fing an, um das Karussell herumzugehen. »Meinst du, wir bekommen es zum Laufen?«

»Wieso denn bitte ausgerechnet das Karussell?«

»Hast du ein anderes Fahrgeschäft gesehen, das hier noch vollständig steht?«, rief sie ihm von der anderen Seite aus zu.

»Nein«, seufzte er. »Das heißt nicht, dass wir deswegen dieses alte Klapperding in Bewegung setzen müssten.«

Er sprang auf die Drehscheibe und zog an einer der Stangen. Es knarrte bedenklich, und das Karussell fing an zu wackeln.

»Pass auf! Ich will nicht, dass uns das Ding auf den Kopf fällt«, rief Tomke ihm zu.

»Seit wann interessierst du dich für Mädchenkram?«

Tomke erstarrte.

Mädchenkram.

Das hatte er jetzt nicht wirklich gesagt. Oder? Ihr Gesicht wurde rot, sie biss die Zähne zusammen.

»Soweit ich weiß, fahren auch ziemlich viele Jungs auf Karussells ab«, fauchte sie.

»Ja, wenn sie Feuerwehrautos haben oder Motorräder. Keine Pferde.« Lukas war viel zu beschäftigt damit, an jeder einzelnen Stange zu rütteln.

Er merkte nicht, auf welch dünnem Eis er sich bewegte.

»Warum gibt es dann viele erfolgreiche Männer im Reitsport? Die müssen ja wohl auch als kleine Jungs angefangen haben, sich für Pferde zu interessieren, oder?«

»Vielleicht sind die Mädels einfach nicht ehrgeizig genug, um das beruflich zu machen?«

»Oh, wie gut, dass hier niemand geschlechtsspezifische Vorurteile hat!« Tomke blieb stehen und verschränkte die Arme.

Lukas war immer noch damit beschäftigt, die Stangen zu prüfen.

»Okay, wir versuchen es«, sagte er und drehte sich zu ihr, ein breites Grinsen im Gesicht.

»Was versuchen wir? Weiter irgendwelche haltlosen Behauptungen über Jungs- und Mädchenkram aufzustellen?«

»Was? Quatsch!«, antwortete er und schüttelte den Kopf. »Das Ding hier wieder zum Laufen zu bringen. Los, komm!«

Lachend sprang er neben ihr von der Drehscheibe, griff einem der Pferde an den Hintern und stemmte sich dagegen. Tomke kniff die Augen zusammen. Kapierte er nicht, was er gerade gesagt hatte, oder ignorierte er es absichtlich?

»Hilf mir mal, das Ding bewegt sich keinen Millimeter.«

»Ach, jetzt brauchst du auf einmal meine Hilfe?«, knurrte sie, aber sie ging zu dem Pferd hinter seinem und stemmte sich dagegen.

Vergeblich.

Schließlich ging Lukas auf die andere Seite zu einem der Pferde und versuchte, mit ihr von zwei Seiten aus zu schieben. Erst in die eine, dann in die andere Richtung. Alles was sie erreichten, war eine ausgerissene Stange.

»Verdammt, das Ding ist entweder eingerostet, oder es hat eine Wegfahrsperre.« Schnaufend ließ Lukas sich ins Gras fallen.

Tomke ging zu ihm. »Vielleicht braucht es Strom?«

»Vielleicht. Aber ich werde nicht die Stromleitung für dich kappen.«

»Wieso nicht? Hast du Angst, einen Stromschlag zu bekommen?«, fragte sie grinsend.

»Quatsch. Es ist total ungefährlich, mit so einem offenen Kabel durch die Gegend zu laufen.«

»Los, komm!« Sie hielt ihm die Hand hin.

»Dein Ernst? Du willst die Leitung kappen?« Lukas musterte sie unter zusammengezogenen Augenbrauen.

»Natürlich nicht! Hältst du mich für komplett bescheuert? Wenn wir das Ding nicht zum Laufen bekommen, können wir uns auf die Pferde setzen und so tun, als würde es fahren.«

»Ich mach mich hier echt zum Volldeppen«, murmelte er, aber er griff nach ihrer Hand und stemmte sich hoch.

Ein Lächeln auf den Lippen, das seinen Worten die Schärfe nahm. Tomke zog ihn zurück zum Karussell. Wenn er sich wirklich blöd vorgekommen wäre, wäre er nicht mitgekommen. Das wusste sie, sie kannte ihn lange genug. Sie suchten zwei Pferde aus, die noch halbwegs robust aussahen und nebeneinander hingen. Ein weißes und ein hellbraunes. Ohne ihn zu fragen, setzte sie sich auf das hellbraune, hielt sich an der Stange fest und lehnte sich nach hinten. Die Augen geschlossen.

»Merkst du, wie es sich dreht?«, rief sie, und nur mit Mühe konnte sie ein Lachen unterdrücken bei der Vorstellung, wie Lukas neben ihr auf dem weißen Pferd hockte.

»Klar, ich kann den Wind schon in den Haaren spüren«, flüsterte eine Stimme neben ihrem Ohr.

Lukas.

Sie riss die Augen auf, ihr Herz raste wie verrückt. Wieso stand er bei ihrem Pferd? Er sollte auf dem Schimmel sitzen, einen halben Meter entfernt. Im nächsten Moment hatte er seine Arme um sie gelegt und zog ihren Rücken an seinen Brustkorb. Sie atmete tief ein, legte die Hände auf seine und lehnte den Kopf an seine Schulter, das Gesicht dem blauen Himmel zugewandt.

»Das ist die beste Karussellfahrt jemals«, murmelte Lukas und drückte ihr einen Kuss auf die Schläfe.

»Trotz Mädchenkram?«

»Ich mag Pferde.«

Sie konnte das Grinsen in seiner Stimme hören und gab ihm einen Stoß in die Rippen. »Idiot!«

Beide prusteten sie los. Tomke kuschelte sich in Lukas' Arme und schloss die Augen. Warum noch mal hatte er sie in den letzten Monaten ignoriert? Sie fand keine Antwort mehr auf diese Frage.

**Mit
der Nachtigall
zerplatzt der Traum,
schleudert uns in freien
Fall.**

»Was kann ich Ihnen bringen?« Lukas stand hinter dem Tresen eines der Restaurants, in der Hand einen abgesplitterten Kochlöffel aus Holz, den er aus einem in der Ecke stehenden Sack gezogen hatte.

Hinter der gebogenen Plexiglasscheibe war nur noch ein leerer Holzrahmen, durch den Tomke bis zu den beigen Bodenfliesen sehen konnte.

Sie warf einen Blick auf die verblichenen Essensfotos an der Wand. »Eine Pizza Margherita, einmal Pommes mit Ketchup und noch was zu trinken, bitte.«

»Wow, Sie leben heute richtig gesund!«

»Tja, bei der genialen Auswahl ist das auch echt nicht schwer!« Tomke streckte ihm die Zunge heraus.

»Unser Chefkoch gibt sich alle Mühe. Suchen Sie sich schon mal einen Platz, ich bringe die Bestellung zu Ihnen.«

Tomke ließ den Blick durch das Restaurant schweifen. Es waren kaum noch Tische da, einige davon umgekippt. Dazwischen entdeckte sie ein paar gelbe und rote Plastikstühle, die zum Teil Risse hatten und aussahen, als würden sie auseinanderbrechen, sobald jemand sich auf sie setzte.

»Wäre es möglich, einen Tisch nach draußen in die Sonne zu stellen?«

»Dein Ernst jetzt?« Lukas' Augen weiteten sich, und sie hatte Mühe, nicht loszulachen. »Willst du den auch durchs Fenster hieven?«

»Okay, okay, doofe Idee.« Sie hob entschuldigend die Hände.

»Ich hab echt langsam Hunger. Ne Pizza wäre nicht schlecht.« Lukas legte den Kochlöffel auf den Holzrahmen und fing an, alle Schränke hinter dem

Tresen aufzumachen. »Mann, nicht einmal irgendwelche Dosen sind noch da.«

»Los, lass uns nach draußen steigen.«

»Und dann? Ein paar Vögel jagen? Käfer esse ich nicht, dass das klar ist.«

»Echt nicht? Dabei haben die so viele Proteine!« Tomke schüttelte lachend den Kopf.

»Lass uns erst noch eine Runde durch die Küche machen und nachsehen, ob nicht doch noch irgendwo was Essbares ist.« Lukas ging in Richtung der Schwingtür, aber Tomke hielt ihn zurück.

»Nicht nötig. Los, komm jetzt!«

»Was hast du vor?«

Ein Lächeln huschte über ihr Gesicht. Statt ihm zu antworten, zuckte sie mit den Schultern. Ehe er noch eine Frage stellen konnte, ging sie zurück zu dem kaputten Fenster, durch das sie eingestiegen waren, und kletterte nach draußen.

*

Die letzten Strahlen der Abendsonne im Gesicht, saß Tomke neben Lukas auf einer Bank, eine Tüte Tortilla-Chips in der Hand. Gesalzen. Er öffnete das Glas mit dem scharfen Dip.

»Hast du noch mehr Überraschungen in deinem Rucksack?«, fragte er.

»Wart's ab.« Sie tunkte einen Chip in die Soße und schob ihn in den Mund. »Wie spät ist es eigentlich?«

»Kurz vor sieben«, antwortete er nach einem Blick auf sein Handy. »Verdammt!«

»Was ist?«

»Ich muss noch jemandem absagen, hätte ich fast vergessen.«

»Ein Date?«

Tomke wusste nicht, warum sie ihn das fragte, wo ihr doch klar war, mit wem er sich am Abend treffen wollte und warum. Lukas starrte sie einen Moment lang an.

»Bestimmt. Ich hab ein Date am Laufen und verbringe den Nachmittag mit dir.« Er drehte das Handy so, dass sie das Display nicht sehen konnte.

Wenn Lukas nicht an seine Verabredung mit Bjarne gedacht hätte, wäre der Marvin und Nick in die Arme gelaufen. Tomke saugte die Unterlippe ein.

Ich habe Bjarne einfach vergessen. Und Jannes auch.

Sie fuhr sich über die Stirn, wurde das schlechte Gewissen nicht los.

»Was ist?« Lukas' Frage riss sie aus ihren Gedanken.

Ohne es zu merken, hatte sie nach seiner Hand gegriffen.

»Nichts«, murmelte sie.

»Sicher?«

Sie nickte. Lukas musterte noch einen Moment lang ihr Gesicht, bevor er sich wieder seinem Handy zuwandte.

»Jannes hat eines.«

»Ein was?«, fragte er, nur halb bei der Sache, weil er auf eine Nachricht antwortete.

»Ein Date.«

»Schön für ihn.« Er steckte das Handy weg und nahm einen Tortilla-Chip aus der Tüte.

Sie stieß Lukas mit dem Ellbogen an. »Hörst du mir überhaupt zu?«

»Hey!« Lukas lachte, legte den Arm um ihre Schulter und zog sie zu sich.

Grinsend lehnte sie den Kopf an ihn und versuchte, weder an Jannes noch an Bjarne zu denken. Jannes würde sich in knapp zwei Stunden mit dieser Lucie treffen, weit weg vom Waldspielplatz. Und Bjarne würde heute wohl ohne Pillen zu seiner Party müssen. Alles war perfekt aufgesetzt. Warum fühlte sie trotzdem diese Unruhe? Sie musste nur warten. Warten, bis dieser Tag zu Ende ging. Und hoffen. Hoffen, dass es genug war, um hier herauszukommen.

»Lukas?«, flüsterte sie.

»Hm?«

Sie setzte sich auf und sah ihm ins Gesicht. »Bleibst du mit mir heute Nacht hier? Bitte?«

»Musst du nicht irgendwann nach Hause?«

Sie schüttelte den Kopf. Obwohl die Frage falsch war. Es ging nicht um Müssen. Sie konnte nicht nach Hause. Sie durfte Jannes auf keinen Fall begegnen, wenn es ihr gelungen war, die Ereigniskette zu unterbrechen. Warum waren wieder Tränen in ihren Augen?

»Ist gut.« Lukas gab ihr einen Kuss auf die Stirn. »Was ist mit dir los?«

Sie schüttelte den Kopf und lächelte. »Nichts, versprochen.«

Ohne ein weiteres Wort lehnte sie sich an seine Schulter und nahm seine Wärme in sich auf.

Bitte, ich will, dass Lukas sich morgen noch erinnert.

*

»Jannes bringt mich um«, sagte Lukas in die Stille hinein.

Sie waren über eine Feuerleiter auf das Flachdach des Geisterhauses geklettert, saßen an einen Stromkasten gelehnt und beobachteten, wie die Sonne nach und nach hinter den Feldern am Horizont verschwand.

»Bereust du es?« Ihre Stimme klang dünn, und Tomke wagte nicht, ihn anzusehen. »Wenn du willst, können wir so tun, als ob nichts gewesen wäre, alles vergessen ...«

Vergessen. Das war das, was die anderen machten. Schon dreizehn Tage lang.

»Spinnst du?« Auf einmal lag Lukas' Hand auf ihrer Schulter, und er wartete, bis sie ihn ansah. »Ich war der totale Idiot. Wenn ich gleich meinen Mund aufgemacht hätte, statt auf Jannes zu hören, hätte ich mir in den letzten Monaten eine Menge Ärger erspart.«

»Hm, vielleicht hätte ich dich dann auch abblitzen lassen? Ich hätte ja nicht gewusst, wie sehr ich dich vermissen würde.« Sie grinste ihn an.

»Hättest du nicht?«, murmelte er, während er mit den Fingern über ihr Gesicht strich.

»Mhm.«

Seine Berührung brachte ihren Herzschlag aus dem Takt.

»Dann bin ich ja froh, dass du inzwischen bemerkt hast, wie sehr ich dir fehle.« Mit einem Lächeln auf den Lippen beugte er sich zu ihr.

»Mhm.« Sie fuhr mit den Fingerspitzen seinen Hals entlang, bis ihre Hand auf seiner Schulter lag.

Ihre Finger zitterten, und als ihre Lippen sich berührten, spülten kleine warme Wellen durch ihren Körper. Sie schloss die Augen und genoss die Wärme, die sich in ihr ausbreitete, genauso wie die Erschütterungen, die die Berührungen von Lukas in ihr auslösten. Ein Beben, das mit jedem Atemzug stärker wurde.

»Ich will keine einzige Sekunde vergessen. Kapiert?« Wie um seine Worte zu verstärken, zog er sie fest an sich, küsste ihre Wange, ihr Ohr, ihren Hals.

Tomke drückte die Stirn gegen seine Schulter, atmete seinen Geruch so tief ein, wie sie nur konnte, wollte nichts weiter spüren als seine Nähe und konnte doch die Angst nicht abschütteln. Was war, wenn ihr Plan nicht aufging und nach einem Blick in Jannes' Augen alles von vorne anfing? Wenn sie diesem Albtraum niemals entkommen konnte und mit ansehen musste, wie der Tag mit Lukas ausgelöscht wurde und Lukas morgen wieder die Mauer um sich aufgebaut hatte? Das hielt sie nicht aus. Das hielt sie definitiv nicht aus.

Vergessen.

Das Wort nahm ihr die Luft zum Atmen. Sie wollte nicht die Einzige sein, die sich erinnern konnte.

»Alles in Ordnung?« Lukas schob sie ein Stück von sich weg und sah sie an.

»Versprichst du mir, dass du mich nie wieder aus deinem Leben kickst? Ohne jede Erklärung?« Sie lehnte die Stirn gegen seine und versuchte, ihm trotzdem noch in die Augen zu sehen.

»Versprochen«, antwortete er, ohne auch nur eine Millisekunde zu zögern. Seine Stimme bebte vor Entschlossenheit. Tomke wollte glücklich sein.

Sie war es nicht.

Das Versprechen war leer. Wenn der Tag zurück zum Anfang sprang, würde Lukas nichts mehr davon wissen. Sie schloss die Augen und versuchte, die Tränen zurückzuhalten.

»Hey.« Lukas strich über ihre Wange.

In seinen Augen schimmerte Sorge.

»Alles gut«, flüsterte sie und lächelte.

Auch wenn ihr nicht zum Lächeln war.

»Ich glaube dir kein Wort«, murmelte er.

Aber er nahm sie in den Arm und hielt sie, ohne weiter zu fragen. Sie war ihm dankbar, denn sie hätte nicht gewusst, wie sie es ihm erklären sollte, ohne für verrückt gehalten zu werden.

*

Die Sonne war längst hinter dem Horizont verschwunden. Sie saßen immer noch auf dem Dach, Arm in Arm, die Köpfe aneinander gelehnt.

»Ich habe Mama versprochen, dass wir morgen mit Jannes reden«, sagte Tomke in die Stille hinein.

»Weiß sie, wo du bist?«

»Mama? Ich glaube, sie denkt, dass wir bei dir sind und einen Plan schmieden, wie du und Jannes sich aussprechen können.«

»Großartig.« Lukas seufzte. »Sie wird ausrasten, wenn sie mitbekommt, dass wir zusammen sind und sie quasi vor deinem Vater gedeckt hat, dass du bei mir übernachtest. Und Jannes' Reaktion will ich mir gar nicht erst ausmalen.«

Tomke setzte sich auf. »Sind wir das?«

»Was?«

»Zusammen?«

Sie sahen sich an. Das Zwinkern in Lukas' Augen löste einen Wirbelsturm an Gefühlen in ihr aus. Lächelnd lehnte er sich zu ihr und legte seine Hände auf ihre heißen Wangen.

»Was glaubst du?«, flüsterte er.

Sein Tonfall klang provozierend. Das Lächeln auf seinen Lippen war fast schon ein Grinsen.

»Wir ...«

Warum war ihr Hals so trocken?

»Ja?«

Seine Augen blitzten, und Tomke bereute, die Frage gestellt zu haben. Lukas grinste jetzt definitiv.

»Man beantwortet Fragen nicht mit ...«, fing sie an.

Das Klingeln ihres Handys unterbrach sie. Sie erstarrte. Trotz der Wärme von Lukas' Händen auf ihrem Gesicht wurde ihr kalt.

»Willst du nicht nachsehen, wer das ist?« Seine Stimme war weit weg.

Sie schüttelte den Kopf. Nein, wollte sie nicht. Trotzdem lag das Handy in ihrer Hand.

»Papa«, flüsterte sie, und als sie die Uhrzeit sah, fuhr ein Stich durch ihren Körper.

Ihre Hoffnung zersprang in tausend kleine Splitter.

»Geh ran! Er dreht durch, wenn er dich nicht erreicht.« Lukas fasste sie an den Schultern und beugte sich zu ihr, aber sie nahm es kaum wahr.

Alles was sie konnte, war auf das Display zu starren und mit aller Macht gegen das Zittern anzukämpfen, das von ihr Besitz ergriff.

Jannes. Er ist im Krankenhaus.

Das konnte, nein, das durfte nicht sein. Er war nicht durch den Wald gegangen, er war auf dem Weg zum See gewesen!

Tomke erstarrte.

War es Jannes' Schicksal, heute Abend zu sterben, ganz egal durch wen und warum? Kam sie deshalb nicht aus diesem Albtraum heraus, weil sie das nicht akzeptieren wollte? Um keinen Preis der Welt?

Das Handy hörte auf zu klingeln. Von irgendwo her kam Lukas' Stimme, aber sie war zu weit weg, hatte keine Kraft, um durch Tomkes Gedanken bis zu ihr durchzudringen. Ein anderes Handy klingelte. Lukas'. Tomke blinzelte und versuchte, sich auf ihn zu konzentrieren.

»Hallo? Hagen? ... Ja, sie ist da, sie ist nur ... Was?« Lukas erstarrte und schüttelte langsam den Kopf. »Das ist ... Nein, sie hat nichts gesagt ... Wir kommen ... Nicht nötig, ich ruf ein Taxi ... Ja, bis gleich.« Er legte

auf, starrte sekundenlang ins Leere, hob langsam den Kopf und sah sie an.
»Tomke, wir müssen ...«

»Jannes«, unterbrach sie ihn.

»Woher ...«

»Er stirbt.« Erst als sie Lukas' entsetzten Blick sah, wurde ihr bewusst, was sie gesagt hatte.

»Quatsch. Sie untersuchen ihn im Moment. Dein Vater weiß auch noch nichts. Ich hab ihm gesagt, dass wir direkt zum Krankenhaus fahren und er uns nicht abzuholen braucht. Ich ruf ein Taxi. Los, komm.« Er zog sie auf die Füße und telefonierte auf dem Weg zur Feuerleiter.

*

Im Taxi waren die Tränen wieder da. Tomke saß neben Lukas auf der Rücksitzbank, die Fahrt kam ihr viel zu lange vor. Er drückte sie an sich, strich über ihren Kopf und murmelte immer nur diesen einen Satz.

»Alles wird gut, wirst sehen, es wird alles gut.«

Sie hätte ihm gerne geglaubt, aber dafür hatte sie diesen Tag schon zu oft erlebt. Nichts würde gut werden. Und wie es aussah, hatte sie nicht die Macht, daran etwas zu ändern.

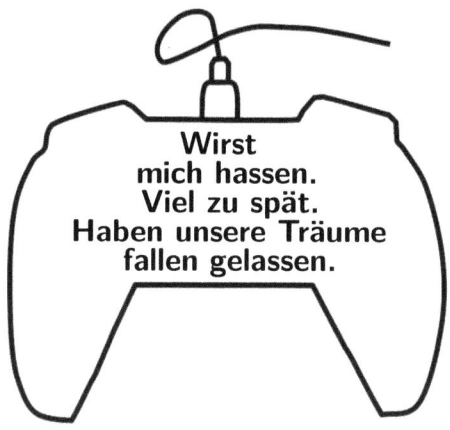

**Wirst
mich hassen.
Viel zu spät.
Haben unsere Träume
fallen gelassen.**

Erst vor dem Krankenhaus fiel es Tomke auf.

Lukas zog das Handy aus der Tasche und öffnete seine Nachrichten. »Dein Vater schreibt, sie sind ... Hey! Wo rennst du hin?« Er lief ihr nach. »Wir müssen ...«

»Ich weiß, wo wir hinmüssen!«, sagte sie, ohne das Tempo zu verlangsamen. »Du hast Bjarne doch abgesagt, oder?«

»Bjarne?« Lukas hechtete neben ihr die Treppe hoch. »Wie kommst du jetzt auf Bjarne?«

»Ist doch egal!« Sie verdrehte die Augen. War da ein Vorwurf in seinem Tonfall, oder bildete sie sich das ein? »Es war doch Bjarne, dem du die Nachricht geschrieben hast, oder?«

Auf dem nächsten Treppenabsatz bog sie scharf rechts ab, ohne sich umzusehen, und rannte in ein leeres Bett, das von zwei Pflegern den Gang entlanggeschoben wurde.

»Hallo? Passt auf! Ihr seid hier in einem Krankenhaus und nicht auf dem Sportplatz.« Einer der Pfleger stellte sich Tomke in den Weg. Er war klein und mager und hatte tiefe Falten im Gesicht. »Was macht ihr hier überhaupt? Die Besuchszeit ist vorbei!«

»Es ist ein Notfall«, antwortete Tomke, während sie einen Haken um ihn schlug und weiter rannte.

»Entschuldigung«, hörte sie Lukas hinter sich. »Ihr Bruder hatte einen Unfall und wird gerade untersucht ...«

An der nächsten Ecke holte er sie wieder ein.

»Hast du Bjarne jetzt abgesagt?«, fragte sie noch einmal.

»Was willst du mit Bjarne? Ich habe Marvin gesagt, dass er seinen Deal allein machen muss. Der war schon sauer genug.«

Sie blieb stehen. »Ist das dein Ernst?«

»Was?« Er war zwei Schritte weitergerannt und wirbelte zu ihr herum.

»Du hast Bjarne in die Falle laufen lassen?«

»Was für eine Falle? Es geht hier um Jannes, oder? Dein Bruder hatte einen Unfall. Warum machst du dir Sorgen um diesen arroganten Idioten?« Lukas' Stimme wurde mit jeder Frage lauter. Er kam auf Tomke zu und hielt sie fest. »Was ist mit dir los? Bjarne ist wahrscheinlich auf irgendeiner Feier und säuft sich das letzte bisschen Hirn weg!«

»Ist er nicht.« Sie machte sich von Lukas los und rannte weiter den Gang entlang.

Warum hatte sie ihn nicht gefragt, wem er schrieb? Wenn sie es kapiert hätte, hätte sie eine Chance gehabt, ihn dazu zu bringen, Bjarne abzusagen.

Hätte sie?

Sie warf ihm im Laufen einen Blick zu, bemerkte seine zusammengezogenen Augenbrauen und die Anspannung in seinem Körper. So wie er jedes Mal austickte, sobald sie mit Bjarne anfing, hätten sie eher gestritten.

Verdammt!

Sie ballte die Hände zu Fäusten und warf sich gegen die nächste Glastür, statt darauf zu warten, dass die von selbst aufschwang. Wie sollte sie die Kette durchbrechen, wenn sie es nicht schaffte, Bjarne davon abzuhalten, zum Trimm-dich-Pfad zu gehen?

Vor ihr tauchte der kleine Wartebereich auf. Sie hielt an. Angst setzte sich wie ein großer Vogel auf ihre Schulter, breitete die Flügel aus und nahm ihr die Sicht. Auf einmal war Lukas' Hand da, er umschloss ihre Finger und drückte sie. Sie spürte seine Wärme und schaffte es, wieder zu atmen.

Außer ihren Eltern und dem Polizisten war niemand im Wartebereich. Ihre Eltern saßen mit dem Rücken zu Tomke. Zum Glück. Allein die Vorstellung, jetzt die Mischung aus Hoffnung und Hilflosigkeit in ihren Gesichtern zu sehen, war zu viel. Ein Zittern ging durch ihren Körper. Mehrere Atemzüge lang konnte sie sich nicht bewegen. Der Blick, mit dem der Polizist zu ihrer Mutter sah, zerschnitt Tomkes Herz, und ihr wurde bewusst, welches Shirt sie trug.

'Noob Slayer'

Hitze stieg in ihr auf, ein Schrei formte sich in ihrer Kehle. Sie drückte Lukas' Hand, so fest sie konnte, wäre sonst zu dem Polizisten gerannt, hätte ihn an den Schultern gepackt und angebrüllt, warum er Jannes keine Chance gab.

Ihr Blick fiel auf die Tüte zwischen seinen Fingern, in der Jannes' Handy lag, und sie ging los, Lukas hinter sich herziehend.

»Jannes war unterwegs zu einem Date und hat nichts mit Bjarnes Verletzungen zu tun. Im Gegenteil, er wollte helfen«, unterbrach sie den Polizisten, der immer noch mit ihrer Mutter redete.

»Tomke!« Ihre Mutter sprang auf, breitete die Arme aus, dann bemerkte sie Lukas' Hand in Tomkes und stockte.

»Ein Date? Hast du deiner Mutter nicht erzählt, dass Jannes beim Sondertraining ist?« Die Frage ihres Vaters war wie ein Schlag ins Gesicht.

»Es war gelogen«, murmelte Tomke, und sie schaffte es nicht, ihren Vater anzusehen.

»Woher weißt du, was mit Bjarne Madsen passiert ist?«, ging der Polizist dazwischen, ehe ihr Vater etwas erwidern konnte.

Er blitzte Tomke an, und im ersten Moment wollte sie zurückweichen. Dann dachte sie an Jannes, den er schon verurteilt hatte, ohne mit ihm gesprochen zu haben. Nur weil Marvin schlau genug gewesen war, rechtzeitig zu verschwinden, und Jannes *ach so furchtbar gewaltverherrlichende* Spiele spielte.

»Mein Bruder hat Bjarne kein Haar gekrümmt, ich kann es Ihnen beweisen. Darf ich?« Sie deutete auf das Handy und sah dem Polizisten in die Augen.

»Moment. Du weißt, was im Wald passiert ist? Ich dachte, du warst bei Lukas?«, warf ihre Mutter ein.

»Das war ich auch. Und Jannes wollte zu seinem Date, er ist Bjarne und den anderen nur zufällig über den Weg gelaufen!«

»Woher weißt du, dass Bjarne Madsen bei deinem Bruder gefunden wurde, wenn du nicht im Wald warst? Hat dein Bruder dir erzählt, was er vorhat? Versuchst du ihn zu schützen?« Der Polizist strich sich über den Schnauzbart.

Sein Blick glitt über den Schriftzug auf ihrem Shirt. Sie hielt die Luft an. Verdammt, sie hatte es versaut. Er hatte recht. Wenn sie nicht im Wald gewesen war, musste Jannes ihr von Bjarne erzählt haben. Eine andere Erklärung gab es nicht. Wie sollte sie sonst von dem Zusammentreffen wissen?

»Lukas! Er kann Ihnen erklären, mit wem Bjarne sich getroffen hat und warum.« Sie drückte Lukas' Finger und streckte die Hand nach dem Handy aus. »Inzwischen versuche ich, das Mädchen zu erreichen, mit dem Jannes verabredet war. Bitte, er wollte wirklich nur zu einem Date ...«

Der Polizist zog die Augenbrauen zusammen. Tomke glaubte, er würde ablehnen, doch dann nahm er das Handy aus der Tüte und bedeutete Lukas, sich zu ihm zu setzen.

»Also gut, ruf das Mädchen an, aber stelle auf laut. Und anschließend erklärt ihr beide mir, was ihr mit der Sache zu tun habt!«

Jemand fasste nach ihrem Arm und riss sie herum.

»Sag mir sofort, was hier los ist!« Ihr Vater funkelte sie an.

»Herr Nehls, bitte beruhigen Sie sich. Es steht Ihnen frei, einen Anwalt zu rufen, bevor Ihre Tochter weitere Aussagen macht«, mischte der Polizist sich ein.

»Bitte, Papa, lass es mich beweisen. Den Rest erkläre ich dir später. Aber Jannes ist unschuldig.« Musste ihre Stimme so zittern?

Ihre Mutter stellte sich hinter ihren Vater und legte ihm die Hand auf die Schulter. »Gib ihr die Chance, Hagen, bitte«, flüsterte sie.

Einen endlos erscheinenden Augenblick sagte ihr Vater nichts. Tomke hielt die Stille kaum aus, wagte aber nicht, etwas zu sagen, weil es ganz sicher das Falsche wäre.

»Gut, sie soll den Anruf machen. Alles andere möchte ich aber erst mal allein mit den beiden besprechen«, sagte er schließlich.

Tomke nahm das Handy und ließ Lukas los, ohne ihn anzusehen. Es war unfair, ihn ungefragt mit hineinzuziehen, aber Marvin bekam nur das, was er verdiente.

Mit zitternden Fingern suchte sie die Nummer dieser Lucie heraus und ließ es klingeln, bis die Verbindung abbrach.

Scheiße!

War Lucie sauer, weil sie vergeblich auf Jannes gewartet hatte? Tomke musste mit ihr reden. Nicht um den Polizisten von Jannes' Unschuld zu überzeugen. Er würde sich bald sowieso nicht mehr erinnern. Sie musste wissen, warum Jannes sich trotz seines Versprechens mit Lucie beim Waldspielplatz verabredet hatte.

»Sie geht nicht ran. Ich schreib ihr eine Nachricht, okay? Schätze, sie ist sauer auf Jannes, weil er nicht zu ihrem Date kam«, murmelte Tomke.

Sie wartete das Okay des Polizisten nicht ab, hielt das Handy aber so, dass er sehen konnte, was sie schrieb.

> Jannes ist im Krankenhaus.

> Geh bitte an dein Handy, es ist wichtig.

> Tomke

Die mindestens zwanzig ungelesenen Nachrichten von Lucie im Chat ignorierte sie, schickte den Text ab, zählte bis zehn und rief noch einmal an. Diesmal hob Lucie nach dem zweiten Klingeln ab.

»Geht es noch ein bisschen dramatischer? Du bist im Krankenhaus. Klar. Entweder du hast eine gute Erklärung, warum du mich versetzt hast, oder ich lege sofort wieder auf und wir sind durch. Verstanden?«, schnauzte die Stimme eines Mädchens in die Leitung.

Da! Das bewies doch schon alles! Tomke schaute zu dem Polizisten. Sein Gesicht blieb ausdruckslos.

»Hier spricht Tomke, Jannes' Schwester. Das mit dem Krankenhaus war mein voller Ernst.«

»Bitte?« Das Mädchen schnappte nach Luft. »Was ist passiert?«

Eine ganze Menge.

»Jannes wurde verletzt im Wald gefunden, aber das ergibt keinen Sinn. Er hat mir erzählt, dass er am Mückensee verabredet ist.«

Sie sah, wie der Polizist die Augenbrauen hochzog, und hörte das Schnauben ihrer Mutter.

Toll, ich reite mich hier immer weiter rein.

»Verletzt? Schlimm verletzt?«

Schlimmer, als du denkst.

»Er wollte sich doch mit dir treffen, oder? Weißt du, warum er im Wald war? Der liegt nicht auf dem Weg vom Studio zum See.«

»Wir waren beim Waldspielplatz verabredet. Geht es Jannes gut? Kann ich ihn sprechen?«

Klar, weil es ihm so gut geht, liegt er im Krankenhaus.

»Hat Jannes dich nicht gefragt, ob ihr euch woanders treffen könnt?« Tomke ließ sich nicht beirren.

Sie brauchte die Antwort, sie musste wissen, was schiefgelaufen war.

»Das ist doch jetzt nicht wichtig. Was ist mit ihm los? In welchem Krankenhaus ist er?«

»Das ist verdammt wichtig, die Polizei ist hier und will wissen, was er im Wald zu suchen hatte. Okay? Warum habt ihr euch nicht am Mückensee getroffen?«

»Weil ich keinen Bock auf den See hatte und mich lieber beim Waldspielplatz treffen wollte. Wieso Polizei? Was bitte ist passiert?«

In Tomkes Kehle formte sich ein tiefes Grollen. Das war jetzt nicht wahr, alles war perfekt geplant gewesen, und Lucie hatte es kaputtgemacht. Weil sie sich lieber beim Waldspielplatz treffen wollte? War sie bescheuert?

»Wenn Jannes zum Mückensee gegangen wäre, wäre ihm nichts passiert«, zischte Tomke.

Es ist deine Schuld, verdammt! Ohne dich läge er jetzt nicht mit zertrümmertem Hirn hier.

»Was soll das heißen?«, fauchte Lucie zurück.

Aber Bjarne. Bjarne wäre hier und würde am Montag nicht mehr in die Schule kommen. Sauerstoffmangel. Musste sie Lucie dankbar sein? Ohne den Anruf ihres Vaters hätte Tomke mit Lukas den Tag verstreichen lassen. Hätte sie dann noch eine Chance gehabt zu resetten?

»Pass auf, hier sitzt ein Polizist, der wissen will, was Jannes im Wald zu suchen hatte. Ich geb dich an ihn weiter.« Sie versuchte, ruhig zu sprechen, die Spannung aus dem Gespräch zu nehmen.

»Warte!«

»Was denn noch?« Tomke hatte sich schon zu dem Polizisten gedreht, der ihr Gesicht während des Telefonats nicht aus den Augen gelassen hatte.

»Was ist mit Jannes? Geht es ihm gut?«

Gut? Mit Mühe unterdrückte Tomke ein Lachen. Hörte dieses Mädchen nicht zu?

»Er stirbt«, murmelte sie und drückte dem Polizisten das Handy in die Hand.

Kein Wort mehr. Sie wollte kein Wort mehr hören.

»Wer ist am Apparat?«, fragte der Polizist in den Hörer.

Tomke drehte sich weg und ging zum Fenster.

Draußen waren ein paar Straßenlaternen die einzigen Lichtflecken zwischen den im Dunkeln liegenden Häusern. In der Spiegelung des Glases sah sie, wie ihre Mutter langsam auf sie zukam und neben ihr stehen blieb. Ihre Mutter. Natürlich. Es war immer ihre Mutter, die mit ihr redete, wenn irgendetwas nicht so lief, wie es laufen sollte. Ihr Vater saß noch auf dem Holzstuhl und beobachtete den Polizisten. Lukas sagte etwas zu ihm, was ihm nur eine Zurechtweisung von ihrem Vater einbrachte. Dabei hatte Lukas Glück. Wenn ihr Vater nicht von den Sorgen um Jannes eingenommen wäre, würde er ihm viel unangenehmere Fragen stellen. Was da zwischen ihm und ihr lief, zum Beispiel.

»Du hast die ganze Zeit von Jannes' Date gewusst?«, fragte ihre Mutter und suchte in der Scheibe nach Tomkes Blick.

Tomke nickte.

»Und die Geschichte mit dem Sondertraining war eine Lüge?«

»Ja.« Sie drehte sich zu ihrer Mutter und bemerkte den Schatten auf deren Gesicht.

Es tut mir leid.

Die Worte kamen nicht über ihre Lippen. Sie hatte ihre Mutter enttäuscht. Was konnte ein *tut mir leid* daran ändern?

»Das erklärt nicht, woher du von diesem anderen Jungen weißt, der scheinbar entführt wurde«, stellte ihre Mutter fest, mit einem Blick, der Tomkes Gewissen noch schlechter machte.

Von der Sitzecke aus sah sie Lukas auf sie zukommen, doch zwei Schritte von ihnen entfernt blieb er stehen, die Hände in den Hosentaschen vergraben.

»Von Lukas. Er hat mir erzählt, mit wem Bjarne sich im Wald trifft«, sagte sie, ging zu ihm und fasste nach seinem Arm.

Ihre Mutter zog die Augenbrauen zusammen und musterte Lukas, der unter ihrem Blick knallrot anlief.

»Nadine, wir ... Tomke und ich, wir ...«, fing er an.

»Es interessiert mich jetzt nicht, was mit Tomke und dir ist. Wir haben im Moment ganz andere Sorgen«, unterbrach ihre Mutter ihn. Sie sah zu Tomke. »Wir reden morgen. Verstanden? Und ihr sagt heute kein Wort mehr zu diesem Polizisten. Ist das klar?«

Ohne ihre Antwort abzuwarten, ging ihre Mutter zurück zu Tomkes Vater, der jetzt mit dem Polizisten diskutierte. Wir reden morgen. Damit meinte sie nicht nur die Vorfälle im Wald. Sie meinte Lukas und Tomke, auch wenn sie das nicht gesagt hatte. Tomke folgte ihr mit dem Blick, das Gewicht der Enttäuschung auf den Schultern.

Ich vertraue dir.

Sie spürte einen Arm an ihrer Hüfte, jemand zog sie zu sich. Lukas. Für einen Moment lehnte sie den Kopf an ihn. Die Augen geschlossen, konzentrierte sie sich auf seine Wärme und versuchte, alles andere auszublenden.

»Sie wird sich wieder beruhigen«, murmelte Lukas, und unter normalen Umständen hätte er recht. Ihre Mutter war nicht der Typ, der lange auf Tomke sauer sein konnte. »Sie macht sich Sorgen um Jannes. Sobald klar ist, was los ist, wird alles wieder gut. Wirst sehen.«

Tomke presste die Tränen zurück und schüttelte den Kopf. Nichts würde gut werden, alles würde nur schlimmer werden.

»Woher hast du gewusst, dass Bjarne verletzt ist?«, fragte Lukas in die Stille hinein, die sich über sie gelegt hatte.

Sie hob den Kopf und sah ihm in die Augen. »Weil ich diesen ganzen Tag schon einmal erlebt habe.«

Nicht nur einmal, vierzehn verdammte Male!

Lukas zog die Augenbrauen zusammen und musterte ihr Gesicht.

Er glaubt mir genauso wenig wie Oskar oder Ole.

Eine Träne rann über ihre Wange.

Lukas wischte sie weg und nickte. »Okay. Mal angenommen, das stimmt. Wie soll das funktionieren?«

»Alles fängt wieder von vorn an, sobald ich Jannes in die Augen sehe«, antwortete sie.

Was hatte sie schon zu verlieren? Lukas strich über ihr Gesicht.

»Tomke, das hier ist kein Spiel«, murmelte er.

»Es fühlt sich aber wie eines an. Eines von den richtig schlechten.«

Sie hätte den Mund halten sollen. War ja klar, dass er ihr nicht glauben würde!

Sie sah den Arzt auf den Flur treten und stieß sich von Lukas ab. »Im Ernst jetzt. Stell dir vor, ich könnte den Tag resetten. Sollte ich es tun, auch wenn er immer wieder hier endet?«

Lukas zog die Augenbrauen zusammen, und im ersten Moment dachte sie, er würde ihr nicht antworten, und fühlte, wie die Enttäuschung ein Loch in sie brannte. Doch dann öffnete er den Mund.

»Es geht hier um Jannes, oder? Wenn es einen Weg gäbe, noch mal heute Morgen zu starten, würde ich ihn nutzen. Und du auch.«

»Auch wenn wir damit alles auslöschen, was zwischen uns war?« Ihre Stimme zitterte.

Er drückte ihre Schulter. »Wir brauchen da nicht drüber zu diskutieren, oder? Wenn du die Macht hättest, Jannes' Unfall zu verhindern, würdest du es tun. Egal was für Konsequenzen es hätte.«

Hatte sie das? Die Macht? Ging es wirklich darum? Oder sollte sie Jannes loslassen, aufgeben, kapieren, dass sie ihn nicht retten konnte?

»Und wenn es eine Sackgasse ist? Wenn sowieso alles immer wieder hier endet?« Sie deutete in den Wartebereich. »Ganz egal, was ich mache?«

»Das ergibt keinen Sinn! Wenn du alles rückgängig machen könntest, muss es einen Weg geben, aus dem Kreislauf auszusteigen. Kein Mensch würde ein Spiel schreiben, in dem du nur verlieren kannst. Wenn du die Macht hättest, gibt es einen Weg. Du müsstest ihn nur finden.«

Ich müsste ihn nur finden.

Sagte er das, weil er ihr ansah, wie scheiße sie sich fühlte? Sie schaute ihm in die Augen.

»Und wenn ich dich dabei verliere?«, flüsterte sie. »Wenn ich resette, wirst du dich nicht mehr an heute erinnern. Du wirst mir wieder aus dem Weg gehen, weil du es Jannes versprochen hast.«

Ein Lächeln huschte über sein Gesicht. »Ich würde dich vielleicht wieder auf Abstand halten, aber jetzt wüsstest du ja, wie wichtig du mir bist.« Er zeichnete ihre Augenbraue nach. »Und wenn ich alles vergessen würde, hätte ich noch dich, damit du mich erinnerst.«

Er lehnte die Stirn gegen ihre. Sie nahm seine Wärme in sich auf, hielt ihn so fest, wie sie konnte. Egal wie die Zeit drängte, sie war nicht bereit, ihn gehen zu lassen.

Hinter ihr schwang die Tür ein zweites Mal auf und zwei Pfleger in blauen Kitteln schoben Jannes' Bett auf den Flur. Sie musste nicht hinsehen, um das zu wissen. Einmal noch atmete sie Lukas' Geruch ein, nahm seine Wärme auf, dann stellte sie sich auf die Zehenspitzen und beugte sich zu seinem Ohr.

»Egal was passiert, du wirst mir immer wichtig sein. Kapiert?«, raunte sie ihm zu und drückte einen Kuss auf seine Lippen.

Im nächsten Moment riss sie sich los. Noch eine Millisekunde länger, und sie hätte die Kraft nicht mehr gehabt.

»Warte!«, hallte seine Stimme hinter ihr her.

Sie konnte nicht warten.

»Du hast recht«, flüsterte sie. »Ich muss versuchen, Jannes zu retten. Egal was die Konsequenz ist.«

Die Pfleger bemerkten sie zu spät, sie hatte sich längst über Jannes gebeugt, als einer von ihnen sie an der Schulter packte und wegziehen wollte. Eine Träne fiel auf Jannes' Atemmaske. Tomke streckte die Hand aus und strich eine schwarze Strähne zur Seite, die unter dem aschgrauen Verband hervorlugte. Ihr Blick fing Jannes' leere Augen ein.

»Tomke!«, hörte sie Lukas' Stimme, und sie wollte sich zu ihm umwenden, ihm ein letztes Mal in die Augen sehen und die Erinnerung festhalten.

Das Drehen setzte ein. Weiße Schlieren trennten sie von Lukas und dem Tag, an dem sie gemeinsam geträumt hatten.

Bluff,
sagt er.
Suchst Vertrautheit, wo
nur Mauer ist, bleibst
tränenschwer.

Ein schriller Ton riss Tomke aus dem Schlaf. Sie blinzelte. Das Gefühl, etwas Wichtiges verloren zu haben, lastete wie eine zu schwere Decke auf ihr, und zuerst begriff sie nicht, was es war. Durch die Schwere fand das Geräusch des elektronischen Wassertropfens nur langsam den Weg zu ihr.

Falls Mama oder Papa heute Abend fragen, wo ich bin, sag ihnen, dass wir Sondertraining haben.

Okay?

Die Nachricht brachte die Erinnerungen zurück. Jannes' Date. Bjarnes Treffen am Trimm-dich-Pfad. Dieser Tag, der wieder und wieder von vorne anfing.

Lukas.

Der Name allein löste ein Stechen in Tomkes Brust aus. Ihr Herz zersprang in tausend Splitter. Sie rollte sich zu einer Kugel zusammen und versuchte, das Loch nicht zu spüren, das der verlorene Tag mit Lukas in ihr zurückgelassen hatte.

Wenn ich ihm heute begegne, wird er nichts mehr von uns wissen.

Und wenn ich alles vergessen würde, hätte ich noch dich, damit du mich erinnerst.

216

So einfach war es nicht.

Allein die Vorstellung, noch einmal seinem abweisenden Blick zu begegnen, zerriss sie. Der Gedanke an den Abgrund, der jetzt wieder zwischen ihnen lag, war unerträglich. Und das alles nur, weil es laut Jannes und Lukas besser so war.

Besser für wen?

Das Geräusch des elektronischen Wassertropfens drang wieder zu ihr. Froh über die Ablenkung griff sie nach dem Handy.

Hallo?

Hast du verpennt?

Warum löste das gleiche Verhalten immer wieder dieselbe Reaktion aus? Ihre Mutter kam ihr in den Sinn, die Enttäuschung in ihrem Blick, als sie die Lüge begriffen hatte.

Warum sagst du ihnen nicht einfach, dass du nach dem Training noch was vorhast?

 Weil ich keinen Bock auf die tausend Fragen habe.

Du musst mir helfen, bitte.

Wenn du willst, können wir morgen dafür den ganzen Tag zocken.

Deal?

Nope.

Mama lässt uns sowieso nicht den ganzen Tag 'verschwenden'. Außerdem musst du ihnen ja nicht gleich sagen, dass du ein Date hast.

Mit 17 muss man seinen Eltern nicht mehr alles erzählen!

😜

Ist das dein Ernst jetzt?

Hab dich lieb, Bruderherz!

😘

You useless reptile!!!

Sie musste lachen und vergaß für einen Moment ihr zersplittertes Herz. »Filmzitate helfen dir jetzt auch nicht weiter.«

Du schaffst das, ich glaub an dich!

😘

Und logisch spiele ich morgen mit dir.

»Wenn es ein Morgen gibt«, murmelte sie.

Das Lachen war wie weggeblasen.

Vergiss es, ich mach keine Deals mit
Verrätern!

Aber du spielst mit ihnen.

Und wenn es nur ist, weil du dich
rächen willst. Stimmt's?

Ich werde dich zerschmettern, du wirst
auf Knien ankriechen und um Gnade
flehen!

 Cool, dann sehen wir uns morgen!

Viel Glück mit Mama und Papa.

»Mama wird's überleben, echt jetzt. Ganz bestimmt verliert sie dich lieber
an Lucie als an den Arzt.« Bei den Worten zuckte Tomke zusammen.

Sie hatte immer noch keinen Weg gefunden, wie sie das Aufeinanderpral-
len im Wald verhindern konnte. Zumindest keinen, bei dem auch Bjarne
überlebte. Das Treffen zwischen ihm, Lukas, Marvin und Nick durfte nicht
stattfinden. Wie sollte sie das verhindern, wenn keiner der vier Idioten auf
sie hörte?

»Verdammt!« Den Kopf auf die Hände gestützt, stöhnte Tomke auf.

Nicht einmal Lukas hatte sich dazu bewegen lassen, dieses bescheuerte
Treffen abzusagen.

»Was soll ich denn machen? Ich hab doch alles versucht!«

Es war unmöglich. Außer … Nein, das war Wahnsinn, das konnte sie nicht
bringen.

Aber hatte sie eine Wahl?

*

»Wo willst du hin?«, fragte Oskar, als sie an der Sitzecke im zweiten Stock vorbeiging.

»Ich muss noch was erledigen.« Sie merkte, wie seine Schultern nach unten sackten und er in sich zusammenfiel. »Habt ihr nach der Schule Zeit?«, fragte sie, um seine Augen wieder zum Leuchten zu bringen.

Musste Ole ausgerechnet heute Isi hinterherrennen? Falsche Frage. Musste er das überhaupt? Kapierte er nicht, dass sie ihn bei nur einem Wink von Bjarne sitzen lassen würde?

Über Oskars Gesicht huschte ein Lächeln. »Klar. Immerhin wartet noch ein Bosskampf auf uns!«

»Lass uns nachher die richtige Strategie besprechen. Ich beeil mich, okay?« Sie nickte ihm zu und ging zur Treppe.

Trotzdem wurde sie das schlechte Gewissen nicht los. Geheimnisse vor Oskar und Ole zu haben, fühlte sich absolut schlecht an.

*

Tomke brauchte eine Weile, bis sie Anna unten in der Eingangshalle neben dem Kiosk stehen sah. Von Lukas fehlte jede Spur. Das war gut, dann konnte sie ihn abpassen, bevor er zu dieser Anna ging. Sie positionierte sich zwischen Kiosk und Treppe und wartete. Ihr Blick streifte Ole, der neben Isi auf dem Treppenabsatz stand, und sie duckte sich hinter eine Gruppe Mädels, die mitten in der Halle einen Kreis bildeten. Alle auf eine konzentriert, die lautstark von einer geplanten Party am Abend erzählte.

Merkte Ole nicht, wie Isi sich über ihn lustig machte? Sah er nicht die Blicke, die sie mit ihrer Freundin tauschte, sobald er etwas sagte? Oder die übertriebene Art, mit der sie sich zu ihm beugte und seine Schulter berührte? Selbst in der Eingangshalle konnte Tomke hören, wie falsch ihr Lachen klang. Wie konnte er so blind sein? Wut flammte in Tomke auf und der Instinkt, Ole zu schützen, ihn nicht mit offenen Augen ins Messer laufen zu lassen. In dem Moment schob Lukas sich an Ole vorbei, und sie schluckte die Wut hinunter.

Sobald Lukas unten ankam, stellte sie sich ihm in den Weg. Besser, wenn diese Anna nicht bei dem Gespräch dabei war. Tomke war nicht sicher, ob er ihr dann noch zuhören würde.

»Ich muss mit dir reden«, sagte sie, und beinahe hätte sie nach seiner Hand gefasst.

Die Kälte in seinen Augen erinnerte sie im letzten Moment. Es gab keine Nähe zwischen ihnen. Sie wich einen Schritt zurück. Es war keine Kälte, es war die Mauer, die er wieder um sich aufgebaut hatte.

»Sorry, aber ich habe keine Zeit«, murmelte er, und er senkte den Blick und machte einen Schritt an ihr vorbei.

Ihre Brust fing an zu brennen, als wäre ein Feuer in ihr, das sie von innen heraus zerfraß. Mit all der Hoffnung. Wenn er jetzt ging, hatte sie ihn für immer verloren.

Und wenn ich alles vergessen würde, hätte ich noch dich, damit du mich erinnerst.

Sie griff nach seinem Arm und beugte sich zu ihm. Ganz nah. Unter dem Druck ihrer Finger spannten sich seine Muskeln an, aber er wich nicht zurück. Nicht einen Millimeter.

»Das war keine Bitte«, raunte sie ihm ins Ohr. »Ich muss mit dir über das reden, was du eben mit Marvin besprochen hast.«

Die mühsam verdrängten Bilder fanden einen Weg zurück in ihr Bewusstsein und drohten, sie zu überschwemmen. Lukas' Arme, in die sie sich kuschelte, ihr Kopf an seiner Schulter, seine weichen Haare zwischen ihren Fingerspitzen, die Berührung seiner Lippen und die Wärme in den braunen Augen. Sie zuckte zurück, als hätte sie sich an ihm verbrannt. Ihr Gesicht glühte. Seines auch.

Erinnerst du dich?

Sie suchte, aber fand kein Erkennen in seinen Augen. Nur ein Flackern, das ein Zwinkern später wieder verschwunden war. Als wäre es nie da gewesen.

»Wir reden draußen. Da ist weniger los«, sagte sie, und im Wegdrehen fing sie Oles Blick ein.

Wieso stand er allein auf dem Treppenabsatz? Wie lange beobachtete er sie schon?

Super, ich freue mich so richtig, wenn ich ihm und Oskar später erklären darf, was hier los war.

Sie ging durch das Eingangstor, überquerte den Pausenhof und setzte sich auf ein Mäuerchen vor der Hecke neben der Kletterwand, die von Fünft- oder Sechstklässlern besetzt war. Auf dem Weg wagte sie nicht, sich umzudrehen.

Wenn Lukas nicht kommt, hat er Pech gehabt.

Es war gelogen. Wenn sie ehrlich war, drehte sie sich nicht um, weil sie es nicht ertragen würde, wenn er ihr nicht folgte. Erst als sie auf dem Mäuerchen saß, hob sie den Kopf, und ihr Herz setzte für einen Schlag aus. Lukas stand vor ihr, die Arme verschränkt und die Stirn in Falten. Skeptisch sah er aus. Und abweisend. Aber das war egal. Er war da, und das war das Einzige, was zählte.

»Ich geh zur Polizei.« Sie sagte es wie eine Feststellung, die keine weitere Erklärung brauchte.

Die Falten auf Lukas' Stirn wurden tiefer. »Warum?«

»Wegen Marvin. Ich erzähl dir das, weil ich dich warnen will. Wenn du nicht mit drinhängen willst, gehst du am besten heute Abend nicht zu dem Treffen.«

Einen Moment lang starrte er sie an. So als verstehe er nicht, was sie eben gesagt hatte.

»Seit wann interessierst du dich für Marvin?«, fragte er endlich.

»Seit er sich mit Jannes angelegt hat«, antwortete sie, die Augen zusammengekniffen.

»Schwachsinn. Die Sache zwischen ihm und Jannes ist doch schon lange wieder vorbei!«

Das glaubst du.

Lukas sah sie sekundenlang an. »Du bluffst«, sagte er schließlich. »Ich kapier zwar nicht, warum, aber du gehst nie und nimmer zur Polizei. Du hast keinen Grund.«

Keinen Grund? Sie schüttelte den Kopf.

Jannes stirbt, wenn ich nicht gehe!

Sie wollte es ihm entgegenschleudern, aber die Worte gingen zwischen ihrem Herzen und ihrer Zunge verloren. Lukas hatte recht. Sie hatte keinen Grund, nicht in dieser Zeitschleife, nicht vor heute Abend. Egal wie sehr sie suchte, sie fand die Sätze nicht, mit denen sie ihm hätte erklären können, warum sie trotzdem nicht bluffte.

Gegen die Wand.
Niemand glaubt dir,
du zweifelst an deinem
Verstand.

»Seit wann sprichst du wieder mit Lukas?«, fragte Ole, während auf dem Bildschirm das Spiel lud.

Tomke saß zwischen ihm und Oskar auf dem Sofa und merkte, wie Oskars Arm sich anspannte. Statt Ole zu antworten, kaute sie auf ihrer Unterlippe. Kam er doch noch auf Lukas zurück? Warum erst jetzt und nicht schon in der Schule?

»Hallo? Erde an Tomke?« Ole fuchtelte vor ihrem Gesicht herum. »Bist du noch da?«

»Hör auf.« Sie schob seine Hand weg und verdrehte die Augen. »Zu deiner Information, ich habe in den letzten Monaten immer mit Lukas geredet, er nur nicht mit mir.«

»Und wie hast du ihn dann heute dazu gebracht?« Ole legte den Kopf schief und musterte ihr Gesicht.

»Hey Leute, das Spiel hat geladen«, fing Oskar an.

Warum klang er so niedergeschlagen?

»Schon gut«, würgte Ole ihn ab. »Jetzt sag, warum redet ihr wieder miteinander?« Er stieß ihr den Ellbogen in die Seite.

»Lass das! Erzähl du lieber mal, was du in der Pause bei Isi gemacht hast«, antwortete sie, die Augen auf den Bildschirm gerichtet.

»Du lenkst ab! Hast du ihm eine Liebeserklärung gemacht? Ihr wart beide total rot!«

»Isi?« Oskar beugte sich nach vorn und sah an Tomke vorbei zu Ole. »Was hast du mit Isi zu schaffen?«

»Nichts. Ich geh später noch bei ihr vorbei, um ihr mit Mathe zu helfen«, antwortet Ole.

Tomke warf ihm einen Blick von der Seite zu. Der rote Schimmer auf seiner Wange war nicht zu übersehen.

»Mathe? Du?« Oskar schaute zu Tomke, und sie prusteten gleichzeitig los. »Wie verzweifelt ist Isi bitte, wenn sie ausgerechnet dich fragt?«

»Haha.« Ole funkelte sie beide an. »Ich hatte in der letzten Arbeit immerhin ne Drei. Okay?«

»Und Isi?«, hakte Oskar nach.

»Woher soll ich das wissen?«

»Hast du Isi gesagt, dass du ne Drei hast?«, fragte Oskar weiter.

Ole antwortete nicht. Die Augen auf den Bildschirm fixiert, sprang er mit seiner Figur von einer Ecke in die andere.

»Ich nehm das mal als ein Nein«, schloss Oskar die Fragerunde, ein Grinsen im Gesicht.

»Dir ist schon klar, dass sie immer noch Bjarne hinterherrennt, oder?« Tomke verfolgte mit ihrer Figur Oles.

»Ist mir doch egal, wem sie hinterherrennt. Wir wollen nur Mathe zusammen machen.«

»Alles klar.« Tomke tauschte einen Blick mit Oskar und presste die Lippen zusammen, um nicht noch einmal loszuprusten.

*

Gegen sieben Uhr ging sie. Ole hatte Isi abgesagt, und sie hatten den Bosskampf geschafft. Hoffentlich war das ein gutes Zeichen für den Rest des Abends.

Auf dem Weg zur Polizei meldete sie sich bei ihrer Mutter, um sie wieder zu fragen, ob sie bei Oskar und Ole übernachten konnte. Genervt hörte sie sich die Anmerkungen zu den Sorgen ihres Vaters ein weiteres Mal an. Ja, Oskar und Ole waren Jungs. Und? Sie waren auch ihre besten Kumpels, oder? Wenn alles gut ging, musste sie nur noch Jannes für den Rest der Nacht aus dem Weg gehen. Das war alles.

Oskar und Ole würden Augen machen, wenn sie später wieder vor der Tür stand.

*

»Also noch mal. Du willst einen Marvin Lange sowie einen Nick Jäger anzeigen, weil sie einem Freund von dir irgendwelche Pillen verkaufen wollen?«

Tomke schnaufte. Hörte der Polizist ihr zu? »Nein. Erstens ist Bjarne kein Freund von mir, und zweitens hat Marvin nicht vor, ihm irgendetwas zu verkaufen. Er will ihn erpressen.«

Nachdem sie sich an der vollverglasten Pforte gemeldet hatte, war nach einer gefühlten Ewigkeit ein junger Polizist aufgetaucht und hatte sie in diesen kleinen Raum geführt.

»Aha. Und woher weißt du das?« Er klopfte mit dem Kugelschreiber auf das Klemmbrett, das auf seinem Schoss lag.

Außer Marvins und Nicks Namen hatte er noch nichts notiert, und er wirkte auch nicht so, als wollte er das so schnell ändern. Tomke sah sich in dem Raum um. Die meterhohen Metallschränke an den Wänden ließen alles noch enger erscheinen.

Woher sie das mit der Erpressung wusste? Ihr Blick streifte eine Uhr neben dem Fenster. Schon Viertel vor acht? Die Zeit lief ihr davon.

»Hören Sie, es ist wirklich dringend, um acht ...«

»Weißt du, was ich glaube?«, unterbrach er sie. »Ihr seid alle auf der gleichen Schule, oder? Ich denke, du hast eine Rechnung offen mit diesem Marvin. Vielleicht steht ihr auf dasselbe Mädchen? Oder ...«

»Ich stehe nicht auf Mädchen!«, fuhr sie dazwischen.

Und wenn es so wäre, was hätte das mit ihrer Anzeige zu tun? Wurde die Polizei nicht dafür bezahlt, Verbrechen zu verhindern?

»Oh, dann ist das euer Problem? Hat dieser Marvin das mitbekommen und sich über dich lustig gemacht? Oder stehst du auf ihn und er hat dir eine Abfuhr verpasst?« Der Polizist zwinkerte ihr zu, ein breites Lächeln im Gesicht.

Bitte was?

Tomkes Mund klappte auf, und sie brauchte einen Moment, ehe sie es begriff. Natürlich, er hatte sie bisher nicht nach ihrem Namen gefragt.

»Ihnen ist schon klar, dass ich ein Mädchen bin?«

Genau das war ihm nicht klar gewesen. Seine weit aufgerissenen Augen und das Räuspern machten das mehr als deutlich. Er starrte auf ihr Shirt.

'I paused my Game to be here'

'Noob Slayer' wäre nicht so passend gewesen.

»Zur Klarstellung, ich bin in keinen der drei Jungs verknallt. Ich habe heute nur zufällig ein Gespräch zwischen Marvin und Nick mitbekommen.«

»Und worüber haben die beiden gesprochen?«, fragte der Polizist.

Er klopfte wieder mit dem Kugelschreiber auf das Klemmbrett.

»Dass sie sich um acht mit Bjarne treffen, weil er Pillen von Marvin will, aber eine *schöne Überraschung* für ihn haben.«

»Und deshalb hast du beschlossen, sie anzuzeigen?«

Sie schaute ihm in die Augen. »Nick hat noch eine Rechnung mit Bjarne offen, weil der ihm vor ein paar Wochen die Freundin ausgespannt hat.«

Der Polizist stöhnte auf. »Hör zu, ich weiß nicht, was du denkst, wofür die Polizei da ist. Wir sind hier ziemlich knapp besetzt und haben Wichtigeres zu tun, als uns um irgendwelche Teenagerdramen zu kümmern.«

»Und wenn diese *Teenagerdramen* mit dem Tod von jemandem enden?«, fuhr Tomke ihn an und schaute zur Uhr.

Kurz vor acht. Wenn er nicht in die Gänge kam, war es zu spät. Wieder.

»Jetzt übertreib mal nicht.« Er steckte den Kugelschreiber ans Klemmbrett und verschränkte die Arme.

»Woher wollen Sie wissen, dass ich übertreibe? Marvin will Bjarne erpressen, und Bjarne ist nicht der Typ, der sich von einem dahergelaufenen Kleindealer erpressen lässt. Zusammen mit Nick ist es mehr als wahrscheinlich, dass alles aus dem Ruder läuft.« Wieso glaubte dieser Mann ihr nicht? »Sind Sie nicht verpflichtet, Hinweisen nachzugehen, um Verbrechen zu verhindern?«, fragte sie und fing seinen Blick wieder ein.

Mehrere Atemzüge lang sahen sie sich in die Augen. Das Gesicht des Polizisten war unbeweglich, Tomke hatte keine Ahnung, was in seinem Kopf vorging.

»Sicher«, sagte er endlich. »Wenn eine Streife in der Nähe ist, kann ich sie bitten, kurz beim Trimm-dich-Pfad vorbeizufahren und zu sehen, ob alles in Ordnung ist.« Kopfschüttelnd nahm er den Kugelschreiber wieder in die Hand. »Also, dann brauche ich noch deinen Namen und deine Adresse.«

Tomke sah zur Uhr. Vier Minuten vor acht.

»Wissen Sie was? Vergessen Sie es. Sie haben recht, das Ganze ist nicht mehr als ein *Teenagerdrama*.« Mit viel Mühe gelang es ihr, ihn nicht anzuschreien. »Es tut mir leid, dass ich Ihre Zeit verschwendet habe«, fügte sie in einem Tonfall hinzu, als hätte er ihr eine Made zum Essen angeboten.

Wenn er nicht sofort eine Streife vorbeischickte, war es zu spät. Zumindest für Bjarne war es dann zu spät.

Die Polizei konnte sie vergessen. Sie musste Jannes abfangen und sich etwas anderes einfallen lassen.

*

»Was gibt's?« Jannes klang gehetzt.

»Bist du noch im Studio?«, fragte Tomke sofort.

Sie ließ die Polizeistation hinter sich und lief so schnell sie konnte die Straße entlang.

»Ich bin auf dem Weg zur Dusche. Hast Glück, dass ich das Läuten gehört habe. Wieso? Hast du ein schlechtes Gewissen, weil du mich hängen hast lassen?«

»Warte auf mich, okay? Ich muss mit dir reden.«

»Können wir das nicht auch morgen?«

»Jannes, bitte. Es ist echt dringend.«

»Worum geht's?« Er klang richtig genervt.

Wenn sie ihm nicht einen guten Grund gab, würde er nicht auf sie warten. Aber sie wollte ihn nicht halb tot im Wald antreffen. Nicht noch einmal.

»Um Lukas.«

»Was hat er gemacht?«

»Ich erklär es dir gleich. Okay?« Ohne seine Zustimmung abzuwarten, legte sie auf.

*

Mit Lukas hatte sie ihn überzeugt. Jannes wartete vor dem Studio auf sie. Sobald sie um die Ecke bog, kam er ihr entgegen, die Trainingstasche über der Schulter.

»Was hat der Idiot gemacht?«

Ihre Blicke trafen sich. Diesmal war sie erleichtert, als das Drehen einsetzte. Auch wenn sie nicht wusste, wie lange sie das noch aushalten konnte.

**Entscheidung.
Die Weichen eingestellt.
Trotzdem bleibt
in deinem Kopf ein
Fragezeichen.**

Gleichzeitig mit dem Piepen des Weckers schlug Tomke die Augen auf. Ihr Körper war angespannt. Trotzdem fühlte sie sich wie gelähmt. Wenn sie jetzt aufstand, würde sie etwas in Gang setzen, das größer war als Jannes oder sie. Groß genug, um den Ereignissen am Abend eine neue Richtung zu geben. Zu groß, um es noch aufzuhalten, wenn es begann.

Das Geräusch des elektronischen Wassertropfens fand seinen Weg durch die paralysierende Stille ihrer Gedanken. Tomke schloss die Augen, spürte dem Schweigen nach und suchte nach einem Zeichen, irgendetwas, an dem sie ablesen konnte, ob sie das Richtige tat.

Sie fand es nicht.

Mit zitternden Fingern griff sie nach dem Handy.

> Falls Mama oder Papa heute Abend
> fragen, wo ich bin, sag ihnen, dass wir
> Sondertraining haben.

> Okay?

Wie oft war sie aufgewacht mit diesem Text auf ihrem Display?

> Warum sagst du ihnen nicht einfach, dass du nach dem Training noch was vorhast?

Sie dachte einen Moment nach, zählte die Morgen, an denen sie sich vorgenommen hatte, das Geheimnis von Jannes' Unfall aufzudecken. Und die, an denen sie versucht hatte, etwas zu verändern. Ohne Erfolg.

Fünfzehn.

Sie erlebte diesen verdammten 23. Juni jetzt das sechzehnte Mal.

»Ich kann nicht mehr«, murmelte sie.

Im Display blinkte Jannes' Antwort auf.

😑 Weil ich keinen Bock auf die tausend Fragen habe.

Du musst mir helfen, bitte.

Wenn du willst, können wir morgen dafür den ganzen Tag zocken.

Deal?

War nicht alles besser, was sie aus diesem Tag katapultierte? Was ihr die Chance auf ein Morgen gab?

> Nope. 😈

> Mama lässt uns sowieso nicht den ganzen Tag 'verschwenden'. Außerdem musst du ihnen ja nicht gleich sagen, dass du ein Date hast.

> Mit 17 muss man seinen Eltern nicht mehr alles erzählen!

Selbst wenn es ohne Lukas sein würde?

Ist das dein Ernst jetzt?

Lukas. Als ob der in den letzten Monaten noch da gewesen wäre.

> Hab dich lieb, Bruderherz!

Sie fuhr sich über die Stirn und schüttelte den Kopf. Der Tag mit ihm war nicht mehr als ein Traum, für den er sowieso nie den Mut gehabt hatte.

You useless reptile!!!

Wenn sie ihm etwas bedeuten würde, hätte er sich das nicht von Jannes ausreden lassen!

> Du schaffst das, ich glaub an dich!

> Und logisch spiele ich morgen mit dir.

Mit ihrer verdammten Hoffnung log sie sich an! Wenn sie ehrlich war, gab es nichts mehr zwischen ihnen, das sie nicht schon verloren hatte, seit er die Verbindung gekappt hatte. Sie gab nicht ihn auf, nur die Hoffnung auf etwas, das nicht mehr existierte. Das vielleicht nie existiert hatte.

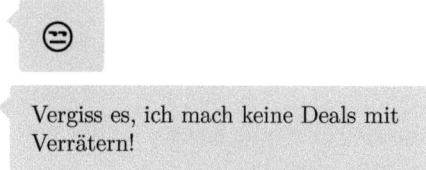

Vergiss es, ich mach keine Deals mit Verrätern!

Was wog dieser verlogene Traum gegen Jannes' Leben?

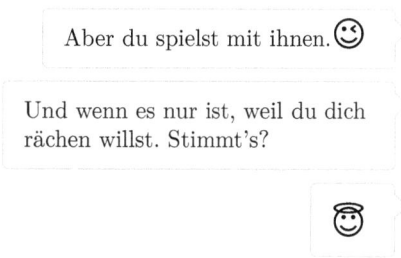

Aber du spielst mit ihnen.

Und wenn es nur ist, weil du dich rächen willst. Stimmt's?

Lukas aufgeben.

Ich werde dich zerschmettern, du wirst auf Knien ankriechen und um Gnade flehen!

Das hätte sie von Anfang an haben können, ohne sechzehn Mal durch diesen Tag zu gehen.

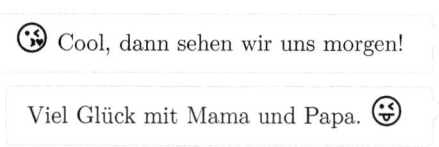

Cool, dann sehen wir uns morgen!

Viel Glück mit Mama und Papa.

Aber sie hatte ja alles haben wollen.

Als ob man im Leben jemals alles bekam.

»Es war eine Lüge, von Anfang an«, murmelte sie, und erst als sie die Worte aussprach, spürte sie die Endgültigkeit ihrer Entscheidung.

Sie legte das Handy weg und ging zum Schrank, schob das 'Noob Slayer'-Shirt zur Seite, auch das 'I paused my Game'-Shirt und zog ein einfaches schwarzes heraus.

Was mache ich, wenn nicht einmal das etwas ändert?

Sie atmete tief ein, schob den Gedanken beiseite und ging ins Bad.

*

Wieder stand sie auf der Treppe zwischen dem zweiten und dritten Stock und wartete. Auf Lukas. Als er nach einer gefühlten Ewigkeit die Stufen hinunterkam, zog sich ihr Herz zusammen.

Ich höre nur auf, das Unmögliche zu hoffen.

Der Gedanke gab ihr kein bisschen Trost, im Gegenteil, er verstärkte das Brennen in ihrer Brust. Sie krallte sich an das Treppengeländer und versuchte, sich zu konzentrieren. Es war der einzige Weg aus diesem Albtraum, der einzige, den sie noch sehen konnte. Sie hatte nicht die Kraft für noch mehr gescheiterte Versuche. Lukas' Blick streifte sie, ein kurzes Stocken, und er wechselte zur Wandseite. Wie die Male davor.

»Wir müssen reden.« Ihre Stimme war viel zu leise.

Tomke schob sich ihm in den Weg und zwang ihn, stehen zu bleiben.

Diesmal wich er eine Stufe zurück. »Ich wüsste nicht worüber, und ich habe jetzt auch keine Zeit.«

»Ich weiß. Anna wartet unten vorm Kiosk auf dich.« Tomke achtete nicht auf sein Zusammenzucken bei der Erwähnung von Annas Namen. »Wir werden nach der Schule reden, beim stillgelegten Vergnügungspark. Komm um drei zu dem Loch im Zaun.«

Sie musste gehen. Sofort. Noch eine Millisekunde länger, und sie würde ihm alles erzählen und niemals das durchziehen, was sie tun musste, um eine Chance auf ein Ende zu haben. Selbst wenn es kein Happy End war. Zumindest nicht für sie. Sie schüttelte den Gedanken ab und drehte sich von Lukas weg.

»Wer sagt, dass ich heute Nachmittag Zeit habe?«, rief er ihr nach. »Ich weiß noch nicht einmal, worüber du plötzlich so dringend reden willst?«

Am nächsten Treppenabsatz hielt sie an, atmete tief durch und schaute ein letztes Mal zurück.

»Ich weiß, warum Jannes und du gestritten habt.«

Die Worte blieben zwischen ihnen hängen, wie eine Drohung oder eine Brücke, über die Tomke nicht mehr gehen konnte. Nicht dieses Mal.

Sie löste den Blick von Lukas' Gesicht, den braunen Augen, in denen ein zweifelndes Funkeln lag, und sprang die restlichen Stufen nach unten in den zweiten Stock, zu Oskar in die Sitzecke.

*

»Wo warst du so lange?«, begrüßte Oskar sie.

Er war allein.

»Musste noch was erledigen. Wo ist Ole?«, antwortete sie, während sie sich neben ihn fallen ließ.

»Keine Ahnung. Der ist genauso schnell verschwunden wie du!« Oskar sah richtig sauer aus.

Sie stieß ihm den Ellbogen in die Seite und lächelte. »Sorry, war ne doofe Aktion. Ich wusste nicht, dass Ole auch weg ist, sonst hätte ich was gesagt.«

Sie versuchte, das Lächeln zu halten und sich nichts anmerken zu lassen. Klar, sie hatte es nicht gewusst.

»Schon gut. Kommst du nachher mit zu uns? Wir haben noch den Bosskampf zu schaffen!«

»Was? Redet ihr schon wieder über den Boss?« Ole tauchte auf und setzte sich an Tomkes andere Seite.

»Und wo hast du dich herumgetrieben, während wir hier neue Strategien besprechen?«, fragte sie ihn.

»Musste was mit Isi klären.«

»Isi? Hast du dich mit ihr zum Mathelernen verabredet?« Tomke zog die Augenbrauen hoch.

Wie all die anderen Male auch, wurde Ole wieder knallrot im Gesicht.

»Was?« Oskar beugte sich nach vorn und schaute seinen Bruder mit aufgerissenen Augen an. »Du triffst dich mit Isi?«

»Brüll es halt über den ganzen Gang!«, fuhr Ole ihn an. »Sie wollte wissen, ob ich ihr in Mathe helfen kann. Das ist alles. Woher weißt du das?«, fragte er Tomke.

»Dir ist schon klar, dass sie noch was von Bjarne will?«, warf sie ein, ohne auf seine Frage zu antworten, und nickte mit dem Kopf über den Gang.

Zu dem Eck, wo Bjarne mit seinen Kumpels stand.

»Pfff, jeder macht mal Fehler, oder? Hat er sie nicht schon vor Wochen abserviert?« Ole folgte ihrem Blick.

»Mhm. Und sie schreibt ihm immer noch Nachrichten. Jeden Tag. In der Hoffnung, dass er sie wieder zurücknimmt«, sagte Tomke, weiter zu Bjarne schauend.

Als hätte er ihren Blick gespürt, sah er kurz auf und musterte sie unter zusammengezogenen Augenbrauen.

»Woher weißt du das?«, warf Oskar ein.

»Sagen wir's mal so, du solltest dein Handy nicht unbeaufsichtigt liegen lassen, wenn ich in der Nähe bin.« Sie drehte sich zu Oskar und grinste ihn an.

In dem Moment läutete es.

»Du spinnst!«, murmelte Oskar im Aufstehen.

Sie zuckte mit den Schultern und grinste weiter.

»Ich weiß nicht, was ihr denkt, aber ich stelle mal sicher, dass ich nicht zu spät zu Deutsch komme.« Kopfschüttelnd drehte er sich um und ging auf den Seitenflügel gegenüber von der Ecke zu, an der Bjarne stand.

»Und was willst du plötzlich von Isi, die nur Augen für diesen arroganten Typen dort drüben hat, obwohl er sie vor Kurzem abserviert hat?«, fragte Tomke Ole, der sich wie sie noch keinen Millimeter bewegt hatte.

Ein Lächeln huschte über sein Gesicht, während er sich hochstemmte, um Oskar zu folgen, der schon um die Ecke verschwunden war. Tomke ging neben Ole her und musterte ihn von der Seite.

»Ich werd ihr absagen. Hatte völlig vergessen, was für einen miesen Geschmack sie hat«, antwortete er.

Sie grinsten sich an.

**Verrat.
Herz gesprengt,
in Fetzen gerissen.
Und die Liebe?
Ist versenkt.**

Obwohl sie diesmal zwanzig vor drei bei dem Loch im Zaun ankam, stand Lukas bereits da. Ohne zu ihm hinzusehen, stellte sie ihr Rad neben seinem ab und versuchte, das wilde Klopfen ihres Herzens zu ignorieren.

»Was schleppst du da mit dir herum?«, fragte er mit einem Nicken zu dem Rucksack über ihrer Schulter.

Die Frage traf Tomke wie ein Schwall kaltes Wasser. Unvorbereitet. Obwohl er sie genau das beim letzten Mal auch gefragt hatte. Bei dem Treffen, das es nicht mehr gab, das es nie wieder geben würde.

Mit der Frage waren die Erinnerungen zurück.

»Wirst du schon noch sehen.« Tomkes Wangen fühlten sich heiß an. Sie schüttelte den Kopf und deutete auf das Loch im Zaun. »Bist du bereit?«

Lukas antwortete nicht. Er schaute sie an. Als sie an ihm vorbeiging, griff er nach ihrem Arm, aber diesmal hatte sie es kommen sehen. Blitzschnell duckte sie sich durch das Loch, und er fasste ins Leere.

»Was hat Jannes dir erzählt?«, fragte er.

Sie hörte, wie er ihr folgte, und ging weiter auf das Geisterhaus zu.

»Warum haben wir eigentlich immer nur davon gesprochen, dass wir uns den stillgelegten Vergnügungspark ansehen, und es nie gemacht?«

»Weil wir eine Menge Ärger bekommen, wenn uns jemand erwischt«, antwortete er, während er zu ihr aufholte. »Was hat Jannes dir jetzt erzählt?«

»Nicht Jannes, du«, antwortete sie mit einem Seitenblick zu ihm.

»Sehr witzig. Wir haben in den letzten Monaten nicht ein Wort miteinander gewechselt!« Er blieb stehen und starrte sie an.

Das denkst du.

Sie ging weiter.

»Erklär mir, was das Ganze soll!« In seine Stimme hatte sich wieder die Ungeduld geschlichen.

Wenn Tomke nicht aufpasste, würde er gehen. Das durfte nicht passieren.

»Ist das da vorn das alte Geisterhaus?«, fragte sie und rannte los.

»Hey!«, schrie er ihr hinterher. »Was soll das?«

Statt zu antworten, rannte sie weiter, und als sie seine Schritte hinter sich hörte, wusste sie nicht, ob sie lachen oder weinen sollte.

*

Im Dämmerlicht des nachgebauten Gewölbekellers wartete Tomke hinter einem der Särge, bis Lukas durch die nur noch halb in den Angeln hängende Tür kam.

»Tomke?« Er konnte sie in dem im Dunkeln liegenden Bereich nicht sehen. »Hör auf mit diesem verdammten Spiel, es ist nicht mehr lustig!«

Dafür war es auch nie gedacht.

Sie stieß die Tür zur Abstellkammer auf, wich vor dem Putzlappen zur Seite und drückte sich gegen die Wand.

»Tomke?« Lukas' Schritte kamen näher. »Warst du das?«

Lautlos stellte sie den Rucksack neben sich ab. Wie beim letzten Mal rannte Lukas in den Putzlappen.

»Scheiße!«, stieß er hustend hervor.

Er war zwei Schritte von ihr entfernt. Sie hörte, wie er sein Handy aus der Tasche zog. Ein Zwinkern später leuchtete er die hintere Wand ab. Ohne das geringste Geräusch ging sie zu ihm, legte die Arme um ihn und lehnte den Kopf gegen sein Schulterblatt, die Augen geschlossen.

»Hey.« Lukas' Stimme zitterte. »Was wird das?«

Vorsichtig löste er ihre Hände von seinem Bauch, drehte sich zu ihr und berührte mit den Fingerspitzen ihr Gesicht. Sie blinzelte. Das Licht war verschwunden. Zum Glück. So konnte er ihre Augen nicht sehen.

»Ihr habt meinetwegen gestritten«, flüsterte sie.

»Hat Jannes dir das erzählt?« Sein Gesicht war so nah, sie spürte seinen Atem bei jedem Wort über ihre Haut streichen.

Ich will hierbleiben. Bei dir.

Sie schüttelte den Kopf und drückte das Gesicht gegen seine Hand. »Niemals. Jannes ist es doch lieber, wenn ich glaube, dass du mich hasst.«

Das will ich nicht.

»Woher weißt du es dann?«, fragte er und strich mit den Fingerspitzen die Konturen ihres Gesichts nach, bis sein Daumen an ihre Lippen stieß.

Unter seiner Berührung fühlte es sich an, als würden tausend Ameisen auf ihrer Wange um die Wette tanzen. Langsam beugte Lukas sich zu ihr. Die Bewegung riss an Tomkes Herz. Sie wollte ihn küssen, jetzt. Aber wenn sie das machte, konnte sie nicht mehr das tun, weswegen sie hierhergekommen war. Sie spürte seine andere Hand, die über ihre Haare strich und in ihrem Nacken Halt machte, fühlte seinen warmen Atem auf der Nasenspitze, bis seine Lippen ihre streiften. Bevor er sie küssen konnte, wich sie einen Schritt zurück.

Ihr Herz zersprang.

»Hast du das gehört?«, stieß sie hervor und ballte die Hände zu Fäusten, drückte die Fingernägel in die Haut.

Alles, um den Drang, Lukas zu berühren, nicht mehr zu spüren.

»Was?« Lukas klang, als hätte sie ihn aus einer Trance gerissen.

Er hing noch bei dem Kuss, der passiert und doch nicht geschehen war.

»Das Krabbeln hinten in der Ecke«, antwortete sie. Sie musste sich noch nicht einmal Mühe geben, um panisch zu klingen. Der Gedanke, ihn gleich zu verlieren, genügte. »Gib mir bitte mal dein Handy, meines ist fast leer.«

Wortlos zog Lukas das Handy aus der Tasche.

»Da! Da war es wieder!«, rief Tomke, nahm das Handy aus seiner Hand und stellte die Lampe wieder an.

»Du spinnst, da ist nichts.«

Sie leuchtete das Regal gegenüber der Tür ab. »Ist das eine Ratte?«

»Wo?« Endlich sprang er auf den Köder an und drehte sich zu dem Regal.

»Dort hinter dem Eimer«, quietschte Tomke, und während Lukas auf das Regal zuging, duckte sie sich einen Schritt rückwärts und tastete nach dem Türgriff.

Hat er die Ratte vergessen, die ich mir anschaffen wollte, nachdem ich Mutant einmal durchgespielt hatte?

»Da ist nichts.« Er drehte sich um.

Zu früh. Sie hatte gehofft, schneller zu sein. Wollte nicht das Erkennen auf seinem Gesicht sehen, bevor sie die Tür zuschlug und ihn in der Abstellkammer zurückließ. Er brauchte nur einen Blick, um zu begreifen.

»Spinnst du?«, rief er und sprang auf sie zu.

Tomke knallte die Tür ins Schloss und schaffte es gerade noch, den Riegel zuzuschieben, bevor Lukas an der Klinke rüttelte.

»Hey!« Er hämmerte gegen das Metall. »Mach auf! Das ist nicht witzig.«

»Neben der Tür steht der Rucksack«, sagte sie über sein Gehämmer hinweg und sicherte den Riegel mit einem Schloss. »Hast du ihn?«

Das Hämmern hörte auf.

»Da ist alles drin, was du brauchst. Taschenlampe, Decke, ein Buch, eine Flasche Wasser und ein Sandwich vom Bäcker.«

»Was ich brauche? Tomke, was soll das? Mach die verdammte Tür auf!«
Wieder schlug er gegen das Metall.

Sie legte eine Hand darauf und stellte sich vor, sie könnte ihn an der
Schulter berühren. Ein letztes Mal. »Ich komm heute Abend zurück und
hol dich hier raus. Versprochen.«

»Bist du völlig psycho geworden?«

»Ich kann es dir erklären«, sagte sie, obwohl sie keine Ahnung hatte, wie
sie ihm das erklären sollte.

*Ich bin in einer Zeitschleife gefangen, und der einzige Weg, hier wieder
herauszukommen, ist dein Treffen mit Bjarne abzusagen. Sorry, ich hab
mehrmals versucht, dich davon zu überzeugen, aber du bist immer ausgetickt
…*

Das würde er ihr sofort abnehmen, so wie die Sache mit der Polizei.

»Okay, ich höre«, drang seine Stimme durch das Metall.

Sie holte Luft.

»Es«, fing sie an, stockte und schüttelte den Kopf. »Ich hol dich in ein
paar Stunden hier raus, wenn Jannes zurück ist.«

Es gab keine Erklärung, bei der er sie nicht für völlig durchgeknallt halten
würde.

»Was hat das mit Jannes zu tun?«

Alles.

Sie stieß sich von der Tür ab und ging an den Särgen vorbei in Richtung
Ausgang.

»Tomke? Hey! War das ein Test? Wollte Jannes wissen, ob ich mich an
unsere Abmachung halte?«

»Jannes weiß nichts von unserem Treffen«, rief sie.

Es war alles schon kompliziert genug. Auf keinen Fall sollte Lukas ihre
Aktion vor Jannes erwähnen.

»Dann lass mich hier raus!«

»Ich kann nicht«, flüsterte sie.

Mit gesenktem Kopf ging sie aus dem Geisterhaus und versuchte, die
Bilder zurückzudrängen.

Lukas und sie.

Hand in Hand im Vergnügungspark.

Erinnerungen an einen 23. Juni, den es nie geben würde, den es in Lukas'
Welt nie gegeben hatte.

Lukas und sie.

Nach dieser Aktion war das Geschichte.

Für immer.

Sehnsucht.
Augen geschlossen.
Wind im Haar.
Dein Bild im Herz,
zerflossen.

Entgegen Tomkes Befürchtung hatte Lukas den Sicherheitscode für sein Handy in den letzten Monaten nicht verändert. Sie öffnete den Messenger und hatte Glück. Den Chatverlauf zwischen Bjarne und ihm erkannte sie auf den ersten Blick. Warum zum Teufel hatte Lukas ihn als *SpinnerB* eingespeichert?

Heute Abend um acht. TDP.

Alles klar.

Mit diesen beiden Wörtern hatte Bjarne sein Schicksal besiegelt. War es immer so einfach? Ein falsches Wort, eine scheinbar harmlose Entscheidung, und alles konnte vorbei sein?

Sie ließ die Hand sinken und lehnte den Kopf gegen die Metallstange. Das braune Pferd unter ihr knackte. Es war eine bescheuerte Idee gewesen, zu dem Karussell zu gehen, statt zu verschwinden.

Merkst du, wie es sich dreht?

Klar, ich kann den Wind schon in den Haaren spüren.

Sie rieb sich die Stirn und konzentrierte sich auf das Display. Ob Bjarne jetzt allein im Musikstudio in seinem Keller abhing?

> Hey, ich bin's noch mal.

> Das mit heute Abend wird doch nichts.

Sekundenlang starrte sie auf das Handy. Es kam keine Reaktion.

»Verdammt! Ich kann dich schlecht anrufen. Los, antworte!«

Hoffentlich hatte er im Keller Empfang, falls er dort war. Um sich abzulenken, fasste sie in die Hosentasche, zog den Fahrchip des Freefall-Towers heraus und drehte ihn zwischen den Fingern. Neongelb. Für einen Moment kniete sie wieder in dem Häuschen und schob den Chip durch die Öffnung der Glasscheibe zu Lukas.

Meinst du, ich bekomm mein Geld zurück, wenn ich den bei der Firma einreiche?

Schnell steckte sie den Chip zurück in die Tasche. Sie musste aufhören damit. Dieser Tag existierte nicht. Nicht, wenn Jannes überleben sollte. Lukas würde nie wieder mit ihr reden. Sie kannte ihn gut genug, um das zu wissen. Das Handy vibrierte in ihrer Hand. Ein Text von Spinner B. Endlich.

Was soll das heißen?

Ich hab mich auf dich verlassen!

»Tja, wird wohl nichts, irgendwelche Mädchen auf der Party mit den Pillen zu beeindrucken«, murmelte sie.

> Ja, sorry. Aber es klappt nicht.

Kannst du mir Marvins Nummer geben?

»Echt jetzt?« Tomke funkelte das Handy an.

Bjarne fragte nicht einmal, was los war. Wozu hatte Marvin Lukas überhaupt als Lockvogel gebraucht, wenn Bjarne sich doch mit ihm allein treffen würde?

Ganz ehrlich?

Wenn ich du wäre, würde ich mich von Marvin fernhalten.

Was soll das jetzt heißen?

Er hängt in letzter Zeit viel mit Nick ab.

Was für ein Nick?

Das war nicht wahr. Bjarne brachte Isi dazu, Nick sitzen zu lassen, mit dem sie seit dem letzten Sommer zusammen gewesen war, und dann wusste er nicht, wer Nick war?

Ist das dein Ernst jetzt?

Nick ist der Ex von dem Mädel, das du vor Kurzem abserviert hast.

Und warum sollte mich das interessieren?

Es ist mir ehrlich gesagt egal, mit wem die Mädels zusammen waren, bevor ich was mit ihnen anfange.

Tomke verdrehte die Augen. Was für ein arroganter Arsch! Er tat so, als ob alle Mädchen nur auf ihn warten würden. Wenn er sich das wenigstens nur einbilden würde. Aber die Hälfte der Mädels in ihrer Klasse würden alles stehen lassen für eine Einladung von ihm.

Wegen seiner strahlenden blauen Augen oder doch eher wegen der Kohle und des Prestiges?

Cool.

Nick ist es nicht egal. So wie er es sieht, hat er noch eine Rechnung mit dir offen.

Dann soll er kommen.

Gibst du mir jetzt Marvins Nummer?

»Hörst du mir zu, du Idiot?«, fauchte sie das Handy an.

Pass auf, wir können uns kurz nach acht am Mückensee treffen.

Beim Bootsverleih.

Ich dachte, du hast keine Zeit?

Ich schaff's nicht zum Trimm-dich-Pfad, weil mir was dazwischengekommen ist.

Aber ich kann kurz beim Mückensee vorbeischauen.

Willst du dich treffen oder nicht?

Ja, okay.

Für mich ist es egal, wo ich hinfahre. Bin eh mit dem Roller unterwegs.

Dann um zehn nach acht beim
Bootsverleih.

Zehn nach acht war gut. Wenn sie es schaffte, Bjarne hinzuhalten, konnte
er selbst mit dem Roller frühestens um halb neun beim Trimm-dich-Pfad
sein. Aber wieso sollte er das machen? Er konnte nicht wissen, dass Marvin
dort auf ihn wartete. Wie auch immer, sie musste es verhindern. Ihm sollte
genauso wenig passieren wie Jannes. Dafür musste sie sorgen, oder sie hätte
sich die Aktion mit Lukas schenken können. Jannes' Unfall hätte sie schon
verhindern können, als sie ihn überredet hatte, sich nach dem Training mit
ihr in der Milchbar zu treffen.

*

Das Ohr an das kalte Metall gepresst, stand Tomke im Dunklen und lauschte.
Hinter der Tür hörte sie ein Kratzen. Versuchte Lukas, einen Tunnel zu
graben?

Ich hol dich hier raus. Versprochen.

Sie legte die Hände auf die Tür, wollte mit ihm reden, aber es gab nichts,
was sie sagen konnte. Nach endlosen Minuten drehte sie sich weg und verließ
den Park.

Jeder Tritt, den sie auf dem Fahrrad machte, vergrößerte die Kluft zwischen ihr und Lukas. Bis der Abgrund so groß war, dass selbst ein Wunder
nicht mehr ausgereicht hätte, ihn zu überbrücken.

*

»Wo willst du hin?«, fragte Tomkes Vater.

»Ich geh noch mal kurz raus, bin um spätestens halb zehn wieder da. Hab
das schon mit Mama abgesprochen«, antwortete Tomke, im Durchgang zum
Flur stehend.

»Wir sind noch mitten beim Essen!« Ihr Vater legte das Messer neben
den Teller und schaute zu Tomkes Mutter. »Stimmt das, Nadine?«

Ihre Mutter beugte sich mit einem Lächeln zu Tomkes Vater und strich
ihm über den Rücken. »Jetzt sei mal nicht so streng, Hagen. Wir haben
Freitag. Sie kann doch noch mal raus. Es ist Sommer, und sie ist kein Kind
mehr.«

»Und Jannes? Hast du eine Ahnung, mit wem er sich trifft?« Ihr Vater
sah zu Tomke.

»Keinen Schimmer. Wahrscheinlich mit seinen neuen besten Freunden?«

Die Sache mit Lucie konnte Jannes ihren Eltern selbst beibringen. Wenn alles gut ging. Tomke schielte auf die Uhr. Zwanzig nach sieben. Wenn sie vor Marvin und Nick beim Trimm-dich-Pfad sein wollte, musste sie sich beeilen.

»Also, bis später dann«, sagte sie und drückte sich in den Flur.

»Mit wem triffst du dich?«, rief ihr Vater ihr hinterher.

»Mit wem wohl?«, gab Tomke zurück, zog die Tür zu und überließ es ihrem Vater, die Frage zu beantworten.

Sicher dachte er jetzt an Oskar und Ole. Und das war gut so.

*

Um zehn vor acht war Tomke beim Trimm-dich-Pfad. Kaum war sie auf die unteren Äste des Buschs geklettert, unter dem sie sich das letzte Mal versteckt hatte, hörte sie Marvin und Nick durchs Dickicht laufen.

»Wo ist der Schlosser? Ich hab ihm doch gesagt, dass er früher da sein soll!«, zischte Marvin.

»Wird schon gleich kommen.« Nick zuckte mit den Schultern und versteckte sich neben dem Schild in den Büschen.

Einen Moment später vibrierte das Handy in Tomkes Tasche. Zum Glück hatte sie daran gedacht, es auf lautlos zu stellen.

»Geht nicht an sein Handy«, stellte Marvin fest. »Da stimmt was nicht, normalerweise meldet er sich, wenn ihm was dazwischen kommt.«

Er schickte eine Nachricht. Tomke reagierte nicht darauf. Um zehn nach acht kam eine Nachricht von Bjarne. Auf die musste sie antworten.

> Wo bist du?

> Auf dem Weg.

»Wieso ist der Madsen auch nicht da?« Marvin schickte gefühlte zwanzig Nachrichten auf Lukas' Handy und lief zwischen den Büschen auf und ab.

Etwa fünf Minuten, bevor der Hundebesitzer auftauchen musste, schlich Tomke sich auf den Weg und ging auf Marvin zu. Mehrere Schritte vor ihm blieb sie stehen, um die Büsche noch im Blick zu haben, in denen Nick sich versteckte.

»Hey, cool, dass du noch da bist!«, sagte sie und zwang sich zu lächeln.

Marvin kniff die Augen zusammen und musterte sie. »Was willst du hier?«

Sie verschränkte die Arme. »Tolle Begrüßung, echt! Lukas schickt mich. Er hatte einen Fahrradunfall, sein Handy ist Schrott, und er hängt noch beim Arzt fest.«

»Das ist ein Scherz, oder?«, sagte Marvin und kam einen Schritt auf sie zu.

Ein Bild blitzte vor ihr auf. Marvin in seiner Wohnung, wie er sie packte und versuchte, sie einzusperren. Im Reflex berührte sie ihre Hüfte, aber da war kein Messer mehr.

»Ich weiß nicht, was daran witzig sein soll. Aber nein, es ist kein Scherz«, antwortete sie.

Marvin hatte ein Messer. Sie erinnerte sich, wie er es plötzlich in der Hand gehalten hatte. In der Nacht, in der die Polizei nicht gekommen war. Ihr Blick schnellte zu den Büschen. Hatten die Zweige eben gewackelt? Versuchte Nick, sie zu umrunden? So wie Bjarne? Warum hatte sie Marvin so nah an sich herangelassen? Er stand keinen Schritt mehr von ihr entfernt und funkelte sie an.

»Und was ist mit Bjarne?«, fragte er, ohne sie aus den Augen zu lassen.

»Keine Ahnung. Von Bjarne hat Lukas nichts gesagt.«

»Weißt du, was ich glaube?« Marvin beugte sich zu ihr, ihr Herz hämmerte wie verrückt und schrie ihr zu, zu laufen, so schnell sie konnte.

Sie blieb und sah ihm in die Augen. Ohne zu blinzeln.

»Ich glaube, du lügst«, zischte er.

Er legte eine Hand auf ihre Schulter. Ehe er zupacken konnte, wand sie sich aus seinem Griff und schlug die Hand weg.

»Glaub, was du willst!«, schnauzte sie ihn an und ging einen Schritt zurück. »Ich bin raus hier. Lukas hat mich gefragt, ob ich dir Bescheid geben kann. Und du weißt jetzt Bescheid.«

»Nicht so schnell!«

Ehe sie reagieren konnte, hatte Marvin sie am Arm gepackt. Eine Bewegung in den Büschen ließ sie zusammenzucken.

Verdammt, das ging mal richtig schief. Ich will nicht als Bjarne enden, okay? Toll, das wär's ja, wenn sie mich niederschlagen, in den Wald verschleppen und mein Gehirn kaputt geht. Sauerstoffmangel. Ob Jannes dann in einer Zeitschleife landet?

In dem Moment ertönte ein Bellen hinter ihr, tief und kräftig. Einen Atemzug später stand der Rottweiler neben ihnen. Tomke hätte ihn am liebsten in den Arm genommen, so froh war sie, ihn zu sehen.

»Calle!«, rief der Mann vom Ende des Trampelpfads.

»Mach's gut«, murmelte Tomke.

Mühelos konnte sie sich aus Marvins Griff befreien. Er war viel zu überrumpelt von dem Hund, der ihn mit schiefgelegtem Kopf musterte. Ohne sich umzusehen, ging sie den Trampelpfad in Richtung Park zurück, nickte dem Hundebesitzer im Vorbeigehen zu, schnappte sich ihr Fahrrad und fuhr davon.

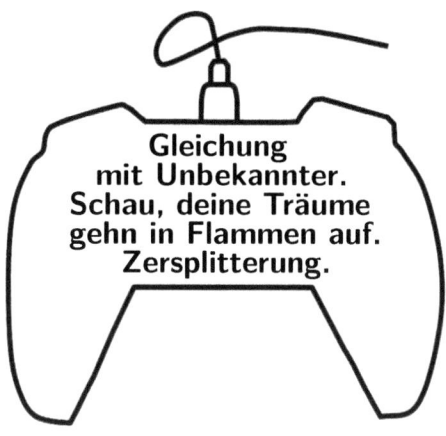

**Gleichung
mit Unbekannter.
Schau, deine Träume
gehn in Flammen auf.
Zersplitterung.**

Tomke fuhr, bis sie fast zu Hause war. Erst bei einem Stromkasten in einer Seitenstraße hielt sie an. Sie lehnte sich dagegen und zog Lukas' Handy aus der Tasche. Neben Marvins Nachrichten waren vier von Bjarne eingegangen. Sie öffnete den Chatverlauf und las die letzte.

Schlosser, wo bleibst du?

> Sorry, mir ist was dazwischen gekommen.

> Ich meld mich morgen bei dir.

Sie schickte die Antwort ab. Sollte Lukas sich überlegen, was er Bjarne für eine Ausrede erzählte. Die mit dem geschrotteten Handy wohl eher nicht.

Willst du mich verarschen???

Ich stehe jetzt hier seit ner halben Stunde für nichts?

»Das denkst du«, murmelte sie, während sie mit ihrem Handy eine Nachricht an Lukas schickte.

> Ich hab Marvin erzählt, dass du einen Fahrradunfall hattest, beim Arzt bist und dein Handy Schrott ist.

> Vielleicht ist es besser, wenn du Montag noch nicht in der Schule auftauchst ...

Nachdem sie sichergestellt hatte, dass die Nachricht angekommen war, schickte sie ihm eine zweite.

> Können wir reden?

*

Kurz nach neun war sie in ihrem Zimmer. Wenn alles aufging, war Jannes jetzt bei seinem Date. Es fiel ihr schwer, still zu sitzen. Ihr Bauch kribbelte wie verrückt, sie konnte sich auf nichts konzentrieren. Sie stand auf und lief durchs Zimmer. Was, wenn doch etwas schiefgegangen war? Wie sollte sie zwei Stunden abwarten, ohne zu wissen, ob alles in Ordnung war?

Schließlich hielt sie es nicht mehr aus und zog ihr Handy heraus.

> Alles klar bei dir?

> Bist du schon beim Waldspielplatz?

Fünf Minuten später hatte Jannes immer noch nicht geantwortet.

> Hallo? Bist du überfallen worden, oder warum antwortest du nicht?

»Toll. Wenn er jetzt mit Lucie rumknutscht, bringt er mich um.« Sie musste lachen. »Geschieht ihm recht. Ist ja nicht so, als ob er mir das gegönnt hätte!«

Die nächsten zehn Minuten schrieb sie eine Nachricht nach der anderen.

Keine Reaktion.

Sag mir, dass es dir gut geht, oder ich fahr zum Spielplatz, fing sie an zu tippen.

In dem Moment klingelte ihr Handy.

Jannes.

Ihr Herz machte einen Sprung.

»Wenn du mir noch eine einzige Nachricht schreibst, blockier ich deine Nummer!«, schnauzte er ins Telefon, ohne Begrüßung.

Er klang unglaublich wütend, aber das war egal. Er klang auch unglaublich lebendig. Und das war das Einzige, das zählte.

»Ich wollte nur sichergehen, dass alles in Ordnung ist«, antwortete sie mit einem breiten Grinsen im Gesicht.

»Was bitte soll nicht in Ordnung sein?«

»Keine Ahnung, ich hatte ein komisches Gefühl.«

»Ja, super. Kannst du mir jetzt für den Rest des Abends meine Ruhe lassen?«

»Klar. Du bist beim Waldspielplatz angekommen, oder?«

»Wo soll ich sonst sein?« Er machte eine kurze Pause. »Du hast nicht vor, hier aufzutauchen, oder?«

»Nein, danke. Ich kann mir Besseres vorstellen, als meinem Bruder beim Knutschen zuzusehen. Viel Spaß noch, und grüß Lucie von mir!«

»Im Leben nicht!«

Lachend legte sie auf. Bis morgen musste sie sich eine gute Erklärung einfallen lassen. Irgendwann würde Jannes sich fragen, woher sie wusste, wo und mit wem er sich verabredet hatte.

Morgen.

Hatte sie es wirklich geschafft? Konnte sie diesem verdammten Tag entkommen?

»Ob Bjarne bei seiner Party ist?«

Sie konnte nicht bis Montag abwarten, ohne zu wissen, ob mit ihm alles in Ordnung war. Das durfte sie nicht riskieren. Woher sollte sie wissen, wie lange sie noch resetten konnte? Sie brauchte hundertprozentige Sicherheit.

Jetzt.

Alle Skrupel beiseiteschiebend suchte sie Bjarnes Nummer aus Lukas' Telefonbuch und rief ihn mit ihrem Handy an. Nach dem vierten Klingeln wurde sie nervös. »Geh ran, verdammt!«

Es klingelte weiter. War der Idiot doch noch zum Trimm-dich-Pfad gefahren?

»Bitte nicht. Ich schaff das nicht noch mal, ich …«

»Hallo?«, brüllte jemand ins Telefon.

Im Hintergrund konnte Tomke Stimmen und Musik hören.

»Äh, Isi?«, fragte sie, weil Bjarne sicher nicht bei Isi nachfragen würde.

Sonst müsste er sich nach Wochen wieder bei ihr melden, und das war ihm der Anruf bestimmt nicht wert.

»Kling ich wie ein Mädchen, oder was?« Er lachte und an diesem Lachen erkannte sie ihn eindeutig.

»Bist ja selbst schuld, wenn du an Isis Handy gehst! Kannst du sie mal rufen? Ich muss dringend mit ihr sprechen.«

»Verarscht du mich?« Jetzt klang er nicht mehr so fröhlich.

Echt clever, Bjarne. Wenn ich dich verarschen würde, würde ich es jetzt ganz sicher zugeben.

»Das Gleiche könnte ich dich fragen. Isi hat mir ihre Nummer gegeben, und wir haben vereinbart, dass ich mich melden kann, wenn was ist.«

»Okay, du kannst dich jederzeit bei mir melden. Aber ich weiß nicht, ob ich dir weiterhelfen kann?«

War Bjarne wirklich so bescheuert, auf jede beliebige Mädchenstimme anzuspringen, ohne Plan, mit wem er telefonierte? Wie viel hatte er schon getrunken?

»Das bezweifle ich allerdings auch«, antwortete sie.

»Hey, ich bin richtig gut im Helfen!«

»Klar, bestimmt«, sagte sie ohne Überzeugung in der Stimme.

Sie sollte auflegen. Offensichtlich ging es ihm gut, und er war nicht allein. Wenn er nicht an Alkoholvergiftung starb, waren die Chancen hoch, dass er am Montag wieder in der Schule auftauchte.

»Wenn du Lust hast, kannst du ja vorbeikommen und mit uns feiern? Dann kannst du dich selbst davon überzeugen, wie hilfreich ich bin«, bot er an.

Ernsthaft? Du lädst ein zufälliges Mädchen ein, ohne einen Schimmer zu haben, wer sie ist?

»Nur um ganz klar zu sein. Das hier ist nicht Isis Nummer? Du hast ihr nicht ihr Handy geklaut oder so?« Tomke dachte nicht daran, seine Einladung ernst zu nehmen.

Warum redete sie überhaupt noch mit ihm?

»Du hast es erfasst. Das ist meine Nummer, und ich habe keine Ahnung, warum Isi sie dir gegeben hat. Also wie sieht's aus? Willst du vorbeikommen?«

Sicher nicht.

»Lädst du immer Leute ein, von denen du keinen Schimmer hast, wer sie sind, wenn sie versehentlich deine Nummer wählen?« Sie gab sich nicht die Mühe, ihre Genervtheit zu verbergen.

»Nur wenn sie so eine süße Stimme haben wie du.«

Echt jetzt?

Tomke versuchte, das Lachen zu unterdrücken. Ohne Erfolg.

»Was ist daran so witzig?« Bjarne klang total selbstsicher.

»Sobald ich auftauchen würde, wärst du nicht mehr begeistert«, stieß sie zwischen zwei Lachern hervor. »Glaub mir einfach.«

»Wieso? Siehst du so hässlich aus?« Es klang nicht beleidigend, nicht so wie bei ihrer Begegnung in der Schulgarage.

GamerBOY

Es klang mehr so, als wollte er sie provozieren und dazu bringen, vorbeizukommen.

»Du hast echt noch nicht kapiert, mit wem du sprichst. Oder?«

»Ich habe keinen Schimmer, aber das macht es ja so spannend. Es ruft schließlich nicht jeden Tag eine Unbekannte mit so einer süßen Stimme bei mir an.« In seinem Tonfall schwang ein Lächeln mit. »Bist du nicht neugierig?«

»Nö. Ich hab dich nach dem zweiten Satz erkannt. Und wenn ich gewusst hätte, dass Isi mich verarscht und mir deine Nummer gibt, hätte ich nicht angerufen.« Sie machte eine kurze Pause, um ihren Worten mehr Gewicht zu geben. »Schöne Feier noch, Bjarne.«

Dann legte sie auf. In zwei Minuten hatte er den Anruf vergessen.

Spätestens.

»Ich freu mich schon auf die tollen Bilder von dem sturzbetrunkenen Idioten im Netz«, murmelte sie.

Als sie das Handy weglegen wollte, kam eine Nachricht an.

Hey, das ist nicht fair!

Du könntest mir wenigstens sagen, wer du bist ... 😮

»Hallo? Sind auf deiner Feier nicht genug Mädels? Solche, die tatsächlich was von dir wollen? Wie wär's, du kümmerst dich um die mit dem Pagenschnitt aus der Musik-AG?« Kopfschüttelnd tippte sie eine Antwort.

Glaub mir, das willst du nicht wissen.

Am besten löschst du meine Nummer und vergisst, dass ich angerufen habe.

Woher willst du wissen, was ich will?

Gib mir wenigstens einen Tipp!

Haben wir schon mal miteinander geredet?

»Mehr als einmal. Auch wenn du dich an das meiste nicht erinnern kannst«, murmelte sie.

Sie wollte ihm antworten und hielt inne. Es wäre die perfekte Gelegenheit, sich an ihm zu rächen. Sie könnte ihm jeden Tag in der Schule eine Aufgabe stellen, damit er sich lächerlich machte. Mit der Aussicht, ihm einen Tipp zu geben. Ohne es jemals aufzulösen. Oder am Ende mit einem großen Knall, damit er sich so richtig dumm vorkam. Verdient hätte er das. So oft, wie er sich über Leute lustig machte, die nicht seinem Standard entsprachen. Eine neue Nachricht blinkte im Display auf.

Jetzt sag schon, das ist echt nicht fair!

»Als ob das Leben jemals fair wäre, du Klugscheißer!« Ihre Worte klangen härter, als sie es meinte.

Ich habe nie behauptet, dass ich fair bin. 😜

Aber bevor du mich noch länger nervst, gebe ich dir deinen Tipp:

Wenn du mich erkannt hättest, hättest du mich unter Garantie nicht eingeladen.

Warum lässt du mich das nicht selbst entscheiden?

»Stell dich nicht dumm, Bjarne! Weil du das längst entschieden hast, Idiot.« Sie tippte ihre Antwort, ohne nachzudenken. Genug war genug.

Weil du nicht auf GamerBOYS stehst.

Fast zwei Minuten lang blinkte oben im Chat *Schreibt.* Am Ende kamen nur drei Worte bei ihr an.

Shit. Echt jetzt?

No kidding.

Aber keine Sorge, ich werde deine Nummer löschen, und wir vergessen das Ganze. Okay?

Schönen Abend noch!

Danke! 😁

Bedankte er sich für ihr Versprechen oder für den schönen Abend?

»Whatever.« Tomke warf das Handy endgültig auf ihr Bett, ging Zähne putzen und sagte ihren Eltern gute Nacht.

Eine halbe Stunde später schlich sie sich aus dem Haus. Es war Zeit, Lukas herauszulassen.

Kein Happy End. Willst reden, doch die Hoffnung stirbt am Firmament.

Ohne die Taschenlampenfunktion wäre Tomke gegen den nächsten Sarg gelaufen und hätte Lukas aufgeschreckt. Nachdem die Sonne untergegangen war, war es stockdunkel im Geisterhaus.

Durch den Spalt zwischen Boden und Tür schimmerte ein schwacher Lichtschein. Für einen Moment drückte Tomke ihr Ohr gegen das kühle Metall und horchte.

Stille.

Ist er eingeschlafen?

Sie legte Lukas' Handy auf den Sarg vor der Abstellkammer. So leise wie möglich steckte sie den Schlüssel in das Schloss, hielt beim Drehen den Bügel fest, damit er nicht aufsprang, und löste es vorsichtig von dem Riegel. Sie schob den Riegel auf, er schabte mit einem Kratzen über das Metall. Ihr Herz fing an, wie verrückt zu hämmern.

Doch hinter der Tür blieb es ruhig. Tomke behielt sie im Blick, während sie sich zum Ausgang bewegte. Nach fünf Schritten sah sie nicht einmal mehr den schwachen Lichtschein unter der Tür, weil die Särge ihr wie unsichtbare Schatten den Blick verstellten.

Neben dem Ausgang blieb sie stehen und war froh über den kühlen Nachtwind, der über ihr Gesicht strich und ihr das Atmen leichter machte. Mit einem Fingerdruck wählte sie Lukas' Nummer. Die Melodie seines Handys hallte durch die Stille des Raums. Es blinkte auf. Der Lichtschein leuchtete für einen Moment die Tür an.

Geh ran, bitte.

Nach einer Weile brach die Verbindung ab. Tomke starrte in die Dunkelheit. Dorthin, wo die Tür sein musste. Warum hatte Lukas nicht versucht, sie zu öffnen? Ging es ihm gut? Er konnte nicht eingeschlafen sein! Sie tippte noch einmal auf die Nummer.

Blieb ihr genug Zeit, einen Reset zu starten, falls ihm etwas passiert war? Oder war das unmöglich, nachdem Jannes und Bjarne in Sicherheit waren?

Wieder hallte die Melodie durch den Raum. Warum kam ihr das Lied so bekannt vor? In ihrem Hörer tutete es.

Zweimal, dreimal, viermal.

Ich geh gleich nachsehen, verdammt!

Jetzt fiel es ihr ein. Es war der Titelsong des Online-Rollenspiels, das Jannes, Lukas und sie in den Wochen vor dem Streit bis zum Erbrechen gespielt hatten. Ihr Handy tutete immer noch.

Achtmal, neunmal ...

Das reicht!

Sie machte einen Schritt in das Geisterhaus. In dem Moment flog die Tür auf, und der Strahl der Taschenlampe leuchtete in den nachgeahmten Gewölbekeller. Die Luft anhaltend drückte Tomke sich an die Außenwand und schielte ins Innere. Der Lichtstrahl glitt über den Sarg, und Lukas hob das Handy auf. Die Melodie verstummte.

Er hat mich weggedrückt.

Sie steckte das Handy ein und duckte sich hinter ein paar Büsche, die an der Ecke des Geisterhauses wuchsen. Warum war da wieder dieses Brennen in ihrer Brust, das ihr die Luft nahm?

Sie hatte es gewusst, von Anfang an. Für Lukas war sie nach dieser Aktion psycho. Und selbst wenn er es versuchen würde, könnte er es nicht verstehen.

Niemals.

Schritte rissen sie aus ihren Gedanken. Sie schaute auf und sah Lukas ins Freie kommen, den Rucksack auf dem Rücken, das Handy in der Hand. Scrollte er durch den Chatverlauf mit Bjarne? Oder durch die gefühlt tausend Nachrichten von seinen Eltern und Marvin?

Vielleicht liest er auch meine Nachrichten, meine Ausrede für Marvin und das Angebot zu reden?

Er blieb stehen, tippte, und im nächsten Moment vibrierte das Handy in ihrer Tasche. Sie wagte nicht, es herauszuziehen. Das Licht des Displays hätte sie verraten. Erst nachdem er durch das Loch im Zaun gestiegen war und sie ihn nicht mehr sehen konnte, zog sie ihr Handy hervor. Im Display leuchteten zwei Nachrichten. Eine von Jannes und eine von Lukas. Sie öffnete die von Jannes zuerst, hatte Angst vor dem, was Lukas geschrieben hatte.

> Sag mal, kann es sein, dass du nicht zu
> Hause bist???

»Verdammt! Wieso weiß er das?«

Die Nachricht war gleichzeitig mit der von Lukas angekommen.

> Sag bitte nichts zu Mama oder Papa,
> okay?

> Ich erklär's dir morgen, bin auch gleich
> auf dem Rückweg.

> Okay, beeil dich.

> Wenn du in zwanzig Minuten nicht auf
> der Matte stehst, geh ich dich suchen!

Für einen Moment fühlte sie sich schwerelos und musste lachen. Jannes war zu Hause, nicht halb tot im Krankenhaus.

Es war vorbei.

Mit zitternden Fingern öffnete sie Lukas' Nachricht, und mit einem Schlag war die Leichtigkeit verflogen. Im Chat blinkten nur zwei Worte auf. Aber sie waren genug, um den letzten Rest Hoffnung zu zerschlagen.

> Lass stecken.

*

Vor dem Haus schaute Tomke wieder auf das Handy.

00:05

Samstag, 24.Juni

Sie starrte das Display an und konnte es nicht glauben. Es war auf den 24. Juni umgesprungen. Hieß das, sie hatte es geschafft? Es war vorbei? Wirklich?

Leise sperrte sie die Tür auf und drückte sich in den dunklen Flur. Wenn ihre Eltern sie erwischten, hatte sie für das nächste halbe Jahr Hausarrest. Mindestens. Wenn sie mitbekamen, was sie mit Lukas gemacht hatte, wahrscheinlich für den Rest ihres Lebens.

»Ich wollte eben losziehen und dich suchen«, raunte eine Stimme von der Treppe.

Tomke zuckte zusammen. Jannes. Sie wusste nicht, ob sie sich freuen oder abhauen sollte.

»Musst du mich so erschrecken?«, zischte sie.

Ein Schemen löste sich aus der Dunkelheit. Im nächsten Moment stand Jannes vor ihr, die Arme verschränkt, bestimmt ein Grinsen im Gesicht. Es war schwer zu sagen, ohne Licht konnte sie nur die Umrisse seines Körpers ausmachen.

»Tz, da halt ich dir den Rücken frei, und das ist der Dank?«

Sie musste lachen. War das jetzt das Ende? Nach allem, was sie durchgemacht hatte? Nachdem sie schon nicht mehr daran geglaubt hatte, jemals aus diesem verdammten Tag zu kommen, zumindest nicht mit Jannes? Sie versuchte, trotz der Dunkelheit sein Gesicht auszumachen.

Würde alles wieder von vorn anfangen, wenn ich ihm jetzt in die Augen sehen könnte?

»Was ist? So witzig finde ich das nicht«, warf er ein, doch selbst in seiner Stimme schwang ein Lachen mit.

»Wie war dein Date?«

Muss ich mich daran gewöhnen, dass Jannes jetzt ne Freundin hat?

Sie dachte an Lukas, und das Schlucken fiel ihr schwer.

»Wäre besser gewesen, wenn ich nicht eine Nachricht nach der anderen von meiner durchgeknallten Schwester bekommen hätte«, sagte er ohne Wut in der Stimme. »Wo hast du dich rumgetrieben?«

»Hm, das bleibt wohl mein süßes Geheimnis«, antwortete sie und versuchte, sich an ihm vorbeizudrücken.

Sie konnte nicht mehr. Wenn sie noch ein Wort mit ihm sprach, würde sie ausflippen. Wegen Lukas und allem, was sie für Jannes durchgemacht hatte. Sechzehn Tage lang. Es war vorbei. Oder? Es war doch jetzt vorbei?

»Los, lass uns schlafen gehen. Schließlich haben wir morgen noch was vor«, murmelte sie.

Sie kam nicht weit. Jannes legte eine Hand auf ihre Schulter und hielt sie fest.

»Hast du dich mit einem Typen getroffen?«

Bitte? War das seine einzige Sorge?

»Und wenn es so wäre, ginge es dich nichts an. Oder?«, flüsterte sie.

Ihre Stimme bebte.

»Hallo? Wenn ein Typ dich dazu bringt, nachts aus dem Haus zu schleichen, geht mich das sehr wohl etwas an!«

»Ach?« Sie legte den Kopf schief. »Du würdest Lucie also niemals überreden, sich deinetwegen heimlich aus dem Haus zu schleichen?«

»Das ist ja wohl was anderes!«

»Ist es? Ich hatte ganz andere Sorgen als irgendwelche Typen, wenn dich das beruhigt«, sagte sie und boxte ihn in die Seite. »Und selbst wenn es so wäre, wäre es meine Sache. Du kannst mir nicht vorschreiben, mit wem ich mich treffe und mit wem nicht. Kapiert?«

»Pfff, ich bin dein Bruder. Irgendjemand muss ja auf dich aufpassen!«

Er glaubte, auf sie aufpassen zu müssen? Ernsthaft? Nach allem, was sie getan hatte, um ihm den Arsch zu retten?

Du hast mich die Freundschaft mit Lukas gekostet.

Im doppelten Sinn.

»Glaub mir, ich kann gut auf mich selbst aufpassen. Und ich brauche dich ganz sicher nicht, damit du irgendwelche Typen aus meinem Leben vergraulst. Verstanden?«

»Wenn der Typ Mist baut, schau ich nicht untätig zu!« Jannes' Hand lag immer noch auf ihrer Schulter.

Warum halte ich nicht einfach den Mund? Er lebt, und bis jetzt ist kein Reset passiert. Das ist doch Grund zum Feiern!

Sie fühlte es nicht. Allein bei dem Gedanken an Lukas spürte sie ein Loch in sich aufklaffen.

»So wie Lukas?«, rutschte ihr heraus.

»Lukas?« Der Druck von Jannes' Hand wurde stärker.

»Hat der auch Mist gebaut, oder warum darf er nicht mehr zu uns?« Sie verschränkte die Arme und musterte Jannes' Konturen.

Jetzt hätte sie ihm gern in die Augen gesehen und gewusst, was er dachte.

»Das ist was völlig anderes, okay? Vergiss Lukas.«

Vergiss Lukas? Das war alles, was er dazu zu sagen hatte?

»Ich weiß, dass ihr meinetwegen gestritten habt.«

»Hat er das behauptet?«, zischte Jannes.

Behauptet? Willst du es ernsthaft abstreiten?

»Das habe ich allein herausgefunden. Wenn du nicht beschlossen hättest, dass du dich einmischen musst, könnten wir immer noch alle befreundet sein!«

Jannes holte Luft. Bevor er etwas sagen konnte, ging das Licht an. Für einen kurzen Moment sah sie seine Augen aufblitzen. Schnell drehte sie den Kopf und fasste nach dem Geländer. Waren da weiße Schlieren in ihrem Augenwinkel? Begann die Welt wieder sich zu drehen? Verschwommen erkannte sie ihren Vater oben auf dem Treppenabsatz. In Unterhose stand er dort und fuhr sich durch die vom Schlaf zerzausten Haare.

»Was macht ihr mitten in der Nacht in voller Montur hier unten? Solltet ihr nicht schlafen?«

»Jannes wollte mir beweisen, dass der Sternenhimmel in unserem einen Spiel falsch ist. Deshalb waren wir kurz im Garten.« Sie hörte Jannes neben sich leise lachen und spürte, wie er ihre Schulter drückte.

Die Geste genügte, um Tomke zu erinnern. Jannes und sie. Gemeinsam gegen den Rest der Welt. So würde es immer sein.

»Und jetzt schaut ihr, dass ihr ins Bett kommt. Verstanden?«, brummte ihr Vater und drehte sich weg.

Bevor sie die Treppe hochging, beugte sie sich kurz zu Jannes, ohne ihn anzusehen. »Vergiss unsere Verabredung morgen nicht!«

Aus dem Augenwinkel sah sie, wie er nickte, ein Grinsen im Gesicht.

»Bereit, wenn du es bist«, raunte er ihr zu.

Sie ging vor ihm die Treppe hoch und drehte sich selbst an ihrer Zimmertür nicht mehr um. Aus Angst, alles könnte doch wieder von vorn anfangen.

*

Das Geräusch des elektronischen Wassertropfens drang in Tomkes Schlaf. Sie riss die Augen auf und griff nach dem Handy. Eine Nachricht von Jannes blinkte im Display.

Nein. Nein, nein, nein, nein!

Ihre Finger fingen an zu zittern, sie spürte ihren Herzschlag bis in den Hals und brauchte vier Versuche, bis es ihr gelang, den Messenger zu öffnen.

Was hatte sie falsch gemacht? Alle hatten überlebt, sie hatte ihm nicht in die Augen geschaut und war auch nicht von einem Sog mitgerissen worden. Warum also fing alles wieder von vorne an?

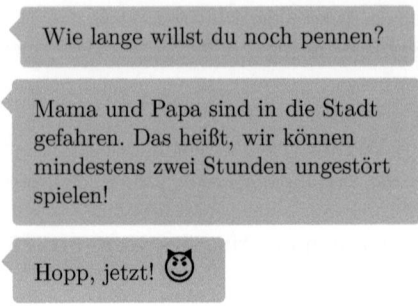

> Wie lange willst du noch pennen?

> Mama und Papa sind in die Stadt gefahren. Das heißt, wir können mindestens zwei Stunden ungestört spielen!

> Hopp, jetzt! 😈

Sie starrte auf den Chatverlauf und hielt die Luft an. Es war alles noch da, jedes Wort, das sie gestern mit Jannes geschrieben hatte. Schnell prüfte sie das Datum.

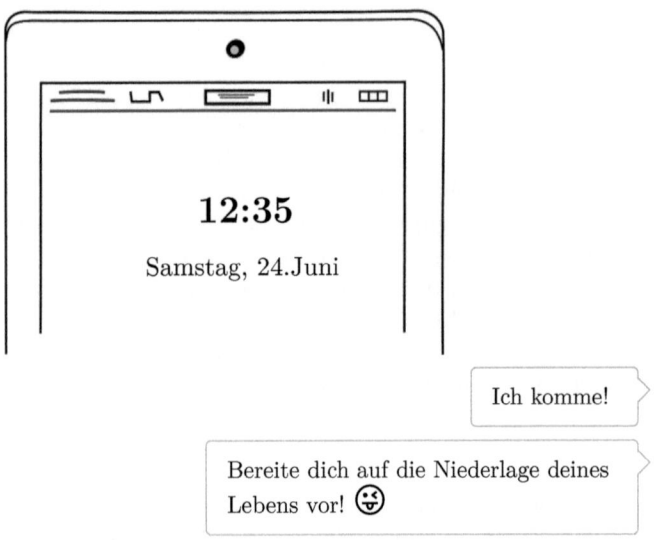

Sie schickte es ab, ging zum Schrank, schlüpfte in ein frisches Shirt und Jeans. An der Tür stoppte sie. Ob Bjarne okay war? Sie musste es prüfen, wollte nicht abwarten, ob er Montag in der Schule auftauchte.

Toll, wenn ich ihm jetzt noch eine Nachricht schreibe, verfällt er wahrscheinlich in Panik und wechselt seine Nummer.

Egal. Es war total bescheuert, aber sie konnte nicht anders.

Alles klar bei dir?

Sie ging Zähne putzen. Als sie zurückkam, blinkte eine Nachricht im Display.

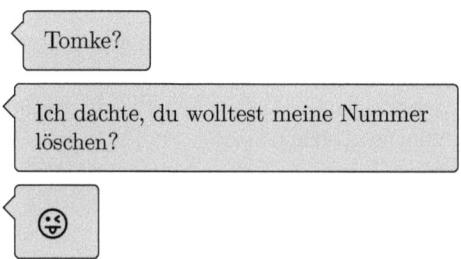

Wow, er benutzte ihren Namen. Dabei hatten sie nicht einmal Musik zusammen gemacht. War er krank?

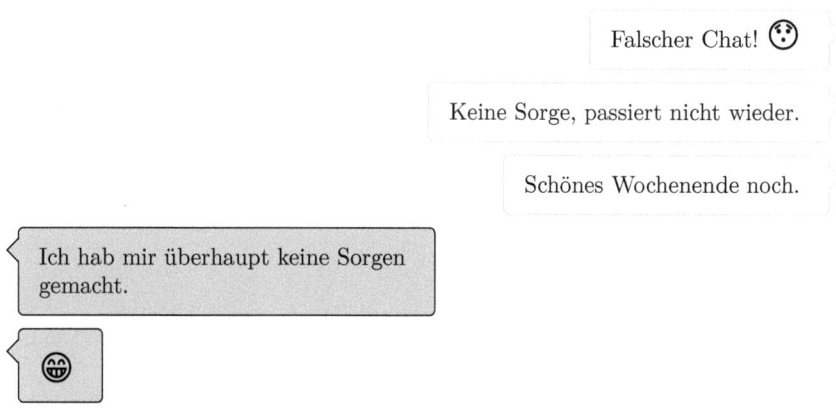

»Hallo? Du weißt schon, mit wem du hier schreibst, oder?«

Natürlich wusste er es. Er hatte ihren Namen benutzt. Eine weitere Nachricht blinkte im Display. Von Jannes.

> Bist du wieder eingepennt?

> Hättest du wohl gern. Was?

> Omw!

Sie ließ das Handy auf dem Bett liegen und ging zu Jannes.

Keiner von ihnen erwähnte Lukas. Jannes fragte auch nicht mehr nach, wo sie sich spätabends herumgetrieben hatte oder mit wem.

Es tat gut, neben ihm auf dem kleinen Sofa in seinem Zimmer zu sitzen und nichts zu tun, außer zu spielen. Sich keine Sorgen mehr machen zu müssen. Es war vorbei, es musste vorbei sein. Trotzdem achtete sie darauf, ihm nicht in die Augen zu sehen. Sicher war sicher.

Nach zwei Stunden ging die Zimmertür auf, und ihre Mutter stand auf der Schwelle, einen Rucksack am Arm. »Gehört der euch?«

»Das ist meiner.« Tomke streckte die Hand aus.

War Lukas hier gewesen? Ohne zu klingeln?

Ihre Mutter warf ihr den Rucksack zu. »Der hing schon an unserer Haustür, als wir los sind.«

Tomke öffnete ihn, hoffte auf eine Nachricht. Aber sie fand nur die Decke, das Buch, die Taschenlampe und die Wasserflasche. Halb leer.

»Hey, was machst du mit meinem Witcher-Band?«, fragte Jannes und nahm ihr das Buch aus der Hand.

»Ich habe ihn mir kurz geliehen. Du hast ihn ja nicht mal vermisst, oder?«

»Wie kommt jetzt der Rucksack an unsere Haustür?«, fragte ihre Mutter.

»War eine Wette mit Oskar und Ole.« Tomke hoffte inständig, dass ihre Mutter die beiden nie darauf ansprechen würde.

*

Am Abend öffnete sie den Chatverlauf mit Lukas und starrte auf seine Nachricht.

> Lass stecken.

Sie nahm ihren Mut zusammen und schrieb ihm noch einmal.

Bitte lass uns reden.

Weil sie seine Antwort auf keinen Fall verpassen wollte, hielt sie das Handy noch in der Hand, als ihr die Augen zufielen. Eine Antwort, die nie kam.

Komm weg von hier,
es reicht nicht mehr.
Du suchst dein Herz,
bist wolkenschwer.

Epilog

14. Oktober

»Danke, dass du mir mit dem Shirt für Lucie geholfen hast!« Jannes deutete auf die Papiertüte, die auf dem Stuhl zwischen ihnen stand. »Sah übrigens nicht schlecht an dir aus. Vielleicht solltest du öfter mal was Figurbetontes anziehen?«

Tomke verschluckte sich an dem Milchshake, den er ihr ausgegeben hatte. Als Dank für ihre Hilfe.

»Was?« Jannes beugte sich über den Tisch und klopfte ihr auf den Rücken. Ein breites Grinsen im Gesicht. »Ich bin sicher, dass Oskar und Ole das bestätigen würden.«

»Fängst du jetzt an wie Papa? Den beiden ist egal, wie ich herumlaufe, solange ich keinen Mist zusammenspiele.« Sie wehrte seine Hand ab und stocherte mit dem Strohhalm in ihrem Shake.

Wenn sie das gewusst hätte, hätte Jannes das Shirt für Lucie mal schön allein anprobieren können!

»Ole vielleicht, aber Oskar?«, warf er ein. »Hast du schon mal darauf geachtet, wie er dich ansieht?«

»Ganz normal?«, antwortete sie und zuckte mit den Schultern.

Jannes lachte, aber er sagte nichts mehr, und sie war froh. Sie hatte keine Lust, wegen so einem Quatsch mit ihm zu streiten. Oskar war wie immer. War das wieder Jannes' Sorge - *großer Bruder muss seine kleine Schwester vor den Jungs und der bösen Welt dort draußen schützen?* Wie damals bei Lukas? Nein, bei Lukas hatte es einen Grund gegeben.

Damals.

Sie ließ den Kopf hängen und versuchte, den Stich in ihrer Brust nicht zu spüren.

»Bist du immer noch sauer?«, fragte Jannes.

Konnte er auf einmal Gedanken lesen?

»Hm?« Sie hob den Blick und sah auf seine Stirn statt in seine Augen.

Allein die Vorstellung, ihm in die Augen zu sehen, brachte den Abend im Krankenhaus zurück. Oder die Angst davor. Selbst nach fünf Monaten. Obwohl es ihr gelungen war, diese Version auszulöschen, und sie für niemanden je existiert hatte.

Für niemanden. Außer für sie.

»Du weichst mir seit Monaten aus«, fing Jannes an.

»Das stimmt nicht«, widersprach sie.

Zu leise, zu schwach. Sie hätte sich das noch nicht einmal selbst abgenommen.

»Ach ja? Warum schaust du mir dann nicht einmal mehr direkt in die Augen?« Jannes beugte sich über den Tisch und versuchte, ihren Blick einzufangen.

»Tu ich doch!«

»Tust du nicht!« Sekundenlang fixierte er sie, sie konnte es spüren, hielt es nicht aus, rührte wieder mit dem Strohhalm in dem Milchshake und schaute auf die Blasen an der Oberfläche.

»Siehst du? Du hast wieder weggesehen. Ist es wegen Lukas?«

Dachte er noch daran? Seit ihrem Vorwurf auf der Treppe hatte keiner von ihnen Lukas noch einmal erwähnt.

»Das mit Lukas ist vorbei«, murmelte sie. »Das müsstest du eigentlich mitbekommen haben.«

Jannes traf sich in den letzten Wochen wieder mit ihm. Gestern nach der Schule hatte Tomke ihn, Lucie und Lukas zusammen gesehen. Und zwischen Lukas und Lucie war diese Anna gewesen, das Mädchen mit dem viel zu lautem Lachen. Lief was zwischen ihm und ihr?

»Ja, aber ich kapier's nicht«, unterbrach Jannes Tomkes Gedanken. »Früher ist er immer mit zu uns gekommen, auch bevor er, du weißt schon.« Er räusperte sich und rieb sich den Nacken. Ein roter Schimmer schlich sich auf seine Wangen. »Jetzt weicht er mir jedes Mal aus, wenn ich vorschlage, dass wir uns bei mir treffen. Wie in alten Zeiten.«

Sie spürte seinen Blick. Die Frage, die er nicht aussprach.

Was ist zwischen euch passiert?

»Er hält mich für psycho«, antwortete Tomke und zuckte mit den Schultern.

»Und wieso?«

»Lange Geschichte.« Sie sah auf, in sein Gesicht, aber nicht in seine Augen, zwang sich zu einem Lächeln, das die Leere in ihrem Herzen überdecken sollte. »Nicht wichtig.«

»Du lügst.«

Klar. Jannes merkte es sofort.

»Es ist nicht mehr wichtig, okay? Manchmal muss man sich entscheiden und kann nur verlieren, egal was man macht«, versuchte sie zu erklären. »Dann geht es einfach darum, den Verlust zu nehmen, der einem weniger wehtut.«

Auch wenn er immer noch verdammt wehtat.

»Soll ich mit ihm reden?«

Ein Lächeln huschte über ihr Gesicht. Ein echtes diesmal. Reden würde nichts ändern. Doch allein die Vorstellung war süß. Aber das mit Lukas war vorbei.

Für immer.

»Nein, lass gut sein«, sagte sie und war selbst überrascht, wie bestimmt es klang.

»Wie du meinst.« Jannes sah sie noch eine Weile lang an.

Ratlos. Und wieder spürte sie die Kluft zwischen ihnen, die sie trennte. Seit diesem verdammten 23. Juni. Mehr als einmal war sie kurz davor gewesen, ihm alles zu erzählen.

Du wärst fast gestorben.

Das war zu verrückt, das konnte sie ihm nicht sagen. Egal wie sehr Jannes und sie einander vertrauten, sie hätte ihm niemals geglaubt, wenn es umgekehrt passiert wäre. Wären nicht die Träume, sie hätte die gefühlt tausend Zeitschleifen vielleicht auch vergessen können. Aber die aschgrauen Gesichter mit den leeren Blicken verfolgten sie. Beinahe jede Nacht. Jannes, Lukas, Bjarne. Selbst Marvin. Egal wie sehr sie versuchte, sich etwas anderes einzureden, sie konnte es nicht vergessen.

Es war passiert. Alles. Auch wenn Tomke niemals mit irgendwem darüber reden konnte, war es passiert. Und genau das war das Problem. Das war es, was sie auf die andere Seite der Kluft katapultiert hatte und von allem trennte. Ob sie wollte oder nicht.

Von Jannes, von Oskar und Ole, von ihren Eltern. Von der Wirklichkeit, in der sie lebten, und der, die Tomke erlebt hatte.

Marvin.

Sie biss die Zähne zusammen. Das Treffen am Trimm-dich-Pfad hatte es nicht gegeben, nicht in dieser Wirklichkeit. Aber sie konnte ihn nicht davonkommen lassen. Nicht nach allem, was sie erlebt hatte, in den sechzehn Versionen dieses verdammten 23. Junis. Schon blöd für ihn, wie schnell ein Fünfzehn-Sekunden-Film sein perfektes Image bei den Lehrern zerstören konnte. Ganz schön doof, dass ihn jemand ausgerechnet beim Pillenverkaufen gefilmt hatte. Tomke ballte die Hände zu Fäusten. Wenn er auch nur auf die Idee kam, Jannes dafür verantwortlich zu machen, würde ein neues Video auftauchen. Darauf konnte er sich verlassen!

»Ich wollte dich noch was fragen«, durchbrach Jannes das Schweigen, das sich zwischen ihnen ausgebreitet hatte.

»Hm?« Tomke blinzelte und versuchte, die Kluft nicht mehr zu spüren.

Dieser Tag hatte eine andere aus ihr gemacht, eine, die sie nicht sein wollte. Für einen kurzen Moment dachte sie an den Polizisten im Krankenhaus. Vielleicht hatte er nicht zu oft in die Abgründe der menschlichen Seele geblickt. Vielleicht hatte er einfach nur zu lange in seinen eigenen Abgrund gesehen?

Jannes zog sein Handy aus der Tasche, öffnete den Browser und schob es zu ihr. Schon beim ersten Ton erkannte sie, was das war. Sie brauchte nicht auf das Mädchen in dem Video zu achten, das man nur von schräg hinten sah und das sich die rote Kapuze des rot-schwarzen Pullis tief ins Gesicht gezogen hatte.

Wenn der Morgen graut
in der gleichen Cloud

»Was machst du auf Bjarnes Kanal?«, stieß sie aus.

»Ich nichts. Lucies kleine Schwester ist völlig verrückt nach diesem Typen und hat sich gestern nicht mehr eingekriegt, als das Video von der Unbekannten mit der tollen Stimme aufgetaucht ist.« Jannes sah sie an. »Lucies Schwester ist total eifersüchtig, weil sie überzeugt davon ist, dass das jetzt die neue Freundin ihres großen Schwarms ist.«

»Hast du ihnen gesagt, wer da singt?«, fragte sie und versuchte, sich die Panik nicht anhören zu lassen.

Jannes schüttelte den Kopf. »Das musste ich gar nicht. Lucie hat dich neulich singen gehört, schon vergessen? Sie hat mir das Video gezeigt und mich gefragt, ob du das bist.«

»Scheiße. Ich kann nie wieder in der Schule auftauchen.« Tomke senkte den Kopf.

Ihre Wangen glühten. Warum hatte sie nicht daran gedacht? In den letzten Wochen kam Lucie oft schon vorbei, wenn Jannes noch beim Training war. Und statt in seinem Zimmer auf ihn zu warten oder sich dem Kreuzverhör ihrer Eltern auszusetzen, saß sie mit Tomke vor Tomkes Bett. Angefangen hatte es, weil Tomke Mitleid mit ihr gehabt hatte, als ihr Vater Lucie tausend Fragen zu Jannes und ihr gestellt hatte. Im Gegensatz zu Jannes' Befürchtungen redeten sie kein Wort über ihn. Viel spannender war es, von ihren Träumen zu sprechen. Davon, was sie machen wollten, wenn die Schule endlich vorbei war. Oder über Lucies Rollerblader-Gruppe. Und letzte Woche hatten sie zusammen gesungen. Woher hätte Tomke ahnen können, dass ausgerechnet Lucie sich auf Bjarnes Kanal verirrte?

»Jetzt bekomm dich wieder ein!« Jannes boxte sie an der Schulter. »Weder Lucie noch ich werden dich verraten. Wir sind doch nicht doof! Ihr werdet schon einen Grund haben, warum ihr einen auf geheimnisvoll macht. Gibt sicher mehr Views und mehr Likes.« Er grinste sie an. »Du könntest dir auch ne Maske aufsetzen wie Cro oder ne Perücke wie Sia.«

»Sehr witzig. Der Grund sind Mädels wie Lucies kleine Schwester, die alle gleich denken, es läuft was zwischen uns.«

»Und? Hast du kein Interesse an dem Herzensbrecher und Mädchenschwarm?«, fragte Jannes, und auch wenn er sich alle Mühe gab, cool und lässig zu klingen, konnte Tomke die Sorge heraushören.

Herzensbrecher.

Sie verdrehte die Augen. Das war der Unterschied zwischen Lucie und Jannes. Lucie hätte sie das nie gefragt. Man konnte mit jemanden Musik machen, ohne verknallt zu sein. Lucie hätte sich auch den Kommentar mit dem *ach so figurbetonten* Shirt gespart. Ihr war es egal, ob Tomke in Schlabberklamotten herumlief oder gestylt. Seit wann machte Jannes sich darüber so viele Gedanken?

»Zu deiner Information: Ich habe kein Interesse an Bjarne und er auch nicht an mir«, sagte sie zu ihm. »Es geht darum, zusammen Musik zu machen, das ist alles.«

Beinahe hätte sie noch *und er steht definitiv nicht auf Gamerboys* hinzugefügt. Aber sie schluckte es hinunter. Es hätte so geklungen, als würde sie etwas von Bjarne wollen.

»Hoffentlich hält Lucie den Mund«, fügte sie hinzu. »Ich habe echt keinen Bock darauf, von Bjarnes Fanclub verfolgt zu werden.«

Ganz zu schweigen davon, was Oskar und Ole über sie denken würden. Sie hatte einen Ruf zu verlieren!

»Hallo? Lucie ist nicht eine von den hirnlosen Tratschkühen!« Auf Jannes' Stirn zeichneten sich Falten ab, aber in seinen Mundwinkeln lag ein Lächeln.

Tomke musste auch lächeln, und für einen kurzen Moment fühlte es sich wie früher an. Als es die Kluft noch nicht gegeben hatte.

»Falls dir der Typ doch das Herz bricht, gibst du mir Bescheid. Ist das klar?«, sagte Jannes später, als er sich auf den Weg zu Lucie machte und Tomke noch mal kurz zum Gamer-Shop ging.

»Keine Sorge, das wird nicht passieren. Unter Garantie.« Sie lachte.

Aber der Gedanke an Bjarne hängte sich fest. Sie konnte ihn nicht abschütteln, während sie mit gesenktem Kopf und verschränkten Armen loszog. Mehr als einmal hatte sie in den letzten Monaten das Gefühl gehabt, er wäre der Einzige, der etwas ahnte. Ausgerechnet dieser oberflächliche Typ, der an nichts weiter als an die nächste Party und das nächste Mädchen dachte. Vielleicht hatte er kapiert, dass nicht Lukas ihm an dem 23. Juni die Nachrichten geschrieben hatte, und deshalb angefangen, sich sporadisch bei ihr zu melden? Deswegen hätte sie ihm nicht vorschlagen müssen, ein Lied zusammen aufzunehmen. Doch ein Teil von ihr wollte, dass alle sie hörten. Ihre Version von *Demons*. In der Hoffnung, eine Brücke über die verdammte Kluft zu bauen. Sie hatte Bjarnes Blick noch vor sich, bei der Stelle, an der sich ihr Herz jedes Mal zusammenzog und sie das Gefühl hatte, unterzugehen und zu ertrinken. In den vielen Versionen dieses 23. Junis, die alle gleichzeitig in ihr existierten und doch nicht wirklich waren.

Für mich ist es zu spät
verlorn' Identität.
Werd mit den Wölfen geh'n,
dich nie mehr wieder seh'n!

Er hatte sie angeschaut, als würde ein Teil von ihm begreifen, dass das nicht nur ein Text war, eine Spielerei, sondern die Wirklichkeit, an der sie zu ersticken drohte.

Nimm dich vor mir in Acht!

Tomke hing in dieser Erinnerung und merkte nicht, wie jemand von innen die Tür des Gamer-Shops öffnete. Ungebremst rannte sie in die Person hinein.

»Tschuldigung!«, stieß sie hervor, wich einen Schritt zurück, schaute auf und erstarrte.

Lukas.

Sie fing seinen Blick ein, bemerkte das Flackern in den braunen Augen. Hin- und hergerissen zwischen Hoffnung und Wut. Für den Bruchteil einer Sekunde glaubte sie, direkt in sein Herz sehen zu können und dort die gleiche Leere, die gleiche Traurigkeit zu erkennen wie in ihrem eigenen. Ein Zwinkern später war die Mauer wieder da, nahm alles Interesse aus seinem

Blick und sperrte Tomke aus. Hatte sie sich das eingebildet? Sie räusperte sich, trat noch einen Schritt zurück und sah ihm direkt in die Augen, die sie jetzt mit einer Gleichgültigkeit musterten, als hätten sie sich nie gekannt.

»Können wir reden?«, fragte sie mit einem Zittern in der Stimme.

Die Frage blieb zwischen ihnen hängen. Mit einem Blinzeln konnte Lukas sie an der Mauer zerschellen lassen. Oder er ließ es zu, und sie könnte zur Brücke werden.

»Gib mir einen guten Grund, warum ich dir noch zuhören sollte«, sagte er.

Sein Gesicht blieb ausdruckslos, aber in seinen Augen glaubte Tomke wieder das Flackern zu sehen.

Wäre es möglich? Könnte sie ihm von all den gescheiterten Versionen dieses 23. Junis erzählen, ohne dass er sie für verrückt erklärte? Könnte er verstehen, warum sie ihn eingesperrt hatte? Dass sie keine andere Wahl gehabt hatte?

Aber wenn ich ihm davon erzähle, dachte sie beim Blick in seine Augen, würde ich dann nicht das Schicksal betrügen?

DANKE

Ein Buch schreibt sich nicht allein. Na gut, schreiben musste ich es allein, und dennoch waren in dem ganzen Prozess unglaublich viele Menschen beteiligt. Manche auch, ohne es zu wissen.

Zwei dieser unwissenden Inspirationsquellen waren Laura Olivers Roman »Before I fall«, durch den ich eine Faszination für Zeitloopgeschichten entwickelt habe, und das Musikvideo von »Bad Liar« (Imagine Dragons) mit der Tänzerin und dem abwesenden Jungen. Zum Glück hat mein Lieblingsmensch mich hier mit kritischen Fragen von meiner ersten rudimentären Idee abgebracht. 😇
Abgesehen davon hat mich der Refrain von »Bad Liar« schon beim ersten Hören fasziniert. Insofern freut es mich, dass er sehr gut zu Tomkes Gefühlen am Ende der Geschichte passt.

Danke an meinen Lieblingsmenschen, der sich immer wieder geduldig meine ausschweifenden Berichte über meine ersten Ideen anhört, um mich anschließend zu fragen: Und wo ist jetzt die Geschichte? 😁

Ein riesiges Dankeschön geht außerdem an meine Testleser Mara, Ingrid, Navika, Jutta und Archer. Ihr seid die Besten! Ehrlich, ohne euer Feedback wäre Tomkes Geschichte nicht halb so gut geworden. Und eure Begeisterung für Tomke hat mir Mut gemacht, den Schritt zur Veröffentlichung zu wagen.

WOULD YOU MISS ME?

Was machst du, wenn alles, woran du geglaubt hast, von einem Moment zum nächsten nicht mehr zählt? Wenn es verschwunden ist, im großen Nichts der aufgelösten Träume?
Ich brauche dich.
Jetzt.
Aber du hast alles kaputtgemacht ...

Was ist mit Vivien passiert?

Zwischen den beiden besten Freundinnen Nora und Vivien herrscht absolute Funkstille. Seit Vivien sich mit Janus, dem Herzensbrecher der Schule, eingelassen hat, ist sie nicht mehr die Gleiche. Dann verschwindet Vivien spurlos und angeblich weiß niemand ihrer neuen Freunde, was mit ihr passiert ist. Nora spürt, dass etwas Schlimmes geschehen sein muss.

Als kurz darauf Kleidungsstücke von Vivien aus dem Fluss gezogen werden, geht die Polizei von einem Selbstmord aus. Nora kann das nicht glauben. Sie macht sich auf die Suche, doch je mehr sie über die letzten Wochen aus Viviens Leben herausfindet, desto mehr Zweifel und Fragen kommen auf. Wie gut hat sie ihre beste Freundin wirklich gekannt?

Um die Wahrheit zu finden, muss Nora auf Viviens neue Freunde zugehen. Kann sie ihnen vertrauen oder wissen sie mehr und versuchen, etwas zu vertuschen?

Der spannende Auftakt der „Little Secrets"-Reihe.

Leseprobe

Vor dem Sturm

Was machst du, wenn alles, woran du geglaubt hast, von einem Moment zum nächsten nicht mehr zählt? Wenn es verschwunden ist im großen Nichts der aufgelösten Träume?

Ich brauche dich. Jetzt.

Aber du hast alles kaputtgemacht.

Du?

Oder war es doch ich?

Wir beide?

Ich stehe wieder auf der Brücke, starre in die Dunkelheit und horche, die Hände gegen das Geländer gestützt. Unter mir rauscht der Fluss vorbei.

Es ist kalt.

Eisig kalt. Wie die Leere in meinem Herzen.

Was machst du, wenn niemand mehr da ist und kein Weg dich zurückführt? In das Land, in dem noch alles möglich war? In dem du dich verlassen konntest, statt verlassen zu werden, und Versprechen niemals gebrochen wurden?

Ich stemme mich hoch und suche mit den Füßen nach Halt. Vorsichtig, ich will nicht fallen, nicht jetzt. Ganz langsam lasse ich los und richte mich auf. Bis ich stehe. Auf dem Geländer. Links von mir die Brücke, rechts von mir grauschwarzes Nichts. Irgendwo dort unten rauscht das Wasser.

Die Arme zur Seite gestreckt, versuche ich zu balancieren. Ein Schritt. Zwei.

Ich habe in einer Lüge gelebt. Die ganze Zeit.

Zwischen mir und dem Abgrund sind es nur ein paar Millimeter.

Balanceakt.

Sieht so Freiheit aus? Ich bleibe stehen und schaue in die schwarze Leere.

Ich.

Bin.

Frei.

Hinter mir heult ein Motor auf. Ich drehe den Kopf.

Shit!

Ein grellweißer Strahl blendet mich. Ich schwanke, reiße die Arme hoch und

...

Schneeflocke im Wasser

19:38

Warum schickt Vivien mir nach drei Wochen Funkstille eine Nachricht? Na ja, schicken ist zu viel gesagt, sie hat sie sofort wieder gelöscht. Mann! Wie soll ich jetzt darauf reagieren? Ich schiebe es schon seit gestern Abend vor mir her. Was, wenn sie den falschen Chat erwischt hat und jemand anderem schreiben wollte? Elise zum Beispiel? Dann ist es superpeinlich, wenn ich ihr antworte. Das sieht aus, als hätte ich die ganze Zeit nur auf ein Zeichen von ihr gewartet.

»Achtung!« Ein Skater rast auf mich zu und schneidet mir den Weg ab.

»Ey!«, schreie ich und stolpere zurück. Dabei rutscht mir das Handy aus den Fingern. »Kacke! Pass doch auf!«

Er dreht sich noch nicht einmal um, hebt nur kurz die Hand und kommt sich dabei wahrscheinlich supercool vor.

»Hallo? Wie wär's mit 'ner Entschuldigung?«, brülle ich ihm hinterher.

Ohne die kleinste Reaktion fährt er einfach weiter auf das Schulgebäude zu. Offenbar ist er nicht nur blind, sondern auch taub. Ich bin kurz davor, ihm nachzurennen und ihn von seinem Skateboard zu zerren. Seine Baseballcap sitzt verkehrt herum. Der orange Kreis über dem Schirm wird immer kleiner, je weiter er sich entfernt.

»Idiot!«, murmle ich und bücke mich.

Mr. Baseballcap hat mehr Glück als Verstand. Das Handy ist mit der Hülle auf einem Grasbüschel gelandet und hat nicht einmal einen Kratzer abbekommen. Wenn es einen Display-Bruch gehabt hätte, hätte ich ihn gekillt. Neben mir kichern zwei Mädels, so klein, wie die sind, wahrscheinlich sechste Klasse, maximal siebte.

Haha, sehr witzig!

Die beiden interessieren sich null für den Beinahe-Display-Bruch, sie sind viel zu sehr damit beschäftigt, Mr. Baseballcap anzuhimmeln, der bei den Fahrradständern bremst, sein Skateboard mit einem Fußtritt in die Luft katapultiert und auffängt. Woah, wie lässig! Pfff. Um dem Ganzen noch eins draufzusetzen, gibt er sich ein High five mit Janus. Mann, das ist Cedric. Ich bin so blind! Cedric, der beste Kumpel von Janus, dem größten Idioten der Schule. Was soll man von so einem schon erwarten? Wenigstens ist Vivien nicht bei ihnen.

»Volldeppen!«, knurre ich, wische den Dreck von meinem Handy und lasse es in die Tasche gleiten.

Mit zwei Sätzen springe ich die Steinstufen hoch und gehe ins Schulgebäude. Noch drei Tage bis zum Wochenende. Ich reihe mich in den Strom der Schüler ein, steuere in Richtung Chemiesaal und massiere meine Schläfen. Warum habe ich nach nicht einmal einer halben Minute in der Schule schon wieder Kopfschmerzen? Mein Handy stößt einen Pfiff aus. Ups, wegen Cedric habe ich vergessen, es auf lautlos zu stellen. Ich ziehe es nur halb aus der Tasche, habe keinen Bock, es abgenommen zu bekommen, und schiele auf das Display. Eine Nachricht von meiner Mutter? Sie muss doch schon seit einer Dreiviertelstunde von der Nachtschicht zurück sein. Wieso schläft sie nicht?

> Guten Morgen Nora, warum hast du mir nicht erzählt, dass du dich wieder mit Vivien verträgst?

> Ich freu mich so für euch!

> Aber beim nächsten Mal gibst du mir bitte Bescheid, wenn sie hier ist

> Okay?

Was? Vivien und ich haben seit Wochen kein einziges Wort miteinander gesprochen, das weiß Mama doch! An der Front gibt es keine Neuigkeiten. Viviens gelöschte Nachricht kann man ja wohl nicht zählen. Das Handy pfeift direkt noch einmal. Oh Mann, wer ist das jetzt? Vivien, die sich für heute Nachmittag mit mir verabreden will? Nachdem unser Streit offenbar Geschichte ist? Wenn es so einfach wäre, hätten wir das längst gemacht, meine verdammt noch mal beste Freundin und ich.

Es ist nicht Vivien, logisch nicht, es ist noch einmal meine Mutter. Mein Magen zieht sich zusammen, und ich kann die Enttäuschung fast schmecken. Echt. Was für ein Schwachsinn, als ob es so leicht ginge, das habe ich doch jetzt nicht wirklich geglaubt.

> Sag Vivien bitte, dass sie ihre Mutter anrufen soll. Sie hat irgendetwas zu Hause vergessen.

> Danke, Schatz, bis später! ❤

Hm? Wieso will Viviens Mutter ihr über mich etwas ausrichten? So, als wäre alles wieder wie vor unserem Streit? Hier stimmt etwas ganz gewaltig nicht. In einem Schwung drehe ich mich um. Autsch! Super, jetzt bin ich genau in das Mädchen hinter mir gerannt. Wir halten uns beide die Stirn.

»Pass doch auf!«, schnauzt sie und funkelt mich an.

»'tschuldigung«, murmle ich.

Ihr Mund klappt auf, sicher will sie mich weiter anmotzen, aber dafür habe ich jetzt echt keine Zeit. Ich muss Vivien abfangen, bevor sie für die nächsten beiden Stunden im Kunstsaal verschwunden ist und nicht mehr auf ihr Handy sieht. Schnell schiebe ich mich an dem Mädel vorbei und renne los. Ein Wort hallt mir den Gang entlang hinterher, *Zicke* oder so. Was soll das denn jetzt? Sie braucht nicht so zu tun, als hätte ich sie schwer verletzt. Wie wär's, wenn sie selbst mal die Augen aufmacht?

Der bescheuerte Kunstsaal ist genau auf der anderen Seite der Schule, und ich bin komplett außer Atem. Verdammt! Warum ist die Tür zu? Es hat noch nicht einmal geläutet! Mann, dann ist der Wallner bestimmt schon drin, und ich muss Vivien schreiben. Reden wäre besser, einfacher. Ich schnaufe einmal tief durch, lehne mich an die Wand und ziehe das Handy aus der Tasche. Jetzt läutet es zur ersten Stunde. Super, die Neumann wird sich freuen, wenn ich in Chemie zu spät komme.

»Nicht so viel auf das Handy sehen, sonst nimmst du nur wieder jemandem die Vorfahrt.«

Ich hebe den Kopf. An mir läuft Cedric vorbei und grinst mich an.

»Haha, sehr witzig. Wie wär's, wenn du einen Gang runterschaltest? Oder kannst du nicht bremsen mit dem Ding?«

»Dem Ding, hm? Man nennt es auch Skateboard, Punkmädchen.«

Pfff. Punkmädchen, ja klar, Skaterboy. Was weißt du schon?

Nur weil ich limettengrüne Haare habe, bin ich noch lange kein Punk. Echt. Er lacht über seinen bescheuerten Kommentar und geht in Richtung Kunstsaal. Moment. Hat er mit Vivien zusammen Kunst?

»Cedric!«, rufe ich in letzter Sekunde.

Er dreht sich um, die Augenbrauen hochgezogen, den Kopf zur Seite geneigt. Hallo? Ich habe nur seinen Namen benutzt. Das ist kein Grund, mich anzustarren, als wäre ich ein Alien.

»Kannst du mir einen Gefallen tun?«

Wenn er jetzt etwas Blödes sagt, bekommt er die volle Ladung ab. Den Beinahe-Display-Bruch habe ich noch lange nicht vergessen.

»Kommt drauf an.«

Jemand drängt sich hinter ihm vorbei und geht in den Kunstsaal, aber Cedric ignoriert das komplett. Die Tür schlägt wieder zu, und auf einmal stehen wir allein auf dem Gang. Aus dem Saal kommt das schleifende Geräusch von Stühlen, der Wallner sagt etwas über den Krach hinweg, hier draußen ist seine Stimme aber nur gedämpft zu hören. Und Cedric steht da, als hätte er alle Zeit der Welt. Das ist so typisch, er ist genauso arrogant wie Janus.

»Kannst du Vivien bitte ausrichten, dass sie nach Kunst hier warten soll?«

»Warum schreibst du ihr nicht?«

»Weil sie es jetzt sicher nicht mehr liest?« Ich unterdrücke ein Schnauben.

Muss er so blöde Fragen stellen? Einen Moment lang schaut er mich einfach an. Es macht ihm Spaß, mich zappeln zu lassen. Ich sehe es an dem Grinsen, das auch in seinen Augen aufblitzt.

Danke, Vivien, danke.

Ich hole Luft, drücke mein Zungenpiercing gegen die Zähne und erwidere seinen Blick. Eigentlich hätte ich es mir sparen können. Als ob er sich dazu herablassen würde, irgendjemandem bei irgendetwas zu helfen. Was erwarte ich eigentlich von dem besten Kumpel des größten Idioten der Schule?

»Wenn sie da ist, geb ich ihr Bescheid. Zufrieden?«, sagt er auf einmal, dann dreht er sich um und drückt die Tür zum Kunstsaal auf.

»Ja. Danke.« Ich sage es extra leise, aber wahrscheinlich hätte er es auch nicht gehört, wenn ich normal gesprochen hätte, so schnell wie die Tür hinter ihm zuknallt.

Will ich mich echt auf ihn verlassen? Vielleicht ist es besser, wenn ich Vivien trotzdem schreibe. Für alle Fälle. Auch wenn sie beim Wallner nie auf ihr Handy sieht. Die gelöschte Nachrichtenbox im Chatverlauf strahlt mich an. Irgendetwas ist definitiv nicht in Ordnung.

> Wir müssen reden.

> Warte bitte nach Kunst auf mich, oder schreib mir, wo wir uns treffen können.

> Okay?

Klingt das jetzt zu needy? Soll ich es wieder löschen? Super. Wenn meine Mutter irgendetwas falsch verstanden hat, bin ich geliefert.

Bittersüßer Blues

»Viv? Was ist los?«

Wir saßen bei mir zu Hause auf dem Sofa, jede eine Tasse heiße Schokolade in der Hand. Auf dem braunweißen Milchschaum schwammen schweinchenrosa Marshmallows. Vivien hatte sie mitgebracht. Seit wir uns gesetzt hatten, hatte sie noch kein einziges Wort gesagt.

Sie zuckte mit den Schultern, wegen der Sonnenbrille konnte ich ihre Augen nicht sehen. Egal, sie schaute sowieso nur auf ihre Tasse. »Kannst du dich noch erinnern, wie Janus neulich vor dem Underdog aufgetaucht ist und diese riesigen Seifenblasen gemacht hat?«

Ich stöhnte auf. »Wie könnte ich diese dämliche Aktion je wieder vergessen? Ich hätte Fotos machen sollen.«

Ein Lächeln huschte über Viviens Lippen.

»Was ist los, Viv?«, fragte ich noch einmal.

Sie schüttelte den Kopf, nippte an ihrer Tasse und schaute mich immer noch nicht an. Warum sagte sie mir nicht, was los war, verdammt? Und warum fing sie ausgerechnet jetzt mit Janus an?

»Ich treff mich mit ihm. Heute Abend.«

»Bitte?« Heiße Schokolade schwappte über den Tassenrand auf meine Hand. Scheiße! »Schlechter Scherz, Viv! Ich meine, wir reden hier von dem Janus, der auf jeder Party mit einer anderen rummacht. Also der Typ, der ständig eine Wette mit seinem besten Kumpel am Laufen hat, wen er als Nächstes rumkriegt, ja? Den meinst du, oder? Aber mit dem würde sich meine superclevere und allerbeste Freundin Vivien nie treffen ... das ...«

Mir gingen die Worte aus. Vivien und Janus. Allein die Vorstellung war schon lächerlich. Hallo? Vivien sollte sich einreihen in die Schlange von Janus' hirnlosen Eroberungen? Nicht im Traum!

Sie drehte mir das Gesicht zu, endlich, jetzt hätte ich wirklich gern den Ausdruck in ihren Augen gesehen. Aber die großen Gläser der Sonnenbrille versperrten mir immer noch die Sicht. Ich wusste es auch so, spürte ein Ziehen in meinem Magen. Vivien machte keine Witze. Es war ihr voller Ernst.

»Du kennst ihn überhaupt nicht, Nora. Er ist ...«

»Was? Muss ich dich daran erinnern, wie wir oft genug live beobachten konnten, wie er Woche für Woche mit einer anderen rummacht? Komm schon, Viv, du bist nicht blöd, willst du dich echt von ihm verarschen lassen?«

»Hör auf!« Sie knallte die Tasse auf den Tisch. Braunfleckige Schokoladenmilch verteilte sich auf dem dunklen Holz. »Menschen können sich ändern, oder? Du könntest dich auch ändern, wenn du das wolltest. Und nur, weil du das nicht willst, heißt das noch lange nicht, dass Janus es nicht kann!«

»Spinnst du jetzt? Ich könnte mich ändern? Fange ich jede Woche was mit 'nem anderen an?«

»Du bist so selbstherrlich, Nora. Was weißt du schon über Janus? Nichts. Rein gar nichts!«

Ich lachte auf, obwohl mir nicht zum Lachen war. Noch nie, ehrlich, noch nie hatte Vivien so etwas zu mir gesagt. Sie hatte sich doch selbst immer wieder über diesen Idioten ausgelassen. Und jetzt war auf einmal ich das Problem? Das kapierte ich nicht. Echt, ich kapierte es nicht.

»Was muss ich denn von ihm wissen? Mir genügt voll und ganz, was ich bisher von ihm gesehen habe.« Ich richtete mich auf, musterte Viviens Gesicht, ihre zusammengepressten Lippen.

Es langte, ehrlich.

»Eben nicht! Wenn es nur darauf ankäme, wärst du auch nicht mehr als ein übellauniger Punkfreak mit grün gefärbten Haaren. Aber du bist so viel mehr, oder? Denkst du, ich wäre sonst mit dir befreundet?«

»Limettengrün«, warf ich ein.

Unser Running Gag. Ich wollte sie zum Lachen bringen, die Anspannung aus dem Raum vertreiben. Aber Vivien lachte nicht.

»Viv, bitte«, fing ich wieder an, weil ich ihr Schweigen nicht ertrug. »Wir wissen beide, dass Janus es noch nie auch nur mit irgendeiner ernst gemeint hat. Was willst du von ihm? Er wird dir das Herz brechen. Und dann?«

»Pfff!« Sie stand auf. »Ich hatte echt gedacht, dass du meine Freundin bist, Nora. Ich hatte geglaubt, dass du mir das gönnen würdest, statt dich so aufzuführen, als würde die Welt zusammenbrechen. Was ist dein Problem? Sag's mir! Was?«

Sie wartete nicht einmal auf eine Antwort, sie rannte einfach an mir vorbei in den Flur. Ohne sich noch einmal umzudrehen.

»Viv!«, rief ich ihr hinterher. »Weil ich deine Freundin bin, sage ich dir die Wahrheit. Was willst du? Soll ich dich anlügen und dir gratulieren?«

»Schön, dass du immer alles besser weißt! Vergiss es, Nora! Weißt du was? Ich brauche keinen eifersüchtigen Babysitter, ich komm ganz gut alleine klar.«

Die Wohnungstür knallte zu, und ich stand vor dem Sofa, immer noch die Tasse heißer Schokolade in der Hand. Viviens schweinchenrosa Marshmallows hatten sich längst im Milchschaum aufgelöst. Ich nahm einen Schluck. Es schmeckte ekelhaft süß, und mein Magen zog sich zusammen.

Vielleicht war es auch nicht die Schokolade, vielleicht waren es nur die Worte, die Vivien gesagt hatte.

Nur weil du dich nicht ändern willst, heißt das noch lange nicht, dass Janus das nicht kann!

Wie konnte das alles so schiefgehen? Ich hatte nur versucht, Vivien vor dem größten Fehler ihres Lebens zu bewahren. Eifersüchtig, ja klar. Als ob das mein Problem wäre.

»Nora Holm!«

Die Stimme der Neumann reißt mich aus meinen Gedanken.

Ich blinzle, brauche einen Moment, um meine Gedanken auf den Chemiesaal zu fokussieren und das beklemmende Gefühl abzuschütteln. »Ja?«

Verdammt. Ich will nie wieder an diesen Streit denken und an das, was Vivien mir an den Kopf geknallt hat. Und alles nur wegen Janus, diesem Idioten, der den Streit nicht wert gewesen war!

»Welcher der drei Stoffe ist sowohl hydrophil als auch lipophil?«

»Äh ...«

Mann, die Frage ist stinkeinfach. Wenn ich nur wüsste, von welchen Stoffen sie spricht. Ich schiele zur Tafel, aber da steht nichts. Irgendjemand kichert. Haha, sehr witzig! Die Neumann kommt auf mich zu.

»Hier«, sagt sie und knallt mir einen Aufgabenzettel auf den Tisch. »Bis Montag will ich die Ergebnisse von dir. Verstanden?«

Toll. Vielen Dank! Als ob die anderen besser aufpassen würden.

Ich war noch nie so froh über das Läuten, das die Doppelstunde beendet, werfe meine Sachen in die Tasche und renne los. Hinter meiner Nachricht ist nur ein Haken. Hat Vivien das Handy ausgeschaltet? Nee, niemals.

Die Tür zum Kunstsaal steht offen, und der Gang ist leer. Keine Spur von Vivien. Mann! Hat Cedric ihr nichts ausgerichtet? Oder hat sie keinen Bock, mich zu treffen? Hat sie die Nachricht jetzt wenigstens bekommen? Ich ziehe das Handy wieder aus der Tasche.

»Du und dein Smartphone, ihr seid unzertrennlich, oder?«

Das Handy rutscht mir fast noch mal aus der Hand. »Was?«

Cedric. Schon wieder. Mit dem obligatorischen Grinsen im Gesicht. Wo kommt er so plötzlich her?

»Hast du es Vivien ausgerichtet?«, frage ich und versuche, nicht genervt zu klingen, obwohl er es verdient hätte.

Nichts hat er ausgerichtet. Jede Wette.

»Sie war nicht da.«

»Wie? Sie war nicht da? Ist sie krank oder was?«

Wie passt das denn mit der Nachricht von meiner Mutter zusammen? Wenn sie krank wäre, würde ihre Mutter ihr ja wohl nichts über mich ausrichten lassen.

»Keine Ahnung, das musst du sie schon selbst fragen. Oder den Wallner.« Cedric nickt mir zu und schlendert betont langsam den Gang entlang Richtung Hof.

Spitze, und nun? Ich muss mit Vivien reden. Sofort. Warum ist sie nicht in der Schule? Jetzt ist Schluss, ich versuche sie anzurufen! Mist, mein Herz hämmert wie blöd, und mir ist total heiß. Mann, das ist nur ein Anruf bei meiner besten Freundin. Okay, ehemals besten Freundin.

Auf dem Klo ist ein Mädchen aus der Zehnten. Sie schaut sich unendlich lange im Spiegel an. Hat sie zu Hause keine Spiegel oder was? Bis sie endlich geht, bin ich ein nervliches Wrack. Was soll ich Vivien sagen? Wie wär's mit:

Hey, ich bin's, Nora. Sag mal, wie kommt meine Mutter bitte darauf, dass wir uns wieder verstehen?

Oder:

Hey, ich habe offensichtlich einen Filmriss oder so was, dabei war ich gestern stocknüchtern und die ganze Zeit zu Hause. Aber irgendwie glaubt meine Mutter, dass wir uns getroffen haben. Kannst du mir das erklären?

Haha, bescheuerter geht's nicht mehr. Es ist sowieso egal. Statt zu klingeln, geht die Verbindung direkt zu einer Bandansage:

The person you are calling is temporarily not available.

Was soll das denn jetzt? Hat Vivien ihr Handy echt ausgeschaltet? Das ist so untypisch. Außer in Kunst schaut Vivien alle zehn Minuten drauf. Mindestens. Was ist hier los? Ich probier's jetzt bei ihr zu Hause, habe keinen Bock mehr auf den Mist. Nach dem fünften Klingeln hebt jemand ab.

»Hallo?« Das ist nicht Viviens Stimme.

Ich atme auf. Weiß immer noch nicht, was ich zu ihr sagen soll.

»Hallo, hier ist Nora.«

»Ah, Nora! Hat deine Mutter dir ausgerichtet, dass Vivien mich anrufen soll? Ich erreiche sie nicht.«

Okay. Offensichtlich ist Vivien nicht zu Hause.

»Ja, aber ich hab sie noch nicht gesehen.«

»Seid ihr nicht zusammen in die Schule gegangen?«

Zusammen? Wieso das denn?

»Die Nachricht von meiner Mutter kam erst zu Stundenbeginn, und ich hab in den ersten beiden Stunden Chemie.«

»Oh, ach so. Sag deiner Mutter bitte noch mal, dass es mir leidtut, dass ich sie heute Morgen geweckt habe. Wenn Vivien mir gesagt hätte, dass deine Mutter diese Woche Nachtschicht hat, hätte ich darauf bestanden, dass ihr bei uns schlaft. Wann seid ihr gestern ins Bett?«

Bitte? Vivien hat bei uns geschlafen? Das wüsste ich!

»Äh, nicht zu spät, ehrlich. Wir waren beide kaputt«, sage ich trotzdem, kann jetzt schlecht alles auffliegen lassen. »Wir haben noch eine Serie geschaut und uns dann hingelegt.«

»Na, wenn du es sagst.« Es klingt nicht so, als würde Viviens Mutter mir das abnehmen. »Richtest du ihr bitte aus, dass ihre Kunstsachen noch hier stehen? Ich glaube, die braucht sie heute. Und sie soll nach der Schule direkt nach Hause kommen, ich muss etwas mit ihr besprechen.«

»Kein Problem, mach ich. Schönen Tag noch.«

»Danke, dir auch, Nora.«

Super, jetzt habe ich noch ungefähr sechseinhalb Stunden Zeit, Vivien aufzutreiben und herauszufinden, was hier los ist. Wo bitte hat sie übernachtet? Bei Elise vielleicht? Das hätte sie ihrer Mutter doch erzählt!

Zugemauert

Auf dem Weg zur Mathestunde versuche ich zu verstehen, was passiert ist. Vivien muss ihren Eltern gesagt haben, dass sie bei uns schläft. Bis vor unserem Streit haben wir das oft gemacht, auch unter der Woche. Hat sie mir deshalb eine Nachricht geschickt? Damit ich nicht alles auffliegen lasse, falls ihre Mutter sich bei uns meldet? Aber warum hat sie die Nachricht sofort wieder gelöscht? War es ihr peinlich? Hatte sie Angst, ich könnte Fragen stellen?

Moment. Sie war letzte Nacht aber nicht bei dem Volldeppen Janus, oder? Das hätte ich niemals gedeckt. Erst recht nicht, nachdem er sie vor einer Woche abserviert und gleich auf der nächsten Party mit einer anderen rumgemacht hat. Nicht, dass ich ihr das nicht schon vor drei Wochen prophezeit hätte. Aber sie musste ja deswegen mit mir streiten.

Trotzdem. So tief ist Vivien nicht gesunken. Das hätte sie ihm niemals verziehen. Außerdem war Janus alleine bei den Fahrradständern, und Vivien ist überhaupt nicht in der Schule aufgetaucht. Das passt nicht zusammen.

Auch in Mathe bleibt Vivien verschwunden, spätestens jetzt hätten wir uns sehen müssen. Dafür ist Elise mit ihren beiden Sidekicks da, Emma und Jasmin. Elise, der Supersonnenschein unserer Stufe. So viel gute Laune, das ist schon nicht mehr normal. Vivien und ich waren uns immer einig: Die werfen sich irgendetwas ein, ganz sicher.

Von Mathe bekomme ich nichts mit. Ich brauche einen Plan, aber ich habe keinen Bock, mit Elise zu sprechen. Leider ist sie die Einzige, die wissen kann, was Vivien gestern Abend gemacht hat und wo sie jetzt ist. Statt mit mir hängt Vivien ja seit drei Wochen lieber mit Elise und den Skaterboys ab. Und das nur, weil sie von mir die Wahrheit nicht hören wollte. Danke, echt! Sobald es läutet, folge ich Elise und ihren Sidekicks. Zum Glück hat sie sich vor Kurzem die Haare weiß gefärbt, so ist ihr hinten aufgebauschter Bob im Gedränge gut zu erkennen.

»Elise?« Ich rufe erst, nachdem der Gang schon fast leer ist, will keine Zuschauer. Es ist sowieso schon peinlich genug, überhaupt auf Elise angewiesen zu sein. Sie bleibt stehen und dreht sich zu mir um. Ihr Gesicht ist nicht wirklich unfreundlich, aber das Dauerlächeln ist verschwunden. Bestimmt weiß sie, was ich alles über ihren besten Kumpel Janus gesagt habe. Spitze. Unter den Voraussetzungen wird sie mir sicher gern weiterhelfen.

»Was ist?«, fragt sie, und es klingt nicht die Spur freundlich.

Ihre beiden Sidekicks stehen links und rechts neben ihr, die Arme verschränkt. Ein paar Leute aus unserer Stufe laufen langsamer und schauen zu uns herüber. Danke für eure Aufmerksamkeit!

Okay, vielleicht habe ich mich mit dem Supersonnenschein geirrt. Die drei ausdruckslosen Gesichter mir gegenüber wirken eher wie der langsam dunkler werdende Himmel, kurz bevor es anfängt zu regnen. Eine Strähne fällt mir ins Gesicht. Limettengrün. Ich streiche sie hinters Ohr, will Elise direkt in ihre auffällig geschminkten Augen sehen. Wahrscheinlich steht sie morgens zwei Stunden früher auf, um auch ja perfekt gestylt zu sein. An Vivien kommt sie trotzdem nicht ran. Hat sie deshalb die Fotos von Vivien gepostet? Um sie schlecht dastehen zu lassen?

Blöde Kuh!

Wollen die drei mich mit ihren Blicken einschüchtern? Ich richte mich auf. Da müssen sie sich schon was Besseres einfallen lassen als den lahmen Versuch, mich niederzustarren.

»Weißt du, was mit Vivien ist?«

Auf Elises Gesicht zeigt sich nicht die kleinste Regung. Nur ihre dunkelblauen Augen wirken auf einmal noch einen Tick dunkler. »Keine Ahnung. Warum fragst du sie nicht selbst?«

Sie knallt mir die Worte hin, als könnte sie sich die Antwort nicht denken. Wie viel weiß sie von Viviens und meinem Streit? Bei dem Gedanken wird mir schlecht. Vivien weiß so gut wie alles über mich. Was davon hat sie Elise erzählt?

»Ihr Handy ist aus.« Ich schiebe mein Kinn ein Stück vor, sehe Elise genau ins Gesicht, damit mir nicht das kleinste Zucken entgeht.

Sie schüttelt nur den Kopf und dreht sich weg. »Tja, dann kann ich dir leider auch nicht weiterhelfen.«

»War sie gestern Abend mit euch unterwegs?«, rufe ich ihr nach.

»Warum interessierst du dich so plötzlich dafür, mit wem sie sich trifft?« Elise wirft mir einen kurzen Blick über die Schulter zu.

»War sie, oder war sie nicht?«

»Nein.« Sie wendet sich endgültig ab und geht den Gang entlang.

Ihre beiden Sidekicks begleiten sie, nur sehen sie jetzt mehr aus wie Bodyguards. Emma, die mit den ausgefransten weißblonden Haaren, dreht sich noch einmal um. Etwas an ihrem Blick ist seltsam. Wie sie zwischen mir und Elise hin und her sieht, das ist nicht normal. Aufgeschreckt, fast ängstlich.

Elise lügt.

Sie hat Vivien gesehen, oder sie weiß zumindest, wo Vivien gestern war. Mist. Das kann nur eines bedeuten.

Herzenssplitter

Vor der Mensa fange ich ihn ab. Echt, bis heute Morgen hätte ich geschworen, mir eher die Zunge abzubeißen, als mit dem Vollidioten Janus auch nur ein Wort zu wechseln. Immerhin ist nur Cedric bei ihm, was wenigstens die Zahl der potenziellen Zuschauer einschränkt.

»Warst du gestern Abend mit Vivien unterwegs?«, frage ich direkt, will ihn überrumpeln, ihm weniger Zeit geben nachzudenken.

Okay. Vor allem will ich dieses blöde Gespräch hinter mich bringen.

»Hä? Wieso?« Er bleibt stehen, streicht sich den dunklen Pony aus der Stirn und sieht mich an.

Ein Lächeln im Mundwinkel.

Spar dir deinen Charme besser für jemanden auf, der genauso wenig Hirn hat wie du, Janus.

»Kannst du zur Abwechslung einfach mal auf eine Frage antworten?« Ich verschränke die Arme und versuche, ihn niederzustarren.

»Sie sind nicht mehr zusammen, falls dir das entgangen sein sollte«, mischt Cedric sich ein.

Warum hält er nicht einfach die Klappe?

»Ist es nicht«, gebe ich zurück, ohne Janus aus den Augen zu lassen. »Also warst du gestern mit ihr unterwegs?«

Janus verschränkt jetzt auch die Arme und lehnt sich ein Stück nach hinten. »Wieso interessiert dich das?«

»Weil sie nicht hier ist.« Erst als ich es sage, merke ich, wie bescheuert das klingt. »Und auch nicht zu Hause«, schiebe ich nach.

Cedric fängt an zu lachen. Ich kneife die Augen zusammen und funkle ihn an.

»Sorry, aber das war die bescheuertste Erklärung, die ich jemals gehört habe.« Er schüttelt den Kopf, wieder sein dämliches Grinsen im Gesicht. »Du tust ja fast so, als ob Janus sie entführt hätte.«

»Und, wenn er es hat?« Ich mustere Janus, so, als würde ich es wirklich für möglich halten.

In Wahrheit will ich ihn nur zur Weißglut bringen. Eine kleine Rache für den Streit, den Vivien und ich seinetwegen haben, und für Viviens Herz, das er gebrochen hat. Ich habe es ihr ja gesagt, von Anfang an, auch wenn ich mich lieber geirrt hätte. Wirklich.

»Sag mal, spinnst du?« Janus starrt mich mit offenem Mund an, seine Hände zu Fäusten geballt.

Volltreffer. Ich kann ein Grinsen nicht unterdrücken.

»Hör zu, Vivien und ich haben seit genau acht Tagen kein Wort mehr miteinander geredet«, fährt er fort und geht einen Schritt auf mich zu »Wenn ich noch einmal so eine Scheiße höre, wird, wer auch immer das gesagt hat, es bitter bereuen. Kapiert? Los Cedric, ich hab Hunger!«

Im Vorbeigehen rempelt Janus gegen meine Schulter. Statt brav seinem idiotischen Kumpel zu folgen, bleibt Cedric noch einen Moment vor mir stehen. Unsere Blicke treffen sich.

»Falsches Thema, okay? Seit sie mit ihm Schluss gemacht hat, liegen seine Nerven ein wenig blank.«

Sie? Sie hat Schluss gemacht? Klar, ganz bestimmt.

Ich zucke mit den Schultern. »Mhm. Deshalb musste der Arme sich gleich von der Nächsten trösten lassen. Logisch. Macht Sinn.«

Cedric schüttelt den Kopf. »Glaub, was du willst.«

Er lässt mich stehen und joggt hinter Janus her. Toll, das läuft alles genau nach Plan. Ich bin nicht einen Schritt weiter. Mann, nur noch drei Stunden, bis Viviens Mutter anfängt, Fragen zu stellen. Maximal.

Ein paar Jungs drängen sich an mir vorbei. Einer von ihnen trägt eine blaue Wollmütze, fast so eine wie Adrian, der Stalker. Moment mal ... das ist es! Warum bin ich nicht gleich auf ihn gekommen? In den Wochen vor unserem Streit ist er überall aufgetaucht, wo Vivien war. In den Pausen in der Schule, bei ihrem Nebenjob im *Underdog,* beim Stadtbummel, einfach überall. Creepy, echt. Aber wenn er das immer noch macht, weiß er definitiv, wo Vivien gestern Abend war. Mist. Der einzige Ort, an dem ich ihn noch nie gesehen habe, ist die Mensa. Dafür ist er ständig im PC-Raum. Wann macht der auf? Um zwei oder erst um drei? Egal, ich werde es herausfinden.

Hoffnung

Du kannst nicht mehr aufhören zu weinen,
wenn du einmal damit angefangen hast.
Wusstest du das?
Da kannst du vorher so stark wie du willst erscheinen.

Es ist so viel Scheiße passiert,
aber ich habe gelacht und geredet bis zum totalen Knock-out.
Hätte sowieso nur einem einzigen Menschen vertraut.

Stattdessen habe ich lieber meinen eigenen Lügen geglaubt,
wollte nicht wissen, wie's mir in Wirklichkeit geht.
Hab die Angst und den Schmerz mit einem Lachen davongefegt
und gewartet.
Bis jemand meine Scheinwelt durchschaut.

Die Wahrheit sieht in dem ganzen Geäst
und keine der Lügen mehr stehen lässt.
Wollte, dass jemand mich auffängt und hält,
bevor ich in meinen eigenen Tränen ertrinke.
Und mich nimmt, wie ich bin.
Ohne die zentimeterdicke Schminke.